名家名译书系

WORLD CLASSIC
MASTERPIECES SERIES

简·爱

[英] 夏洛蒂·勃朗特/著　伍光建/译

时代文艺出版社

图书在版编目（CIP）数据

简·爱/(英)夏洛蒂·勃朗特(Bronte, C.)著;伍光建 译.
—长春：时代文艺出版社，2012.12（2018.1重印）

ISBN 978-7-5387-3825-4

I. ①简... Ⅱ. ①勃... ②伍... Ⅲ. ①长篇小说－英国－近代 Ⅳ. ①I561.44

中国版本图书馆CIP数据核字（2012）第268925号

出品人 陈 琛
产品总监 郭力家
选题策划 方 伟
责任编辑 姜程程
装帧设计 孙 俪
排版制作 吴 毓

简·爱

[英]夏洛蒂·勃朗特 著 伍光建 译

出版发行 / 时代文艺出版社有限责任公司
地址 / 长春市泰来街1825号 时代文艺出版社 邮编 / 130011
总编办 / 0431-86012927 发行部 / 0431-86012957 北京开发部 / 010-63108163
官方微博 / weibo.com / tlapress 天猫旗舰店 / sdwycbsgf.tmall.com
印刷 / 三河市京兰印务有限公司
开本 / 710mm×1000mm 1 / 16 字数 / 450千字 印张 / 26.25
版次 / 2013年8月第1版 印次 / 2018年1月第2次印刷 定价 / 64.80元

图书如有印装错误 请寄回印厂调换

出版前言

如果说文艺复兴是“黑暗时代”的中世纪和近代的分水岭，是使欧洲摆脱腐朽的封建宗教束缚，建立新的社会制度体系的前奏曲；那么，五四运动和新文化运动则堪称是“中国的文艺复兴”，因为它同样使中国摆脱了腐朽的封建统治束缚，引起了思想和社会变革，是中国建立新社会制度的舆论前提。人文主义哺育的这个时代，巨人辈出。

欧洲文艺复兴时期的巨人，他们为多种学科作出杰出贡献，是当时的博学家；中国文艺复兴时期的学者，也多少存留西方文艺复兴时期巨人的遗风。本社选辑的这套“名家名译书系”，就是为纪念在这个理性的萌芽时期，在文学、历史、心理学等方面作出卓越贡献的先辈们。

书系的译者大多是清廷派遣生、庚子赔款官费生或通过其他途径在英、法、美、日等国留学深造过的，他们有的是国内外闻名的作家、教授、文学评论家、文学史家、思想家、语言学家、翻译家、教育家、出版家，有的甚至还是著名的考古学家、收藏家、社会活动家、革命家等，这既使他们的翻译充满人文色彩，又使他们的创作闪烁理性光彩，比起其他译本，他们的译本有大量的注释，涉及神话传说、政治、社会风俗、地理、典籍引用等，显示了译者渊博的知识，可以增加读者的见闻和阅读趣味，非常值得一看。

而且，本次出版选辑的书籍，多是外国文学（包括诗歌、散文、小说、戏剧、文学评论、童话故事等）、历史、心理学名著等最初引进国门时的译本，多是开先河的中文译本，所以在编选的过程中，编者不但选择不同时代、不同国别的名家名著，还注重选择体现不同学科领域的经典译著，具有非常重要的人文阅读、研究和史料价值。

因为历史、社会和文化交流的种种原因，当时的那些民国大家翻译这些世界名著时，正值中国近代文言文向白话文过渡时期，原稿中存在大量民国时期的英译、法译或其他译本转译的人名、书名和地名等，为了更加符合现代读者的阅读习惯，本书都尽最大努力予以纠正。另外，这套丛书多是民国时期翻译的作品，所以文字叙述多是半白文，标点、编排体例等也不同于现在的阅读习惯，本次出版，在尽量保证原书的原汁原味的同时，也做了大量的修订工作，以使其更契合21世纪读者的阅读口味！

源远流长的世界文化长廊堪称是一个典藏丰富、精彩纷呈的文明与智慧之海。绵延千载的沉淀，逾越百年的积累，筑就了取之不竭、美不胜收的传世名著宝库。有熠熠生辉的思想明珠，也有不朽的传世之作；有刀光剑影的世界战争史实，也有皆大欢喜的民族融合赞歌。为此，“名家名译书系”系列的编选萃取世界文化史绵延数世纪、丰富积淀之宝藏，从古代的希腊、罗马到近代的印度、意大利；从日本文学的起步，到欧美文化的滥觞……沿着时光的隧道，让读者跟随美丽的文字从远古一步步走到今天，尽阅世界各国数千年的文化风貌，勾画出人类文化发展的演进脉络，并从中获得视觉的美感以及精神的愉悦，从而开始一段愉快的读书之旅。

序

勃朗特氏有才女三人。长曰夏洛蒂，次曰艾米丽，又次曰安妮，皆能文。夏洛蒂最有名之作曰《简·爱》，即今所译者是也。初姐妹三人曾刊行诗集，而不见赏于时，仅售出二册。于是改撰小说，夏洛蒂最初所撰者曰《教师》，投稿屡矣，而皆不售，最后则投稿某书肆，某君读之，知其必传，告以太短，不便刊行。时夏洛蒂已著《简·爱》，属稿将半，及书成，仍投稿于此书肆，某君更为赞赏，穷一日一夜之力，几废寝食，毕读其稿，毅然刊行之，果震动一时。世上始知有向不出名之大小说家出现，莫不争以先睹为快。美国人尤好其书，书肆且有乐出重赀，争先恐后预购其陆续所出之作，此作不依傍前人，独出心裁，描写女子性情，其写女子之爱情，尤为深透，非男著作家所可及。盖男人写女人爱情，虽淋漓尽致，似能鞭辟入里，其实不过得其粗浅，往往为女著作家所窃笑。且其写爱情，仍不免落前人窠臼。此书于描写女子爱情之中，同时并写其富贵不能淫，贫贱不能移，威武不能屈之气概，为女子立最高人格。是故此书一出，识者皆视为得未曾有，不胫而走，及知名之后，文人名士贵族，无不甘拜下风，争欲一识其面。惜乎文名既显，享年不永，嫁后未及一年而死，时年三十九岁。死后文人争为之作传，又立会以搜集其遗文，片纸只字，皆视同宝贝儿，其为世所敬仰，有如此者。

民国十六年立夏

伍光建序

目 录

第一章 约 翰 001

第二章 锁 禁 006

第三章 病 榻 012

第四章 泄 恨 019

第五章 慈善学校 032

第六章 海 伦 041

第七章 受 屈 048

第八章 辩 诬 056

第九章 死 别 063

第十章 思 迁 070

第十一章 教 师 078

第十二章 路 遇 090

第十三章 初 见 097

第十四章 谈 心 108

第十五章　救　火　119

第十六章　动　情　129

第十七章　炎　凉　138

第十八章　字　谜　153

第十九章　算　命　165

第二十章　梅　森　175

第二十一章　姐　妹　190

第二十二章　回　家　209

第二十三章　订　婚　215

第二十四章　驾　驭　225

第二十五章　凶　兆　242

第二十六章　变　卦　254

第二十七章　生　离　264

第二十八章　漂　流　287

第二十九章　收　留　300

第三十章　栖　身　312

第三十一章　村　塾　320

第三十二章　探　密　327

第三十三章　分　财　336

第三十四章　拒　婚　349

第三十五章　同　感　367

第三十六章　横　祸　377

第三十七章　感　应　385

第三十八章　团　圆　406

夏洛蒂·勃朗特

第一章 约 翰

那一天是不能出门散步的了。早上我们在那已经落叶的小树丛堆里遛过有一点钟了；不料饭后（里德太太，没得客人来，吃饭是早的）刮起冬天的寒风，满天都是乌云，又落雨，是绝不能出门运动的了。

这我却很欢喜：我不愿意走远路，尤其是遇着很冷的下午薄暮寒光中，散步归来，手脚冰冷和家庭教师贝茜的臭骂已经够我害怕了，而我的身体孱弱，比不上伊丽莎、乔治亚娜、约翰，他们三个更使我自惭形秽了。

他们三个人这时候在客厅里围绕他们的母亲：这位太太在火炉边，靠在榻上，脸上是很高兴的（这三个人，既不哭，也不争吵）。里德太太不要我同他们在一起，说道："她这个孩子，说话不坦白，举动迟钝，又欠自然。几时她可以改过来极力地学好，同人亲热，像个好孩子，活泼些，可爱些，等到贝茜来报告，说是她学好了，再由我细细地察看，果然贝茜报告的是不错，我就可让她同我的孩子们在一起做伴。"

我听见她说这种话就问道："贝茜说我做错了什么事？"

她说道："简，我不喜欢好争辩的人，况且你小小年纪的人，这样对待长辈，很令人厌恶。你找个地方坐下，非等到你会高高兴兴说话的时候，你就不必开口。"

客厅旁边有一间吃早饭的小屋子，我只好溜进去。屋里有一架书橱，我挑了一本有许多图画的书。盘着腿坐在窗台上看，把窗帘拉过来，围住身子。

一面是帘，一面是玻璃，我看书的时候，有时看看窗子外十一月的阴沉天色。远处是茫茫的云雾，近处是一阵一阵的大雨打着树林。

我所看的这本书是讲鸟的。我虽不甚喜欢读，但是卷首所说的是海鸟栖止的荒岛、海边的山嘴同挪威的海岸。书上还引了几句诗，令人想到北冰洋附近酷寒地方，我就想到自己现在的光景，很像海鸟栖止在冰山雪地，酷寒孤寂的地方。书上的图画是一幅极寒地方的景致：一片汪洋，有一个荒岛，四面都是波浪冲击。远远的有只破船，被水冲在岸边，画片上面是层云，微微地露出一点孤寒的月轮。

又有一幅画的是坟地，四面矮墙，中间都是坟堆，墓碑森然。墙头上面画个新月，我不知道这幅图是什么用意。

又有一幅是海上有两只船，好像是无风，动不得，我那时候以为是海上的幻景。

又有一幅是一个恶鬼，刺一个窃贼的包袱，我见了害怕。

幼年简·爱

又有一幅是黑色有角的东西，坐在大石上，看远远的一群人，围住一个绞刑架。

每幅图画是说一段故事。我那时候智力未发达，情感不完全，我见了是莫名其妙，不过只觉得很有意思。家庭教师贝茜高兴的时候常常把桌子挪到我们的屋里，在那里熨衣服，我们围住看她，她把书里所说的爱情冒险的故事说给我们听。这些故事同我所看见的图画一样的有意思。

这时候有这本书，放在膝上读，觉得有一种乐趣，只怕有人来骚扰我，不料就有人推开小屋的门。

约翰·里德走进来喊道："闷气的老太太！"他一看好像是房里无人，停住不响了。

随后他又喊道："她跑到哪里去了？"又喊他的姐姐妹妹，说道："丽莎[1]！乔琪[2]！简不在屋里。你们去告诉妈妈，她跑出去淋雨，这个坏畜生！"

我心里想道："幸亏我拿帘子挡住了自己。"我心里很盼望他找不着我，他眼睛既不好，心又迟钝，原是找不着我的；不料伊丽莎探头进来，说道："杰克[3]，她不是坐在窗户台上吗？"

我最怕的是杰克走来拖我下来，我自己立刻就跳下来。

我心里不知道怎样是好，就问道："你找我干什么？"

杰克答道："你应该对我说'里德少爷，你要找我做什么'。我要你走过来。"他随即坐在一把交椅上，做出一种模样，要我走过去，站在他面前。

约翰这时候是个十四岁的学生，他比我大四岁，他又粗又大，皮肤的颜色很不好看，神气很蠢笨，四肢很粗大。最好乱吃，塞得太饱，脸上全是病容，两眼无神，两腮好像发肿。这时候他应该在学堂读书的，但是他的妈妈过于姑息，说他身体不好，在家且歇息一两个月。校长迈尔斯先

① 伊丽莎的爱称。——译者注
② 乔治亚娜的爱称。——译者注
③ 约翰·里德的爱称。——译者注

生说过，只要他的母亲少送点糕饼给他吃，他身体就好了。但是他的母亲以为校长的话说得太不近情，以为她儿子脸色不好看，是因为他太过用功，也许是因为想家。

约翰对他的母亲同姐妹并不亲爱，对我更是非常厌恶。他常常虐待我，打我，并不是一星期之内欺侮我两三次，也并不是一天之内欺侮我一两次，他是整天地欺侮我。一看见他，我就害怕，他一走近前，我身上的肉就缩小起来。他恐吓我，打我，我无处诉苦，仆人们是不敢得罪少爷的，他的母亲看见了，也当没看见，我告诉她，她也不理，每逢想起他这样虐待我，我就糊涂了。他母亲亲眼看见他打骂我的时候却不多，他母亲看不见的时候，他打骂我不知有多少次了。

我向来不敢违抗约翰的，他喊我到他面前，我只好走过去。他把舌头伸出来，伸得极长的，足足伸了有三分钟。我知道他要打我，我这时候心里只想到他那种丑恶嘴脸，我正在想，不知道他能否看出我心里的意思。

他忽然用大力打过来，把我打到几乎立不住脚，我站定之后，退走两步。

他说道："这一打，是教训你以后不要对我母亲像刚才那样胆大无礼，回我母亲的嘴，又要罚你这个老鼠，为什么躲藏在窗帘后，又罚你为什么刚才你那两只眼对我露出那种神色。"

我受约翰的凌辱是受惯了的，从来想不起回驳他，向来只想，他骂我之后打我，我该怎样忍受。

他问道："你在窗帘后做什么？"

我答道："读书。"

他说道："你把书拿来给我看。"

我走回窗前，把书拿来。

他说道："你不该拿我的书，妈妈说过的，你是吃我们家里饭的人。你又无钱，你的父亲，并无一分钱留下给你。你该去做乞丐讨饭的，不能住在这里，同我们有钱人家的孩子们在一起，同我们吃一样的饭，穿我们家里的衣服。你穿的吃的，哪一样不是花我们家里的钱。你乱动我们的书，这些都是我的。我就要教训你，家里哪一样东西不是我的呀。不过再等几年，都是我的。你滚你的，站在门边，不要挡住镜子，不要挡住窗子。”

我只好听他的话，就站在门边，不知道他是什么用意，随即就明白了。我看见他拿起那本书，做出向我摔的样子，我就大喊一声，正要躲闪，已经是来不及了。他把书摔过来，打中我，我立刻跌倒。我的头碰在门上，碰伤了。伤口流许多血，觉得很痛，我恐怖到十二分，心里就有无限的感触。

我说道：“你这个残暴凶恶的孩子，你简直是个杀人的凶手，你是个虐待奴隶的凶主人，你很像罗马皇帝那样残忍。”

我读过某人著的罗马史，知道罗马皇帝的种种残忍，我心里常常比他作种种残暴人，想不到我这时候，都说出来了。

他喊道：“什么呀，什么呀，你敢这样骂我？伊丽莎，乔治亚娜，你们都听见他骂我了吗？我一定去告诉妈妈，我先要……”

这时候，他一直奔过来，他的手抓我的头发，抓我的肩膀，我只觉得他这时候是个恶霸，是个杀人的凶手。我觉得头上有血滴下来，同时觉得异常的疼痛，我只觉痛，忘却了恐怖，我也就忘其所以地对付他。我自己也不知道我的手做些什么，只听见他喊道：“你这个老鼠，你这个老鼠。”他有了救兵了，他的妈妈原在楼上，他的姐妹跑上楼去报信，里德太太走来，还有贝茜同女侍艾博特跟在背后，把我们两个人分开。艾博特说道：“可怜！可怜！为什么这样凶狠地打约翰少爷！”

贝茜说道：“我向来未见过这样发狂发怒的人！”

里德太太说道：“把她拖到红屋子里，锁起来。”立刻就是四只手抓住我，拖我到楼上。

第二章 锁 禁

我一路被他们拖，一路反抗。这却是第一次，我从前一向未做过的。贝茜、艾博特两个人见我这样，更把我看得坏得多。我这时候真是忘其所以了。我很知道我反抗她们随后是要受罚的，我却决计什么都不管，要大闹一次。

贝茜说道："她简直是像个野猫，艾博特你抓牢她的手。"

艾博特说道："爱小姐，你为什么这样不要脸！你为什么打少爷，这是什么举动，少爷是你恩人的儿子，是你的少主人！"

我就答道："什么主人！他为什么就是我的主人？我是女仆吗？"

艾博特答道："你不是个女仆，你还够不上一个女仆，因为你吃他们的，穿他们的，却不做事。你坐下吧，好好地追悔你自己的凶恶行为吧。"

这时候她们把我拖进红屋子，把我推上一只小凳子。我立刻就跳起来，她们四只手立刻把我按下去。

贝茜说道："你若是不安安静静地坐下，我们就要把你捆起来。艾博特，你把袜带借给我，不到一会儿，她就要把我的弄断了。"

艾博特果然从她的粗腿上，解下袜带，我一看她们预备捆绑我，想到随后许多羞辱情形，我觉得心神稍减了些昏乱，说道："你们不必解袜带，我坐下不动了。"

我随即两手放下，坐在凳子上，做个保证。

贝茜说道："你留心着不要动。"她一看我果然不动了，才肯松手。两个人交手在胸前，只管看我，露出很疑惑很不以为然的神色，有点疑心我发狂。

随后贝茜转过脸，对艾博特说道："她向来未有过这次这样的凶暴。"

艾博特答道："她向来心里是凶暴的，我常常对小姐们说，小姐们认可我的话。她是个很阴险的小东西，我向来未见过这样小小年纪的人就这样的阴险。"

贝茜不答她，过了一会儿，贝茜对我说道："小姐，你该明白，你该感激里德太太，她现在养活你，她若是把你轰出去，你岂不是要入孤儿院吗？"

我听了她这番话，没得答她的。我耳朵里是听惯了她们说我倚靠人的话。我自稍有知识之后，就开始听见这种话。我听了自然是很难受，不过还是只懂得一半意思。随后艾博特说道："你不应该因为里德太太把你同她家小姐少爷一起抚养，就自己看作同他们是同等的。他们将来有许多钱，你将来是一个钱也没有，你应该低首下心，屈服在他们之下，好叫他们喜欢你。"

贝茜却无怒意地对我说道："我们告诉你的话都是为你好。你应该把自己变作有用的人，欢欢喜喜对待他们，他们可以容留你。你若是粗暴无礼，发脾气，我敢说，太太一定把你轰出去。"

艾博特说道："况且当她（指简）发脾气的时候，上帝罚她，把她打死了，她到什么地方去呢？贝茜，我们走吧。她这个人的心很不好，是要不得的。爱小姐，你一个人在屋里的时候，你好好祈祷吧。你若是不肯悔罪，烟筒里会爬下一个鬼来，把你捉了去。"

她们说完话，走出屋子，把房门锁上了。

这间红屋子是空着的，是这所房子里最宽大最堂皇的屋子，大抵是向来无人住过，除非是客来得多，才用着这间屋子。里头有一只硬木大床，挂的是深红色帐子；两个大窗户，窗帘是永远下垂，不拉开的，所有的家具，也都是硬木的。

1839年，夏洛蒂·勃朗特曾在此处做家庭教师，这座房子就是《简·爱》中“盖茨黑德”的原型。其中一间屋子被房子的主人命名为“红屋子”，以示纪念。

屋里一向不生火，是很冷的。离孩子们的屋子、厨房，都很远的，听不见人声，这间屋子又是向来无人到的，我觉得很可怕。女仆每星期进来一次，掸掸灰土。里德太太许久才进来看一次，看看衣橱里的一个秘密抽屉，装的是契据和首饰盒，还有她已死的丈夫的一幅肖像。因她丈夫死在这屋里，故此屋虽然宽大，陈设得好看，也无人住。

里德先生死了有九年了，当日在这屋子停柩的，故此无人敢常进来。

我坐的矮凳子在白石炉台旁边，对着大床，右手是大衣橱，左手是大窗子。我还不相信她们把我锁在这里，就去试试开门，果然锁得很牢，同监房一样。我走回来的时候，在大镜子前面走过，我看见自己的影子，很像是贝茜告诉我们的故事里头的小鬼。我走回去，还是坐在凳子上。

我就想起约翰待我那样凶残，他的姐妹看不起我，不理我，他们的母亲厌恶我，女仆们个个都是袒护他们的。我就问自己，为什么我无时无刻不受痛苦，不受恐吓，不受他们冤枉？为什么我永远不能叫他们欢喜？我无论怎样做，都不能博他们的好对待。说到伊丽莎，她为人自私顽强，人人都恭敬她；乔治亚娜，脾气极坏，尖酸刻薄，骄纵无礼，好事挑剔，却是人人都迁就她。她的美貌，同微红两颊，头上的金色卷发，好像令人见了欢喜，哪怕她有许多不对，人家都原谅她。约翰是不必说的了，无人敢惹他，敢抗拒他；他把家里养的鸽子提来拧脖子，打死小孔雀，常常唆使狗追绵羊，把花坞的葡萄全摘了，把顶贵重的花苞也拧断了。他对待他的母亲，更胡闹，喊他的母亲叫老婆子，骂他母亲皮肤黑，生下他自己的皮肤也黑了；母亲叫他做什么，他是不理的，常常撕毁他母亲的绸缎衣服，他母亲还是叫他作小宝贝。我哪里敢做错事，我从朝至午竭力尽我的本分，从午至晚，他们总是还骂我，说我淘气讨厌，说我阴郁诡诈。

我头上的伤还是很痛的，约翰无故地打我，无一个人责备他。我因为拦阻他，不叫他再打我，她们却反怪我，责我不该。

他们对待我不公道，我就要打定主意，脱离了这些受不住的虐待，我就想到逃走，若是逃不了的话，只好从此绝食死了。

当天的下午，我心神非常混乱，很像是在黑暗中很多人打架！我不停地问自己，为什么要这样受困苦，却答不出来，后来事过多年，我才明白过来。

我在他们家里，算不了个什么东西。里德太太，同她儿女、仆人，同我的性情都是不合的。他们很不爱我，我也不爱他们。我的性情、脾气、好恶，同他们都是相反的，我在他们家里，既不能有用于他们，又不能令他们欢喜，我算是个无用之物，他们怎样对待我，我是愤恨之极的了。他们的种种见解，我很看不起，我在他们家里，是个最讨厌的东西。我很知道，假使我是个好热闹、有兴致、喜欢乱闹乱跳、面貌长得好看的女孩子，哪怕一样的无家可归，依靠他们过日子，里德太太也会待我好些，她的儿女们当我是个同类，也许拉我作同伴，仆人们也不至于常常让我代人受过。

下午四点钟，天已黑了。雨还未停，树林的风声还是很响，我觉得浑身冰冷，我的胆气也消失了。我想到要把自己饿死，就此想到教堂的坟地，又想到里德先生新葬的坟，我就想到里德先生是我的舅舅，我的舅舅是个什么样的人，我却记不得了，只记得我父母亡过之后，舅舅接我到他家里。他临死的时候，要舅母答应抚养我，如同她自己的儿女一样。舅母里德太太以为自己是不负所托，她有她的性情，有她的见解，以为她已经尽了她的责任。但是我舅舅死后，我同舅母是毫无瓜葛的了。我是个外人，她怎样能够喜欢把一个不相干的外人放在她亲生的儿女中呢？况且我的性情，同他们是种种的不相投，叫她怎样能够视如己出呢？

假使我的舅舅还活在世上，他或许好好地看待我。我从前听人说过，死人在坟里，若是知道人家不照着他临终时所嘱托的话办事，死鬼会来到阳世，责罚那些不照办的人。我就想到我的舅舅知道他们虐待我，也许来这屋子看看我。我很害怕死人当真会出现，我就把眼泪擦干，不敢再哭，把头发理好，四围看看屋子。看见墙上有一点光，这时候我不知道这一点光是从什么地方来的，我心里狂跳，觉得我的头很热，耳朵听见鼓翼的声音，觉得有什么东西走近我的身边，我喘不出气，我受不住了，跑去用大力开门。忽然听见有脚步声响，贝茜和艾博特两个人开门进来。

贝茜先说道："爱小姐，你病了吗？"

艾博特喊道："那一声叫得很响，我听了浑身发抖。"

我喊道："把我领出去，让我回到孩子们的屋里。"

贝茜又问道："为什么？你难过吗？你看见什么？"

我抓住贝茜的手说道："我看见一点光，我想是鬼来了。"

艾博特有点很讨厌的神气，说道："她故意喊的，喊得令人听了害怕。假使她真是受了苦，情有可原。她不过大喊一声，要我们进来，我很知道她的诡计。"

这时候里德太太如飞地跑来说道："艾博特，贝茜，我不是吩咐过，把简·爱关在红屋子里，等我自己来。"

贝茜说道："夫人，简小姐大喊。"

里德太太说道："贝茜，你放手。孩子，你不要抓贝茜的手，你不要妄想用这种法子走出红屋子。我最厌恶的是诡诈，孩子们使诡诈，我是尤其厌恶。我要告诉你，使诡诈是不成的。你再关在这屋子里一个钟头，你若是好好地安安静静地不动，屈服到底，我就放你出来。”

我哀求道：“舅母，可怜我呀！饶恕了我吧！我实在受不住了，求你用别的法子责罚我吧！若是……我要死在这里！”

她说道：“不要说话！这样横暴，最令人讨厌。”我事后想起来，她许是当真以为我是用诡诈，以为我是一个卑鄙、横暴、阴险的孩子。

贝茜、艾博特走出屋子，里德太太不耐烦地看我狂哭，一句话都不说，把我一推，推进屋子，又把我幽禁在屋里。她走了之后，我就昏迷了，什么都不知道，大约是晕过去了。

第三章 病 榻

后来我醒过来，觉得好像是做了一场噩梦，看见很可怕的大红火光，火光里有许多黑道，又听见有声响，总而言之，觉得扰乱不宁，心里恐怖。随后觉得有人扶我起来坐，头靠着枕，又像靠的是人手，我觉得稍安些。

再过五分钟，我完全清醒过来。我知道我睡在自己床上，红光是孩子们屋里的火。原来是晚上，点着一根蜡烛在桌上，贝茜站在床脚边，手上拿一个盒，有一个男人坐在椅子上，靠近我的枕头，弯着身子看我。

我看见有一个生人，不是此地人，不是盖茨黑德的人，我觉得有了保护。我细看看这个男人的脸，我认得他是劳埃德先生，是个开药店的，仆人们有病，里德太太常请他来看病的，她自己或儿女们有病，请的是正式医生。

这个男人问我道："我是谁？"

我喊出他的名字，将手伸向他，他微笑，拉我的手，说道："慢慢就全好了。"他把我放下来，对贝茜说，晚上要很小心，切不可惊扰。他又吩咐几句话，又说明天再来看我，他就走了。当他坐在我枕边的时候，我觉得有人保护我，有人照应我，我心里觉得很安慰，他一走，我又觉得非常之难过。

贝茜带点温柔的腔调，问我道："小姐，你想睡吗？"

我几乎不敢答她，恐怕她第二句就要说凶话，我只好说："我试试看。”

她又问道：“你想喝水吗？你可以吃东西吗？”

我答道：“我不想喝，不想吃，谢谢你。”

贝茜说道：“既是这样，我要去睡了，这时候已经过了十二点钟。但是晚上你无论要什么，你只管喊我。”

我觉得贝茜非常客气，我就壮着胆问她道：“贝茜，我怎么样了？我害病了吗？”

她答道：“我猜你在红屋子里哭得厉害，得了病。不久你的病就好了。”

贝茜走回下人屋里（离孩子们嬉戏的屋很近），我听见她说道：“莎拉，你来陪我在育儿室里睡，我今晚不敢一个人陪那病孩子，她或许会死的，那场晕倒实在是奇怪。我疑心她是见了鬼，太太是太没人性了。”

莎拉同她进来同睡，她们还低声说了半个钟头话，才睡着的。我只零零碎碎地听见她们所说的话，我却很明白她们所说的是什么事。

她们说道：“有一个什么东西在她面前走过，穿的是白的，一会儿就不见了……他背后跟着一只大黑狗……很响地敲房门，敲了三下……教堂的坟地有光，在他的坟上……”

随后她们两个人都睡着了。我一夜都睡不着，心里同耳目里都充满恐怖，这种恐怖，只有孩子们才能体会到。

我经受的并不是身体上的病，不过是神经大为混乱，一直到如今，还受这次的影响。里德太太呀，我为的是你，我一生脱不了偶尔的神经扰乱。但是我原谅你，宽恕你，因为我知道你自己也不知道你做了什么事，你一面伤我的心，一面以为可以改变我的劣性。

翌日中午，我起床，穿衣服，披了围巾坐在炉边。我觉得毫无气力，尤其痛苦的是心情太难过，难过到常常暗自垂泪，拭干一滴，又是一滴。但是我心里想，我这时候应该很欢乐，因为里德全家都出门跑马车去了。艾博特在她自己屋里做活计，贝茜在我屋里走来走去，收拾玩具，收拾抽屉，偶尔还对我说几句温和亲爱的话。这时候，比平常替里德一家当牛马舒服多了。不过我的神经太受打击了，无论什么安闲休息，也不能平定过来，无论什么欢乐的事，也不能感动我的神经了。

贝茜去厨房拿了一块饼，用一个颜色很鲜明的瓷碟装着，送来。我向来很喜欢这个碟子，曾经屡次恳求里德太太让我拿在手上细细地看看，她却向来不准我，以为我不配享受这种特别权利。现在这个碟子就摆在我膝上，贝茜还劝我吃那块细点心的圆边。这是莫大的人情，可惜太迟了，我不能吃点心。最奇怪的是我看看那碟子的鸟羽和花朵的颜色，全不是从前那样鲜明了。我把碟子同点心都推开，摆在一边。贝茜问我要不要看书，我一听见“书”这个字，立刻觉得精神兴奋起来，我就请她把那一本关于小人国的小说拿来给我看。这一本书我向来是屡读不厌的，我觉得这本书，比别的神怪书说得有趣味。这时候，我拿来再读，也觉得毫无趣味，只好也摆在一边。

贝茜这时候把屋子都收拾妥当，从一个抽屉里拿出些碎块绸缎来，要替乔治亚娜的泥人做一顶小帽子。一面做，一面唱歌。这段歌，我常听她唱的，觉得很好听，这时候听了，觉得惨然不乐。随后她又另唱一歌，是说一个孤苦伶仃的弱女在外飘零的故事。这个比刚才唱的更加凄惨。

贝茜唱完了，对我说道：“简小姐，你不要哭。”她这句话是无用的，仿佛是对火说“火呀，你不要烧”。但是她怎样知道我听了要哭呢？

再过一会儿，劳埃德先生来了，说道：“居然起床了吗？贝茜，病人怎么样？”

贝茜答道：“病人很好”。

劳埃德先生说道：“既然是这样，你该高兴起来。简，过来，你是叫简吗？”

我答道：“先生，我叫简·爱。”

劳埃德先生说道：“简·爱小姐，你刚才还是哭的。你告诉我，为什么哭，你觉得哪里痛？”

我答道：“我并不痛。”

贝茜插嘴说道："嘁！我看，她因为不能同小姐们同出去跑马车，故此哭的。"

劳埃德先生说道："绝不是的！她长到这样大的年纪，不能为这点儿小事哭。"

我也是这样想，我觉得贝茜很冤枉了我，我不以为然，立刻答道："我从来不因为这种事哭，我讨厌跑马车，我因为种种忧愁难过哭的。"

贝茜说道："这是什么话！"

劳埃德先生听了，有点迟疑。我站在他面前，他两眼盯住我看，他脸上虽是冷淡，性情却是很好的。看了我一会儿，说道："你昨日为什么得病的？"

贝茜又插嘴道："她跌倒了。"

劳埃德先生说道："你这句话，又把她当作很小的小孩子了。她这样年纪，难道连路都不会走吗？她现在至少也有八九岁了。"

我却坦白地说道："我被她们打倒在地，但是我却并不是因为被人打倒病的。"我说话的时候，劳埃德先生闻鼻烟。

他把鼻烟盒收在口袋里的时候，我们听见仆人开饭的铃响，劳埃德先生说道："家庭教师，这是叫你去吃饭，你可以下楼去，等我好好地教训简小姐一番，你吃过饭再来。"

贝茜原不想走开的，不过我们这里吃饭，是有一定时间的，她不得不去。

贝茜走了之后，劳埃德先生说道："你既不是因为挨打得

我站在他面前，他两眼盯住我看。

病，你到底为什么得病的呢？”

我答道：“因为她们把我锁在屋里，屋里有鬼。”

我看见劳埃德先生微笑，同时却皱眉，说道：“有鬼吗？你到底还是个小娃娃，你怕鬼吗？”

我答道：“我怕里德先生的鬼，他死在这屋里，停尸也在这屋里。贝茜她们晚上都不敢进去的。她们把我锁在这屋里，又不给我一支蜡烛，她们太暴虐了。我一生都忘不了的。”

劳埃德先生说道：“这是句胡话，因为这件事使你愁苦难过的吗？现在是白天了，你还害怕吗？”

我答道：“白天我不害怕，不过不久又到晚上了。况且……我为别的事，很不欢乐。”

劳埃德先生问道：“什么别的事，你可以告诉我几件吗？”

那时候，我极愿意把我心里的所有都告诉他，但是却不容易说。小孩子们是很有感觉的，却是不容易把感觉分析清楚，说得清楚。我很怕失了这个机会，不能把我满肚的愁苦，全部尽情倾倒出来。我想了一会儿，勉强先凑一两句，告诉他，说道：“第一件，我无父无母、无兄弟、无姐妹。”

他说道：“你却有一位好舅舅，好表亲。”

我又停了一会，说道：“但是约翰把我打倒，舅母把我锁在红屋子里。”

劳埃德先生第二次掏出鼻烟盒，说道：“你住在这所大屋子里，你看这所大宅好不好？你有这样大的宅子住，还不感激吗？”

我答道：“宅子虽然大，不是我自己的。艾博特对我说过，我还比不上她们女仆，我不应该住在这里。”

他说道：“你不能那样傻，要脱离这个好地方。”

我答道：“我只要有地方可去，我就很愿意去。但是我等不到长成大人了。我怎样能够脱离这个地方呢？”

他说道：“也许可以的，谁也说不定。你除了里德太太之外还有别的亲戚吗？”

我答道：“我想想看，没有。”

他问道：“你没有你父亲那方面的亲戚吗？”

我答道：“我不知道。有一次我问过舅母，舅母说是也许还有，不过都是穷苦下等人，舅母说，不认得他们。”

他说道：“倘若有的话，你愿意到他们那里去吗？”

我听了这句问话，想了一会儿。长大的人，提起贫穷，是害怕的，孩子们听了更害怕，他们并不见得清楚，什么叫作勤苦做工仍不失体面的穷，他们只知道穿破衣，吃不饱，家里炉子没得火，行为粗鲁，惯做恶事，那种贫穷。我的意思，以为贫穷就是下流。

我随后答道：“我不愿同穷人在一起。”

他问道：“倘若他们待你很好，你也不愿意去吗？”

我摇头，我想不到贫穷的人怎么能够好好地待我呢？况且还要学他们说话，举动也要学他们，又无书读，我有时看见他们哺乳孩子，有时看见他们洗衣服，我没有拿贫穷换自由的气概。

他问道：“你的亲戚们，真是那么穷吗？他们是工人吗？”

我答道：“我说不出来，舅母说的，倘若我有亲戚，他们一定都是很穷的，我不愿意当叫花子讨饭。”

他问道：“你愿意进学校吗？”

我又想了一会儿。我不太清楚什么叫作学校，贝茜说学校里头的女学生们，有时要挨打受罚的，是要守规矩的。约翰恨极学校，骂先生；但是约翰有约翰的好恶，我不必学他，若是贝茜所说的学规，果真是那么严，原是令人害怕的，但是她所说的各种学问，却又令人羡慕。贝茜常说，女生们画的山水花卉怎么好看，唱的歌曲多么好听，还会织口袋、译法文书。我想，一入学校，一切局面都是新的，要走很远的路程，要同里德太太的儿子离得很远，总而言之，是到了一个新世界。

我想过之后，答道：“我很愿意上学。”

劳埃德先生一面站起来，一面说道：“好，好，谁能料到将来发生什么呢？这孩子神经的情况不好，应该要换空气，换环境。”

贝茜这时走进来，同时听见马车声，劳埃德先生问道：“这是你的女主人回家了吗？我有几句话要对她说。”

贝茜把劳埃德先生领入早饭厅，据后来发生的事，我猜这位开药店的先生，劝里德太太送我上学，里德太太听他的劝。有一天晚上，贝茜同艾博特在我这屋里做针线活儿，以为我睡着了，她们谈这件事，艾博特说道：“这样一个不讨好、令人厌恶的孩子，常常都是好像留心看人，常常背后想诡计，怪不得女主人要她离开这里。”艾博特当我是个千人憎、万人恶的孩子。

还是这同一天晚上，我才知道我的父亲原是个穷教士，我母亲嫁后，母亲的亲友都很反对，以为太过于降低地位，我的外祖说我母亲，我母亲不听，我的外祖大怒，一分钱也没得分给我母亲。我又听他们说，我母亲嫁后一年，我父亲因为去一个工厂林立的大城镇探望害传染病的工人，不幸就得了同样的传染病，我母亲也得了这个病。一个月之内，我父亲母亲都死了。

贝茜听了这番话，说道：“艾博特，这个穷苦无家可归的简小姐，我们都应该可怜的。”

艾博特答道：“是的，假使她是个好看可爱的孩子，我们原该可怜她的。像她这样一个丑怪癞蛤蟆，谁能够可怜她呢？”

贝茜答道：“十分可怜她是做不到的。假使她有乔治亚娜小姐那样好看，自然更令人可怜。”

艾博特答道：“是的。我简直是溺爱乔治亚娜小姐，她的头发又长又卷，两眼蓝色，脸色是最好看，简直是画出来的美人儿。贝茜，我想用威尔士兔肉做晚餐。”

贝茜答：“我也可以吃一两块，加一个烤洋葱。来，来，我们下楼吧。”

两个人随即走了。

第四章　泄　恨

我和劳埃德先生的谈话，以及我所听见贝茜、艾博特两个人的谈话，都让我觉得安心些，盼望病愈，我想不久就有变化，我就不声不响地只管等。随后我体气复原，再也听不见有人谈到送我入学校的事。里德太太有时瞪着两只严厉的眼看我，却一言不发。自从我得了病之后，她把我同她的儿女们划分界限，划得更严，另外给我一间小屋子睡觉，叫我独自一个人吃饭，整天叫我到育儿室里，她的儿女却在客厅，一点也不提起学校的事情，我却觉得她万不能很久容留我在她家里，我看她的眼色，是嫌我恨我，是无可挽回的了。

伊丽莎同乔治亚娜，一定是听了命令的，很少同我说话。约翰见了我是闭住嘴。有一次，他又想打我，我想起前事，立刻就要抗拒他。他不敢打，一面跑开，一面骂我，还说我打破他的鼻子。我原是预备好，用尽我的气力打他的鼻子，看见我的神气或我的手势，他有点害怕，我真想打他，他已经跑到他母亲身边了。我听见他一面哭，一面对他母亲说，那个讨厌的简好像是一个发狂的猫追赶他。他母亲很严厉地止住他说道："约翰，你再不要对我提起她，我吩咐你不许走近她，她不配你理会她，我不许你同你的姐妹们同她接近。"

我忽然靠住栏杆大哭，不假思索地说道："他们不配同我接近。"

里德太太本是个胖子，她听了我这句大胆话，快快地跑上楼来，好像一阵狂风，把我卷入育儿室里，把我按在小床边，很严厉地对我说：

“你只要敢起来！你只要敢说一句话！”

我不由分说地对她说道：“假使我舅舅在世，他对你该说些什么呢？”我不由分说地说出来，因为我所说的话，的确是不由自主的。

里德太太向来眼神是很淡定的，听了这句话，却有点畏惧神色。她放了手，瞪眼看我，好像是辨不清我是个孩子，抑或是个鬼。我这时候是豁出去要同她拼一拼，我就说道：“我的舅舅是在天上。你心里所想的事，你所做的事，他是看得见的；我的爸爸妈妈，也都看得见的。他们都知道你锁禁我一天，你心里盼望我死。”

里德太太定过神来，用力把我推了好几下，打了我两个耳光，一言不发地走了。贝茜足足教训了我一个钟头，证明我是世界上第一个坏得无可救药的人，我也有一半相信她的话，为的是我这时候心里都是仇恨。

十一月、十二月和一月的上半个月，都过了。贺圣诞，贺新年，自然是同往年一样的热闹，彼此送礼，彼此请宴，无论什么，都没有我一份。我所享受的一份，不过是两眼看她们姐妹穿的好衣裳，打扮得花团锦簇，一会上楼一会下楼，两耳听见弹琴奏乐的声音，杯盘相碰的响声，众人谈话的声音。我听够了，看够了，独自一个人回到屋里，虽然有点不乐，却并不觉得愁苦。因为我不喜欢同许多人接近，假使我在她们中间，也没一个人理我的。假使只有贝茜同我要好，陪陪我，我都觉得比在人丛中、比在里德太太面前，心欢得多。不过贝茜有她的事，她替小姐们穿好衣服之后，就拿了蜡烛跑到厨房还有管门婆屋里。我这时候，只好拿我的泥人儿放在膝上，一直等到炉火暗下去。我有时四周看看，要看这间黑暗屋里有什么鬼怪没有。等炉火快灭的时候，我赶快地脱衣服，把带子打个结，拉得紧紧的，爬上小床，避寒冷，避黑暗。凡是个人类，总不免有所爱，我既然无可爱之人，只好爱这个颜色剥落破烂不堪、很像个小鬼的泥人儿。我每逢上床，一定要把这个泥人儿放在床上的。我现在追想从前，我解释不出为什么我就那样溺爱那个泥人儿，好像当他是个活的，有知觉的。假使我不把那个泥人儿放在我的睡衣里，我是睡不着的。只要那个泥人儿又安稳、又温暖，我就觉得欢乐，因为我相信那泥人儿欢乐。

我独自一个人在屋里等，我等了许久，客人才散，我留心听贝茜上楼的脚步声音。有时她进来找剪子，有时送晚餐给我吃。她坐在床边，看我吃，我吃完了，她帮我把被塞好，同我接吻两次，还要说声“晚安”，她才走。贝茜和蔼的时候，她是世上第一个面貌好、心地好的人。不过她不是常常都这样待我，还是推我骂我、要我做这个、要我做那个的时候多。我现在追想从前，贝茜做事很能干，嘴里很能说，讲故事也讲得很好的，她原是一个很聪明的女子，面貌很好看，黑头发，黑眼睛，身材苗条，可惜她喜怒无常，不懂得大道理，不知道什么叫作公道。虽是这样说，这个宅子里的人我还是只喜欢她一个。

一月十五日那一天早上九点钟，贝茜在楼下吃早饭，我的表兄妹还未到他们妈妈那里去，伊丽莎正在戴帽穿暖衣，要去花园喂鸡。她很喜欢养鸡，生下的鸡蛋，卖给管家婆。她很喜欢做买卖，不独卖鸡蛋，卖小鸡，还卖花，卖花种，卖给园丁。伊丽莎很会讲价钱，她的母亲曾经吩咐过园丁无论小姐有什么花草卖，他都要买的。伊丽莎很好利，只要有钱赚，把头发割下来卖，也是肯的。她得来的钱，最先是用破布，或卷头发的旧纸，一包一包地包好，塞在各处角上，积蓄起来。有时候被女仆们看见她藏钱的地方，恐怕她们偷去，随后把她积下来的钱交给她母亲，并且要算重利的，至少是五分六分。每季收利钱，用一个小本子记账，记得很清楚。

乔治亚娜对镜理发，用假花和褪色的旧鸟羽，塞了满头。我收拾床铺，因为贝茜号令我（现在把我当作她手下的一个女打杂，吩咐我收拾这间屋子，做打扫的事），一切都要收拾好了，等她进来。我把褥子铺平，把睡衣叠好，走到窗台，把书本摆好，泥人儿等件，都安置整齐。忽然乔治亚娜下个号令，不许我动她的玩具，我只好不动。我无事好做，就对着玻璃窗哈气，融化玻璃上的冰霜，好向窗子外看。

我看大门推开，一辆马车走进来。一会儿，听见大声敲门，有人走进房子，我却不理会有什么客人来。我看见一只饿鸟在树枝上，很想喂它，就从我吃剩下的面包卷上撕了一片，正要开窗，把它放在窗沿上，让饿鸟来吃，贝茜走上楼来，对我说道："简小姐，你把围裙脱下来，你在那里干什么？你洗过手，洗过脸吗？"我未答她，顾自用力把窗门打开，把面包团子撒在窗外，让鸟吃。随后我关上窗子，对贝茜说道："我才掸过灰，还没洗手洗脸。"

贝茜骂道："你这个讨厌的东西，你这个不小心的孩子，你干什么？你脸上发红，好像是做什么淘气事，你为什么要开窗子？"

我来不及答话，她好像忙到了不得，来不及等我答话。一手把我拖到洗脸架边，死力地用许多水、肥皂、粗布，把我的脸同手洗刷得很干净，又拿了硬刷，同我顺头发，扯了我胸前的围巾，催我下楼，去用早餐的小饭厅。

我原要问贝茜是谁要我去的，里德太太在厅里没有，来不及问，贝茜已经走了。我慢慢地下楼，这三个月来，里德太太来喊过我一次，只许我在育儿室里，饭厅客厅我都没到过，看这几处屋子，同禁地一样，不敢闯进去。

我下楼，到了空空无人的大厅，站在小饭厅门前，害怕得发抖，不敢进去。经过这一次无理虐待，我变成一个最懦怯的东西了。这时候我既不敢上楼，又不敢进饭厅；我足足站在饭厅门前有十分钟，只是害怕迟疑，随后听见饭厅的铃乱响，我只好决意走进去。

我一面开门，一面在心里想：是谁要看我呢？饭厅里除了舅母之外，还有什么人呢？是个男人，抑或是个女人呢？我推开门，走进去，低低地鞠躬，抬头一看，看见面前是一个黑柱子，他原是个人，不过穿的是黑衣服，身子极窄，站得极直，顶上是一个极凶恶的脸，很像是一条石柱，柱顶上摆一个石雕的头。

里德太太坐在火炉边，招我走上前，我走上前，她介绍我见那个怪人，说道："我同你商量的，就是这个女孩子。"

他慢慢地掉过头来，瞪眼看我好一会儿，说道："她身材很小，今年几岁了？"

里德太太答道："十岁。"

他又瞪眼再细细地看我好几分钟，迟疑地说道："有这些岁数了吗？"随即对我说道："小女孩，你叫什么？"

我答道："我叫简·爱。"

我说话时抬头看，他好像是个高个子，不过是因为我太矮小了，他的五官是很粗大的，通身都是粗暴样子。他说道："好呀，简，你是个好孩子吗？"

因为所有这宅子里的人都说我不好，我很难答他，我只好不响。里德太太摇摇头，先替我代答了，随即说道："布罗克赫斯特先生，我们最好是不要提这一层。"

布罗克赫斯特先生说道："很可惜！我要同她谈谈。"

他弯了腰，坐在里德太太对面的交椅上，对我说道："你走过来。"

我走过去，他把我摆得正正的直直的在他面前，这时候，他的脸正对着我的脸，我一看他的鼻子，不知有多大；他的嘴不知有多大；他的牙

"她身材很小，今年几岁了？"

齿更是又大又显露！他说道："最不好看的是淘气孩子，淘气女孩子更甚。你知道恶人死后到什么地方去吗？"

我立刻就答道："死后是到地狱。"

他问道："地狱是什么？你能告诉我吗？"

我答道："是个火坑。"

他说道："你愿意落火坑，永远被火烧吗？"

我答道："先生，我不愿意。"

他问道："你该怎样做，才免得落火坑呢？"

我想了一会儿答道："我把身体养好了，不会死，就可以免了。"

他说道："你怎样能够把身体养好呢？每天都有比你岁数小的孩子死掉，不过一两天前，我埋葬了一个五岁大的孩子，他还是个好孩子，他的灵魂现时在天上了。我恐怕你死还不能到天堂呢。"

我无法破除他这种疑团，只好低头叹了一口气，而眼看他的两只粗大的脚，很想远远地离开这个人。

他说道："我盼望你叹的这一口气，是从心里发生出来的，表示你追悔，不该令你的恩人难过。"

我心里想道：恩人吗？恩人吗？他们都说里德太太是我的恩人，若是果有其事，我看恩人是个极不好的东西。

他又问道："你早晚祈祷吗？"

我答道："先生，我祈祷的。"

他问道："你读《圣经》吗？"

我答道："有时读的。"

他问道："你读得高兴吗？你喜欢《圣经》吗？"

我答道："我喜欢《启示录》、《但以理书》、《创世记》、《撒母耳记》、《出埃及记》的几小段、《列王纪》和《历代志》的几个部分，还有《约伯记》和《约拿书》。"

他问道："你喜欢《圣经》的诗篇吗？我盼望你喜欢。"

我答道："先生，我不喜欢。"

他说道："不喜欢吗？太不对了！我有一个小男孩子，比你岁数小，记得六章诗篇，若是有人问那孩子，是喜欢吃饼，抑或是喜欢读圣诗，那孩子就答道：'我还是喜欢读圣诗，因为天使们读圣诗，我愿意在这里当天使。'那个小孩子能够这样地信教虔诚，人家喜欢他的答话就给他两个饼吃。"

我说道："圣诗无趣味。"

他说道："这就证明你的心是太坏了；你一定得祈祷上帝，换你的心，换一个干净的好心，把你的铁石心拿去，重新换一个肉心。"

我正要问这位先生，用什么手术换心。里德太太这时候打岔，叫我坐下，自己同布罗克赫斯特先生谈话。她说道："布罗克赫斯特先生，我三星期前给你一封信，说明我不喜欢这个孩子的心地行为。你若是肯把她收留在洛伍德学校，我很乐意恭请校长和先生们留心这个女孩子，尤其要紧的是留心防她欺诈。简，我特意当你的面，告诉布罗克赫斯特先生，免得他上你的当。"

我所以怕里德太太，不喜欢里德太太，不是无故的。因为她的生性是要伤害我，我在她面前向来无一刻安乐的。无论我怎样地小心谨慎，顺从她，无论我费多少力，要博她的欢喜，她总拒绝我，说我不好，冤枉我。这时候，她对着生人说我好欺诈，她这样冤枉我，太伤我的心。她的意思是要我到了一个新地方，还要绝我的希望，要我无好日子过。我是很能觉察，不过是说不出来。她先播下恶种子，要我从此以后所走的路，步步都是荆棘，我知道这时候，我在布罗克赫斯特先生面前，立刻变成了一个阴险诡诈的女孩子，我有什么补救的方法呢？

我滴了几点泪，几乎呜咽起来，我很用力才按住了自己，擦了眼泪。

布罗克赫斯特先生说道："小孩子欺诈是极不好的事，同骗子差不了多少。凡是说谎的人去火坑都有份的。里德太太，我们一定留心察看她，我会吩咐坦普尔小姐和教员们的。"

我的恩人继续说道："我要把她教养到同她的身份相称，要她学成有用，学成谦卑有礼。放假的时候，倘若你答应的话，我要她还住在校里，不要她回来。”

布罗克赫斯特先生答道：“你的办法很妥当。谦卑是基督教的好道德。洛伍德学校的学生，尤其应当学的。故此我对于这一层是特别留意，务必把学生教到谦卑的地步。学生们若是稍骄傲的，我却有法子立刻打消了。前几天有一件事，很证明我的办法有好效果。我二女儿奥古斯塔，同她的母亲来校参观，回家之后，对我说道：‘爸爸，洛伍德学校的女学生们，很安详，很朴素。她们的打扮是把头发卷在耳后。胸前披的长围身，褂子外面露出大口袋，十足像贫穷人家的女儿。她们看我同母亲的衣服，好像是一辈子未见过绸缎。’”

里德太太答道：“这种办法，我很以为然。假使我走遍英国，要找一个学校可以合简·爱的身份，最合适不过是你这家学校的了。你要始终照这样办，彻底才好，布罗克赫斯特先生，你却不要放松。”

布罗克赫斯特先生答道：“始终如一原是基督教的道德。洛伍德学校都是这样办的。穿布衣食蔬菜，住朴素屋子，终日辛勤练习，做粗事。”

里德太太答道：“先生，很对。我很可以放心，把这女孩子交给你，安置在学校里，教育她与她身份相称。”

他答道：“夫人，你可以放心。放在我的学校，如培养花木似的培养她。我盼望她将来感激我的培养。”

里德太太说道：“布罗克赫斯特先生，赶快送她到你那里去，越早越好。我觉得我的责任太麻烦了，她早走早好。”

他答道：“夫人，诚然诚然。我告辞了。我过一两个星期就回去我家里。我的好朋友副监督，一定苦留我，不让我早走。我先通知坦普尔小姐，有个新学生要到校，先预备好了，免得有什么为难。我告辞了。”

里德太太答道：“我们再见吧，你回家，务必替我向你的太太、布罗克赫斯特小姐、奥古斯塔小姐、西奥多小姐、巴拉登少爷问好。”

布罗克赫斯特先生说道：“夫人，我照办。小女孩儿，我给你一本小书，叫《孩子的向导》。你要一面祈祷，一面读。有一段说的是一个淘气女孩子，欺诈好骗，忽然无故死了。这一段故事，你要特别地留心读。”

布罗克赫斯特先生说完，把一本钉得很薄的书，放在我手中走了。

这时候，只剩下我同里德太太两个人，有几分钟，我们两个人都不说话，她做活计，我很留心看她。她这时候，大约有三十六七岁，身体很壮实，肩膀是方的，手脚很结实，身材并不算高，身躯大，却不胖，大脸大腮，额低颧高，口鼻端正，眉毛轻疏，两眼凶恶，皮肤黑暗，头发蜡黄色，她的身体非常之强健，向来未病过，无论什么病是不敢凑近她的。她是个麻利认真、善理家务的人。家里的事，外面出租的房产，完全都是她管，只有她的儿女有时不服她，有时还要笑她、藐视她。她很好穿，穿得同她很相称。

我离她有一丈几尺远，坐在一张小矮凳上，远远地察看她的身材面貌，我手上拿住那本小书。刚才我所见的事、所听的话和他们对待我的办法，样样都打入我的心里。刺我的心，刺得很深，我是愤恨到极点了。

里德太太抬起头，两眼盯住我，双手停了，对我发个号令，说道："你走出去，回到你的屋里。"大约是我的脸色有点不好看，她认为我得罪了她，她对我说的那两句话，是怒火中烧的，不过按住未发作。我站起来，走到门口，又回头，走到窗前，穿过房间，一直走到她身边。

我觉得我一定得说几句话，她们糟蹋我、践踏我太厉害了，我不得不翻身，但是怎么翻法呢？对待我的仇敌，我有什么报复的方法呢？我抖擞全部精力气力，对她说几句坦白话。我就对她说道："我并不欺诈，假使我说欺诈的话，我该说'我爱你'，我现在对你说明，我不爱你，世界上的人，我所最恨的，除了约翰之外，就是你。这本书说的，是撒谎的女孩子，你可以拿去给你的女儿乔治亚娜，她是说谎的，我不说谎。"

里德太太的手还放在活计上不动，两只眼冰冷地看着我。

她用对待大人的腔调对我说道："你还有什么要说的？"

她的怒眼同她的恶声，激起我的愤恨。这时候，我浑身打颤，激动到不能自主，我又说道："我宁愿你不是我的亲戚。从今以后，我再也不喊你舅母了。我长成人之后，我也不来看你。若是有人问我喜不喜欢你，问我你怎样待我，我就说，提起你来，我就难受到要作呕。你待我是十分暴虐，十分刻薄。”

她说道：“简·爱，你怎么敢说这种话？”

我答道：“里德太太，我为什么不敢说？因为我说的是事实。你以为我是无知觉的，你以为一点的和蔼亲爱都没有，我就可以过活。你这个人毫无怜悯的心，我不能同你一起生活。我记得你怎样推我，你怎样粗暴地推我入红屋子，把我锁在屋里，我到死也忘不了。那时候，我心里很难受，我只管喊：‘可怜我呀！舅母呀！可怜我呀！’你一点都不理。因为你的恶毒儿子打我，把我打倒在地，你却把我锁在红屋里。若是有人问我，我要照事实说的。许多人以为你是善良好人，但是你是个坏人，你的心地很坏。你是个骗子！”

我一面说这番话，一面觉得很自由、很得意，好像是无形中的束缚都斩断了，恢复我的自由了。我这番得意不是无故的。因为里德太太很害怕，针线从膝上掉在地下，举起两手，身子左右摇摆，脸缩起来，好像要哭。她说道：“简，你看错了，你觉得怎么样了？你为什么打颤？打得这样厉害？你想喝口水吗？”

我答道：“里德太太，我不要喝水。”

她说道：“简，你有什么别的喜欢的吗？我告诉你，我愿做你的好朋友。”

我答道：“你不是我的好朋友。你告诉布罗克赫斯特先生我的品行不好，我好欺诈。我要告诉洛伍德学校的人，你是个什么东西，你怎样对待我。”

她说道：“简，孩子们不懂得这些事，孩子们有过错，是该教训她们，要她们改过的。”

我很大声很野蛮地说道：“我并无欺诈的过错。”

她说道：“简，但是你的脾气太大，你是要承认的。好孩子，你回去你的屋里睡下歇歇吧。”

我答道：“我不是你的好孩子，我不能躺下。里德太太，请你趁早送我入学校。我厌恶住在你这里。”

她把活计拾起来，匆匆地走出去，还低声说道：“我真的要赶快把你送入学校。”

我一个人站在饭厅里，这场大仗算是我打赢了。这是一场恶战，我是第一次打胜仗。我站在地毯上，领略打胜仗的滋味。起初我还微笑，觉得爽快；等到我的脉博平复后，我的高兴也随着减少了。孩子们是不能同大人们吵的，不由自主地大闹大吵之后，是会感到悔恨的。我尽情泄愤的时候，好像是燎原野火，来势凶猛，不可阻挡的。过了半个钟头后，怒气平了，我就觉得我刚才有点发狂，我所处的地位，更孤寒，这时候又好像那阵野火灭了，变作一大团的死灰。

我总算报复一次，好像是饮香甜的美酒，事过之后，却觉得是渴了，又涩又辣的酒，好像是服了毒。这时候，我原想走去求里德太太宽恕我，但是从阅历上，我很清楚，我若是去求饶，她更轻视我，更激起我的反抗性。

我要设法克制我的性子，就拿起一本书来读，是一本《天方夜谭》，坐下读，读不出什么道理来，注意力很难集中。我打开早饭厅的玻璃门，看外边的风景，拿起褂子盖脸，盖肩膀，走出去。在林子里散步，看了都是些枯枝落叶，没什么趣味。我靠住闸门，看草地，看见一片衰草，天色是又灰又黑。这时候，我觉得自己真是个可怜虫，低声自言自语道：“我干什么呢？我干什么呢？”

忽然听见有人喊道：“简小姐，你在哪里？来吃饭吧！”

我认得是贝茜的声音。我却不动，她脚步轻轻地走来，说道：“你这个淘气的东西，我喊你，你为什么不回答？”

我看见贝茜这时候在我面前，觉得比刚才高兴得多，我才同里德太太大吵过，犯不着再理会贝茜。我还要使她高兴，我两手搂住她，说道：“贝茜，不要骂我。”

我这种举动，算是最胆大的了。她却很高兴。

她低头看我，说道：“简小姐，你是个怪孩子，你是个孤独无定性的孩子。我猜你快要进学校了。”

我点点头。

她说道：“你舍得撇开可怜的贝茜吗？”

我答道：“贝茜，理我做什么？贝茜常常骂我。”

她说道：“因为你是个古怪怯懦的小东西，你该胆子大些。”

我答道：“什么呀！你要我多挨些推，多挨些揍吗？”

她答道：“胡说！人家欺负你，这是实在的。我的母亲上星期来看我，对我说，她不愿意她的小女孩处你的地位。你进来吧，我有好消息告诉你。”

我说道：“贝茜，我不信你有什么好消息。”

她说道：“孩子，你这句话是什么意思？你的眼为什么这样愁苦地看我？太太同小姐们和约翰少爷，下午出门去吃茶，你同我吃茶。我告诉厨子给你烤一块好饼，随后你帮我收拾你的抽屉，我不久就要同你收拾衣箱。太太的意思，不过一两天就要你离开这里，你可以挑选些什么泥人儿带走。”

我说道：“贝茜，你得答应我，我未走的时候，你不要再骂我了。”

她说道：“我可以答应你，不过你得好好的，不要淘气，你不要怕我。我偶然说话说得厉害些，你却不要听了就吓一跳。”

我说道：“我见惯你了，我从此以后，不会再怕你的。我不久就要害怕一班生人。”

贝茜说：“你若是怕他们，他们就不欢喜你。”

我答道：“同你一样？”

贝茜说道：“小姐，我并不是不喜欢你，我比其余的人喜欢你得多。”

我说道：“我却未见过你现出喜欢我的样子。”

她说道：“你这尖刻的孩子，你现在说话的神气很新鲜，你为什么这样有胆这样强硬？”

我答道：“为的是我不久就要离开你，况且……”我原想把刚才同里德太太大吵的事告诉她的，随即再想，还不如不说的好。

她说道："你很喜欢离开我吗？"

我答道："贝茜，我并不愿意离开你，我这时候已经觉得有些难过。"

她说道："你说的是'这时候'，又说的是'有些'，你这位贵小姐，说得很冷冷的。若是我要吻你，你一定是说你有些不愿意。"

我说道："我欢迎你，我愿意你吻我。你低头。"贝茜果然蹲下来凑近我，我们互相拥抱了一会儿，我跟她进去。我心里觉得很安乐，这一天午后，我们很和谐的。到了晚上，贝茜告诉我几段极有趣味的故事，唱了几个极好听的曲子。像我这样飘零流落的孤女，想不到也还看见一点天日。

第五章　慈善学校

一月十九日，早上还未到五点钟，贝茜拿蜡烛进我的小睡房，看见我已经起床，衣服几乎穿好了。她进来之前半个钟头，我已起床，借着一点月光，洗脸，穿衣服。有一辆载客的马车，大约早上六点钟经过这里，我就得上车。只有贝茜一个人先起来，在育儿室里生好火，预备些早饭。孩子们要动身走远路，受了许多刺激，是吃不下的，这时候我也吃不下。贝茜预备的是牛奶泡面包，苦苦地劝我吃几勺，又用纸包了几块饼，放在一个装零碎东西的袋里，替我把帽子戴好，她自己裹了一条围脖，我们两个人就出屋了。我们在里德太太卧室门前经过，她问我要不要进去同里德太太告辞。

我答道："贝茜，不必了。昨天晚上你下楼吃晚饭的时候，她走进我的小睡屋，对我说，明早不必惊动她，也不必惊动家里人。她还告诉我，要我记得她是我最好的朋友，要我感激她。"

贝茜问道："小姐，你答些什么话呢？"

我说道："我未答话，我用被蒙住脸，掉转身子，脸朝着墙。"

贝茜说道："小姐，这是你错了。"

我说道："我是一点都没错，你的女主人不是我的好朋友，是我的仇人。"

她说道："简小姐，不要说这种话。"

我们从大厅走过，要出大门的时候，我喊道："我从此同这大宅子诀别了！"

此时月已沉下，天还是黑，贝茜拿一个灯笼照路，天气极寒冷，我的牙齿冷到打战。我们走到看门的屋子，我的衣箱已经先摆在这里。时钟敲过六下，不久，果然听见远远的马车声，我走出去看。

看门的女人问道：“就让她一个人走吗？”

贝茜答道：“是的。”

那女人问道：“有多少路程？”

贝茜答道：“有一百五六十里。”

那女人说道：“这是很远的路程，里德太太怎么能够放心让她一个人走这么远的路。”

这时候马车到了，停住，原来是辆四马大车，客人很多。先把我的行李放在车顶，我正在同贝茜吻别，他们就把我拉上车。

贝茜对管车的嘱咐道：“请你小心照应她。”

那管车的人答应了两声“是”，关上车门，喊一声“齐了”，那辆大马车就往前走。从此以后，我同贝茜和这家人分离，走入另外一个世界了。

我觉得路程很远，中间下车吃便饭，我被带进一家小客栈。歇过又

我被带进一家小客栈。

走，走过好几次旷野乡村。后来我睡着了，有一次车又停了，把我惊醒，看见车门大开，灯光之下，看见一个女仆问道："车里有一个小女孩子，叫简·爱是吗？"

我答道"是"，有人抱我下车，我的行李被放在地上，那辆大车又走了。

我朝四围一看，还是晚上，风雨交加，面前是墙，开了一扇门，女仆把我领进去，把门锁上。走进去，看见有房子，有几间屋子里还有灯光，女仆把我带进一间屋子，就出去了。

我手足冰冷，在那里烤火，看看墙上有一幅画，随后有人拿了灯进来，背后还有一个人。

在前的女人是个高个子，头发眼睛都是黑的，披着围脖，面貌严厉，她把蜡烛放下，说道："这个女孩子年纪很小，怎么好让她一个人独自出门走远路呢？"她很留心看我有一两分钟，又说道，"她很疲倦了，该先让她睡觉。"一面把手放在我肩膀上，问道，"你觉得疲倦吗？"

我答道："女士，我觉得有点倦。"

她又说道："你一定觉得饿，米勒小姐，你先给她晚餐吃，再叫她睡觉。小女孩，你这是第一次远离你的父母吗？"

我告诉她，我并无父母。她就问我父母死了有多少年，我多大年纪，叫什么名字，能够读书写字做针线活儿不能，随后她拿手指轻轻地摸我的脸，说道："盼望你是个好孩子。"说完，我就同米勒小姐走了。

刚才同我说话的那一位，年纪大约有二十九岁；同我一道走的这一位，年纪小些。第一位的声音神色态度深印我的心里。米勒小姐平常些，不如对我说话的那一位。米勒小姐脸红，满脸愁容，举动匆忙，好像是事情太多，忙不过来似的。后来知道她是个助教。她领着我，走过一间屋子，又是一间屋子，走过一条甬道，又是一条甬道，再走不远听见许多人声。随后走进一间又大又长的房子，每端摆一张木桌子，桌上放着蜡烛，板凳上坐了一排一排的，不知有多少女孩子，多大年纪的都有，小的是九岁十岁，大的有二十岁，穿的都是一样的衣服，个个胸前都披着围身，这时候正是她们在做功课的时候。

米勒小姐打手势，叫我坐在近门的一张板凳上。她走到屋子上头喊道："领班们，把课本收齐了，另外放好！"

于是有四个高大的女孩子，从书桌堆里站起来，走到各处收课本。米勒小姐又发号令说道："领班们，拿晚餐盘子！"

那四个女孩子走出去，每人拿一个捧盘进来，盘里放些东西，每盘中间放了一瓶水。学生们传递盘子，愿意喝水的就喝瓶子里的水，是很多人共喝的。传到我的时候，我只喝了些水，因为我受了刺激，又疲倦，吃不下东西。这时候，我才看见捧盘上是油麦做的饼，打碎了一块一块的。

吃过晚饭，米勒小姐领着学生们祈祷，随后就解散，两个人一排走上楼去睡觉。我这时候，十分困倦，不理会卧室的情形，只觉得也是一间宽长屋子。当天晚上，我同米勒小姐同床。她替我脱衣服，我躺下来，看看，是一排一排的床，每张床睡两个人。再过十分钟，灭了灯，屋里是一片黑暗，寂然无声，我睡着了。

早上醒来，还是风雨交加。米勒小姐睡我身边。听见铃响，学生们都起来穿衣服，天还未亮，点了两盏灯，我只好也勉强起来。屋里非常冷，赶快穿上衣服等候洗脸。每六个女孩子共用一个洗脸盆。不久，又听铃响，学生们又是两个一排地下楼，入课堂。这课堂又冷又黑，米勒小姐祈祷，随后喊道："学生们归班！"

学生们听了，乱了一阵。米勒小姐不停地喊道："不要吵！不要乱！"过了一会，学生们分作四个半圆形，每个圆形中心摆了一把椅子，一张桌子，桌子上是大本《圣经》，有三位女教师走进来，坐下。米勒小姐坐的是第四把椅子，很近房门，她教的是年纪最小的，我在这一班末一位。

先读《圣经》，天才亮；又听铃响，学生们又走进另一间屋子，吃早饭，我觉得很饿，看见有吃的，很欢喜。

屋中有两张长桌子，摆上两盆热东西，我一闻气味，很难受。我看见学生们个个都是闻了气味很难过的，有一个第一班个子很高的学生站起来，低声说道："真讨厌！这麦粥又烧焦了！"

我听见有人喊道："不许吵！"却不是米勒小姐，是另一位女教师，身材很小，面皮稍黑，穿得却很漂亮，坐在桌子上首。下首另外坐了一位。昨天晚上那一位女教师，我到处看也看不见。我所坐的桌子，是米勒小姐坐在那一头。另外一张桌子，那一头坐的是个法国女人。众人又祷告唱圣歌，一个女仆送茶给先生们，学生们才开始吃早饭。

我饿到发昏，胃口是非常之好，吃了两口，稍微解解饿，再也不能多吃了。我看见别的学生们，也是咽不下，也都只好不吃。早饭虽算是完了，各人肚里还是饿的。学生又祷谢，不知道谢的什么。祷谢完，又唱圣歌。学生出了饭厅，入课堂，我看见一位先生尝尝麦粥，又看看别人，别人的脸都露出不高兴的神色。其中有一位身体稍胖大一点儿的说道："吃不得的东西！真岂有此理！"原来还要歇十五分钟才开课，这个当口，学生们可以自由说话，所谈的都是这顿早饭。这时候只有米勒小姐在课堂里，站在她旁边的好几个大一点儿的大学生，说的都是很不满意的话。我还听见有人说到布罗克赫斯特先生的名字，米勒小姐听了摇头，好像是不愿意她们提起这个名字，但是她不阻拦她们说，大约她也不以为然。

时钟敲过九点，米勒小姐又发号令，学生们又归班。这时候，我看得很清楚，学生们的打扮，实在是难看。无论什么美貌女子，都要变作丑鬼的了。

我看看那几位先生，无一位是令人喜欢的。那位胖的，是个粗人；那位脸皮稍黑的，面貌太凶；那位法国人是粗蛮的；米勒小姐满脸都是劳苦过度的神色。

忽然学生们都站起来，原来是昨天晚上招呼我的那位女人进来了。我细细一看，她身高，面白，身材好看，两眼有神，是慈爱人的眼，态度雍容闲雅。她就是坦普尔小姐，姓坦普尔，名玛丽亚，是这里的校长。她教第一班学生的地理。其余的学生，是那几位教员教些历史、文法、写字、数学。校长还教几个年纪稍大的学生音乐。

到了十二点钟，校长站起来说道："我有几句话对学生们说，今天早上的早饭，你们都吃不下，你们一定是饿的，我已经吩咐他们预备些面包乳酪给你们做点心。”

那几位教员很诧异地看了她。

她好像是要解释，又接着说道：“我吩咐预备点心，是我一个人完全负责。”说完走了。

果然有点心送进来，学生们吃了一个饱，好不高兴。吃过了，就有号令要学生们到花园。我也随着众人出去呼吸空气。

这新园四围都是高墙，园地却分开许多小块，是预备学生们自己种花的。大约到了百花盛开的时候，是很好看的。不过这时候正是一月，才刮过风，下过大雨，园里又冷又湿。有些身体健壮的学生可以做种种的运动游戏。那些脸青体弱的，实在是受不住，都聚在廊檐，但是廊下还有浓雾罩住。我看见她们躲在那里发抖，我还常常听见有一个人咳嗽的声音。

我这时候未同人说话，人家也还未同我说话。我一个人孤零零靠在廊柱上，好在我寂寞惯了，不觉得怎样难过。我只好站在那里，心里一面想，两眼一面看她们，要把饥寒忘了。我看见学校大门上，有一方石牌，刻了字，说的是洛伍德义校某年某月由内奥米·布罗克赫斯特重建，又引了几句新约的话。

“你这本书有趣吗？”

我读了好几遍，觉得这几句话有个解释。正想的时候，听见背后有咳嗽声。我看见一个女孩子，坐在石凳上看书，看得很入神。我看见书名是《拉塞拉斯》，书名很新鲜，我就很留意。当她翻一页书的时候抬起头来，我想将来借看，就问她道：“你这本书有趣吗？”

她看看我，停了一两秒钟，说

道："我喜欢读这本书。"

我不知道我为什么有这个胆子，同生人说话。大约是因为我也好读书，与她有同好的缘故。

她把书递过来，说道："你可以看看。"

我接过来，稍微地看了一看，看见书里头，并不是讲的什么神仙妖怪的故事，觉得无甚趣味，把书还她。她接过去，并不说话，又要看书。我又打岔问道："你能够把石牌上所刻的话解释给我听吗？为什么用个义校？同平常的学校，有什么分别呢？"

她答道："这所洛伍德义校，有一部分是贫儿学校，是一种慈善学校。你我同所有的学生，都是受人赈济的。我猜你是个孤儿，你是不是父亲死了？或是母亲死了？"

我答道："我自小就是父母双亡。"

她说道："所有的女学生，不是双亲死了一个，就是父母双亡。这所洛伍德义校就是教育孤儿的。"

我问道："我们不要花钱的吗？她们教育我们不要钱的吗？"

她答道："我们家里，或是我们的亲友，每年要花十五英镑。"

我说道："既然这样，为什么喊我们作受赈济的孩子呢？"

她答道："因为每年十五英镑是不够教育费的。其余的钱是人家捐的。"

我问道："是些什么人捐助的？"

她答道："都是这里附近的，或伦敦的慈善家捐的。"

我问道："石牌上写的内奥米·布罗克赫斯特重建，这位内奥米·布罗克赫斯特是谁？"

她答道："是布罗克赫斯特老太太建的，现在是她的儿子管理这里一切事务。"

我问道："为什么呢？"

她答道："因为钱是归他管，他是这里的管理者。"

我问道："这地方不是那位吩咐预备点心的女人管的吗？"

她答道："不是坦普尔小姐管的。我很愿意归她管的。她所做的事，都要布罗克赫斯特先生答应过才算，置办我们的伙食衣服，都是布罗克赫斯特先生管的。"

我问道："他住在这里吗？"

她答道："不是的，他住在他的大宅子里，离这里有六七里路。"

我问道："他是个好人吗？"

她答道："他是个教士，传说他做了好些好事。"

我问道："那位吩咐预备点心的高个儿女人，叫坦普尔小姐吗？"

她答道："是的。"

我问道："其余那几位先生，叫什么名字？"

她答道："那位两颊发红的，叫史密斯小姐，管理裁剪缝制我们的衣服；那位矮小黑头发的，叫斯卡查德小姐，她教地理、文法，还听第二班背书；那位披围巾腰上绑了一条黄边手巾的是皮埃罗太太，她是法国人，教法文。"

我问道："你喜欢这几位先生吗？"

她答道："也还罢了。"

我问道："你喜欢那位矮小并且皮肤略黑的小姐吗？还有那位，名字我却不会说，你喜欢这两位吗？"

她答道："斯卡查德小姐性急，你要留心，不要得罪她。皮埃罗太太也还过得去，不算是坏的。"

我问道："最好是坦普尔小姐，是不是？"

她答道："坦普尔小姐，人又好，又聪明。她的学问比她们都强得多。"

我问道："你在这里许久了吗？"

她答道："我在这里有两年了。"

我问道："你是个孤儿吗？"

她答道："我的母亲死了。"

我问道："你在这里快乐吗？"

她答道："你问的太多了。我现在答你的所问，也答够了。我要看书了。"

但是这时候，摇铃吃中饭，我们都走进去。饭味不见得比早上的好，满饭厅都是坏油气味。我看见是小土豆煮老牛肉，我只好吃，心里纳闷，不知道是不是天天都要吃这种东西。

吃过饭，又上课。一直到了五点钟，才结束。

当天下午，看不见什么特别的事，只有斯卡查德小姐教历史，罚同我说话的那个女孩子，罚她站在课堂中间。我觉得这个女孩子大了，有十三四岁了，不该受这种羞辱，我以为她受罚，心里脸上都要难过的。谁知不然，她既不哭，又不红脸，很淡定地站在那里。我觉得诧异，我心里就想道：她怎么能好好地受这样羞辱，假使是我的话，我只想地上忽然出一个大洞，把我吞入洞里。她站在那里，好像是另外有所注意，全不顾眼前左右。我常听说，白日做梦，难道她也是白日做梦吗？她的两只眼是看地上，我看她的心，却不在地上。她的眼是看心里，在那里追想许多事，丝毫不顾眼前的事。她到底是什么样的一个女孩？是个好人，还是个恶人？

过了五点钟，不久又吃东西，每人一杯咖啡，一块黄黑面包。我觉得很饿，吃得很有滋味，随即散步半点钟，又上课。课后就是吃面饼喝白水，吃过了，是祈祷睡觉。这就是我在洛伍德慈善学校第一天的情形。

第六章　海　伦

今日起来，我们所做的事同昨日一样。不过今早起来，我们不能洗脸，因为昨晚变了天气，我们的卧室非常冷，我们都在被窝里打战。早上起来，脸盆的水都冻成冰，我们只好不洗脸。麦粥比昨日好得多，可以吃了。可惜太少，吃不到半碗。

当天就把我放在第四班，开始的功课我觉得有点为难，一会儿学这样，一会儿又是学那样，我觉得好像有点捣乱。随后先生给了我一条薄纱，叫我去缝边，许多学生，这时候都是做针线活儿。还有一班学生，围着斯夫查德小姐做功课，我一听是英国历史，同我说话的那位同学也在这班里。开课的时候，她是一班的第一名，后来不知道因为说错了一个字音，或是因为不小心，忽然就降下去，降到最末后一名。先生还不满意，还要遇事同她为难，一会喊道："彭斯（这是那位同学的姓），你为什么不把脚放平？你赶快把脚放好。"一会又喊道："彭斯，你的两腮为什么凸出来，赶快缩进去。"一会又喊道："彭斯，你抬起头来，不许你在我面前低头。"诸如此类，不知道喊了多少次。

随后叫学生们把书都合了，逐个地考问，问的都是很为难的话。问到彭斯，却是对答如流的。我以为先生总要夸奖她几句，谁知不然，先生忽然又喊道："你这个脏孩子，你这个难惹的孩子！你今早未洗干净你的指甲！"

彭斯不答，我觉得诧异。

我心里想道："她为什么不说，今早脸盆的水冻了，不能洗指甲，也不能洗脸。"

这时候，史密斯小姐叫我拿线，她要绕线，一面绕，一面问我好些话。问我从前进过学校没有，问我能够做各种针线活儿不能，随后她打发我走开，我又留心看那一班，我坐在凳上，斯卡查德小姐说了一句，我却听不见，只看见彭斯走入一间摆书的屋子，拿了一札树枝子出来，规规矩矩地递给斯卡查德，自己把围身解下来，那个先生就拿了树枝子，重重地在彭斯背上打，一连打了十二下，彭斯一滴眼泪也不流。我见了，十分愤怒，却发作不出来，两手打战，不能做针线活儿了，彭斯，脸上神色如故，丝毫也不改变。

斯卡查德小姐喊道："你这个懒惯了的孩子！我没法子能够叫你改变你的坏习气，你把鞭子拿走。"

彭斯把那一捆树枝子拿回去，我留心看她，看见她刚把手巾放在袋里，脸上有一滴泪痕。

一天之内，总算是晚上放学之后做游戏，时候还有些乐趣。五点钟的时候，那一小块面包，一口咖啡，虽然不能充饥，却还可以提神。

这天晚上，我仍然是在人群中，这里走走，那里走走，还是没得一个朋友。我偶然揭开窗帘往外看，看见雪下得很大，屋里的学生们是乱说话，很吵闹。

假使我离开一个快乐家庭，离开了慈爱的父母，来到这种学校，我肯定要觉得很难过，觉得家里有种种舍不得的事。但是离开里德太太那样的家庭，我觉得这时候风雪越大，学生吵得越凶越好。

我闯来闯去，走到一个火炉边，看见彭斯跪在炉边，借炉火的光看书。

我从她背后走来，问道："你还是读《拉塞拉斯》吗？"

她答道："是的，我才读完。"

再过五分钟，她把书合起来。

我心里想：我这时候可以拉她说话了。我就在她身边的楼板上坐下。

我问道："你姓彭斯，你名叫什么？"

她答道："我名叫海伦。"

我问道："你是从很远的地方来的吗？"

她答道："我从北边来的，快到苏格兰边界了。"

我问道："你以后还回家吗？"

她答道："我希望回去，不过是将来的事，谁能预料呢？"

我问道："你一定很想离开洛伍德。"

她答道："不然，我为什么要走呢？我来这里为的是求学。我目的未达，何必走开呢？"

我说道："但是那位斯卡查德小姐待你太狠毒了。"

她答道："狠毒？她并非狠毒！她不过是严厉，她不喜欢我的毛病。"

我说道："假使我是你，我是不喜欢她的；我是要抗拒她的；若是她拿棍子打我，我是要抢过来的；我是要当她的面，把那捆树枝折断了的。"

1824年，夏洛蒂·勃朗特和三个姐妹一起被送到位于科恩桥的女子教会学校，这也就是她在小说中所描述的"洛伍德学校"的原型。而姐姐玛利亚被她刻画为简·爱在学校里唯一的好友——海伦·彭斯。

她说道："也许你不会做那些事，你若是真要做的话，布罗克赫斯特先生是要把你赶走的，你的亲友们知道了，一定很难过。还不如受点痛楚，受痛楚，不过是你一个人，何必拖累到你的亲友们都难过呢？况且《圣经》上说过，做人应该以德报怨。"

我说道："挨打同罚站都是很丢脸的事，并且你岁数很大了，我比你小，我都不能受。"

她说道："但是既不能免，只好忍受。既是你的命运一定要你忍受，你却说你一定不能忍受，这是很糊涂无理的话。"

我听了这番话，很吃惊。她所说的忍受主义，我不甚懂。对于打她的人，她还要替她开脱，我尤其不懂。我却觉得海伦所看见的道理我是看不见的。我疑心她的道理是对的，我的道理是不对的；我却不能详细地追想到底。

我问道："海伦，你说你有你的毛病，有你的短处，我看你是很好的。你有什么毛病？"

她说道："你就可以拿我做一个例子，看人切勿靠外貌。斯卡查德小姐说我乱七八糟，我是乱七八糟，我摆放东西的确是毫无规则的；我又不小心；又记不得规则；我该用功的时候，反去看闲书；我是毫无纪律，我同你刚才说的话一样，我受不住规则纪律。斯卡查德小姐是最小心，最有规则，最讲按时候做事的，我却不然，故此总惹她生气。"

我答道："斯卡查德小姐好发怒，很暴虐。"海伦却不以我所加的评语为然，一声不响。

我问道："坦普尔小姐，也同斯卡查德小姐一样地虐待你吗？"

我一说到坦普尔小姐，她满面都是笑容，说道："坦普尔小姐样样都好。她很不愿意严厉对待学生，她觉得难过，就是顶不好的学生，她也不愿意严厉对待。她知道我的毛病，很平和地告诉我。她知道我的好处，极力地夸奖我。我不妨告诉你，我一个最大的毛病是：她虽然平和地劝诫我，告诉我极有道理的话，我还是改不了；她夸奖我，我虽然是很看重她的夸奖，但是我仍然不能小心谨慎。"

我说道："这真奇怪，小心谨慎是一件极容易的事。"

她说道："在你看是极容易的。我今天早上留心看你，你是很专心的，讲课的时候，或是先生问你，你的心神是不外散的。我就不然，我总收不了我的心。我应该留心听斯卡查德小姐讲课的时候，我往往连她的声音都听不见，好像是在梦中一样。有时我以为还是在家乡，把她的声音当作我家门口的溪流的声音。轮到我答问的时候，还要先把我喊醒，因为我本来就没听见她说什么。"

我说道："但是今日下午，你对答得好。"

她说道："那不过是偶然碰巧的。因为遇着我们所读的那一课，是有趣的。今天下午，碰巧我并不想家乡，我心里正在思索，当日英国国王查理一世心里原是很想为善的人，为什么有时做出极不公道、极不该做的事？我还替他可惜，他既是个有良心有操守的人，为什么眼光那么短，跳不出君权的思想？可惜他毫无远见，看不见世界的潮流，同国内舆论的趋向。但是我还是尊敬查理一世，很可怜他为国人所弑。他的仇敌真是穷凶极恶。他们杀不该杀的人，他们怎样有这个胆去弑他！"

这时候，海伦是对自己说话。因为她所说的这件事，我不十分懂。我只好引她谈我所懂得的事。我问道："坦普尔小姐教你的时候，你也是一样不能专心听吗？"

她答道："不然，我留心听的时候多，因为坦普尔小姐说的话比我心里所想的新鲜，她的话语又好听，她所告诉我们的事，正是我要知道的。"

我说道："在坦普尔小姐所教的那一班，你是个好学生了。"

她答道："是的。不过我也是顺着我自己的意向走罢了。这原算不了什么好处。"

我说道："这就算是很大的好处。他们待你好，你就好好地留心听。我所愿也不过在此。假使人家以暴虐相待，以不公平相待，我们还是用和平手段对待他们，顺从他们，岂不是鼓励他们为恶，随他们想做什么，就做什么吗？岂不是他们无所忌惮，越做越坏了吗？若是有人毫无理由地打我们，我们就该用大力回手打他，我们是应该还手打的。除此之外，没得别的方法惩戒他们不再打。”

她答道：“你现在还是一个未受过教育的小女孩，你不能懂，我盼望你长大之后，不是这样想。”

我答道：“海伦，我觉得为人是应该如此的，我同一个人相处，我极力地同他要好，他总是一样的，总是不喜欢我，我就一定不喜欢他；有人不公道地罚我，我是要反抗的。我觉得这是自然而然，应该这样做的，也同他爱我，我自然该爱他，我果真该受罚，我自然愿受罚。”

她答道：“你所说的是无宗教的人同野蛮人的道理。信奉基督教的人同文明人，是不承认这种道理的。”

我问道：“这是怎么讲的？我却不懂。”

她答道：“残暴不能胜愤恨，报复不能治我们所受的损害。”

我问道：“什么能治呢？”

她答道：“请你读《新约》，留心基督所说的话所做的事。基督的一言一行，你都拿来做榜样。”

我问道：“基督说些什么？”

她答道：“基督说的是爱你的仇敌；人们诅咒你，你要替他们祝福；人们恨你，怨你，你要爱护他们。”

我答道：“这样看起来，我就该爱里德太太，我却做不到。我就该求上帝赐福与约翰，我还是做不到。”

海伦这时候却要我解释给她听，我就一五一十地把我在盖茨黑德所受的虐待都告诉她，我把我的愤恨也告诉她。说了个淋漓尽致，一点也不留余地。

海伦极耐心地听我说到底，我盼望她批评几句，她却不响。我不耐烦，就问她道：“你看里德太太，岂不是一个毫无良心的恶人？”

她答道：“她虐待你，那是无疑的了。你要知道，她不喜欢你这种性情的人，如同斯卡查德小姐不喜欢我一样。但是她所说所为的事，都是极小极不相干的，你为什么记得这样清楚？她的不公道行为深印入你的心了。我却不然，人家对待我的暴行，向来入我不深。你何妨试试，把她的暴行同你的愤恨完全都忘记了，你当觉得心里安乐得多。据我看来，一个人活在世上，没有多少年，时常怀怨记恨是犯不着的。不论什么人，哪个没得毛病，没得短处？到了死的那一天，我们的毛病短处，同我们的躯壳，都一同化为乌有了；我们的罪恶也同我们血肉分离了，只剩了灵魂存在，原是造物主所给我们的，仍然回到造物主那里去，再给别的人，得了点儿灵魂的，或做人，或是做到神人，总不能变作魔鬼，我不相信人会变作魔鬼，我另外相信一种教旨，一种信条，向来无人教我；我也不轻易对人说，我却很喜欢我的教旨信条，因为这样存想，是把希望的范围推广了。人人都可以有希望，就可以视死如归，而不是永坠深坑，永坠地狱。况且我抱定这种信条，很容易分别罪人与罪过，我就可以分别对待，罪人是可以原谅的，罪恶是最令人厌恶的。我抱住这种信条，心里就不为报复所激动了，受了羞辱，我不深以为耻；不公道的待遇也不能把我压服得很低。我可以过安闲日子，盼望最后的那一天。”

海伦说话的时候，是低着头的，说完了，头垂得更低。我看她的神气是不愿再谈，只愿一个人独自寻思。她却没得什么时候去想，因为有一个粗大的班长，带着北边的口音，喊道：“海伦·彭斯，你若不赶快去收拾好你的抽屉，把你的活计放好，我就要告诉斯卡查德小姐，请她来看。”

海伦听了，如梦初醒地站起来，一声不响，赶快去收拾。

第七章　受　屈

我住在洛伍德学校一季，好像是住了一辈子似的，所过的也并不是黄金世界的日子：终日的要练习新规则，做为难的功课，时时刻刻恐怕学不好，比身受的辛苦更为难过。

一月、二月和三月的部分日子，雪很深，除了到教堂，很少外出。在学校里，每日要在外游散一个钟头。我穿的衣服很薄，不足御寒，我们手上无手套，脚无皮靴，手足常是冰冷的，两脚被雪所侵，生冻疮，晚上疼得难受。小孩子们又容易饿，吃又吃不饱，因为人人都吃不饱，那些年纪大点的学生就想出法子骗小学生，把她们的一份骗来吃，她们常来骗我，我吃到肚里的尤其不能使我饱。

遇着星期日，更是难过。我们要走六七里路，才到由捐助人所主持的布罗克布里奇教堂。我们出门的时候，已经觉得够冷，到了教堂，觉得更冷。坐下听讲，我们都冷僵了。因为回校吃饭太远，就带了些冷食分给我们，在教堂里吃。

等到听完了下午讲经才回校，迎着大北风，在山脊上走，把我们冷到几乎把面皮都要剥下来。

我还记得，坦普尔小姐一路走，一路抖起精神鼓励我们，劝我们学壮士临阵那样勇往向前。其余的先生都是垂头丧气的，顾不及鼓励我们。

我们走回校的时候，个个都盼望入屋子里烤火。到了屋里，那些小学生们哪里有享受这种利益的机会，因为一到屋里，早已有好几排的大学生，先重重叠叠围住火炉，我们小学生是凑不上去的，只好把两只手，缩入围身里。

好在吃茶的时候是一个人分一整块的面包，平常日子，不过是每人半块。面包上还涂了薄薄的一层黄油。这也是星期日才有的，故此我们好容易盼望到星期日，享受这点好处，我也只能吃着一点，其余的也被他人分吃了。

星期日晚上，背《圣经》，米勒小姐讲经，她一面讲，一面打呵欠，可见她很不耐烦讲经。往往当她讲经的时候，总有六七个小学生打盹，从第三层的高座位跌下来，把她们抱起来，还是半死的，醒不过来，只好罚她们站在课堂中间，讲完经，再让她们走。有时候，孩子们简直是站不起来，东倒西歪地蹲作一团，只好用班长的高凳子撑住她们。

我到校的那一个月，布罗克赫斯特先生不在家，我是很怕他来看学校。

有一天下午，是我到校之后的三个星期，我正在石板上做算数，偶

图中这座教堂是小说中“布罗克布里奇教堂”的原型，教区长W.卡鲁斯-威尔逊牧师则是小说中“布罗克赫斯特先生”的原型。

然抬头向窗外望，看见一个人在外面走过，我自然而然就认得是他。过了两分钟，全体学生连先生们都站起来，我不必抬头，就知道是恭迎什么人。那时候，坦普尔小姐已站起来，那个人大踏步走到坦普尔小姐身边，好像是一根黑石柱，我斜眼看看，果然是他，是布罗克赫斯特先生。

我有我的理由为什么怕他来，因为我记得里德太太冤枉我，对他撒谎，说了我许多坏话。他曾经答应，告诉坦普尔小姐同别的先生，我一向就唯恐他来，把坏话宣布，从此以后，我在众人心目中就永远变成一个坏人。他站在坦普尔小姐身边，低声地同坦普尔小姐说话，这是说我无疑的了。我时时刻刻恐怕坦普尔小姐听见了，眼睛就要看看我，露出讨厌我、看不起我的神色。我刚好坐在顶高的一排上，听得很清楚，我暂时很放心。

布罗克赫斯特先生说道："坦普尔小姐，我买的线是可以用的，正好配她们的布内衣，我把针也挑选好了。你告诉史密斯小姐，不要忘了开一张单，列明穿线活的针，告诉她，每次只许分一根针，多了，她们就丢了。她们的羊毛袜子该多留意些，有一次我看见袜子上穿破的洞眼太大了，这是不常补的缘故。"

他停住了不说。

坦普尔小姐说道："我要留神察看的。"

他又说道："洗衣服的女人告诉我，女学生们一星期用两条披肩，这太多了，章程上只许每人用一条。"

坦普尔小姐答道："我可以把理由告诉你。上星期四，有人请约翰斯通姐妹吃茶，是我许她们换干净的。"

布罗克赫斯特先生点点头，说道："不过这一次，就随它去，以后可再不必了。还有一件事，我觉得很诧异：我同管庶务的算账看见上两星期曾经两次分面包、乳酪给学生们当点心，这是怎么讲？我一查章程，并无给学生吃点心的章程。这是谁开的新例？奉谁命令给的？"

坦普尔小姐答道："先生，这件事由我完全负责。因为早饭弄得实在是不好，不能下咽，我不敢叫她们挨饿，挨到吃中饭的时候。"

布罗克赫斯特先生说道："女士，你听我说。我教育这班女孩子的宗旨是要把她们教育到不务奢华，不要放纵，要养成她们能耐劳受苦克己。就是偶然烹调不好，或是过失，或是不熟，不能开胃，不应该反给她们好吃的东西，惯坏她们的身体，失了本校的宗旨；应该借这个机会，叫她们忍受暂时痛苦；应该趁着这个机会告诉她们，从前最早的基督教徒是怎样受罪的；殉道的人，是怎样受痛苦的；天主自己那样的苦，劝门徒背了十字架跟随他，他怎样警告人，不要全靠面包养活生命，要奉行上帝所说的话；还要告诉她们上帝安慰人的话，说是'饥渴慕义的人有福了'。女士，你不把烧焦的麦粥灌入学生们的嘴里，反把面包同乳酪喂她们，你虽然是要养她们的恶浊身体，你却忘了你反饿了她们不死的灵魂。"

布罗克赫斯特先生也许因为大动感情再说不下去，停了一会不说话。坦普尔小姐原先是垂头，这时候，抬起来向前看，神色冷极，好像是个石人。嘴闭得很紧，眉宇间神色凝重。

布罗克赫斯特先生得意极了，四下地看，忽然两眼一亮，好像是看见极不合眼的事物，急口地说道："坦普尔小姐，坦普尔小姐，那个女孩子，为什么卷发？红头发都卷起来？"他拿起手杖向那女孩子指的时候，手在打战。

坦普尔小姐很安详地答道："这是朱莉娅·塞弗恩小姐。"

布罗克赫斯特先生说道："朱莉娅·塞弗恩？为什么她就该卷发？无论什么人，都不该卷发。她为什么胆敢藐视违抗校章，在这个慈善学校弄得满头都是卷发？"

坦普尔小姐更从容地答道："朱莉娅·塞弗恩的头发是天生的。"

布罗克赫斯特先生答道："自然的！我们不能随它自然，我要教成她们做受天宠的孩子，为什么要这些头发？我曾经屡次说过，把女孩子们的头发剪得短短的，朴实的，用不着什么花样。这个女孩子的头发一定得剪光了，我打发剪发的明早来，我看见别的女孩子们头发也是太多……那个高孩子，喊她掉过脸来。告诉第一班的女孩子都站起来，脸转向墙。"

坦普尔小姐拿手巾掩嘴，好像是要遮住微笑，喊第一班站起来，我往后稍靠，看见女孩子们很不以为然的脸，可惜布罗克赫斯特先生看不见她们的脸，不然，他就可以觉得人家只是面上服从他，心里是不服的。

他把这班女学生的头细细一看，看了有五分钟，说道："所有头上打的结都要剪了。"

坦普尔小姐正要反抗。

他说道："女士，我要事奉天主，我的职责是要灭绝这些女孩子们的肉体嗜好；禁止她们结头发，穿贵重衣服，教她们羞怯朴实。我所看见的这班女孩子，个个都梳成辫，打成结，一定都得剪了，你试想看，理发要糟蹋多少时间……"

这时候，刚好有三位女宾走进来，布罗克赫斯特先生就停住不说。这三位女宾该早些进来，听听布罗克赫斯特先生的教训，因为这三位穿得极阔，穿的都是绸缎皮绒，那两位年纪轻的（不过十六七岁），戴的是皮帽，插了鸵羽，帽子底下是很多的成团的卷发。年纪老的披了天鹅绒围脖，银鼠做里，头的前面披的假卷发。

这时候，刚好有三位女宾走进来。

坦普尔小姐走上前，欢迎这三位女宾，原来就是布罗克赫斯特夫人和小姐们，领到首座坐下。她们一家人是同坐马车来的，当布罗克赫斯特先生同管庶务的管账，查问洗衣服的婆子，教训校长的时候，这三位女宾是跑上楼，各处看看，现在她们三位责备史密斯小姐，因为学生们的衣服同卧室是她管的，我因为留神看别的，听不见她们说的什么话。

我一面听布罗克赫斯特先生和坦普尔小姐说话，一面想我自己要找一个隐蔽的地方藏起来就可以无事了，于是我装作很忙地算数，把石板拿高些，盖住我的脸。我原可以幸免的，不料我的石板从我的手里一溜，跌在地上，跌得很响，众人的眼睛都注视我，我知道是完全无希望的了，只好低头拾碎石板，这回该轮到我受罪了。

布罗克赫斯特先生说道："这是个不小心的孩子，这是个新来的学生。"我的气还没喘过来，他又说道："我不要忘了，我有两句话要说了，这个学生，"他于是发大声，我觉得他的声音是非常之响，"那个打碎石板的女孩子走过来！"

我听了，整个人都麻了，僵了，走不动。有两个高大的班长扶住我，推我到判官的面前。坦普尔小姐很和平地帮我，扶我走上前，还低声对我说道："简，你不要怕，我看见你打碎石板是偶然的，你不会受罚的。"

她这句安慰的话，我听了如同小刀子刺入我的心窝里。

我心里想道："坦普尔小姐，这时候只管安慰我，再过一分钟，连她也看不起我，当我是个诈伪人了。"我这时候心里愤极了恨极了里德太太同布罗克赫斯特先生这一群人，我可不是海伦·彭斯。

布罗克赫斯特先生说道："把高凳端过来。"说着用手指指一张高凳，高凳端过来之后，他又说道，"把这孩子放在高凳上。"

有人把我放在凳上，我却不知道是谁。这时候我看不清楚什么光景，只见我的脸是正对着布罗克赫斯特先生的鼻子，知道他离我二尺多远，看见离我稍低的是一团一簇的绸缎鸟羽。

布罗克赫斯特先生先咳嗽两声，清清嗓子，说道："各位女士，坦普尔小姐，各位教员，孩子们，你们都看见了这个女孩子吧？"

她们的眼自然是看见的，并且是很留心看的。

他说道："你们看见她年纪还是很小，你们看见她外貌同平常孩子们一样，外面是看不见有什么缺憾，有什么毛病，谁料到魔鬼已经有了奴仆，就是她。"

他停了一会，我知道什么都被说破了，无可挽回了。我只好定定神，壮壮胆，用力支持住。

他继续说道："孩子们，我不能不告诉你们，警告你们，这个女孩子原可以做上帝的小羔羊，上帝所提挈的，却变成为上帝所抛弃的，不是羊群里的一只小羔羊，而是外来的一个怪物。你们须要提防她，不要学她，不要同她做伴，不要同她在一处游玩，不要同她说话。先生们须要留心察看她，她的一举一动都要留心。你们要罚她的躯体，才可以救她的灵魂；救得来救不得来，还不敢说，因为这个孩子，这个女孩子，虽然是生长在奉基督教的国里，却比异教人还要坏得多，因为这个女孩子，是个说谎的孩子。"

他说完这番话之后，停了有十分钟。这时候，我是很清楚地看见布罗克赫斯特太太和小姐们掏出手巾来，擦擦眼，太太摇头摆尾，小姐们低声说道："真可怕！"

布罗克赫斯特先生才歇过来，又说道："这是我从女孩子的恩人那里听来的。这位敬天好善的太太，从小就把这个孤儿收养在家里，看待如同亲生女儿一样。不料这个女孩子却忘恩负义，那位太太恐怕她，拖累她自己的儿女，不得不同她分离，把她送来，叫我们把她治好了，如同早前的犹太人，把病人送到某处的水坑医治一样。我请校长教员们留意，不要让这女孩子周围的水变了臭水。"

布罗克赫斯特先生演说完了，整整最高的扣子，喃喃地同家眷说了几句话，家眷们站起来，对坦普尔小姐点点头，就走出课堂，到了课堂门口，布罗克赫斯特先生还回转头说道："叫她站在高凳上，再站半个钟头。今天一天，不许人同她说话。"

我高高在上，站在课堂中间，人人都看见我出丑，那时候的种种知觉，我也写不出，说不出。我正在快要呜咽的时候，有一个女孩子走上来，在我的面前走过，抬起头来。我一看见她的脸，立刻就觉得有一线光明重生的感觉。我正在颓丧的时候，这新感觉把我扶持起来，好像是一位英雄，一位殉节的人，在一个奴隶、一个受苦的人身边走过，这奴隶见了，也就得了新力量，不为境遇所屈了。我抖起精神，抬起头来，稳稳地站在高凳上。海伦·彭斯走过去，问史密斯小姐几句不相干的话，史密斯小姐呵责了她几句，她掉过头来，走回去自己的座位，又在我面前走过，对我微笑。她这一笑，我至今还能记得，她这一笑，现出她有过人的智识，有过人的勇气；她的脸虽然很瘦，两眼虽然都凹进去，我却如同见了仙女一样。然而那时候，她膀子上还带着因为不会收拾，不会整理而受罚的记号；不过一个钟头前，我还听到斯卡查德小姐因她抄写不干净而罚她明日只能干吃面包和喝清水。我禁不住悲叹，人性为什么有这么多缺欠！海伦小姐原是豪迈刚毅的人，从史密斯小姐的眼睛看去，不过只看见些小过失，看不见她许多高贵的德性。

第八章 辩 诬

半个钟头过去，已是五点，我从高凳上爬下来，天色已是很黑，我走到房角，坐在地上。海伦不在我面前。支持我的力量也就完了，我就哭起来。我想起我到洛伍德学校来就学，要学些学问，要做个好学生，要结交许多朋友，要许多人敬我爱我。我到了之后，学问已经有进步，当天早上，我已经升上本班第一名；史密斯小姐极称赞我；坦普尔小姐很赏识我，常对我微笑，只要再过两个月，再有进步，她答应教我绘画，教我法文；同学也很欢迎，当我同等看待，无一个作践我的；现在我忽然又受糟蹋，受践踏，我从此能不能够再起来呢？想到这种种情形，我实在是难过，倒在地上痛哭。

我又想道：我从此以后不能再有起来的日子了！我要寻死。我正呜咽得很悲伤的时候，有一个人走过来，又是海伦，送面包、咖啡来给我吃，说道："来吃点东西吧。"

我把这两样东西都推开，我知道这时候饮食不能下咽，我还是按不下伤感，放声大哭。她见了很诧异，坐在我身边，两手抱住两膝，把头靠在膝上，好一会不响。后来还是我先开口，说道："海伦，人人都相信我是个说谎的女孩子，你为什么还来亲近我呢？"

她答道："简，你说人人都相信吗？听见说你不好的人不过八十个，此外世界上，还有千千万万个人呢。"

我说道："我同那些千千万万个人有什么相干？我所知道的是有

八十人看我不起。”

她答道：“简，你错了。我相信学校里的人，没得一个看不起你的；没得一个不喜欢你的，学校里有许多人对你同情的。”

我说道：“她们听了布罗克赫斯特先生那番话，还能够信任我吗？”

她答道：“布罗克赫斯特先生并不是个上帝，也并不是个大人物，并不是可称赞的人。这里没得人喜欢他，他所做的事没人喜欢的。假使你是他所特别赏识的人，你反而会有了许多仇人，就有明里攻你的，有暗里攻你的，他既然不喜欢你，同学们一定怜恤你的，不过不敢露面罢了。这两天之内，先生们，同学们，或许对待你冷淡些，她们心里却是以友谊待你的；倘若你仍旧学好，不久她们的友谊，就要显露出来。简，况且……”

我把我的手放在她的手里，她捏我的手指，要把我的手指弄暖些。她说道：“假使天下的人都厌恶你，都相信你是个恶人，而你自问良心无愧，不以你为有罪，你不会无朋友的。”

我答道：“是的，我知道我自己是对的，但是这个还不够的，倘若他人不爱我，与其生活在世上，不如死了的好。海伦，我受不住人家都厌弃我，不同我往来，只剩了我孤孤零零的一个人，我宁愿折了一段臂膀，或是让一条野牛顶我，或是让马踢我，向我胸口踢来，也不愿丢了你，或是坦普尔小姐，或是其他我所爱的人的爱。”

她答道：“你不要再说了，你把人类的爱看得太重了，你的性情来得太猛了。人类之外，还有看不见的世界，还有神的世界，都是无所不在的；这些神是奉命照管我们的，假使我们惭愧到死，四面八方，都是看不起我们，厌弃我们的，神是看得见的，也知道我们受冤枉。上帝不过是等我们躯壳与灵魂分离之后，才赏赐我们。活在世上的时候，是极短的，人死了之后，才开始入乐境。我们为什么为世事所窘、去愁苦呢？”

海伦的话把我安抚下来，我无话可说，但是我觉得她虽然能安我的心，我却总觉得很凄惨。她说过这番话之后，她呼吸急促，空咳了一声，我把我自己的愁苦完全忘了，却反替她愁起来。

我把头靠在她肩上，两手搂住她的腰，她凑近我些，我们两个人有一会不说话。随后又有一个人走进来，我们一看，是坦普尔小姐。

她说道："我特为来找你，简·爱，我要你到我房里来，既然海伦同你在一起，海伦也可以同来。"

我们登楼，进了坦普尔小姐屋里，生着很好的火，令人见了高兴。她叫海伦坐在火炉那一边，她自己坐在这一边，把我拉到她身旁。她低头看看我的脸，说道："完了吗？你哭完你的忧愁了吗？"

我答道："这是我永远做不到的。"

她问道："为什么呢？"

我答道："因为人家冤枉我，以后你同别人都相信我是个恶人。"

她答道："我们要看你证明你自己是什么，我们就相信是什么。你要往下去学好，我们就满意了。"

我答道："坦普尔小姐，我能够使你满意吗？"

她用手搂住我，说道："你能够做得到。"

她用手搂住我，说道："你能够做得到。你可以告诉我，布罗克赫斯特先生说的你的恩人里德太太是个什么人？"

我答道："里德太太是我舅舅的女人，我舅舅死了，留下我，叫她照顾。"

她问道："她不是自己同意收养你的吗？"

我答道："女士，不是的。她很不愿意收留我，我常听见女仆说，我舅舅临死的时候，托付她答应永远照应我的。”

她说道：“简，你该知道，你若是不知道，我就告诉你。凡是一个人，被人告了犯什么罪，被告人是可以自护的。有人告你，说是你说谎，你可以在我面前极力地替自己辩护。你只要实说你所记得的，不要增加，不要夸大其词。”

我决计要实在地述说，不偏不倚，说得恰当。我想了几分钟，把我所要说的话，连贯好，安排好，就把我从小所过的凄惨日子细说了一遍。我因为受了极大的刺激之后，精神气力都消耗了，我的声音很低，很平和，我又记得不怀恨，不说要泄愤的话。我简直像是说一件很平常的事，并非诉冤诉苦，自然是说得很可信的。我觉得我往下说时，坦普尔小姐很相信我的话。

我说这番话，中间说到开药店的劳埃德先生在我晕倒之后来看我。里德太太把我第二次锁在红屋里，这件事我永远忘不了的。

我说完了，坦普尔小姐默默地看了我几分钟，随后说道：“我认得劳埃德先生，我要写信问他，倘若他的回信同你所说的话相符，我要当众宣布，替你洗刷这场不白之冤。就我个人而论，我很相信你的，你是无辜受屈的。”

她亲吻我，还留我在她身边（我是很乐意的，我很喜欢看她那张脸）。她对海伦·彭斯说道：“海伦，你今晚觉得怎么样！你今天咳得多吗？”

海伦答道：“女士，我看是咳得少些。”

坦普尔小姐问道：“你胸口的疼痛可好些？”

她答道：“稍好一点。”

坦普尔小姐站起来，抓住海伦的手诊脉，随后走回来坐下。她坐下的时候，我听见她低低地叹了一声。沉思了一会儿，然后很高兴地说道：“你们两个人今晚是我的客，我须照客人相待。”随即打铃，吩咐进来的女仆说道：“芭芭拉，我还未吃茶，把茶盘拿来，放茶杯，预备两位小姐吃茶。”

一会儿茶具送进屋来，放在炉边小圆桌上，看见光洁的茶具，喷气的热茶，烤香的面包，不由人不高兴。但是我看见，只是一小份点心，觉得有点诧异，坦普尔小姐也觉得诧异，说道："芭芭拉，你不能多送些面包、黄油进来吗？这一点不够三个人吃的。"

芭芭拉走出去，一会又回来说道："女士，哈登太太说，她是照常送来的，平时送多少，这时候也是送多少。"

哈登太太就是本校管庶务的，同布罗克赫斯特先生是一个鼻孔出气的人。

坦普尔小姐说道："也罢！芭芭拉，我们只好有多少就吃多少了。"女仆走出去之后，坦普尔小姐微笑着说道："幸亏这一次我自己还有补给的东西。"

她请海伦同我在茶桌边坐下，每人面前摆一杯茶，一小块美味的面包。她站起来，开抽屉，拿出一个纸包来，打开是一块香糕，说道："我原想把这块糕给你们带回去吃的，但是现在面包太少，你们只好这时候就吃了。"她随即把香糕切成小块。

我们享受这一顿茶如同享受了甘露仙膏一样，高兴极了。主人看见我们吃得很高兴，非常满意，我们见了，更加高兴。吃过茶，端开圆桌之后，我们又靠火炉坐下。我们分坐在她的左右，她同海伦说话，我听了她所说的话，真是莫大的收益。

坦普尔小姐的态度端庄雍容，所说的话很清雅，毫不矜才使气，令人肃然起敬。海伦所说的话令我惊奇不置。

她因为吃了点心，精神振奋起来，两眼有神彩，比坦普尔小姐的眼神还要可爱。她说话滔滔不绝，不知道从什么源头上流来的。她不过是一个十四岁的女孩，就能够装得了那些清真雅正、绝妙的辞令吗？今晚上她所说的话是很可纪念的。

她们所谈的事是我向来未听见过的：她们所谈的，都是古时的事，谈的也有物理，也谈到典籍。她们看过的书真是不少。她们的学问都很渊博，又谈到法文，最后是谈到海伦父亲教她的拉丁文。坦普尔小姐从书架上，取下一本拉丁文的诗歌，叫海伦面译一页。海伦一面看，一面译。我见了，愈加肃然起敬。这一页还未译完，我们就听见就寝的铃响，我们不能再逗留了，坦普尔小姐把我们搂住说道："我的孩子们，我求上帝赐你们福。"

坦普尔小姐拉住海伦，拉得久一点，很有点依依不舍的意思。临出门的时候，坦普尔小姐两眼还是看她，我听见她第二次长叹一声，滴下的眼泪也是为海伦而滴的。

我们到了卧室，听见斯卡查德小姐的声音，她在查看学生们的抽屉，刚好拉开海伦的抽屉看，一见海伦进来，又呵责她好几句，说是明早把所有未收拾好的东西都用针别在她肩膀上，叫她出丑。

海伦低声对我说道："我的东西实在是太过于乱七八糟了，我原想收拾收拾好的，但是我又忘记了。"

翌日早晨，斯卡查德小姐果然用块纸片，写上字，说是不整齐，好像是一道护身符，挂在海伦的额上，一直挂到天黑。她自认为是该受罚，一点也不怀恨，很忍耐地挂在额上。一等到下午的功课完了，斯卡查德小姐走了，我走过去，把这块出丑的招牌扯下来，扔进炉里。海伦是不会发怒的，但是我含怒了一天，替她抱不平，我有时忍无可忍，受无可受，就滴下很热很大滴的眼泪。她只管当作无可奈何的忍受，我替她不平，心痛到欲裂了。

过了一星期，坦普尔小姐果然得了劳埃德先生回信，所说的话同我告诉坦普尔小姐的话相符。于是有一天，坦普尔小姐把全校的学生都喊了来，当众宣布，说她已经详细查证过，知道简·爱小姐备受冤枉，现在特地当众替她洗刷干净，宣布她受屈。于是先生们都同我拉手，同我亲吻，全班的同学听了，都喜形于色。

我心里顶重的垒块算是全消失了。我就决计，排除种种的为难。我很用苦功读书，居然很有效果。从前记性不甚好，现在我练习久了，记性好多了，又比从前敏捷。不过几个星期，我就升了班；不过两个月，我就开始学法文，同时，又开始学绘画。我向来最喜欢吃烤土豆、白面包、新鲜牛奶，上床时，总想到这几件好吃的东西，现在却不然了。我临睡的时候，所想的都是绘画，心里只想着怎样在这里画山，那里画树，这里画花，那里画蝴蝶，画鸟；又常想到怎样把一本法文故事译成英文，往往不想好了，是不睡着的。

所罗门的话说得不错："与其食肉而愁，不如食蔬而乐。"现在我宁愿在洛伍德挨饥受寒，也不愿在盖茨黑德享受丰衣足食。

第九章　死　别

在洛伍德所受的饥寒稍轻了。到了春天，雪也化了，寒风也停了，我的冻脚已痊愈了，白天可以在花园散步游戏了，慢慢地草抽新绿，春花开放，怡人风景都在园墙之外。

从三月到五月，花木渐渐地茂盛起来，到处都花团锦簇。却有一个问题，我们这个地方花木虽然很茂盛，但是与卫生合不合，又另是一个问题。最可惜的是我们好像是在山谷之间，地方低湿，常常为浓雾所笼罩，学校的卧室地狭人多，容易得病。还未到五月，就来了一种热病，竟把这所学校变成了一个医院。

天寒的时候，学生们受了寒，又不治，又只吃得半饱，身体虚弱，自然容易被传染疾病。我们八十个学生里头，竟病了四十五个，凑不成班，只好放假，纪律也就松了许多。那些无病的，却是无拘无束了，况且医生吩咐学生要多运动。坦普尔小姐很忙碌地照顾病人，除了晚上睡几个钟头之外，整天日夜都是在病人左右。别的老师们忙着替学生收拾衣服等等，打发那些有亲友的学生离校避疫，有些学生回去不久，就死在亲友家，也有死在校里的。死在校里的立刻埋葬，不能耽迟的。

学校外头四围花木正是最茂盛的时候，校里的学生病的病，死的死，哪个去享受树色花香？所有鲜花竟成为无用之物，不过有时采摘来，放在棺材头上罢了。

我和那些幸而不病的人，却很享受这个良辰美景。先生们任由我们终日游逛，饮食也比从前好些。布罗克赫斯特先生同夫人小姐们，不敢走近洛伍德。那个管庶务的女人怕传染，早走了换了一个新的，不深知道向例，对待我们宽厚得多，账目也没人来查了。况且病倒的人既多，吃饭的就少了，我们可以有饱饭吃。有时候来不及做饭，管庶务的就分给我们冷食，大块面包，大块乳酪，我们就带在身上，走到树林里享受。

我最喜欢的是林子里的一块石头，这块石头突兀地立在小溪中间，白而干燥，要趟过溪水才能到达那里。那时候，我有一位最相好的同学，姓威尔逊，名玛丽·安。这个同学是个聪明伶俐、善于观察、性格新奇的女孩。她年纪比我大，了解世事比我多些，她告诉我的事，我都喜欢听。我向来好奇，她可以答我所问，我的短处她能宽容，她善于叙事，我长于剖析，我们相处得很好。

读者自然要问，这些时候，海伦·彭斯在哪里呢？为什么学校既是

“我最喜欢的是林子里的一块石头。”简·爱说。现实生活中夏洛蒂·勃朗特经常在此处（科恩桥）享受着只属于她一个人的时光。

散了学，我不同她去散步游玩呢？是不是我已经忘记了她呢？是不是我已经厌弃她呢？不同她往来呢？玛丽·安·威尔逊的学问一定不如海伦。玛丽·安不过善说故事，会说俏皮话，谈到学问，哪里比得上海伦那样高深呢？

读者问的不错。我虽然短处很多，长处很少，但是我忘不了海伦的。不独忘不了她，还永远地爱她、敬重她。她对待我的交情，真是金石之交，始终不变的。无论我怎样不高兴，怎样生气，她还是和蔼相待，是不会变的。她现在患病，患的是肺痨，不在平常病房，另外在楼上不知哪一间屋里养病。那时候，我不知道什么叫作肺痨，以为是一种小病，养息几日就好了。

我为什么以为是小病呢？因为有一两次下午，天气很暖，坦普尔小姐陪她下楼，到花园里去。但是她们不让我走近她、同她说话；我透过窗子看见她，她坐得很远，又裹了许多围巾，看不清楚。

六月里一天晚上，我同玛丽·安离开同学们，两个人深入树林散步，竟迷了路，随后碰见两个乡下人问路，才能回来。到校的时候，月亮已经出来了。看见门口有一匹马，我们知道是医生的马，玛丽·安说，一定有人病重了，不然不会这时候请医生来的。她先进去，我走入花园，种我采来的野花。种完之后，我舍不得花香月色，还在园里流连，我就想起心事来，自言自语道："天色这样好，风景这样美，病倒在床，岂不可惜！若是病危不起，更为可惜。世界如此之美，忽然要抛下这种好世界，跑去别的不知道是什么的地方，岂不太凄惨？"

我这时候第一次想到天堂和地狱的分别，由此又想到现在是有限的，除了现在之外，都是一片渺渺茫茫，是无限的。我觉得一个人在这渺茫无限里头闯来闯去是很可怕的。我正在这样乱想，听见开大门的声音，医生同看护走了出来。看护看着医生上马走了，正要关门，我走上前问道："海伦·彭斯的病怎么样了？"

她答道："很不好！"

我问道："刚才医生来是看她吗？"

她答道："是的。"

我问道："医生说什么？"

她答道："医生说不能久在这里了。"

假使是昨天我听见这句话，我不过以为是不久她就要回到北边，回家去。现在我听见这句话，立刻觉得是不好，我觉得海伦没几天好活了，不久她就要到那神的世界。我觉得很恐怖、很悲伤，立刻要去看她，我就问海伦住在楼上哪间屋里。

她答道："她住在坦普尔小姐屋里。"

我问道："我可以进去同她说话吗？"

她答道："孩子，你不能去！不能让你去。你这时候该进来了，你若是久在外面，受了潮湿，会得热病的。"

看护关了大门，我从小门走进课堂，正是九点钟，史密斯小姐喊学生们就寝。

过了有两小时，大约是十一点钟的时候，我睡不着，听见卧室寂静无声，同学们酣睡了，我就起床，在睡衣上披了褂子，不穿鞋，悄悄地走出卧室，去找坦普尔小姐的屋子，我记得是在过道的尽头。那时候，微微有点月色，我快找着那间屋子，就闻见樟脑味，烧醋的味，我知道这是害热病的病人住的，我就急忙走过，唯恐看护看见我，把我拦回去，因为我一定要见海伦一面，我在她未死之前，要搂抱她，亲吻她，要听她临终的话。

我走下楼，轻轻地开了两次门。走到台阶下，我上了台阶，就到了坦普尔小姐住房门口。门缝还透出一线的光，寂静无声，我走上前，看见房门还露有一条缝，未关好，也许是要放新鲜空气入屋的。我轻轻推开门，两眼先找海伦，唯恐她已经死了。

我看见坦普尔小姐床边摆了一张小床，四面被白幔帐围严，被子里盖着个人，却看不见脸。我碰见的看护坐在椅上，睡着了；桌上的烛光很惨淡的，却看不见坦普尔小姐（我随后才知道，这时候有人请她去看一个害大热病的人）。我向前走，走到小床边，立住脚。我手拿幔帐，我要先说话，就拉开帐子。我这时候还是很害怕看见的是个死人。

我低声问道："海伦，你醒了吗？"

她转动身子，拉开帐子，我看见她的脸很瘦，全无血色，神气却很安闲，我看见她同从前并无大改变，我才放了心。

她很温柔地问道："简，是你吗？"

我想道：她不会死的，她们弄错了。快死的人说话不能这样安详的。

我走上前亲吻她，她的额是冷的；两颊又瘦又冷，手也是冷的，唯有微笑还同从前一样。

她说道："简，你走来做什么？现在已经过了十一点钟，我才听见打的。"

我答道："海伦，我来看你的。我听说你病得很重，我不来同你说句话，我是睡不着的。"

她答道："你是来送别的，也许你来得正是时候。"

我问道："海伦，你要往哪里去？你要回家吗？"

她答道："是的，我要回到离此很远的家，我要回到最后的家。"

我说道："海伦，不是的，不是的。"我心灰极了，再也说不出话来。我的眼泪要滚出来，我竭力要压下去。她咳嗽了许久，却未把看护吵醒。她咳过之后，毫无气力，歇息了一会，低声说道："简，你光着脚，你躺下来，用被盖住吧。"

我就躺下，她伸过手来，我紧靠住她。停了好一会儿，她低声说道："简，我觉得很欢乐。你听见我死了，你切勿伤心，犯不着伤心的。我们总有一天是要死的，我现在所患的致命的病并无痛楚的，死得很慢很从容，我心里很平和。我死后也并无什么人哀悼我，我只有父亲，他续娶不久，不会舍不得我的。我年少就死，也省得受许多罪。我并无什么才能可以在这个世界上得意，我只有现出很多短处来。"

我问道："海伦，你往哪里去呢？你看得见那个地方吗？"

她答道："我有信心，我回到上帝那里。"

我问道："上帝在哪里？上帝是什么？"

她答道："就是造我造你的人。他既然造我们，就不能毁灭我们。我依赖上帝，我相信上帝全是一片好心。我计算时间，几时我就回去上帝那里，见上帝。"

我问道："海伦，你当真相信有一个所在叫作天堂吗？相信我们死了之后，我们的灵魂就归天吗？"

她答道："我相信我们死后还有个将来；我相信上帝是存好心的；我很安心，把我永远不死的灵魂归回上帝。上帝是我的父，我的友，我爱上帝，我相信上帝爱我。"

我问道："海伦，我死的时候能够同你再见吗？"

她答道："简，你将来也是要到那个极乐世界的，同为万物之父所欢迎，是无疑的了。"

我还要再问，不过这时候是我自己问自己。我心里问道："那个世界究竟是在什么地方？到底有没有那个世界呢？"我两臂紧紧地搂住海伦，我觉得与她异常亲密，仿佛心里觉得很不能让她走，我把脸紧靠在她的脖子上。过了一会，她很温柔地说道："我觉得舒服极了！我最后那一次狂咳，把我咳累了；我觉得想睡了；简，你不要离开我，我要你在我身边。"

我答道："亲爱的海伦，我就在这里陪你，谁也不能把我拉走了，不离开你。"

她问道："亲爱的，你暖和吗？"

我答道："我暖和。"

她说道："简，我睡啦。"

我说："海伦，我也睡。"

她亲吻我，我亲吻她，我们两个人就睡着了。

我睡醒的时候，已是天亮。觉得有异常的响动，我向上一看，有人抱住我，原来是看护抱住了我，她把我抱住，从过道走回学生们的大卧室。她们却不责备我不在自己床上睡；因为她们忙着别的事：我问她们，她们不告诉我。过一两天，坦普尔小姐才告诉我，说是天亮的时候，她回到自己房里，看见我睡在小床上，我的脸靠着海伦的肩膀，我两手搂住海伦的脖子，我睡着了，海伦死了。

海伦就葬在布罗克希里奇教堂的坟地，她的坟是一堆黄土，长满青草。十五年之后，才替她立一块墓碑，刻了她的名字，同一个拉丁字，意思就是“重生”。

第十章　思　迁

以上我不过详细记载我生命的最初十年中不相干的小事，不算是替我自己作传，不过是能够追忆那些有趣的事，我就记下来。以后八年的事，我就不细说了。只好记些要紧的，把事迹串联起来，成个片段。

学校闹热病，很是闹了些时日，死人不少，惊动了舆论，派人查验，查出地势低湿，不合卫生，学生们的饭食不良，又吃不饱，饮水又不好，衣服又不够，还有种种不合卫生的情形。查出来之后，布罗克赫斯特先生饱受攻击，这所慈善学校却得了许多益处。

于是本郡有些富户同好行慈善的人捐了款，重新择地盖一间学校；新定章程，学生们的饮食衣服比从前好得多；学校经费不再交单独一个人经管，归董事会经管。布罗克赫斯特先生很有钱，有些阔亲戚，轰不了他，仍然是他管库，还有几位慷慨好善的人帮忙。视察也不是他一个人，也还有几位知道刚柔相济、省俭而不吝啬的人帮他。经过这一番改革之后，就变成了一间极好的学校。我一连在这学校八年，六年当学生，两年当教师。

这八年里头，我过的都是一样的平稳日子。我因为很有事做，并不觉得不快乐。我在学校里，专心学习，有好的老师，随后我成为第一班的第一名。后来升作教师，我很费心力，教了两年书，两年之后，我另做打算。

坦普尔小姐一直当校长，我饮水思源，非常感激她。除了师友关系之外，她还是我的家政教师，我的母亲，其后又是我的益友。过了两年之后，她嫁了一位牧师，迁居远地，我就失了良友。

自从她离校的那一天起，我也就变了。她在校的时候，我把学校当作我的家，我把坦普尔小姐当个模范，我学她的性情，学她的习惯，我学到了安详、谨慎、满足！人家已看得出，我自己也知道，我是个受过纪律、受过节制的人。

坦普尔小姐出嫁不久就离校，她走的那一天，我从窗子里望见她所坐的马车过了山顶，我才回到自己的屋里一个人苦闷了半天。

我走来走去，可惜失了一个良友，心里很想想法子填补这个缺憾。不料从此以后，我这个人又变了，我从前所学所得的长处好像是同坦普尔小姐借来的，现在她走了，我所借来的却归还她了。

我开窗子向外望，从近望到远，我觉得这个学校好像是个监狱，我要跳出这个监狱，要看看外头的世界。我在学校里，遇着放假，我又不出去。自从离开里德太太之后，他们从来不来看我，我同校外只字不通往来，我所知晓的不出校章校职，学校的习惯，学校的见解，学校的声音，学校的面目，学校的字眼，学校的衣服，学校的爱憎，种种不离学校。我觉得这个太不够，我在这里老老实实地住了八年，忽然一个半天的工夫，叫我生厌了。我现在要自由，我祈祷自由。这时候吹来了一阵微风，好像把我的自由吹得无影无踪了，我只好降格，求得比自由次一等的所在，要改改局面，要个新局面，振作我的精神，我这样的要求又化作无影无形了，我喊道："既然我不能得自由，又不能振作我精神，我甘心做奴隶就是了，不过要做新奴隶。"

这时候听见铃响，是吃晚饭的时候了，我就下了楼。

一直等到睡觉的时候，我才有工夫继续刚才的思想，同屋的教员却和我说了许多不相干的话，我盼望她赶快睡着别打扰我。我以为只要不停地想，总可以想到一个法子，可以脱离这个地方。

和我同屋的人睡着了就打呼，打得很响，我向来很讨厌的。当天晚上她打呼，我却不讨厌了，她一面打呼，我一面想方法。

我心里想道：让我去做另外一种奴隶的事，也新鲜些！这个自然是比不上自由、振作、激情、幸福，这几个字眼那样好听，好听诚然是好听，不过在我看来，不过是个声音，是个空的。当奴隶却是件事实，人人都可以做奴隶，我已经当了八年的奴隶了。我现时所求的不过是在另外一个地方当奴隶，难道连这一件都办不到？连这一点的自由都得不到？不会这样困难，我要多多地想，总可以想得出方法来。

我恐怕想不透，坐在床上想。晚上很冷，我披上围巾，坐在床上想了一夜。

我问我自己道："我要什么呢？我要去一个新地方，住新房子，见的是新面孔，处的是新环境。我因为别的要不到手，只好降格要这个。别人要找新地方是怎么办的呢？我猜是请朋友帮忙设法，我却没有朋友。世上有许多人同我一样没朋友，全要靠自己，他们又有什么方法呢？"

我自己无以为答，我说不出来，我吩咐我的头脑赶快答我。这一问，我觉得我的脑子很忙，觉得头脑一阵一阵地跳动，但是有一个钟头之久，头脑很乱，毫无效果。我想得太苦了，站起来，在屋里转，拉开窗帘，看见天上有一两颗星，我冷到打战，只好爬回床上。

这时候好像有一个神走来，把方法放在枕上，因为我一躺下，把头靠在枕上，立刻就得了方法。好像有人告诉我说道："要求事的人，需要登广告，你一定要在某报上登广告。"

我想道："怎么样登呢？我全不知道怎样登广告。"

好像又有人答我这一问，说道："你要把广告同广告费封好，寄交某报的主笔；赶快把这封信交邮局，回信要由邮局交简·爱，过了一个星期，你可以去邮局打听，若是有回信，你就照回信办。"

我把这个方法细想几次，想透了，办法也想好了，我觉得满意，才睡觉。

天才亮，我就起来，把广告写好，封好，信封也写好了，学校才摇早铃。我的广告写道：

有一个年轻女子，熟悉教读（我不是教过两年书吗）。想在一个人家里教书，教十四岁以下的女孩子（我想，我不过才十八岁，不好教年纪同我差不多的学生）。教英文、法文、绘画、音乐（读者须知从前的课目不过是这几样学问）。回信请交洛伍德邮局，简·爱收。

这封信写好，放在我的抽屉中有半日。吃过茶之后，我告假，要到市镇办事。我走了六七里路，进去一两间店，替同事们买些零碎东西，顺便把信交了邮局。回来的时候，雨下得更大，通身都湿透了，身子觉得很重，心里却轻松得多。

此后一星期，我觉得很长，好容易盼过这一星期。那一天是秋天的午后，我又到市镇上去，这时候路上的风景很好，我一心只盼望回信，无心赏玩风景了。

我这次到市上借名去定新鞋，我先到鞋铺，后到邮局；管邮局的是个老婆子，戴着明角边的眼镜，手上戴无指手套。

我问道："有给简·爱的信吗？"

她从眼镜上方盯着我看，再打开抽屉翻信，翻了许久，我已经有点失望。后来她拿了一封信，足足看了五分钟，递过来，又细细地看我，这封信是给简·爱的。

我问道："只有一封吗？"

她答道："只有一封。"我放在口袋里，回去了。到校之后，还要做许多事，看学生们读书，其后读祈祷文，看她们上床，随后吃晚饭，回到屋里歇

她从眼镜上方盯着我看。

息，还要敷衍同屋的。这时候，只剩了一截很短的蜡烛，很怕她多说话，说到点完那一点的蜡烛。幸而她晚饭吃得太饱，我还未脱完衣服，她已经睡着打呼了。刚好还有一寸烛，我掏出回信来，封口署着姓名的首字母F，我拆开一看，回信是很短的，写着：倘若上星期四在某报登广告的简·爱有资格能教她所说的几门学问，又能够有人保证，说她品行学问好，就可以得一个教席，只有一个学生，是个女孩子，还不到十岁年纪，酬劳是一年三十英镑。请简·爱寄姓名、住址及保证。信后写的是米拉柯附近桑菲尔德。署名是费尔法克斯太太。

我留心细看这封回信，写的字是古老式样，像是一个老太太写的，我感到满意，我最怕的是去一个不体面的人家，害了我的前程。既然是位老太太，是不会出什么差错的。我就幻想到她大约是穿黑色衣服，戴寡妇帽子，人很古板，却不至于无礼，一个旧家模范；她的住宅，大约很整齐的；再看看是米拉柯，我打开地图一看，原来离伦敦比洛伍德离伦敦还要近二百多里，这是很好的。那地方还是个大市镇，制造厂很多，我久已想到热闹地方，比洛伍德总要好得多，不至十分寂寞。我并非喜欢看大工厂的高烟囱，我想那住宅一定离厂很远的。

这时候蜡烛已点完了。

翌日，我就要想办法，这时候可以不必保密了，只好找人商量，我就找着校长，告诉她，我新得一个教席，酬劳倍于在这里，请她通知布罗克赫斯特先生。布罗克赫斯特先生说要先问问里德太太，因为她是我的委托人。随后得了里德太太的回信，说随我自由，因为她久已不过问我的事了。这封信交董事会看过，耽搁了许久，结果是许我另谋高就。因为我当学生，当教员，品行都很好，可以由视察们出保证书交给我。

过了一个月，我获到保证书，寄给费尔法克斯太太。她回信说是很满意，就约定两星期后就职。

我就忙着收拾东西。过了两星期，一切收拾好了，预备动身，有个女仆来说，楼下有人找我。

我以为是脚夫，就下楼去，我走过教员的大厅，门是半开，有一个人走出来，说道："我知道是她，无论她在什么地方，我都认得她。"这个说话的人拦住我，抓住我的手。

我一看，是个女人，穿得很好，是女仆打扮，年纪稍大些，黑头发，黑眼睛，面貌还美，神气活泼。

她的声音笑貌，我有点记得，她问道："简小姐，我猜你不能忘记了我？"

再过一秒钟，我很欢喜地搂住她，同她亲吻，我只喊道："贝茜！贝茜！"她半笑半哭，我们走入客房。火炉边站着一个三岁的孩子。

贝茜立刻说道："这是我的儿子。"

我说道："贝茜，你已经嫁人了吗？"

她答道："嫁了快五年了，我嫁了利文，生了鲍比，还生了一个女孩子，替她起名，叫简。"

我问道："你不住那里了吗？"

她答道："现在住在外门房，那老门房已经走了。"

我问道："他们都很好吗？贝茜，你告诉我，他们怎么样了。请你先坐下，鲍比，好孩子，你坐在我膝上。"鲍比怕生，靠在他母亲身边。

利文太太说道："简小姐，你没长高，也没长胖，我看是学校的饮食不见得十分好。里德小姐比你高一头；乔治亚娜有你两个那么胖。"

我问道："贝茜，乔治亚娜很美吗？"

她答道："她是很美。上一个冬天，她同她的母亲去伦敦，男人们个个称赞她，有一位少年贵族看上她，爱慕她，但是贵族的亲友都反对。你猜后来怎么样，他们两个人私下逃走，被人找着，拦阻住了，发现他们的正是她的姐姐里德小姐，我想是她姐姐妒忌她，现在她们姐妹两个人很不对付，从早吵到晚。"

我问道："约翰怎么样呢？"

她答道："他不能够符合他妈妈的期望。他要进大学，又考不上。他的长亲们要他学法律，但是他一味好玩好逛，我恐怕他不能成材。"

我问道："他现在的面貌怎么样？"

她答道："他长得很高，有许多人说他长得好看，但是他的嘴唇太厚。"

我答道："里德太太什么样呢？"

她答道："她很胖，脸上还是很好看，但是我看她心里很难过。因为约翰乱花钱，不能够叫他妈妈喜欢。"

我问道："贝茜，是不是太太打发你来的？"

她答道："不是的，我早就想来看你，我听说你有封信给她们，说是你要到别的地方去，我想不如动身先来看看你。"

我觉得贝茜的眼色虽然是有关切我的神气，却不怎么称赞我，我就笑着说道："贝茜我恐怕你看见我也大失所望。"

她答道："简小姐，我并不是完全失望，你很像样子，也像个上等女子，我所盼望也不过这样。你从小起就长得不好看。"

我对她这样率直的答话微笑，我知道她说的话是不错的。话里的意思我却无法释然：大凡一个女子，到了十八岁，很想令人见了喜欢的，若是听见人说她外观有缺陷，是不会高兴的。

贝茜又说句安慰话道："但是，我看你很聪明的。你会什么？你会弹钢琴吗？"

我答道："我会一点。"

屋里原有一架钢琴，贝茜走过去揭开，请我坐下弹给她听。我弹给她听，她听了很喜欢。

她高兴极了，说道："里德小姐们，还弹不到你这样！我向来说的，将来你的学问一定比她们高。你能画画吗？"

我答道："炉台上那幅画就是我画的，原是一幅着色山水画，我送给校长，酬谢她的。"

她答道："简小姐，你画得很好！约翰的教画先生所画的也不过如此，里德小姐们，更不必提了，她们画的远不及你。你学过法文吗？"

我答道："贝茜，我学过，我能说能写法文。"

她问道："你能在薄纱上做针线活儿吗？"

我答道："我能。"

她说道："简小姐，你很是个上等女子！我知道你一定能够学得很好，无论你的亲戚们照应你也罢，不照应你也罢，你一定可以上进的。我有句话却要问你，你听见过你父亲的兄弟们的消息没有？"

我答道："我从没听见过有什么消息。"

她说道："太太常说你的至亲叔叔伯伯都是很贫穷的，很令人看不起的。据我看来，他们尽管很穷，却都是上等人，并非比不上里德家的人；七年前，有一个爱先生，走到我们宅子，要见你。太太告诉他，你入了学校，离这里有一百六七十里路，他因为不能久耽搁，听了这话，大失所望。因为他要去外国，一两日内那条船就要启程。他很像个上等人，我想他是你父亲的兄弟。"

我问道："贝茜，他要到的是哪一国？"

贝茜答道："我们的总管告诉我，他所去的地方是个岛，离这里有几千里水路，那岛是个酿酒的地方。"

我猜道："是不是马德拉群岛？"

她说道："是的，是的，就是这个地方。"

我问道："他去了吗？"

她答道："他一分钟都不停留，就走了。太太对他摆架子；后来太太还说他是个'无聊的商人'。我的男人以为他是个酒商。"

我答道："他也许是个酒商，或者是个酒商的伙计，或是经纪。"

我同贝茜两个人，谈了一个钟头，谈了许多旧事，随后她就走了。翌日早上，我等候马车的时候，又看见她。随后我们就分手，各走各的路，她回家，我坐了马车，到一个新地方，那里有新的生活等我。

第十一章 教师

那时正是十月，天气已冷，我早晨四点钟动身，在路上走了十六个钟头，到米拉柯的时候，已是晚上八点钟。

我一路身子虽是平安，心里却是很不平静的。我下车的时候，四下张望，以为总有人有车来接我，问我的姓名，送我到桑菲尔德。我却看不见什么，我问侍者，曾否有人打听过一位简小姐，他说没有。我没得法子，只是叫他们开一间客房，让我歇息，我一面歇，一面很烦心。

我无旅行阅历，一个单身女子，无亲无友，前路茫茫，来到一个客店，虽然觉得冒险的新滋味，但是心里却很害怕。我坐了半个钟头，还是我一个人在这里，我只好摇铃喊人。

一个侍者走进来，我问他道："这附近有一个叫桑菲尔德的地方吗？"

他答道："桑菲尔德吗？女士，我不知道，我去酒柜问问。"

他走了，立刻又回来，问道："小姐，你是不是姓爱？"

我答道："是的。"

他说道："有一个人等你。"

我立刻站起来，拿皮手筒、雨伞，赶快走出去，看见一个人站在门旁，街上停了一辆一匹马拉的车。

那个人看见我，指一指我的衣箱，说道："这就是你的行李吗？"

我答道："是的。"

他把行李搬上车，我也上了车。他快要关车门，我问他，从这里去桑菲尔德还有多少路。

他答道："有十八九里。"

我问道："要走多少时候？"

他答道："一个半钟头。"

他关好车门，上了车，我们就走，走得很从容，我往后舒舒服服地一靠，心里想道：我看这个男仆同马车还有费尔法克斯太太，不是繁华世界中人，这很好。我同阔人只住过一次，觉得很不舒服，不知道她同这小女孩子之外，还有些什么人。只要她没什么大的脾气，我同她一定处得来。我唯有尽我的能力，但是往往吃力却不讨好。我在洛伍德的时候，就是这样，居然做到令她们喜欢；但是在盖茨黑德的时候，我也是一样卖力地要讨好，但是我越卖力，越不讨好。我祈祷费尔法克斯太太不是里德太太第二，假使她也是里德太太一样，好在我不一定要在她家里，倘若相处不下来，我还可以再登广告。现在不知还有多少路。

我放下车窗，往外看，四围是空地，不远有几家人家，比洛伍德烟火密些，风景差些。

这时候有雾，路不是很好走，这辆马车只是一步一步地走，我们走了快有四个钟头，那男仆说道："我们离桑菲尔德不远了。"

我再往外看，看见从一间教堂走过，山边有灯光，像是一座小村子，再过十分钟，赶车的下来，推开两扇大门，马车从一条车路慢慢地上去，就到了宅子。有一间房里有灯光，马车在大门口停住，一个女仆开门，我就走进去。

我跟着女仆，穿过一间方形大厅，四面有很高的房门，她领我进入一间屋子，屋里点得很亮，火炉的火也很旺。

这间屋子虽不甚大，却很舒服。火炉边放一张圆桌、一把古老高背交椅，交椅上坐着一位身材很小，穿得极整齐又清雅的一位不甚老的太太，戴的是寡妇帽，黑缎长裙，胸前雪白薄纱围巾，这位老太太果不出我意料，不过她却不摆架子，不过于严厉。她正在做活计，脚下蹲了一只大猫，全然一幅安乐家庭的模范。一个新出来当家政教师的，遇着这种情形，是最可以安心的。既不繁华，又不摆架子，不至于令人望而生畏。我一进房门，老太太站起来，走过来迎我，说道："你好吗？我恐怕你在马车里，觉得不耐烦，约翰赶马车向来是慢的，你一定觉得冷，过来烤火吧。"

我说道："我猜您就是费尔法克斯太太？"

她答道："你猜着了，我就是的，请坐。"

她领我到她所坐的交椅，给我脱围脖，解帽扣，我求她不必劳烦。

她说道："这没什么，我知道你的手已经冷僵了。"随即喊来女仆说道："莉娅，你去预备点热酒，做一两块夹馅面包，我把库房钥匙交给你。"

随即从口袋里掏出一大堆钥匙，交给女仆。

"我猜您就是费尔法克斯太太？"

她又说道："宝贝，你再走近些，好烤火，你带了行李来吗？"

我答道："夫人，我带来了。"

她说道："我吩咐他们送到你的屋子里。"说完，就走出去。

我心里想道：她当我是个客，这是我所意料不及的，我预想不过是架子摆得很大，待遇冷冰冰的。我向来听人说，对待家庭教师不是这样客气的。然而我不能高兴得太早。

她走回来，亲手把活计和桌上摆的一两本书拿开，好让女仆莉娅放捧盘，老太太亲手拿点心送给我吃。我向来未曾受过人家这样客气地相待，更未受过长辈这样的看待，我心里觉得很不安，不知道怎样是好。但在她却很平常，不算是什么例外的事，我只好安安静静地让她做。

我吃过点心，问她道："今晚我能见得着费尔法克斯小姐吗？"

老太太耳朵稍凑近些，问道："宝贝，你说什么？我耳朵有点聋。"

我把我所问的话，重新很清楚地说了一遍。

她答道："费尔法克斯小姐吗？你的意思是说瓦伦小姐！你的学生，名叫瓦伦。"

我说道："是吗！她不是你的女儿吗？"

她答道："不是的，我无儿女。"

我原该往下探问，问她同瓦伦小姐是什么关系，但是我知道探问得太多是不礼貌的，况且我慢慢总可以打听出来的。

她在我对面坐下，把猫放在膝上，又说道："你来了，我很高兴。现在我有了同伴，很欢乐的了。这里原是个很好的地方，很令人欢乐的，桑菲尔德是个老宅邸了，近年虽欠收拾，宅子是很好的；但是无论怎样好，到了冬天寂寞，一个人觉得很无聊的。我说的是一个人，莉娅，虽是个好孩子，约翰夫妇也是规矩人，不过他们都是仆人，不能同他们平等待遇，同他们闲谈，不能同他们亲近，不然，是管不了他们的。去年冬天天气非常冷，从十一月至第二年二月，看不见什么人来，只看见一个邮差，一个送肉的来过。天天晚上只有我一个人在屋里，觉得实在是寂寞得难过。我只好把莉娅喊来读书给我听，她觉得太闷，不大高兴，到了春天和夏天，气候又暖，日子又长得多，人觉得好些。今年初秋，小阿黛拉·瓦伦，同乳母来了，家里有个孩子，自然是立刻就热闹起来。现在你又来了，我觉得很快乐。”

我听了老太太这番话，不由得心里也高兴起来。我把椅子拉近她身边，对她说，但愿我能够做她的好同伴。

她说道：“但是今天晚上，你已经在路上许久了，一定觉得疲乏了，现在已快到十二点钟了，不好留你久坐了。你的脚若是已经觉得暖的话，我就领你去看你的屋子。我把我屋子隔壁那一间替你收拾好了，屋子不大，我以为你不见得喜欢前排的大屋子：那里有的是很好的家具，不过太过冷清，我自己也不喜欢住。”

我很感谢她的体贴，替我想得周到，我原是觉得很疲倦，我就说，我愿意歇息。她一手挑烛在前走，我跟在后。她先走去看大厅门，是否上锁，把钥匙拿了，领我上楼。是一所极高大宽敞的大宅子，不过人少，觉得很寂静，我进去我的屋子一看，果然并不宽大，陈列的都是朴素家具，我却喜欢。

我们彼此说过晚安之后，她走了。我把门锁好，四围一看，觉得我现时住在这个小屋子里是很安稳的了。我满腔的感激，我跪在床边，祷告感谢。今天晚上，我的床上并无荆棘，我这间小屋子是无可恐怖的了。我一会儿就酣睡了，醒的时候，天已大亮。

我起来，看见日光从帘缝射进来，屋子里四围都裱得很好，地上有地毯，比洛伍德舒服得多，立刻就高兴起来，登时就变作有许多希望的人。到底希望些什么呢，我自己却说不出来。我穿衣服，打扮起来，我的衣服向来是朴实的，我向来却要打扮到整齐淡雅，要人看见我像个样。我自知面貌不美，却要人看见我不讨厌。我往往遗憾自己长得不美，我很想自己两颊微笑，有一个直鼻子和两片樱桃红的嘴唇；我又很想身子长高大些；我觉得我自己身材太小，脸上无红色，五官既不甚端正，又过于显露。我认为这是一件最不幸的事，我为什么会有这种悔恨，这种妄想呢，我自己却也不知道。我虽然觉得有我的理由，却说得不清楚。我把我的朴素衣裳穿整齐了，心里想可以让费尔法克斯太太和小学生看见我不至于望而却步。我打开窗子，把梳妆台收拾好，出了房门。

我走过很长的过道，下了楼梯，到了大厅，大厅门是已经开了。我走出到草地上一看，原来是三层的大房子，是个乡绅的住宅，不是贵族的府第。

我在草地上正享受新鲜的空气，享受风景，听老鸦叫唤，正在想起费尔法克斯太太是一个寡妇，住在这所高大宽敞的老宅子内，难怪她觉得孤寂。那位老太太站在门口说道："你已经起来了吗？你习惯起早吗?"我走上前，她友善地吻了吻我，并同我拉手。

她问道："你看桑菲尔德大宅怎么样？你喜欢吗？"我答称我很喜欢。

她说道："是的，这里原是很清雅的地方。除非是罗切斯特先生永久住在这里，或是多住些日子，不然我恐怕这所宅子就成了年久失修的了。大院落，大宅子，总得要主人常来住的。"

我问道："罗切斯特先生吗？他是谁？"

她从容答道："罗切斯特先生是本宅的主人，你不知道主人是罗切斯特先生吗?"

我自然是不知道，向来未听过这名字，但是那老太太以为无人不知呢。

我说道："我以为桑菲尔德大宅是你的宅子。"

她说道："我的？好孩子，上帝保佑你，这从哪里说起！我的？我不过是个管家，是个管理人罢了。我虽同罗切斯特先生沾点远亲，其实是我已故的丈夫，同他沾点亲。我的丈夫是个教士，山边小村子教堂的牧师。罗切斯特先生的母亲姓费尔法克斯，同我丈夫是远房堂表亲。我却不大认亲戚，我当作是并无亲戚的关系，我自己当作自己不过是个平常管理家务的人，主人待我很尽礼，我所盼望的也不过这样。"

我问道："那位小女孩，我的学生是谁呢？"

她答道："罗切斯特先生不过是这个女孩子的监护人，受托孤的责任，他叫我替这孩子找个教师。我相信他的意思，要在这里教养她成人。

那孩子来了，带着她的乳母，她常称她乳母作‘好妈’。”我这才明白过来，这位老太太不是贵妇人，大人物，也是依靠人过活的，同我一样。我并不因为这一层就不喜欢她，我知道了，更高兴。我同她同处在真实的平等的地位，这是更好了，我觉得稍可自由些。

这个时候，那个小女孩子走到草地上来，背后跟着乳母。我看看她，她起初并不留意。这孩子年纪很小，不过六七岁，身体轻弱，脸无血色，五官也小，卷头发很盛，垂到腰间。

费尔法克斯太太先开口说道：“阿黛拉小姐，你好呀，你走过来，同教你的老师说话，她将来把你教成一个聪明的女子。”

她走近前，指我对乳母说法国话，说道：“这位就是我的教师吗？”

乳母答道：“是的。”

我听她们说法国话，有点诧异，问道：“她们是外国人吗？”

老太太答道：“乳母是外国人，阿黛拉生长在欧洲大陆，六个月前才离开那里，到英国来的。她初到的时候，不会说英国话，现在勉强可以说几句。我不懂她的话，她说的英国话里带了不少法国话，我知道你可以懂她说什么。”

幸而我是法国老师教我的法文，我当时常同法文老师用法文交谈，后来，我对于法文又很用过苦功，还可以说得清楚，写得清楚，同这个女学生说话不至于有什么困难的。她知道我是她的教师，就走过来拉手，我领她进去吃早饭的时候，对她说了几句法国话，起初她答我的话很短，随后我们坐下，她两只大眼睛看了我十分钟，忽然开始对我说许多话。

她说道（她说的是法文，我译作英文如下）：“呀，你能说法国话，同罗切斯特先生一样，我能同你说话，如同罗切斯特先生说话一样。索菲娅也能说，这里的人不懂得她的话，费尔法克斯太太说的全是英国话，她很喜欢现在有人懂得她的话。索菲娅是我的乳母，她同我坐在大船上渡海来的，船上有大烟囱，直冒烟，冒许多烟！我吐了，索菲娅也吐，罗切斯特先生也吐了。罗切斯特先生躺在大厅的榻上，索菲娅和我躺在另外一间小屋子的小床上，床是叠架的，我几乎在床上滚下来。小姐，你叫什么名字？”

我答道：“我叫简·爱。”

她说道：“爱吗？我说不好。有一天早上，我们的船到一个大地方，那地方真大，但是又黑烟又多，不如我们动身来的地方那样干净。罗切斯特先生抱住我，从一条板上走上岸，索菲娅随后跟来，我们上了马车，到一间大房子，他们叫作旅馆，比我们这间房子要好看要大。我们住了一星期，我同索菲娅每天到一处有许多大绿树的地方逛，这个地方，他们叫作公园，那里面有许多孩子，有一个池子，里头有许多鸟，我拿面包屑喂鸟。”

费尔法克斯太太问我道：“她说得这样快，你听得懂吗？”

我答称我听惯从前法文先生说得很快的话，我听得来。

费尔法克斯太太说道：“我很想你问她一两句话，问问她的父母，不知道她记得不记得。”

我就问孩子道：“阿黛拉，你住在那个好地方的时候，是同谁住？”

她答道：“我同妈妈住了许久，后来妈妈到圣母那里去了。妈妈常教我跳舞，教我唱歌，教我念诗，有许多男男女女来看妈妈，我常跳舞给他们看，有时候我坐在他们膝上，唱歌给他们听。我喜欢唱，你喜欢听我唱吗？”

她吃过早饭，我就让她唱给我听。她从椅子上跳下来，爬在我膝上，手叠手，把卷曲的头发往后抖了，两眼向上，望住天花板，她就唱舞院所唱的歌。这歌词说的是一个女子悲叹被喜欢的男子抛弃，却自己将自己看待得很尊贵，吩咐女侍，把她所有的珠宝首饰、华贵衣服都穿戴起来，当晚就在舞会同那男子相见，自己尽情地跳舞欢乐，给那个男子看看，这男子虽然无良地抛弃她，她却毫不介意。

我觉得教小孩子唱这样的歌未免太离奇了。我猜其用意，是叫女孩子说恋爱同妒忌的话，不过这也是不对的。

阿黛拉摆好姿势，唱得很合调。她唱过之后，从我膝上跳下来，对我说道：“小姐，我念诗给你听。”

阿黛拉摆好姿势，唱得很合调。

她站好了之后，就背一段寓言诗，抑扬顿挫，一点也不差，神色一切都合拍的，这样小小的年纪能够学得这样好，算是极难得的了，可见从前很费过一番心思训练她的。

我问她道："这首诗是你妈妈教你的吗？"

她说道："妈妈也这样说的。"她一面学样子给我看，叫我举起手，要我记得问话的时候，声音是要高些。她随后说道："你要我跳舞给你看吗？"

我说道："不必了。自从你母亲去了圣母那里之后，你同谁住？"

她说道："我住在弗雷德里克夫妇家里，弗雷德里克太太照应我，但是她不是我的亲戚。我想她并不是很有钱，因为她住的房子没我妈妈的房子好看。我在她家里住得不久，罗切斯特先生问我愿意不愿意同他住在英国，我说愿意，我先认得罗切斯特先生，后来才认得弗雷德里克太太。罗切斯特先生很疼我，给我好衣裳穿，给我好玩具玩。但是他说得到，做不到，他带我来，他又回去了。我永远看不见他。"

吃过早饭后，我同阿黛拉进藏书房，原是罗切斯特先生吩咐过这里用来当我们的课堂。所有的书橱都锁好了，只有一架不锁，应用的书都差不多齐全，还有许多诗集、传记、游记、小说等等。我猜他以为家政教师自己要看的书是够了，相比洛伍德的书房，暂时是很够的了；这房里还有一架钢琴，是新的，声音好极了；还有一个绘画的三角架，两个地球仪。

我这个小学生向来未做过持久的事情，不大肯用心，却很听话。我认为一开始不宜叫她太辛苦，于是我对她说了许多话之后，教她随便学一点，快到中午的时候，我就放她出去，找她的乳母。我打算在中饭前画些画让她学。

我正在上楼找画笔等物件，费尔法克斯太太问我道："我猜你午前的功课是完了。"此时，她在一间有折叠门的房子里，我就进去一看，这间房子很大很高，铺陈得很整齐，她正在那里掸花瓶上的尘土。

我说道："好一间美丽的房子！"

她答道："是的，这是饭厅。我才打开窗子，让日光空气进来，久已不用的房子，东西是容易受潮的，那间大客厅好像是地窖一样寒湿。"

她指给我看，是一间极华丽的高大客厅。

我说道："房里的东西既无布置，却一尘不染，除了觉得有些潮湿之外，好像是天天有人住的，你不知费了多少时间才打理好！"

她说道："爱小姐，罗切斯特先生虽然不常回来，但是他忽然来，忽然去，是预料不到的。我曾留心过，知道样样都要如同他在家的时候，如果他到了之后才收拾起来他是不高兴的，因此我常常照应好了，无论什么时候他回来，样样都是预备好了的，用不着临时收拾。"

我问道："罗切斯特先生是不是一位很认真很考究的人？"

她答道："并非十二分认真考究，不过他的品位是高贵人的品位，自然是盼望人家照着他的意思办事。"

我问道："你喜欢他吗？大概而论，多数人喜欢他吗？"

她答道："人家都很尊敬他，所有这附近的田地房产都是罗切斯特家庭的。年代很久了。"

我问道："我们不谈他的田地房产，你喜欢他吗？把房产等撇开，就他本人而论，你喜欢他吗？"

她答道："我并无理由不喜欢他。我相信这里的住户佃户们都以为他是个公道宽大的地主，但是他向来未在这里住过许久。"

我问道："他有无怪癖呢？简单言之，他是个什么品格的人？"

她答道："他的人品很好，没什么可批评的。我猜他也许有点特别性情，他游历过的地方很多，见过许多世面，我看他聪明，但是我不曾同他交谈过多少话。"

我问道："他怎样特别呢？"

她答道："我也不知道，不容易说得出来，并非很明显流露在外的。但是他对你说话，你自然就觉得。他说的话令人摸不清他是说认真话，还是说笑话，也摸不清他是高兴，抑或是不高兴。简单来说，是摸不清他的意思。别人不知道怎么样，我是摸不清的，但是这都无关紧要，他是个很好的主人。"

我所了解的我这位主人，不过如此。有许多人不知道如何描述人的品性，也不知道什么地方要紧，什么是不要紧，这位老太太就是这样的一个人。我所问的话，她听了不甚明白，说不透主人到底是什么性格，她的眼睛看过去，罗切斯特先生就是个罗切斯特先生，是个上等人，是个大地主，不过这样就完了，也不再往下打听和察看。我却要打听个详细，她却觉得诧异。

我们出了饭厅，她就领我到各处看，我就跟着她上楼下楼，看了好几处，所有家具陈设都是古老美丽的。白天看见自然是很好的，但是晚上在月光之下看见却有点奇异，我就问："三楼是不是仆从们的住处？"

她答道："不是的，他们住在后面较小的房子，三楼没人睡。我们可以说，假使这所大宅子有鬼的话，那鬼一定是住在三楼。"

我说道："我也是这样想，听你所说的话，可见这所大宅子是没有鬼了。"

她微笑着答道："我向来没听人说过有鬼。"

我问道："据本地的传说，或是谈鬼的书里，都没说过这里有鬼吗？"

她答道："我相信没有。然而有人说，罗切斯特家族的人多是很横暴的，也许因为他们生时横暴，死后倒安静了。"

我喃喃地说道："是的，在世上做人像发狂热病的，随后是很能酣睡的。"费尔法克斯太太这时候要走开，我就问道："你往哪里去？"

她答道："我要上房顶，你愿意来看看四围的风景吗？"我跟她走，登上一道窄楼梯，再进入一道小门，上小梯子，就到了房顶。这时候与高树顶的乌鸦巢同在一个高度了，我看见许多乌鸦巢，靠住高墙向下看，能很清楚，好像是一幅风景绝美的地图。看过之后，我就下了小梯，等她关上小门，慢慢地走下小楼梯，在过道走，这条过道两边都是矮小的屋子，过道是很黑暗的，只在尽头处有小窗子透光。

我在这条过道走的时候，以为这人迹所不到的地方是很幽静的。万想不到忽然听见有笑声，这笑声很奇怪，很清楚，是一种并无乐意的呆笑。我立住脚，笑声停了，一会儿又笑，声音较响。接着过道里一片回声，我还可以指出是哪一间小屋里发出来的笑声。

我问道："费尔法克斯太太，你听见大笑声吗？是谁笑？"

她答道："大约是女仆，也许是格蕾丝·普尔。"

我又问道："你听见了吗？"

她答道："听见了。我常听见她笑，她在一间屋子里做活计，有时候莉娅同她在一起。她们两人常常吵。"

这时候又听见笑声，笑得很低，是分开一会儿一会儿地笑。

费尔法克斯太太喊道："格蕾丝！"

我是不想到有什么格蕾丝答话的。因为这笑声是极惨的，不像是人笑。但这时候正是中午，不会有什么鬼魅出现的，我感到诧异，也未免有点傻气。

有人开了小屋门，走出来，这个人有三四十岁年纪，方脸，红发，面貌粗暴，万不能是个鬼魅。

费尔法克斯太太说道："格蕾丝，不要吵，你要记得吩咐你的话！"格蕾丝鞠躬，不响，走进屋子去了。

费尔法克斯太太说道："她是帮莉娅做针线活儿的，这个人虽然有许多不对的地方，却也有她的好处。我想起来了，你今早教新学生教得怎么样了？"

她既然改了话题，我们就谈阿黛拉，一直谈到楼下。阿黛拉在大厅迎接我们，说了几句话。

这时候费尔法克斯太太的房间已经摆好了中饭。

第十二章 路 遇

我到桑菲尔德教书，期望一帆风顺做下去，处久了之后，觉得一切情形都符合我的期望。费尔法克斯太太是个安详善良的人，学问知识，都过得去；小学生很活泼，受惯溺爱，有时不甚听话。好在是我一个人照管她，慢慢地她也就服从了。她的本能、品格、情性、喜好，同平常孩子一样，虽无甚大分别，却也无恶性质。读书也未尝无进步，她也还喜欢我，不过感情并不见深，却是天真烂漫，高兴说话，事事还要博我喜欢，我们相处得很好。

世上以为小孩子的性情都是好的，同神仙一样，听见我这几句话，以为我说得太冷淡。我写这本书是要说实话，不是恭维溺爱的父母的。我从良心上很盼望阿黛拉学好，学问有进步，我知道费尔法克斯太太和平宽厚，心里是很感谢的。

我有时在大园子里一个人散步；有时在园子的门外大路上走走；有时上楼，在房顶四处远眺。我心里总恨不得我能够跳过我眼力所能见得到的界限，看看那界限外的世界是什么样，很想得到一番新阅历，接触许多人，研究各种人的品性。阿黛拉和费尔法克斯太太的好处，我很知道爱惜，不过见来见去，都不过是这两个人，两个也都是平淡无奇的人，我还要看看比她们活泼、比她们飞扬的人。恐怕有许多读者，都要怪我，说我这个人太不知足了。我本性是好动的，我节制不了我自己，我闷的时候只好在房顶上走来走去，幻想另一个活泼的世界。

有许多人说，一个人有安静的日子过，就该满意，这句话是不相干的。人都是好动的，倘若不给他一个用武之地，他自己就要乱动的。我现时所过的日子，总算是安静的了，但是世上还有亿万人，所过的日子比我所过的还要安静得多。但是这亿万人，外面看不出什么，心理还不是要造反，追求过活泼日子吗？世人只知道，也只看得见政治上的造反，却看不见很多很多人心里对于境遇上的造反。世人以为女人是最安静的，但是女人也是个人，她们也要个用武之地，施展她们的本能，同男人一样。束缚她们太紧，她们心里也是极难受的。男人对于女人是很不屑一顾的，总说女人应该深藏在家里，制点心、织袜子、弹琴、绣花。男人若是笑女人不务正业，要做学问，要出来涉世，也未免太不了解女人的性格了。

我独自一个人在房顶散步，有时候听见格蕾丝·普尔在那里发出奇怪的声音；有时听见她嘴里喃喃的声音，比笑声还怪。有时候她是很安静的，有时候我看见她走出来拿脸盆，或是拿盘子，拿托盘，下楼，进厨房，不久就回来，常常拿一瓶啤酒上楼来。我一看见她那种没出息的脸，就把这个怪声音里有什么离奇情节的幻想都打消了。有时候我引她说话，她却不是个多话的人，不过用单字答我。

宅里其余的仆人，如约翰夫妇、莉娅、索菲娅，都是平常好好的人，并无什么特别的性格。有时我同索菲娅说法国话，问她家乡的情景，她说得不清不楚，我也就不愿再多问她。

十月、十一月、十二月，我在这里一连住了三个月。一月里有一天，阿黛拉受了凉，费尔法克斯太太替她请了一天假，我就答应了。那天天气虽冷，却是无风，天气很好，我坐在书房里一早上，觉得厌倦，刚好费尔法克斯太太写了一封信，要送到邮局，我就披上外衣，戴上帽子，拿了这封信，慢慢走到村子里去寄信。村子离这里不过六七里路。我给阿黛拉一个蜡人儿，一本画册，叫她解闷，然后我就出门欣赏风景。从一条小路上山才能到那村子，我走到半路，坐在田边小栅栏上歇了一会儿，然后向东走。

走到山顶，月亮正当头，离小村还有三里多路。除了村子里远远有点人声之外，这里是静悄悄的，这时远远听见有马蹄声，被小路的弯子挡住了，还看不见。马蹄声越走越近，我就想起贝茜从前告诉我的神怪故事：有个怪物会变形，有时变作马，有时变作大狗。

这时候，不单听见马蹄声，还听见有东西在树林里乱窜的声音，还看见是一个有黑有白的东西，原来是一只长毛大头的狮子狗，在我身边走过。随即看见一匹高头大马，马背上坐着一个人，我知道并不是什么怪物。他走过，我向前走，走了几步，听见有人喊道："这可怎么办呢？"我听有跌倒的声音，回头看一看，只见连人带马都跌倒了，是滑在冰上了。那条狗跑回头大叫，随即跑到我面前。我回头走过去，看见那个人在那里挣扎，要脱离那匹马，那人用力很猛，我想他没受伤。我问他道："先生，你受伤了吗？"

我好像听见他在咒骂，却不敢说是一定。他自顾在那里说话，不立刻答我。

我又问道："我能帮你什么忙吗？"

他先跪起来，再站起来，说道："你先站在一边。"我就站在一边，那马在那里乱扭乱动，那条狗在那里乱吠，我躲开几步。随后那匹马站起来，那个人朝狗喊道："派拉，趴下！"那个人摸摸脚，好像是看看有无受伤的地方，像是觉得有些不对，就走到小栅栏处坐下。

我又走向前，说道："先生你若是受了伤，要人帮忙，我能去桑菲尔德，或是小村子，请人来帮忙。"

他答道："谢谢你，我自己能行，没有骨折，不过扭伤了。"他又站起来，试试他的脚，又喊了一声。

这时候，正是黄昏，我稍微可以辨清他的面貌。他身上披的骑士披风，衣领是皮的，中等身材，胸膛很宽，肤色黑，眉毛重，神色严厉，皱着眉，眼带怒容。说不上是少年，却还未及中年，大约有三十五岁。我见了他，毫不害怕，也不羞怯。假使他是个美貌少年，气宇英迈，我是不敢走近问他话的。我生平很少见过美貌少年，向来未说过话。我在道理上是很崇拜美貌、高雅、英爽、能吸引人的人。若是遇着这样的一个男子，我自然而然地就觉得这种人绝不能对我有什么同情，我就要远远地躲开。

假使现在我所遇见的这个陌生人，对我微笑，温温柔柔地对待我，也不要我帮什么忙，我就走我的路，无意再问他什么话。但是这个人，是皱着眉头，样子是很粗鲁的，我却放了心。我仍站在一边，问他道："先生，天也黑了，这条小路是很僻静的，不等到你能够骑马，我是不好离开的。"

这时候，他才开始看我，说道："你若是附近有家的话，这时候你该回家了。你是从哪里来的？"

我答道："我是山下来的，晚上有月亮，我不怕。我正要到小村子里寄信，倘若你要我替你去小村子走一趟，我很高兴帮你忙。"

他问道："你说是从山下来的，你是住在那所有高墙的大房子里吗？"他一面说，一面指桑菲尔德大宅。

我答道："是的。"

他问道："是谁的宅子？"

我答道："是罗切斯特先生的宅子。"

他问道："你认得罗切斯特先生吗？"

我答道："我不认得他，从未见过他。"

他问道："现在他不住在那里吗？"

我答道："不住在那里。"

他问道："你能告诉我，他在什么地方？"

我答道："我不能。"

他说道："你自然不是宅子里的女仆。你是……"他停住了，看看我的衣服，我照常穿得很朴素，够不上一个贵夫人的女侍。他好像在犹豫，说不出我是个什么。我只好帮他说了，我说道："我是个家庭教师。"

他答道："家庭教师！弄糊涂我了，我全忘记了！"他又细细地再看我的衣服，过了两分钟，站起来，又试着要走，脸上现出痛苦的神色。

他说道："我不能烦你去找人来帮忙，你若是不嫌弃的话，你自己却可以帮我一点忙。"

我答道："先生，我肯帮你。"

他说道："你有伞吗？我可以当作拐杖。"

我答道："我没有伞。"

他说道："你试试看，去拉住马缰，领它到我这里，你不怕吗？！"

假使只有我一个人的话，我是不敢摸马的，现在他要求我，我倒愿意试试。我把皮手筒放在栅栏上，走上前，要拉马缰，但那匹马是有脾气的，不让我走近马头。我试了好几次，都不能近前，我很害怕它两只前蹄要踢我。那位骑马的看了一会儿，大笑着说道："大山既不肯走向穆罕默

"家庭教师！弄糊涂我了，我全忘记了！"

德，只好穆罕默德走向大山了。我只好请你过来。”

我走过来。他说道：“请你不要见怪，我不得不请你帮忙。”于是他一只手重重地放在我的肩膀上，靠住我，跛着脚走向那匹马，一手把马缰拉住。跳上马背，脸上现出痛苦的神色，说道：“请你把马鞭拿给我。”

我找着马鞭，拿给他。

他说道：“谢谢你，你赶快去寄信，赶快回家。”

他用靴铁把马一夹，那马如飞地跑了，那条狗跟着跑。

我拿了皮手筒，往前走，就把刚才的事忘了，不过算是路上偶然遇着的事，毫不奇特，自然是忘了。不过我觉得总算是一件意外的事，我居然也有点用处，帮人家一点忙。那个人的面貌，却多少留点印象在我心里。第一因为他是个男人；第二因为他是个面色带黑，一个严毅有气魄的人。我送了信，回头走到小栅栏，略停了一分钟，四围再看看，再听听，只看见树，听见风声，远远看见山下那大宅子的一个窗子有亮光，我才想起天已不早，赶快回去。

我很不愿意马上进入这所大宅子。因为一进去，又是过那种无聊的日子，日复一日，都不过是那样，觉得实在无趣味。我在那里过的，诚然是安乐日子，但是过惯了，就觉得无趣，不觉得安乐日子的好处。明知道过愁困日子，整天要同世事争斗，很不容易的，争一顿饱饭吃，争一夜的安眠，原是很受罪的，但静极思动，是人人所不能免的。

我走到大门口，还不愿意立刻就进去，在草地上徘徊了好一会儿，抬头看月看星，忘了世事。后来听见大厅钟响，才不再看星月，推开旁边的小门，走进去。

大厅这时候不甚亮，也不黑暗，是饭厅里的光照出来的。我看见里边有几个人围着炉台，好像还听见阿黛拉的笑声。客厅门这时候关了，我走入费尔法克斯太太的房里，有火无烛，太太也不在房里，看见火炉前地毯上有一只大狗，很像刚才在路上看见的，我记得它的名字，就喊一声“派拉”，那只狗就过来嗅我，同我嬉戏，一面摇着尾巴。我拉铃喊人要蜡烛，还要问问这只狗是谁的。莉娅应铃进来，我问道："这是谁的狗？"

她答道："它跟主人来的。"

我问道："跟谁？"

她答道："跟主人，跟罗切斯特先生来的，主人刚到家。"

我问道："是吗？费尔法克斯太太这时候在主人那里吗？"

她答道："是的，还有阿黛拉小姐也在那里，他们都在饭厅里，约翰去请医生了，因为主人跌下马来，扭了脚。"

我问道："是在那条小路上跌下来的吗？"

她答道："是的。下山的时候，在冰上滑倒的。"

我说道："呀，莉娅，你去拿蜡烛来。"

莉娅拿了蜡烛，费尔法克斯太太跟着进来，也告诉我主人回家的消息，还说卡特医生来了，同罗切斯特先生在一起。她于是吩咐预备茶，我上楼脱衣服。

第十三章　初　见

医生吩咐罗切斯特先生须早睡晚起，随后他下楼办事，这时候桑菲尔德大宅同从前大不相同了。人来人往的，有许多陌生的话音，这所宅子，是有了主人了，我倒更好了。

这一天，阿黛拉不好好读书。我们现在让出藏书房，给罗切斯特先生办事，我们把楼上一间房改作课堂。阿黛拉不停地凭栏往外看，有时又下楼，走入藏书房。见我对她有些严厉，她就说罗切斯特先生，说个没完。原来罗切斯特先生昨晚说过，等到行李搬来，箱子里有一盒东西给她。

我和我的学生还是在费尔法克斯太太屋里吃饭，午后是大风雪，我们只好在课堂过日子。天黑的时候，阿黛拉收拾好书本下楼，这时候没有人声，罗切斯特先生应该没有客人了。我往窗外看，只见雪片纷飞，什么都看不见，我放下窗帘，围炉坐下。

我正在那里做奇妙幻想，费尔法克斯太太走进来，把我的幻想打倒了，她说道："晚上罗切斯特先生请你带着阿黛拉跟他一起喝茶。因为他忙了一天，没得工夫早点见你。"

我问道："几点钟喝茶？"

她答道："六点钟。他住在乡下，喜欢早些。你不如换件衣服吧，我同你去，帮你穿。这里有一支烛。"

我问道："必须要换衣服吗？"

她答道："还是换的好。罗切斯特先生在这里的时候，我是换衣服的。"

又添一件事，我觉得有点过于讲排场，我只好同费尔法克斯太太到我屋里，换了一件黑丝绸衣服。我的衣服不多，这算是件最好的；此外还有一件银灰色的，我久在洛伍德，乡下气还未脱，这件银灰色的褂子，非遇着大场合是不能穿的。

费尔法克斯太太说道："你还缺一个别针。"我原有一个珍珠别针，是坦普尔小姐临别时候送我的，我就别上，两人下楼。我向来未见惯陌生人，这么正经地走去见罗切斯特先生，觉得有些不安。我让费尔法克斯太太先走，我躲在她的影子里。

厅里的桌上点着两支烛，炉台上也有两支，那只大狗卧在炉边，阿黛拉跪在它身边。罗切斯特先生半靠在小榻上，一只脚用垫子垫住，两眼看着阿黛拉同那条狗，火光满照他的脸。我这时候看他的面貌，看得更清楚，一见就认得他是昨晚在小路上跌下马来的那一位。

在《简·爱》中"桑菲尔德"里面罗切斯特先生的那把椅子便取材于此宅中。

罗切斯特先生一定知道是费尔法克斯太太同我两个人进来，他却好像没看见，我们走上去，他也不抬头。

费尔法克斯太太说道："先生，这就是爱小姐。"他点头，两眼仍然看狗和阿黛拉。

他说道："让爱小姐坐下吧。"我看看他那紧皱的眉头，听见他那种不耐烦的腔调，好像是说，爱小姐在这里也罢，不在这里也罢，同我有什么相干？这时候我不愿意理她。

我就坐下，丝毫不觉得有什么不安。假使他是规规矩矩很多礼地欢迎我，我反会觉得忙乱，因为我不能够照着规矩还他的礼。现在他是用严峻的面孔相待，我就不必以礼还他，我安安详详地坐下，却是我沾些方便。况且他这样的特别举动，我倒要看看他怎样往下继续。

他还是同石雕一样，不动也不说话。费尔法克斯太太，总觉得有个人和蔼些才好，就首先说话。同情他一天办了好些事，扭了脚，总有些不舒服；恭维他一面受痛，一面还很耐心地办了许多事。

他只答了一句道："夫人，我要喝茶。"费尔法克斯太太摇铃，仆人送进茶盘来，她就摆茶具。我同阿黛拉走向桌子，费尔法克斯太太对我说道：

"请你把茶杯送给罗切斯特先生，我怕阿黛拉会打翻。"

我就送去。他接过去，阿黛拉见了机会，就同罗切斯特先生说了几句法语。

他很不高兴地问道："谁说什么礼物？爱小姐，你盼望我送你礼物？你喜欢礼物？"他瞪着两眼，狠狠地看我的脸，我看见他的眼睛很黑，眼光射人，带着怒色。

我答道："先生，我不太清楚，我阅历很少，大概而论，许多人以为礼物是好东西。"

他说道："你说的是大概的话，你自己的意思怎么样？"

我答道："先生，你得让我想想，我才能答你一句中听的话。一件礼物，是可以从许多方面看的，是不是？总得把各方面都想透，才能对答。"

他说道："爱小姐，你还不如阿黛拉那么老实。她一看见我，就要吵，要我送她东西，你却要说绕弯子的话。"

我答道："我因为不甚自信，我该得什么礼物。她和你相熟日久，并且有例可寻。因为她告诉过我，你常给她玩具；若是我去找例子，我却不知道有什么例可寻，因为我是个陌生人，我又不曾做过什么事，怎么能够要人送礼物呢？"

他说道："你不必太过客气！我曾经考问过阿黛拉，知道你费了不少心教她。她不聪明，又无天分，不过读书不久，居然进步很多。"

我答道："先生，你已经送我礼物了，当老师最喜欢的酬劳就是被恭维学生有进步。"

罗切斯特先生哼了一声，就喝起茶来。

茶盘捧出去之后，费尔法克斯太太坐在屋角做针线活儿，阿黛拉拉住我的手，在厅里四处走，指那些陈设品给我看。主人说道："你们到炉边来。"我们就走过来，阿黛拉要坐在我膝上，罗切斯特先生叫她跟狗玩一会儿。

罗切斯特先生对我说道："你住在我家有三个月了。"

我答道："先生，是的。"

他问道："你从什么地方来的？"

我答道："从洛伍德学校来的。"

他说道："呀，是个慈善机构。你在那里有多少年？"

我答道："八年。"

他说道："八年！你的命是很顽强的。我以为只要在那里待四年，就要把人的身体糟蹋完的！怪不得你好像是从别的世界来的，我正在诧异你从什么地方得了这种脸色。昨天晚上，我在小路上，你走过来，我以为你是个妖魔，很想问你是人是妖，是不是你用妖术叫我的马滑倒，我现在还不完全确定你不是妖。你的父母是谁？"

我答道："我无父无母。"

他问道："我猜你是没有父母。你还记得他们吗？"

我答道："我记不得了。"

他说道："我想你是不能记得。你坐在小栅栏上的时候，是不是等人？"

我问道："先生，我等谁？"

他说道："等绿衣人，晚上有月亮，正是他们的机会。难道我开罪于你，你为什么放冰块在路上？"

我摇头说道："绿衣人，一百年前早已离开英国了，哪怕在小路上，或是附近的地方，也见不着他们的踪迹了。无论什么时候，有月无月，都看不见他们了。"

费尔法克斯太太听我们这番话，把针线放下来，两眼看我们，不知道我们谈的是什么。

他又说道："你既然没有父母，总该有几位亲戚，叔伯婶母姨母等等？"

我答道："我也没有亲戚，从来没见过。"

他问道："你的家呢？"

我答道："我没有家。"

他问道："你的兄弟，你的姐妹，住在哪里？"

我答道："我既无兄弟，又无姐妹。"

他问道："谁介绍你来的？"

我答道："我自己登广告，费尔法克斯太太叫我来的。"

费尔法克斯太太现在知道我们谈些什么，说道："是的，我选到她，很感谢上天，爱小姐对我是个好伙伴，她很爱阿黛拉，很细心地教她。"

罗切斯特先生说道："你不必替她出保证书，恭维话是不能打动我的，我要自己判断的。她一开始就惊到我的马。"

费尔法克斯太太说道："先生？"

罗切斯特先生答道："我闪了脚，要谢谢她。"

费尔法克斯太太莫名其妙。

他又对我说道："爱小姐，你曾经在城里住过吗？"

我答道："没有。"

他问道："你曾在社会来往过吗？"

我答道："我接触的都是洛伍德学校的学生、教师和桑菲尔德大宅里的人。"

他问道："你书读得多吗？"

我答道："也不过都是随手拿来的书，读得并不多，所读的也并不是学问深奥的书。"

他说道："你简直过的是修女的日子，大约宗教礼仪你是很熟的了。洛伍德的总管是布罗克赫斯特先生，他是个牧师，是不是？"

我答道："是的。"

他说道："你们这班女孩子们，大约很崇拜他。"

我答道："并不是的。"

他说道："你说得平淡得很，不崇拜？你说什么话！初入修道院的哪里有不崇拜牧师的呢？你这句话，未免侮慢宗教。"

我答说："我厌恶布罗克赫斯特先生，同我一样的，还有许多人。他为人刻薄，好摆架子，又好多管闲事；他把我们的头发剪了；他为了节省，买坏针坏线给我们用，我们几乎不能做活计。"

费尔法克斯太太知道我们所谈的事，插嘴说道："这是假节省。"

罗切斯特先生问道："这就是他的罪状？"

我答道："未设董事会之前，他管理伙食，叫我们挨饿；每一星期，还要我们听他讲演一次，晚上还要我们读他所著的书，说的都是暴死夭亡受审判的话，我们害怕，晚上都不敢上床睡觉。"

他问道："你初到洛伍德的时候是几岁？"

我答道："十岁左右。"

他说道："你在那里八年，你现在十八岁了？"

我答道："是的。"

他说道："你可知道数学是有用的，不是用数学计算，我是看不出你的年纪的。你的外貌很特别，很不容易猜准你的年纪。你在洛伍德，学些什么？你会弹琴吗？”

我答道：“会一点。”

他说道：“这是一句敷衍的回答。你到书房里去……我是要说请你到书房去（我说话同发号令一样的，请你勿怪；我向来都说你去做这个，你去做那个，说惯了，我无法因为新来一个人而改了口头禅）。你进书房，拿支烛进去，把书房门打开，坐在琴凳上弹一曲给我听。”

我遵命去弹。

弹了几分钟，他喊道：“够了。你果然会弹一点，同别的英国女学生一样，你弹得强过许多人，但是不见得好。”

我合了琴，走回来。罗切斯特先生又说道：“今天早上，阿黛拉给我些画稿看，说是你的。我不知道是不是你一个人画的，也许是画师帮忙的。”

我答道：“的确不是画师帮忙的。”

他说道：“哈！这激出你的傲气来了。既敢说是你自己画的，你把画夹拿来；你若是知道不全是你自己作的，你就不必拿来，打过补丁的画稿，我是看得出来的。”

我答道：“我一句话也不说，让你判断。”

我从藏书房把画夹拿来。

他说道：“你挪桌子过来。”我把桌子挪到他的小榻旁边，阿黛拉同费尔法克斯太太都走过来看画。

罗切斯特先生说道：“不要挤在一堆，我看完一幅，你就拿开。不要把脸都凑过来。”

他每幅都极详细地察看，有三幅他摆在一旁，其余那些，他看过之后，都推开了。

他说道：“费尔法克斯太太，你把这些画拿到那张桌子上，跟阿黛拉一起看。”掉过脸来，对我说道，“你还坐下，听我问你。我看出那些画都是出自一人之手画的，那只手是你的手吗？”

我答道：“是的。”

他问道："你哪里有闲工夫画那些画？那是很费工夫、很费心思的。"

我答道："我在洛伍德最后两个假期，没事情的时候画的。"

他问道："你从什么地方临摹的？"

我答道："我从自己的头脑临摹的。"

他问道："这个头脑现时还在你的两肩上吗？"

我答道："是的。"

他问道："你的头脑还有同样的家具吗？"

我答道："我想是还应该有的，也许比画中的家具好些。"

他重新又把画打开，细细地看。

我趁这个机会，告诉读者，那是几张什么画，并非是什么了不得的大作。这些画原是根据心里想的来画的，不过心手不相应，画出来的同我心里所想的，还差得很远。

这几幅都是水彩画。第一幅是海景，远景、近景都是写意。水云相接，一片渺茫；四围都不见山；一线日光，射在桅上，见桅不见船；桅顶

他重新又把画打开，细细地看。

有鸟，衔一金手镯；海面漂一女尸，为绿波所卷，只露一臂。

第二幅是长庚星，作美女形，只露上半身，下半身为云雾笼罩，美人额上画一颗星，近景只露山尖，树叶绿草，为斜风所吹。画地着色，是日落后的颜色。

第三幅是海上冰山，山顶矗入漫天的晚霞，这是远景；近景绘一人面向冰山，两手交加掩额，头上戴珠宝圈。

罗切斯特先生细看了一会儿，问道："你作这几幅画的时候，觉得快乐吗？"

我答道："我那时候心有所思，觉得快乐。画这几幅画的时候，我享受生平未享过的快乐。"

他答道："据你说来，你生平所享受的快乐太有限了。我知道你作这几幅画的时候是如在梦中，你每天花费许多时间绘这几幅画吗？"

我答道："因为放假无事可做，我是从早画到午，从午画到晚，又是夏天，画画的时候很长。"

他问道："你既然费了许多工夫，画完了之后，你自己觉得满意吗？"

我答道："我觉得极不满意。我总觉得心手不相应，我心里只管这样想，我的手偏不照着这样画。"

他答道："是不甚相应，你只绘出影子罢了。你的画法画理还不够，所以不能完全画到如你心所欲为，但是女学生画到这样，已经很特别。据你的画意而论，未免流入鬼怪了。你的长庚星的两眼，一定是你梦中所看见的，眼神如此深远是什么意思？谁叫你绘风的？有一幅空际是画风的，有一幅山尖，也是画风。这一幅是拉特莫斯山，你是在哪里见过的？你把画拿走吧。"

我快要把画夹捆好时，他看看表，忽然说道："九点钟了，爱小姐，你做什么？还让阿黛拉坐到这时候？还不该照顾她去睡觉吗？"

阿黛拉走上前，同他亲吻。他不过是勉强地让她拥抱亲吻。

他伸手指门说道："你们都可以去歇息了。"费尔法克斯太太把活计收拾好，我拿了画夹，对他鞠躬，走出房门。

我照顾阿黛拉上床之后，对费尔法克斯太太说道："你说过罗切斯特先生并不怎样特别。"

她答道："你看他特别吗？"

我答道："他这个人，善变，变得很快很突然。"

她答道："也许是因为我看惯了，不觉得。陌生人也许觉得他特别，若是他的性情与人不同，我们要原谅他。"

我问道："为什么呢？"

她答道："一来是天性，是没办法的。二来也许因为他满心的难过。"

我问道："他有什么难过的心事？"

她答道："家事。"

我问道："他并无家室，有什么家事呢？"

她答道："现在是没有家事，从前是有的，他有亲戚，不过才数年前，他哥哥死了。"

我问道："他的哥哥？"

她答道："是的，现在的罗切斯特先生，继承这产业，不过才九年。"

我问道："九年也算很久了。难道说他的手足之情这样深，九年还舍不得吗？"

她答道："也许有的。我想他们兄弟间有点不对，他的哥哥罗兰特·罗切斯特先生对待弟弟爱德华有点不公道，也许在老父面前，常说他的坏话。那位老先生最喜欢钱，不愿意分产业，却又要小儿子有钱，不坠家风。到了爱德华成年的时候，老先生办了几件不甚得法的事，生出许多是非。老先生同大儿子串通办了一件事，很令小儿子难做。到底是件什么事我却不知道。爱德华不接受这样的安排，就同父亲、哥哥脱离关系，一直到如今，也是东奔西走，来来去去的，漂泊不定。自从他哥哥死去，他留下遗嘱，罗切斯特先生便继承这产业之后，他就是回来，也不过住两星期，又走了，也怪不得他要躲开这个老宅子。"

我问道："他何必躲开呢？"

她答道："他也许觉得这个地方太孤寂。"

她这一句话，显然是敷衍我的，我很想打听清楚些。但是费尔法克斯太太不肯告诉我罗切斯特先生难言的痛苦，也许是她全不知道，也许不能告诉我。她还说，并不知道其中的秘密，不过是乱猜的。她显然不愿再谈这件事，我也只好不谈了。

第十四章　谈　心

一连好几天，我都没见到罗切斯特先生。早上他要办事，午后会客，有时留客吃饭。他的脚痊愈之后，常骑马出去，大约是登门回拜。

这些天里头，连阿黛拉也不容易见到他。我不过有时候在大厅，或在楼梯上，或是在过道处偶然碰见他，他有时对我冷冷地点头，有时见了微笑鞠躬，很尽礼貌。他这种变化，我毫不怪他，因为他喜怒无常并不是因为我发生了特别变化的缘故。

有一天他请客，把我的绘画拿去给客人看。客人散得早，去开会商讨地方上的事，那天下大雨，罗切斯特先生未同客人出门。客散不久，他打发人请我同阿黛拉下楼，我把女学生打扮好了，我自己没得什么打扮，阿黛拉只盼望行李到了，要她的玩具。我们一进房，看见桌子上摆了一个小盒子，知道是给她的。

她走上前喊道："这是我的盒子！这是我的盒子！"

罗切斯特先生坐在火炉边一把舒服的椅子上，带点讥刺的腔调说道："是的，是你的盒子，你拿去，在屋角上玩。你是个巴黎女子，你去把这玩具拆开吧。你却要安安静静地，不要来问我这是怎样做的，那是干什么的，好好地玩耍，不要吵，你知道吗？"

那孩子用不着吩咐，把她的宝贝放在榻上，解绳子，揭开盒盖，不过喊了一声，说是很好看，然后就在那里安安静静地玩。

罗切斯特先生略提起身子，向房门看，说道："爱小姐在吗？"

他看见我，说道："啊，好呀！你过来，请坐。"随即拖一把椅子，放在他身边，说道："我不喜欢听孩子说话，因为我是个老鳏夫，听孩子们说孩子话是毫无趣味的。若是要我对孩子说一夜的话，我可受不了。爱小姐，你不必把椅子挪开，我摆在什么地方，你就坐在什么地方……我该说请你坐在什么地方……这种客气话是非常之讨厌，我常忘记了说。没什么知识的老太太，我也不欢喜。我想起来了，我不应该使费尔法克斯太太觉得过于冷落，她同我还有点亲戚。"

他摇铃，打发人去请费尔法克斯太太，她拿了针线走进来。

罗切斯特先生说道："晚上好，我请你来，是要请你做件好事。我不许阿黛拉对我说我给她的玩具，但是她哪里能够不说话呢，她肚里不知道装满了多少要问的话。我请你做个专回答她问话的人，这就是你对我做的一件大大的好事。"

阿黛拉一见费尔法克斯太太就请她过去，把所有的瓷器制的、象牙制的、蜡制的东西，一件一件地拿给她看，不知说了多少蹩脚的英国话。

罗切斯特先生说道："我尽了主人的责任了，我安排好了，客人同客人都有话可说，可以交谈，我却要自己享福了。爱小姐，你再把椅子凑前些，你坐得太靠后，我不掉转身子看不见你呢，我现在坐得很舒服，不想动。"

我虽然愿意坐得靠后些，但他发号令的神色使我不能不遵从，我只好把椅子拉上前些。

我们坐在饭厅，灯点得很亮，炉子里的火很旺，房里很静，只有阿黛拉低声说话，还有大雨敲打窗子的声音。

罗切斯特先生这时候并无平常那样的愁闷。两眼有光，两唇微展笑容，也许是因为喝了酒的缘故，不过他的神气还是严峻的。他看着炉火，有两分钟，我就留心看他的脸上神情，他忽然掉过头来，看见我看他，说道："爱小姐，你在仔细看我，你觉得我好看吗？"

假使我有时候慢慢地想，自然答他一句客气话，或是敷衍话，但是这时候猝不及防，不能立刻说客气话，我不由自主地答道："我以为不好看。”

他说道：“哈，你这个人也有些奇特。你坐在这里，两手摆在前面，神色是很安详很老实的，你的眼（除了你刚才留心看我的脸）看着地毯，等到我问你话，或是说一句你不能不答的话，你立刻就答一句很率直、很不客气的话，你是什么意思？”

我答道：“我请你勿怪，我说话太直白。我原该回答说，对于外观面貌的问题是不能轻率而答的。人的偏好各有不同，美貌是不算什么的，我该说类似这样的话。”

他说道：“你不该这样说。美貌当真是算不了什么吗？你这时候因为要缓和你刚才那句得罪人的话，来敷衍我，又暗中戳我一刀，叫我听了难受。你只管往下说吧，我求你索性再说我还有什么短处。我猜我的四肢同我的面貌身材无异于常人吧？”

我答道：“罗切斯特先生，您饶恕我最先答的话吧，当我未说过，我并非有意指摘你，不过是说错了。”

他答道：“可不是？我也是这样想。你要担责任的，你只管批评我，你看我的前额，你喜欢吗？”

他把头发向后捋顺，露出一个很有学问的前额，却很欠慈善。

他问道：“女士，你看我是个傻子不是？”

我答道：“先生，你并不傻。倘若你不怪我无礼，我却要反问你一句，你是不是个好行慈善的人？”

他答道：“你又来了！你又小戳我一刀，外表却像是在敷衍我，顺我的意思。你问我这句话，是因为我刚才说过，我不喜欢孩子，也不喜欢老太太（不要说得太响）。小姐，我告诉你，我并不是一个寻常的慈善家，但是我有良心（他指指额上，看相师所说的主慈善的地方）。况且我曾经有过很温柔的心地，不过是来得粗野些，不甚细致。我像你这样年纪的时候是很热心的，见了流离失所和遭逢不幸的人，我很愿意帮助。但是我自己的际遇也确实不好，我所受的折磨，也受够了，然而我一样的刚决沉毅，并未因为受折磨而变得颓废。不过只有一两处，还有点缝隙，偶然为折磨所侵，好像是一大块死肉，其中还有一点有知觉的地方。据你看来，我这个人，还有希望吗？”

我问道：“先生，希望什么呢？”

他答道：“我这个人，因为受折磨受得多了，变成一个无知觉的人，好像是一个橡皮球，你看我有无希望，还可以再变作一个有知觉的人？”

我心里想道：“他一定是酒吃得太多了。”他这句话，问得极离奇，我不知道怎么答，我怎么能够答得出他到底能否变得过来呢？

他说道：“爱小姐，你很有迷惑不解的神色。你的相貌，虽然不见得比我的相貌好看，你现在现出迷惑神色，却比平常好看得多；况且这样也好，因为你的眼不来看我的面貌，却只看地毯上的花朵，你只管迷惑去猜。小姐，我今晚变了，乐得与同伴说很多话了。”

他说完了，站起来，靠炉台站住。我看他身躯宽大，同手足的长短不甚相称，大多数的人，都要说他不好看的。但是他却有一种自得之色，好像是专靠内里，别的美德，全不在乎，如外貌。

他又说道：“我今晚喜欢有个同伴交谈，我今晚又好说话，故此请你来的。我一个人在大厅里，炉火灯火，不够做我的同伴；阿黛拉可以算个同伴，不过还离得太远，不合格；费尔法克斯太太，也是一

样。只要你愿意的话，我看你还够得上。我第一次请你下来，你就令我疑惑，随后因为有事，把你忘了。今天晚上，我要从容享福，要追回来可以令人欢喜的事。我很喜欢把你的话掏出来，我要知道你到底是个什么路数的人，我请你说话。”

我只微笑不开口，并不是十分服从他意思的微笑。

他又催我说道：“请你说。”

我问道：“说什么呢？”

他答道：“随你喜欢。题目由你自定，怎样说法，亦由你自定。”

我总是坐下不响，我想道：“假使他盼望我为的是要说话，就随便地说，他可找错人了。”

他说道：“爱小姐，你变成一个哑巴了。”

我更是不响。他掉转头看看我说道：“你又是倔强，又是生气？你还在理。我要求得既无理，又无礼，爱小姐，请你勿怪。我实在告诉你，我不愿意不平等地对待你，不过我同你有相差二十岁的分别，又比你多一百年的阅历，这是我们不平等的地方。我因为这两层在你之上，我请你同我谈谈，解散我的愁怀。”

他居然肯解释一番，几乎是求饶的意思，我不能不觉得他是已经屈尊降格的迁就。

我说道：“先生，只要我能够陪你解闷，我是很愿意的。但是我找不出话题，因为我不知道你喜欢听些什么。你有话问我，我一定好好地回答。”

他说道：“第一件，我年纪比你大，可以做你的父亲；我走过大半个天下，游历过许多国家，同许多外国人见过高下；你不过是一直在一个地方，老同一班人相处；我就应该对你霸道些、蛮横些，还要对你求全责备，你说我应该不应该？”

我答道：“先生，你喜欢怎样办，就怎样办。”

他说道：“你这句话，不能算做回答，这很气人因为这是句敷衍的话，请你清清楚楚地回答我。”

我答道："先生，我以为你不应该这样号令我，你诚然比我年纪大，你诚然世事比我见得多，我也还要看你把这些年的工夫、这许多的阅历拿来做什么用。"

他说道："你答得很快，你这番话说不过去，就是我未把这两层有利条件施于有用之地，或是简直用得不当，你也不能这样说我。现在把我的长处撇开不讲，你也应该有时服从我的命令，不要因为我声色俱厉就不高兴，你可以做得到吗？"

我微笑，心里想：罗切斯特先生很特别，他一年给我三十个英镑的酬劳，就要我听号令。

他说道："你这一微笑，就好，但是还要说话。"

我答道："先生，大多数做主人的，并不耐心打听他手下拿工钱的人听了号令心里高兴不高兴。"

他说道："收工钱的手下人！什么呀？你是收我工钱的手下人吗？是的，我忘记了工钱！即使看在工钱面上，你肯接受我呼喝你吗？"

我答道："看在工钱面上，我不接受你的呼喝。但是看你忘记了工钱的面上，又看因为你要留心你手下的人快不快乐，看这一层面上，我很愿接受你的呼喝。"

他问道："我跟你说话，是要撇开许多俗套、许多表面上的话，你能够以为我撇开这些俗套并不是无礼，你能答应吗？"

我答道："先生，我敢说，我向来不把脱俗的人当作无礼。脱俗是我颇喜欢的，无礼是自由人所不接受的，即使是看在工钱的份上无礼，我还是无法接受。"

他答道："这是句胡话！有许多自由人一旦拿了工钱，什么都能接受。你只能表达你个人的意思，不要说笼统话，你知道什么？但是你这句话，虽然说得不十分贴切，我心里却很以为然；你所说的题目，同你说话的方法，我也都以为然；你说得很坦白，很真诚，这是很少见的。有许多人说话都不真诚，不然就说得很冷淡，不然就说得很糊涂，不然就很粗心，在三千个初出学校当家庭教师的女学生里头，找不出三个能够如你刚才那样回答我的话。但是我并非恭维你，若是你的性格与别人不同，这算不得是你的长处，因为天生的。据我所知，也许你不见得比别人好，你也许有许多令人难受的短处，同你的长处，两相抵消。”

我心里想道：你也许是这样。我心里这样想的时候，我的眼看见他的眼，他好像知道我的意思，说道：“是的，你想得不错，我知道我自己有许多短处。我老实对你说，我绝不肯护短。上帝知道，我不必苛责他人，我是有过阅历的人，我也办过许多事，我自己很清楚，我责备别人的话，别人也可以责备我。我二十一岁的时候，就被人逼得走错路，至今还不能够掉过头来走正路；不然的话，我原可以同现在不同，我也可以好，同你一样好，几乎可以同你一样无瑕疵。你的心安理得的，良心很洁白的，并无瑕疵的过往让我很羡慕，小女孩呀，一个人的以往纯粹洁白、毫无瑕疵，是一件极难能可贵的事儿。无论什么时候，追想起来，都是令人振作的，你说是不是？”

我问道：“先生，你十八岁的时候，你的以往是什么样的？”

他答道：“很好的。清洁之极，毫无秽浊。我十八岁的时候，同你一样。爱小姐，我这个人天生原要做好人的，要做一个比平常人好些的人，可我现在并不是的。你说你看不出，我看你的眼色，我知道你的意思（我告诉你，你要留心你的眼色，我看眼色，看得很快的）。我要告诉你，我不是个恶人，你不要当我是个恶人。因为环境逼我，并不是我的生性使然，我是犯了平常的罪过，不过是有钱的人，同不相干的人，好乱花钱。我对你供认我的罪状，你觉得诧异？你要知道，将来总有亲友，不由自主地把许多私话告诉你。有时候你不必特地说你自己的事，他们自然而然会说给你听，他们还觉得，你听了才不会看他们不起，还要怜悯他们。还有一层，自然而然说出来的，心里觉得安乐。”

我问道：“你怎么会知道的？你怎样能够猜得着的？”

他答道：“我很清楚。故此我会往下说，好像是把我的心事写成日记一样。你也许要说我不应该为环境所逼，我也知道是应该的，但是你要知道，我并未驾驭环境。命运对不起我，我不能漠视，我就什么都不管，我就退化了。小人对我使无赖的行为，令我厌恶，我就变得同他一样。我现在很后悔，我从前应该毅然决然地不去计较，上帝知道我很后悔。爱小姐，若是环境使你走错路，你要记得最可怕的就是后悔，后悔是人生的毒药。”

我答道：“先生，人家都说悔罪可以补救。”

他答道：“悔罪还是不能补救，唯有做善事可以补救。我现在还有这个毅力，我可以补救。但是……说出来也无用……我有层层的束缚，层层的压力。况且我既然永不能享欢乐，我只好求痛快，无论怎样付出代价，我是一定要痛快的。”

我答道：“先生，你若是当真这样做，就更退化了。”

他答道：“也许是的。倘若我能够得到甜美新鲜的痛快事，也不一定退化，我可以得着蜜蜂采来的蜜一样的甜美新鲜。”

我答道：“蜂是会螫人的，蜜也会尝出苦味来的。”

他答道：“你怎么会知道？你向来未试过。你的脸色，为什么这样严肃，你全不知道世事的奥秘，你全不知道你是个新教徒，怎样配教训我？”

我答道：“先生，我不过提醒你自己所说的话，走错了路，是会后悔的，你说后悔是人生的毒药。”

他说道：“谁现在说走错路？我并不以为心里忽然来的想象是个差错。这是上天的意思，不是引人为恶的事，这种想象是令人舒服的。此刻又来了！并不是个魔鬼，假使是个魔鬼，也是披了天使的外衣。这样好的客人，要走进我的内心，我岂有不让她进来的道理？”

我答道：“先生，你不要相信她，她不是个真仙女。”

他说道：“我又要问你，你怎么知道的？你靠什么天然的知识能够辨别哪一个是永坠火坑的天使？哪一个是永存天国的天使？你怎么能够分别哪一个是引我们走入正路的向导？哪一个是诱我们走入邪路的恶人？”

我答道：“先生，我从你的神色看出来的。你说产生那种想象的时候，神色很不安。我觉得假使你跟着这想象走，只会让你更愁苦的。”

他答道："并不见得，这个天使传来世界上最好的消息。其余的话请你不必替我担忧。来来来，请你这位送好消息的使者进来。"

他说这句话，是对幻影说话，别人的眼睛是看不见的，只有他的眼睛看得见。他随即两手伸向前，把什么东西抱过来，两手交握，放在胸前。

他又对我说道："我把这位瞻拜圣地的人迎进来了。我相信他是个乔装的神人，我心里已经觉得很舒服了，我的心现在变成个神座了。"

我答道："先生，我老实对你说，我不懂你说些什么，我不能跟你谈这件事，因为太深奥了。我只知道一件，你说你做不到如你心上所想的那么好，你因为这个缺憾，很后悔。我又明白你的一番意思，你曾示意，既往有了瑕疵，是终生的大恨。据我看来，你若是能够努力试着做一做，时间长了，自己有一天明白过来，一定觉得自己做得对。假使你从今天起，决计改正你的思想行为，不过几年，你回想过去，都是无瑕疵的，你自然觉得快乐。"

他说道："你想得很好，说得很好，我这个时候，却正是使劲儿为去地狱做准备。"

我答道："先生，这是什么话？"

他答道："我的用意是很好的，坚硬得跟石头一样。从此以后，我所来往的人和我的所作所为都要与从前不一样。"

我问道："比从前要好些？"

他答道："好些，如同炼好的纯净的矿石与矿渣相比。你好像还怀疑，我是毫不怀疑。我自己知道我的想法志向，这一刻我自己通过一条法律严格监督自己，照着正经想法志向做，永不改变。"

我答道："先生，若是要新定法律，执行这志向，恐怕是不能正确的。"

他答道："爱小姐，虽然是必须新定法律，才能执行，我的想法志向是正经的；我所处的环境既然非常之特别，我的法律也要非常之特别。"

我答道："先生，你最后这句话很危险，一看就知道容易滥用。"

他答道："你太过吹毛求疵了！我可以发誓，我不滥用。"

我说道："凡人做事，难保无错误。"

他答道："我会做错，你也会做错。那又怎么样呢？"

我答道："人既会犯错，就不能滥用神明和完人的权利。"

他问道："什么权利？"

我答道："就是你说的，这样特别行为一定是对的。"

他答道："一定是对的，你把话说了，我就按着这句话做。"

我听他说的话不知道藏了什么深意，我只见得是一团黑暗，实在是莫名其妙；况且他的性情非常特别，我简直看不透；我只好不再往下谈，就站起来，说道："我只好说，你将来所做的事，可以是正确无误的。"

他问道："你往哪里去？"

我答道："我去照顾阿黛拉睡觉，已经过了时间了。"

他说道："你不懂我话里的意思，害怕我。"

我答道："先生，你的话简直是谜语。让我有些莫名其妙，但并不是害怕。"

他说道："你是害怕，你因为自爱，恐怕说错了。"

我答道："恐怕说错则有之，我并不愿意说胡话。"

他说道："假使你真说了胡话，因为你说的态度绝对正经，我就以为是很有理的话，不是胡话。爱小姐，你向来是不笑的吗？你不必答我这一问，你笑的时候很少，但是你是能笑的。你要相信我的话，你不是天生严肃的，如同我不是天生不善良的。你在洛伍德学校受惯束缚，至今还未摆脱净尽，把你的表情、声音、手足都束缚住了。你在男人面前，这男人如同你的兄弟，或是你的父亲，或是你的主人，你还是害怕的，不敢欢笑，不敢自由说话，不敢快走。我看你见惯我之后，就能够自由些，神情举动也就自然活泼得多。我有时候看见笼里的鸟很烦躁，如果开笼子，那鸟就要高飞冲天的。你还要走吗？"

我答道："先生，已经过九点了。"

他说道："不要紧，再等一会儿。阿黛拉还没准备睡觉。爱小姐，我背靠着火炉，脸朝向全厅，我看得很清楚的。我同你说话的时候，我常常留心观察阿黛拉（我自有理由认为她是个性情特别的孩子，将来有一天，我要把理由告诉你的）。不过十分钟前，她从盒子里掏出一件淡红色小缎褂子，打开一看，快乐到了不得。她的骨髓里、血液里、头脑里，无非装满了媚俗之气。她立刻跑出去，找索非娅替她穿，再过几分钟，她就要跑回来，我就要看见从前在舞台上的塞莉纳·瓦伦，但是你不必理会这件事。不久我的柔情要受惊吓，你只管等等，看看会发生不会。"

等不到一会儿，传来阿黛拉走过大厅的脚步声。她一过饭厅，果然不出罗切斯特先生所料，换了装，穿了淡红色小缎褂子，发上戴一圈的玫瑰花苞，脚穿丝袜和白缎鞋。

她提起衣裙，走向罗切斯特先生，快到他面前时用脚尖回旋一周，单膝跪下，在罗切斯特先生面前说了几句法国话。

她提起衣裙，走向罗切斯特先生，快到他面前时用脚尖回旋一周。

罗切斯特先生说道："她迷惑我，我的金钱，就从我口袋里跳出来给她。爱小姐，我从前很稚嫩，青绿如春草；现在是已经过时了，草已枯了，我的掌中只剩了这一小朵的法国花，我有时很愿意抛弃它；因为这朵小花的原根不知花了多少金沙培养，我觉得无可宝贵。现在我看这朵小花，很像是朵假花，我也不太愿意看。我留住这朵花培养它，不过是依照天主教的宗旨，做一件好事，把从前许多大小罪过，一起消除。将来有一天，我详细解释给你听，请你去安睡吧。"

第十五章　救　火

有一天下午，我同阿黛拉在草地上散步，她一面玩狗，一面踢毽子，罗切斯特先生喊我同他在林荫路上走来走去，一面远远照顾着阿黛拉。

他果然解释给我听，说道："从前有一个法国跳舞女子，名叫塞莉纳·瓦伦，阿黛拉就是她的女儿。我很迷恋塞莉纳，塞莉纳表现出的热情比我爱她还厉害，我自知貌丑，以为塞莉纳真爱我，以为塞莉纳不爱美男子，爱健壮男子。

"爱小姐，塞莉纳不爱法国的美男子，爱英国的丑鬼，我觉得受宠若惊，我就租大房子给她住，雇了许多仆从伺候她，给她马车、绸缎钻石等物，供养她。简单来说，我就同平常的大色迷一样，胡乱在她的身上花了许多钱。我毫无一点新鲜思想另辟蹊径去寻找快乐，走的是旧路，结果自然同普通大色迷一样。有一天晚上，我出其不意去看她，却被我看出破绽了。那天晚上很热，我在巴黎街上走倦了，坐在她的客厅里歇歇，厅里鲜花的香、香水香料的香扑鼻而来。受不了，我就打开窗子，走出去靠着栏杆，有月亮，有灯光，窗外摆了两把椅子，我坐下来，点着一根雪茄——请你勿怪，我这时候要吸雪茄。"

他停了一会儿，点着雪茄，送到嘴边，吐了几口烟，接着说道："爱小姐，那时候我还喜欢吃糖，我吃一口糖，吸一口烟，看街上的马车向舞厅驶去，这时两匹英国马拉着一辆豪华马车走来，我一看，就认得是我给塞莉纳的马车。我见了欢喜到心里直跳，马车果然停在房门口，我的意中人下了车，却披了大袍子蒙着脸，天气很热，原用不着。我虽看不见她的脸，我却认得她的小脚。我正要凭栏低头，喊她一声我的仙女，忽然马车上又走出一个人来，也披着长袍，这个人进门的时候，我看见那头上的礼帽，听见靴铁的声音。

“爱小姐，你吃过醋吗？你自然是不知道什么叫作吃醋，因为从前未恋爱过，将来你也要经历什么是恋爱，什么是吃醋。你的灵魂，现在还在那里酣睡，将来也要大受惊扰，把你的灵魂吵醒的。你以为一辈子过的日子都同你已过的日子一样吗？你以为浮在世界潮流上，闭住眼，掩住耳，不看不听，看不见礁石，听不见波涛，顺流而下，就可以过安静的日子吗？我告诉你，你要记得我的话，将来有一天你会来到河道中礁石从生的隘口，要受许多冲激，翻腾汹涌，不知怎样混乱，怎样喧哗。你顺流而下到了这个地方，不是触礁摔成粉末，就是被一个大浪掀起送到更平静的河流，如同我现在一样。

“我喜欢今天这一天，我喜欢今天的天色，我喜欢这个铺满冰雪的地面。我喜欢桑菲尔德，同这里所有古老的东西，老树、荆棘……然而曾几何时，我恨极了这个地方，恨到把它当作同犯瘟疫的屋子一样，我现在还是恨——”

他说到这里，是咬牙切齿地不响了。他收住脚，靴子用力地踏着地。他是想起旧事来，怒不可遏，怒到连路都不能走。

我们这时候正是上坡，向宅子走。他举目看房顶的高墙，两眼放光，这是我以前和以后都未见过的。两眼流露出无限的厌烦、愤恨、羞愧、痛苦；同时又现出坚决、任性的神色，面如铁石。他随即说道：“爱小姐，我这一会儿没说话，是在盘算我一生的结局。我的结局，好像是个鬼魅对我说道：‘你喜欢桑菲尔德吗？你能够喜欢吗？你胆敢喜欢吗？’”

他接着说，“我对这鬼魅说道：‘我决意喜欢，我胆敢喜欢。’我说到哪里就要做到哪里；无论什么困难、阻碍，我都要推翻；我要向安乐地方走；我要向好处走；我要做好人；要比从前好；要比现在好；我不怕险阻，别人看见是铁石，我只当作是枯枝朽木。”

这时候，阿黛拉走过他面前，玩毽子，他很严厉地喊道：“你走开，孩子！你走开，孩子！你去找索菲娅吧。”他还是不响地向前走。我提醒他，刚才岔过去的话，问他道：“瓦伦小姐回旅馆的时候，你走开了吗？”

我以为这一问，打断他刚才的话题，他会不高兴。谁知不然，他仿佛如梦初醒，神色忽然稍微和蔼，答道：“我忘了塞莉纳了。我接着说。我一看见我的意中人带了一个情人来，立刻醋意大发，如同毒蛇钻入我的心窝一样。”他忽然又稍转了话题，说道，“奇怪，我为什么把我的秘密告诉你这个少年女子，我把我当日爱恋一个舞女当作情人的秘密告诉你这个毫无阅历的女子，岂不奇怪吗？好在我知道你这个人严肃，能体谅，可以谨守秘密的。况且我知道你的心境，听了我所说的话是绝不会沾染污浊的，你的心境很特别，独一无二。又好在我无意败坏你的心，假使我当真有意的话，也败坏不了你的心，我同你越交谈得多越好，因为我不能败坏你，你却能洗刷我的心。”

一男一女随即走来。

他说过这番话之后，回过来，说道：“我仍然站在那里不动，我心想他们一定进入客厅，我藏在那里，看他们怎样。我把窗帘拉开，遮好窗子，只留一缝，好向里张望，又略留一条窗缝，好听他们说些什么。我偷偷地坐在椅子上，向里看，果然女仆先进来点灯，一男一女随即走来，女的是塞莉纳，满身绸缎珠宝，都是我的钱买的。男的是个军官打扮，我一看，就认得他是个伯爵，情色场中的老手，是一个毫无知识的坏种，是我向来最看不起的那种人。我一认得是这个人我的醋意立刻打散了，我对于塞莉纳的爱情也立刻烟消云散了。这个女子能够爱上一个这样的人而抛弃我，是不值得一争的，是令人看不起的。但是她骗我，我受了她的欺骗，使我尤其令人看不起。

“他们两个人在房里谈话。谈的都是下流卑鄙的话，虽是不中听，却不令人生气。有一张我的名片刚好摆在桌上，他们就谈起我来。他们说了我好些粗俗话，塞莉纳说的最难堪，说我的面貌身材有种种的丑陋，说我有多少残缺。她从前常说我是个美男子，怎样的健壮，她同你刚好是相反，我第二次见你你就老实不客气地说我面貌丑陋。我那天听见你这句话，觉得大不相同。”

阿黛拉又跑过来说道：“约翰才说，你的经理来了，要见你。”

他说道：“既是这样，我只好简单说下去了。我见到这种情形，就打开窗一直走进去，吩咐塞莉纳走她的路，立刻离开房子。给她几个钱，做眼前的费用。她哭喊求饶，我都不理，跟那伯爵约好时间，同他在布朗公园决斗。翌日早上同他相见，我一枪打中他的肩膀，我以为从此无事了。不幸六个月之后，瓦伦生下这个女孩子，就是阿黛拉，她说是我的女儿，也许是的，不过阿黛拉的面貌毫无我的严厉气象，一点儿不像我，我的狗派拉还像我些。我同阿黛拉的娘断绝关系之后，过了几年，瓦伦把这女孩子抛下跑了，是同一个意大利唱歌的或是玩音乐的私奔的。我并不认为我有教养阿黛拉的责任，我并不是她的父亲，不过我听说这孩子很苦，就从巴黎的泥坑里把她拖出来，带她到英国来，在一个干净的花园把她栽培起来。费尔法克斯太太找到你来教她。现在你知道，她是一个法国舞女的私生女，你也许对于你现在的位置，对于你的学生是另外一种想法了。不久，你就会走来对我说，你另有高就。”

我答道：“不然，阿黛拉不能替她的母亲或是替你受过。我本来对她是很关心的，我现在知道她算是无父无母的孤儿，因为她母亲抛弃她，你又不承认她，我比从前更要舍不得她。阔人家的小姐，向来是惯坏的了，恨家庭教师如仇敌，一个无依无靠的孤儿，依靠家庭教师，如同好友，我为什么离开这里去更好的地方呢？”

他答道：“哦，你是从这方面看！天黑了，我要进去了，你也得进去了。”

我同阿黛拉和那条狗在这里流连一会儿，同阿黛拉跑了一会儿，又玩一会儿毽子，才进去。我们进去之后，我给阿黛拉脱了帽子，脱了衣裳，她在我膝下说话，常常流露出虚浮性质，大约是她母亲的遗传，不是我们英国人的性格。然而她还有她的长处。我很留心看她的脸，却看不出有什么像罗切斯特先生的地方，言行神气，丝毫不像。这很可惜：若是罗切斯特先生看出有像他自己的地方，自然待她不一样。

我回到自己屋子里歇息的时候，才把罗切斯特先生告诉我的故事细想一番。一个有钱的英国人，看上一个法国舞女，那女子对不起他，这是社交场中常见的事，算不了什么。但是他一说到现在的心满意足，和重新又喜欢这所老房子时，忽然像大受激刺一样地情绪激动，这是很令人诧异的。我对于这一层，想了好一会儿也想不出什么道理来，只好作罢。转想到他待我的神气，他肯把这些秘密告诉我，我当他以为我可靠。最近这几个星期，他对我态度平缓了许多，不如起先那样善变；他现在不嫌我碍事，也不是起初那样骄纵冷落。无意中相遇，他都流露出欢迎的神气；见着我，总面带微笑，不然，也要说一两句话。有时他请我相见，更是高兴，使我觉得我可以和他解闷，晚上相见谈话，彼此都受益。我对他说的话很少；我听他说话，觉得很有滋味。他本性是好说话的，他很喜欢对我这样从未见过世事的人说说世情（并不是世上污秽邪僻的事）。我喜欢听他说出许多新见解，又知道他对于世事的看法。

他神气很从容，不使我觉得拘束；他又很坦白，很正经，使我觉得他这个人可亲近。有时候我觉得他不是我的主人，而是我的亲长。因为他现在还脱不了偶尔发号施令的神气，我知道这是他的本性，并不介意。我在这里，觉得欢乐满意，我就不想什么亲戚，觉得我的前程好些，不像以往那样毫无志气，我身体也慢慢地好起来。

读者要问，在我眼中，罗切斯特先生是否面貌丑陋？我就答道：在我看来，并不丑陋。因为相处日久，彼此都谈得来，相处得很好，我又感谢他不以常人相待，故此我很喜欢见他的脸。有他在客厅里，比生着火还要令人高兴。然而我却忘不了他的许多短处，他的短处常常流露出来，我是绝不能忘记的。他对待低于他的人，很傲慢又严厉，我心里很知道他待我十分和蔼，然而对待他人未免过于严厉，他脸上常常不高兴，愁容满面。有时他请我到书房读书给他听，我常常看见他把头埋在两手中，抬起头脸上全是愤恨的神气。我以为这都是他少年时遇着大不如意的事造成的，至今不能摆脱。我相信他这个人志向原是好的，见解原是高超的，嗜好原是清雅的，因为遇见极不如意的事，后来才变的。我以为他的质地很美，现在却无所用之，因为他忧愁不解。我承认很替他发愁，很愿意能够尽力帮他分忧。

我虽然吹灭了蜡烛躺在床上，但还是想着他所说的话：他有了结局，胆敢在老家过欢乐日子。我因为想着他这句话，睡不着。

我自问道："他为什么不敢呢？有什么拒绝他不让他住在老家呢？他是不是又要离家呢？费尔法克斯太太对我说过，罗切斯特先生回家，一次至多不过住两星期，现在他已经住了八星期了。若是他走了，这个大宅子，真是寂寞了。假使春夏秋三季他都不在家，即使碰见好天气也没意思。"

随后我也不知道我睡着了没有，一种特别悲哀的声音好像从楼上传来，我被惊醒了。夜很黑，我情绪低沉，可惜我又熄了蜡烛，我坐在床上细听，却听不见声音。

我想接着睡，但是心里很不安，只觉得心跳得厉害，听见大厅的钟打了两下。我觉得好像有人摸我的房门，好像是有人在黑暗里扶墙傍壁地走过。我说道："谁在外头？"没有人答应，我很害怕。

我忽然想起来，也许是那条狗，有时厨房门开着，它就会走到罗切斯特先生房门口，早上我走过，往往看见它趴在那里。我心里安定很多，又听了许久，也没得声音，觉得倦意再次袭来。但是这天晚上，是不容我睡的了，因为我刚入梦，又被一件令人恐怖到骨髓发凉的事惊醒了。

我听见一种压低不敢声张的恶鬼冷笑的声音，好像从我的房门钥匙洞进来，我的床头离房门近，我起初以为这个冷笑的恶鬼就站在我床边，也许就在我枕边。但是我坐起来朝四周一看，又看不见什么东西。我一面看，一面又听见那恶鬼笑了，我知道是从墙外来的。我最初是想起来锁门，再一想，还是喊道："谁在门外？"

我听见一种喉间呻吟的声音，不久，就听见脚步声慢慢往后退上三楼，最近三楼楼梯处装了门，我听见开门关门的声音。

我心里想道："难道冷笑的是格蕾丝·普尔？也许她被妖魔附体了？"这时候，我万不能一个人在屋里了，我一定要到费尔法克斯太太屋里。我穿好衣服，披上围巾，手抖抖地开了门。看见过道地毯上，放了一支点着的蜡烛，我觉得很诧异。尤其诧异的是过道里都是烟，我四处地看，要找出是哪里冒烟，我进一步闻到一阵一阵烧焦的气味。

我随即听见咯吱的一声，那是一扇半掩的门，是罗切斯特先生的房门，浓烟是从他房里冒出来的。这时，我心里忘记了费尔法克斯太太，也忘记了格蕾丝·普尔，连那笑声也忘记了，立刻走进冒烟的房间。看见幔帐已经烧着了，床的四周都是火，罗切斯特先生在床上酣睡不醒。

我喊道："起来！起来！"我过去喊他，他嘴里喃喃，只翻了个身。他已经被浓烟熏晕了，盖的被也着了。我立刻拿了脸盆和水壶，好在两样东西都是装满了水的，把水全倒过去，又飞跑进我自己屋里，把我的脸盆水瓶都拿来，倒在床上，幸亏把床上的火浇灭了。

水瓶破碎的声音和浇在身上的冷水终于把罗切斯特先生吵醒了。我听见他喊道："闹大水了？"

我答道："不是的，是失火。你起来吧，你浑身都是水了。我去拿蜡烛来。"

他说道："是简·爱吗？你这个妖怪，你干的什么？还有别人和你在屋里吗？你们合伙要淹死我？"

我答道："先生，你赶快起床吧，我去拿蜡烛。有人要谋害你，你得赶快调查，到底是谁，是件什么事。"

他答道："我坐起来了。你这时候，还得冒一次险去拿个蜡烛来。你且等两分钟，等我穿好干衣裳，好在还有一件。你只管跑吧！"

我真跑出来，把放在过道上的蜡烛拿进来。他接过蜡烛举高，照照他的床，看见有许多地方已经烧焦了，被褥全湿透了，地毯上也是水。

他问道："发生什么事了？是谁干的？"

我就把情形都告诉他，我怎样听见过道有怪笑声和上三楼的脚步声，出来看见烟闻见火味，才知道是从这屋里冒出来的浓烟，我又如何泼水救火。

他听我说话的时候，脸色很严肃，满脸的忧虑，却并不惊怪。我说完了，他并不立刻回答我。

我问道："你要我喊费尔法克斯太太吗？"

他说道："喊费尔法克斯太太？不必，喊她做什么？让她好好睡吧！"

我说道："我去找莉娅，我去喊约翰夫妇起来。"

他答道："都不必，你不必动。你披上围巾了？你若觉得不够暖，你可以披我的大衣，把自己裹起来。你请坐下，我替你披上，你把两脚放在脚踏上，不要沾了水。我要出去几分钟，我要把蜡烛拿走。你坐在这里，动也不要动，我要上二楼看看。你要记得，不要动，不要喊人。"

他拿蜡烛走出去，我听见楼梯门响，我一个人在黑暗中坐了许久，觉得又冷又困。我正想出去看看，看见有光亮过来，听见脚步响，我想道："我盼望是他回来，而不是什么妖魔。"

他走进屋来，面无人色，愁容满面。他把蜡烛放在洗脸架上，说道："我都查看明白了，果然不出我所料。"

我问道："先生，怎么样？"

他两手交握，两眼看地，不说话了。过了几分钟，他问我道："我忘记你曾否说过，你开卧室门的时候，看见什么东西。"

我答道："我只看见蜡烛放在地上，并未看见别的东西。"

他说道："但是你听见很怪的笑声？我在想，从前你或者听见过这种笑声，或是类似这样的笑声？"

我答道："这里有个做活计的女人叫格蕾丝·普尔，她是这样笑的，她是个怪人。"

他答道："可不是，格蕾丝·普尔——你猜着了。我要想想这件事，好在除了我之外，只有你一个人知道今天晚上的详细情形。你不是个好说话的傻子，你不必对人说。"他指着床上说道："对于这件事，我有理由可以解释，你回你的卧室吧。我去书房榻上就可以睡。现在已经是四点钟了，再过两个钟头，仆人们都要起来了。"

我走出去，说道："先生，望你安睡。"

他现出诧异神气，同他刚才说的话一点不符，说道："什么，你要走吗？就这样走吗？"

我答道："先生，你刚说要我回去。"

他答道："但是不能不告别，不能不说两句好话，不能这样匆忙就走了。你救了我的命！不然，我就被火烧死！你这样就走了，好像是个素不相识的生人一样！顶少也要握手才走。"

他伸出手来，我也伸出手来，开始他一只手握住我的手，随后两只手握住我的手，说道："你救我的命，我极其感激你。我不能再说什么了。我受你的大恩，心里觉得很难受，好在是你，又当别论。简，我受你的恩，却不觉得负担太重。"

他停住，双眼看着我，他的嘴唇颤动，好像是要说话，又忍住不说。

我说道："先生，希望你安睡。这件事并无所谓什么领情、受恩、负担、感激的。"

他说道："我知道，有了机会，到了时候，你是替我做事，使我受益的。我第一次见你的面，我就知道。那时候，你的神气笑脸，立时就深印入我心里，这不是偶然的。有人说，人与人，有会自然互相感动的，我又听见神话里也有这种话——可见神话里头，有时也还有点真理。我的救命恩人呀，请你安睡吧！"

他说这几句话的时候，声音很低沉，神情激动。

我往外走，说道："我很高兴那时候我刚好未睡着。"

他说道："什么！你要走？"

我说道："我觉得冷。"

他说道："冷？可不是。你站在水里！简，你去吧！"但他还是抓住我的手。我忽然想出脱身的法子，说道："先生，我好像听见费尔法克斯太太起来了。"

他放了手说道："你走吧。"

我走回去，上了床，不打算再睡了。一直等到天亮，心里想来想去，好像在茫茫大海中，远远看见怡人的青山，盼望可以到那个地方，力量虚弱又到不了；忽然来一阵大风，把我刮去，快要上岸的时候，迎面又来一阵风把我刮了回去。我觉得很难过，天一亮，我就起来。

第十六章 动 情

这一天，我既想见罗切斯特先生又怕见到他。我只想听他的声音，不愿意见他的眼睛。他向来是不大进课堂的。今天早上，他果然进来了几分钟，我心里有一种印象，觉得他今天一定会来的。

早上同平常一样，并没有什么事情打断阿黛拉用功。不过吃过早饭之后，我听见罗切斯特先生卧室附近有许多人在说话，听见费尔法克斯太太、莉娅、约翰夫妇的声音。有一个人说道："天可怜他，不然主人烧死在床上了！"又有一个人说道："晚上点蜡烛睡觉是很危险的！"又有一个人说道："幸亏他想得到拿水壶去浇灭！"又有一个人说道："他为什么不喊人起来！"又有一个人说道："他睡在书房的榻上，不会受凉吧！"

随后听见他们收拾房子的声响，我下楼吃中饭的时候，在门口走过，看见屋里都收拾好了，不过床上并无帐子。莉娅在擦玻璃窗上的烟痕。我正要问她，打听起火的理由。我一走进去，就看见有个女人坐在床边缝帐圈，这个女人就是格蕾丝·普尔。

她坐在那里，无精打采地不说话，聚精会神在那里缝帐子的圈。她脸上一点没有行凶害人的神色，罗切斯特先生昨天跑上楼，查考出来，说是她放的火，这个时候，为什么她神色这样镇静，如若无事呢？我十分惊怪疑惑。我定眼看她，她抬起头来，毫无惊惧神气，还对我说道："小姐，早安。"说完又缝。

我心里想道："待我来试试她，她怎么能够这样镇静！"

我说道："格蕾丝，你好呀。屋子出了什么事？我听见她们刚才说话，好像是发生了什么事的。"

她答道："不过是主人昨晚在床上看书，忘记了灭烛就睡着了，帐子烧着了。幸亏尚未烧着木器他就醒了，用水壶的水浇灭了。"

我低声说道："这是件怪事！"我定睛看她的脸，说道，"罗切斯特先生没有喊醒人吗？没人听见他的动静吗？"

她抬眼看我。这时候她有点知觉了，好像是留心看我，答道："小姐，你知道的，仆人们离得很远是不会听见的。费尔法克斯太太和你的房间离主人的很近，但是费尔法克斯太太说，没听见动静。年纪大些的人是睡得很沉的。"她又停住不说，现出不理的神气，声音却是意有所指的，说道，"小姐，你年纪小，睡得不十分酣的。也许你听见有什么声响？"

我放低声音回答，不要莉娅听见，说道："我听见了，起初以为是派拉，但狗是不会笑的，我的确听见有很怪的笑声。"

她拿些线上蜡，穿针，很淡定地答道："小姐，主人这样危险的时候，不见得会笑，你一定是做梦了。"

她这样从容镇静，令我生气，我就很切实地答道："我并不做梦。"她又看看我，显然是在观察我，问道：

"你告诉过主人，你听见笑声了吗？"

我答道："我早上没机会告诉他。"

她又问道："你没想到打开房门走出来看看过道吗？"

她好像是要审讯我，要设法使我不知不觉吐露真情。我忽然觉得，她若是疑心我，或是知道我知道她所犯的事，一定要下毒手收拾我的，我不能不防。

我答道："我不但不开门，还把门锁得紧紧的。"

她就说道："原来你每天晚上睡觉是不锁门的？"

我心里想道："这个魔鬼，她要打听我的习惯，预备将来设计收拾我。"我怒极了，很不小心地，很严厉地答道："我向来是不锁门的，我以为不必。从此以后，我却要十分小心，什么都严密防备好了，我才睡下。”

她答道：“这是应该的。我们这里，附近是很太平的。我知道金银器的小库里有值钱的器具，向来却没盗贼来偷过。你知道的，这是一所大房子，因为主人不常在家，仆人用得很少，我想，还是谨慎些好，房门都应该加闩。小姐，有许多人是听天由命的，但是听天也该有防备的方法。”说到这里，她就不做声了，这一次总算是她说的话还多。

我仍然站在那里不动，看她这样镇静，我还是很疑惑，这个人装上假脸，真是有大本事。这时候，女厨走进来，说道：“普尔太太，仆人们的饭快预备好了，请你下楼。”

她答道：“不必，你把啤酒同甜点心放在托盘里，我拿到楼上吃。”

女厨问道：“你要点肉吗？”

她答道：“只要一点肉，一点乳酪。”

女厨又问道：“你要西米吗？”

她说道：“现在你不必管。喝茶以前，我要下楼，让我自己做。”

女厨对我说是费尔法克斯太太请我，我就走了。

吃中饭的时候，费尔法克斯太太说帐子着火的事，我也不留心听，因为我心里还是很疑惑，格蕾丝·普尔是个什么样的人，她在这所大宅子里，算是个什么人，处的是什么地位。罗切斯特先生几乎明说他相信昨晚放火是她干的，为什么不把她关押起来？至少也要轰她走，为什么不敢明证其罪呢？有什么阻碍不敢动她呢？为什么还要我严守秘密呢？为什么一个极胆大、极讲报复、极骄横的一个堂堂男子，居然会在一个女仆掌握中？这个女仆想要害他，他不但不敢治她的罪，连责备她也不敢，这是什么缘故呢？

我又想：假使格蕾丝是个少年美貌女子，也许是因为爱情关系不敢难为她，但是格蕾丝年纪已大了，面貌又丑陋，绝不能有爱情的关系。我接着想道，格蕾丝曾经年轻过，那时候同罗切斯特先生年纪相仿。费尔法克斯太太曾经告诉过我，说格蕾丝住在这里许多年了。我看格蕾丝虽不美，但也许有特别的长处，可以弥补她的容貌。罗切斯特先生是个有决断

这幅简·爱的画像来自同时代的一位不知名的画家。

的人，是个有特别性情的人，格蕾丝也是个怪人。难道是罗切斯特先生年少的时候，因一时高兴，被格蕾丝迷住了，一直到现在，还能操纵他，他简直是无法摆脱？”想到这里的时候，再看看格蕾丝那种蠢笨身材，那副怪脸，我心里又想道：这是不可能的，我是胡猜，猜得不对。随后我心里的秘密声音告诉我：“虽是这样说，你自己又何尝美貌？也许罗切斯特先生看上你，你自己觉得罗切斯特先生好像看上你，昨天晚上——你记得他的话，你记得他的神气，你记得他的声音。”

我记得很清楚，他的言语、眼色、神情，我都记得。我这时候在课堂里。阿黛拉学绘画，我低着头，把住她的手，教她画。她忽然抬头，对我说道：“你的手为什么这样抖，如同杨叶，你的脸很红，好像樱桃！”

我答道：“阿黛拉，我因为弯腰低头觉得热。”她打她的画稿，我心里还是只管想。

我赶快把我的胡猜意思打消，因我讨厌这个意思。我拿她同我比较，觉得太过不伦不类。从前贝茜说过，我是个上等女子，她说的是实话，我是个上等女子。我现在比贝茜见我的时候又好看得多；我的脸色、身材、神气，比从前都好得多；因为我觉得我的前程较有希望，我心境又好了。

我向窗外一看，想道：“天将晚了，我今天还未听见罗切斯特先生的脚步声音，天未黑之前，我一定可以见到他。早上我害怕见他；现在我很想见他，因为我盼望了许久，有点不耐烦了。”

到了天黑的时候，阿黛拉出了书房，去找索菲娅玩，我非常想见罗切斯特先生。我很留心地听楼下响铃，很留心地听莉娅上楼来送信；我又好像听见罗切斯特先生的脚步响，我转脸向门，盼望是他推门走进来。门还是关着的，只有黑暗从窗子进来。然而还不十分晚，他有时等到七八点钟才请我去，这时候不过是六点钟，我今天晚上，有许多话要同他说，他万不能令我失望的！我要同他再提格蕾丝·普尔，要听他怎样回答我。我要问他，当真是这个女人放的火吗？倘若果真是她，为什么他要严守秘密，不敢宣布？我问他的话会不会让他生气，我只好不管，我有时候特为麻烦他，有时候我又安慰他，我很以此为乐。我是喜欢作乐的，但我自然而然就知道不至做得过火，我自有界限，不使他发怒。我却故意要卖弄我的手段，不过界限，我是不罢手的。我很留心尊重我自己的位分，凡事无不尽礼，极恭且敬，我仍然是很能够无畏无惧、不受束缚的，同他辩驳。这样办法，彼此都相宜。

后来听见楼梯有脚步声。莉娅果然走进来，但只是说茶点已经摆好，在费尔法克斯太太屋里。我很高兴进去那屋子，很高兴下楼，我以为那里离罗切斯特先生近些。

费尔法克斯太太说道："你一定想吃茶点了，中饭你吃得很少。我恐怕你今天有点不舒服，你脸色不宁，好像是发热。"

我答道："我觉得很好，从来没有这样好。"

她说道："既是这样说，你得呈现出好胃口来，多吃茶点，证明你身体比以往好。我先收拾活计，请你泡茶。"她收拾好了站起来，拉帘子。

她从玻璃窗向外看，说道："今晚虽不见星光，天气是还好。罗切斯特先生总算是遇着好天气，出远门。"

我说道："出远门？罗切斯特先生出远门了吗？我不知道他出门。"

她答道："一吃过早饭他就走了！他到埃希顿先生家里去，离这里有三十多里路，我相信那里有个聚会——英格拉姆勋爵、乔治·林恩爵士、登特上校等，都在那里。"

我问道："他今晚回来吗？"

她答道："今晚不回来，明天也不回来，我看他可能住一星期，也许不止。阔人们聚在一起，周围都是华丽热闹的事物，哪一样不是娱乐的事？是不会匆匆忙忙就散的。况且碰着这种机会，男宾是最受欢迎的。罗切斯特先生在社会中是很有手段、很活泼的，人人都喜欢他。夫人小姐们尤其喜欢他。你也许以为他那种相貌和神气不为她们所喜欢，但是我看他的学问、才干、财产、世系很可以补救他相貌的不足。"

我问道："那地方有夫人小姐们吗？"

她答道："那里有埃希顿夫人同三位小姐，这三位小姐是很漂亮的。此外还有尊贵的布兰奇·英格拉姆小姐和玛丽·英格拉姆小姐，我猜都是十分美貌的。六七年前，还是布兰奇十八岁的时候我曾见过，罗切斯特先生在家里庆贺圣诞，办舞会，她来过，那一天我们的客厅装饰得十分华丽，满厅都是灯火！我想至少也有五十位男宾女宾都是世家。那晚，英格拉姆小姐最美。”

我问道：“费尔法克斯太太，你说你看见过这位小姐，她什么样？”

她答道：“我见过她。饭厅门是开着的，因为是圣诞，仆人们都可以在大厅看热闹，听女宾们弹琴唱歌。罗切斯特先生请我进去，我进去后坐在一个冷清角落里。女宾们很多，很华丽，少年的女宾，尤其穿得很华丽，很好看。那天晚上，英格拉姆小姐，诚然是女中之王后。”

我问道：“她是什么样？”

她答道：“这位小姐，个头、身材适中，两肩斜垂，脖子长，面色微黑而清秀，五官精致，两只眼睛很像罗切斯特先生，大而黑，光彩射人，很像钻石，头发丰盛而黑，梳得很好看，后面结成辫，卷发覆额，通身是白衣裳，蜜蜡色的披肩，发上簪着一朵蜜蜡色的花，同黑头发很相衬。”

我问道：“众人自然是很赞美她？”

她答道：“是的，他们不独称赞她貌美，还称赞她的才艺。那天晚上，她还唱歌，还和一位男宾一同弹琴，她还和罗切斯特先生合唱。”

我问道：“罗切斯特先生唱歌吗？我不知道他能唱。”

她答道：“他的嗓子很洪亮，又极好音乐。”

我问道：“英格拉姆小姐嗓子怎么样？”

她答道：“她的声音很丰富，很响亮的，唱得真是好听。她唱歌很令人满意，她唱过之后弹琴，我是不懂得音乐，罗切斯特先生却是个行家，我听他说，那位小姐弹得非常之好。”

我问道：“这位美貌多才的小姐还未嫁人吗？”

她答道：“我看是未出嫁，我猜她没有多少财产，她的妹妹也无多少财产。英格拉姆勋爵的家产是传给儿子的，不能分割的，全归长子继承。”

我问道：“为什么没有贵族或是上等人看上她呢？譬如说，为什么罗切斯特先生不娶她呢？罗切斯特先生是很有钱的，是不是？”

她答道：“他是很有钱。但是年纪相差得很远，罗切斯特先生已经快到四十岁，那位小姐今年不过二十五岁。”

我说道：“这算什么？年纪相差很多的人天天都有结婚的。”

她答道：“是的，但是我看罗切斯特先生不见得有这种意思。你为什么不吃东西？你坐下来喝茶，几乎没吃什么东西。”

我答道：“我没吃什么，我觉得很渴。请你再给我一杯茶。”

我正要再提罗切斯特先生也许会娶那位美貌小姐的话，刚好阿黛拉进来，换了话题。

我独自一个人的时候，把我所听的这些话细细审查一番，看看我自己的心，细考我的思想同情感，设法把我渺茫的思想收拢归槽，不使之泛滥无归。

我就在自己设想的法庭上控告我自己，自两星期以来，我就有了一种普通思想，自从昨晚的事发生之后，我就产生情感，产生希望。这时候我拿道理来说服自己，才知道我自己为幻想所侵，令我失去我的脚踏实地，我就判决我自己的罪状，说道：“世界上再没有比你简·爱更傻的傻女子了，人家的谎话，说得好听，你就信以为真，吃了毒药，还当作是甘露。”

我又说道，“你以为你是罗切斯特先生最喜欢的人吗？你以为你有本事能令他欢喜吗？你以为他把你看得很重要吗？你走你的吧，你这种傻思想，真是令人心里作恶欲呕。有时他表示喜欢你，你就觉得快乐，这都不过是世家男子，混世日久的人，对待手下人和初涉世人的一种手段。你就大胆起来吗？你这个糊涂可怜的东西。你若是为自己打算，也该明白些，你今早把昨晚的情形又说一遍，你自己不觉得害羞吗？你赶快拿两只手捂住脸，他说过几句话，恭维你的眼睛，你是一只瞎眼的小狗。你该睁大眼睛看看你自己的胡思乱想。主人恭维你，不是什么好意思，你以为他当真要娶你吗？无论什么女人，若不是个疯子，千万不能心里害单相思，若是所想的男人不知道，或是虽知道而不爱你，这种病是要送命的；若是对方知道了，爱恋你，一定会闹到不可收拾，不可摆脱的。

“简，你听我的判词，明天你照着镜子，拿块粉笔，描出你自己的尊容，要的的确确照着镜子描，丝毫都不许增减的。凡是有瑕疵的地方，不许稍微减轻，丑恶的皱纹，一条都不许减少。描成之后，题几个字：家庭教师画像，无瓜葛，贫穷，丑陋。

“随后拿一块极光滑的象牙片，调出最鲜艳的颜色，拿一管极细的驼毛笔，在象牙片上画一个世上绝美的女子脸。按着费尔法克斯太太所说布兰奇·英格拉姆的面貌，填起颜色来。不要忘记黑头发，东方女子的眼睛，身上穿的华丽衣服，所戴的首饰，画成之后，也题几个字：布兰奇，多才多艺的贵族小姐。

“以后无论什么时候，你以为罗切斯特先生待你好，看上你，你就把这两张画像，拿出来比较，你就说：‘罗切斯特先生若是要赢得这位贵小姐的爱情，他是很容易做得到的，他对于那个贫穷不相干的平常人家的女子，能够有什么爱情呢？梦想罢了。’”

我听了这判词之后，答道：“我遵判照行。”我一打定这个主意，就镇静了，也睡着了。

我当真不食言，不过费了一两个钟头的时间就拿粉笔画好了自己的尊容。不到两星期，我就在象牙片上，绘一个着色的绝美的女子。我做这两件事，很有益处。因为使我心手都不闲，并且把这件事的得失厉害深印在我心里。

过了不久，我很有理由庆贺我自己，受过这番训练，以后我遇见事情都能够冷静处置。假使不经这番训练，我也许遇事会手足无措的。

第十七章 炎凉

过了一星期，并无罗切斯特先生回家的消息，过了十日，他还未归来。费尔法克斯太太说，他也许从那里一直到伦敦，从伦敦去大陆，过一年才回来，这是不足为奇的，忽然就走了，他是做过的。我听了这番话之后，开始觉得发寒，心弱无力，还居然觉得失望。但是我振作精神，记起自己的宗旨，我就恢复原状。我自己解释，我为什么对于罗切斯特先生的来往行动，这样关切？我说道："你同桑菲尔德大宅的主人毫不相干，不过是因为你教一个小女孩儿，每年接受若干酬劳，你若是尽了职责，他好好地待你，你就感谢他，你同他的关系，不过如此。你为什么要触动你的柔情，对他有什么悲喜呢？他同你阶级不同，你还是管住你自己的阶级，你要自爱，不要枉费爱情，你妄把爱情给他，他是不会收的，看不起的。"

我做我日常的公事，心里却是泰然的。但是禁不住偶然产生要离开桑菲尔德大宅的想法。心里常打广告草稿，盘算将来。这种思想，我却不去拦阻，因为将来或者可以变为事实。

罗切斯特先生离家过了两星期之后，有一天，邮局送来一封信给费尔法克斯太太。她一看信封说道："这是主人的来信，我们总可以知道他回家不回。"

她一面拆封，一面读信，我在一边喝我的咖啡。咖啡是热的，我脸上发红，我说是因为喝热咖啡的缘故。我那时候两手发抖，把咖啡泼了一半在碟子里，我却不说是为什么缘故。

她说道："我常说我们这里太寂寞，但是不久我们这里却要热闹了，至少也要热闹几天。"

我把阿黛拉的围巾弄好了，再给她一个小面包，又给她倒满一杯牛奶，才问道："我猜罗切斯特先生不能这么快回家。"

她答道："他快回家了，他说三天后回来，也就是下星期四，他还带许多人来。我不知道到底有多少贵客同他一道来。他吩咐把所有的好屋子都先收拾好了；书房同饭厅都要打扫收拾好；还要把乔治饭店同别处的人找来帮忙；那些女宾也要带女仆，男宾还带仆人来，不久，我们这里都要住满了。"费尔法克斯太太赶忙把早饭吃了，立刻吩咐收拾起来。

这三天真是忙到了不得。我以为这所大宅子的房间已经铺陈得极好的了，不必怎样打扫收拾，谁知不然。另外雇了三个女人，整天洗刷打扫，非常之热闹。阿黛拉跑来跑去，好像是发了狂，吩咐索菲娅把她的衣服首饰都预备起来，书是不能读的了。费尔法克斯太太还要我帮忙，我整天在储藏室里忙着学做各种点心，陈列各种果点。

客人是星期四午后到，六点钟吃大餐，这几天我也是活泼热闹到了不得，没得工夫去胡思乱想。然而偶尔总还觉得不高兴，胡思乱想一下。这是说我在三楼的时候，我看见格蕾丝·普尔在过道上走过，最奇怪的是格蕾丝的习惯举动，只有我一个人很注意，其余的人都不理会她。没得一个人讨论她在这宅子里处的是什么地位，做的是什么事；也没一个人可怜她的寂寞无聊。我有一次却听见莉娅同一个暂时雇用的做粗事的女人谈话，谈的

没一个人可怜格蕾丝·普尔的寂寞无聊。

是格蕾丝，前边的话，我没听见，只听见那做粗事的女人说道："我猜她拿很多的工钱。"

莉娅说道："是的，我很羡慕她，我并不是不满意、诉苦，桑菲尔德大宅待人是很宽厚的；但是我的工钱，还不够格蕾丝工钱的五分之一。她很攒下几个钱，每季度去银行一次。我看她积蓄下来的钱不少了，她很可以自立，不必在这里混饭吃了。大约她是住惯了，不愿意走开。现在她还不到四十岁，身体还是很结实的，还能做事，还没到不做事的时候。"

那做粗事的女人问道："她也许是个好手。"

莉娅答道："呀，她知道她做的事别人赶不上她。她所做的事不是人人能够做得到的，哪怕同拿一样的工钱，也是做不到的。"

那女人答道："那是做不到的！我不知道主人……"

那女人正要往下说，碰巧莉娅转过脸来，看见我，立刻拿手肘推那个女人。

那做粗事的女人低声问道："那女人不知道吗？"

莉娅摇摇头，她们两人就不交谈了。过后一想，我就知道桑菲尔德大宅里有一件秘密，特地不让我知道。

星期四到了，早一天晚上，什么都预备好了。当天午后，费尔法克斯太太也打扮起来，穿的是黑缎子长裙戴上手套，挂了金表，她要欢迎客人，带领女宾到各人的房里。索菲娅也把阿黛拉打扮起来。我不必打扮，我还是在我的教室，这教室就是我的"安乐窝"。

费尔法克斯太太匆匆忙忙地走进来说道："天很晚了，客人还未来，好在我吩咐迟一个钟头预备大餐，现在已过六点钟了。我已打发约翰到大门外的路上看，从那里可以看得很远的。"她一面说，一面走到窗边，向外望着说道，"约翰来了。"伸头向外问道，"约翰，有消息吗？"

约翰答道："夫人，他们来了，还有十分钟就到了。"

阿黛拉如飞地跑去，从窗户往外望。我跟了过去，站在一旁，有窗帘遮住，我可以看见别人，别人看不见我。

随后客人果然到了，好不热闹。最先是四位骑马的来了，接着是两轮敞篷马车，有两位骑马的少年；骑黑马的是罗切斯特先生；他那只狗跑在马前；同他并排骑马的是一位女宾，他们两人先到。这位女宾，穿的是紫色骑马服装，其长曳地，风吹面纱，露出发亮的黑头发。

费尔法克斯太太一边说“英格拉姆小姐”，一边立刻走出去迎接。

接着还来了许多人，快到宅门，转了一个弯儿，我就看不见了。阿黛拉要下楼，我把她抱在膝上，告诉她不要去看来的客人，只有吩咐她去时，她才好去见的，不然，罗切斯特先生是要生气的。她滴了几滴泪，我板起脸来，她把泪擦干。

大厅里都是说话声，我听见罗切斯特先生的声音，听得很清楚，欢迎客人；随后听见有轻轻的脚步登楼声，走过道声，笑声，开门和关门声。

阿黛拉忙得连东西都忘记了吃，我问道：“你觉得饿吗？”

她答道：“我觉得饿。”

我说道：“女宾们都进了各人的屋子，我可以趁这个时候下楼找点东西给你吃。”

我从我那藏身之地很小心地走出来，找着后楼梯到了厨房。厨房里是一派火光，说不出哪里忙乱。一个房里有两个车夫，三个仆人烤火，女仆们是跟女主人到楼上了。我走到食物橱，拿了些冻鸡、面包、甜点心、刀叉、盘碗，匆匆忙忙地走回去。到了过道，正要关后门，听见女宾们要出来的声势，我若是要回到教室，必要从她们的门口走过，我只好站在这一边的黑暗地方。

女宾们果然从房里出来，衣饰非常美丽，是我向来未见过的。

我看见阿黛拉打开教室门向外张望，用英语同我说道：“很美的女人！我很想去见她们，你想，罗切斯特先生饭后会请我们去吗？”

我答道：“不会请我们去的，罗切斯特先生很忙，想不到请我们去的。今天晚上，你不必管那些女宾，也许明天你可以看得见，你吃饭吧。”

她真是饿了，她吃冷鸡，吃甜点心，暂时把热闹忘了。幸亏我拿点吃的来，不然的话，我和索菲娅、阿黛拉三个人，今天晚上是要挨饿的。每个人都在楼下忙，哪里会想起我们来呢。一直到了九点钟，方从大饭厅里把食余的果点端出来；十点钟的时候，仆人们还在那里送咖啡，阿黛拉说，整夜的开门和关门的声响，吵得睡不着，我只得让她迟点睡觉。她还说道："我若是先脱衣服，预备上床，万一罗切斯特先生要我下楼，我怎么来得及呢？"

我为她说些故事，替她解闷，等到她听故事听厌烦了，我领她去露台上，听见音乐声、唱歌声。我从歌声丛杂中留心分析，专听罗切斯特先生的歌声，分辨清楚之后，又要留心听他所唱的歌词。

我听见时钟敲了十一下，阿黛拉困倦了。我把她抱到她床上睡，一直到了凌晨一点钟，客人才散，各归寝室。

翌日，天气极好，客人出去在附近游览，有骑马的，有坐车的。我看见他们去，看见他们回来，女宾骑马的只有英格拉姆小姐一位，仍是罗切斯特先生骑马陪她。他们两人在前，同其余的人离得远些，费尔法克斯太太也站在窗户看，我对她说道："你说他们两个人不见得想结婚，但是你看见的，罗切斯特先生只喜欢英格拉姆小姐一个人。"

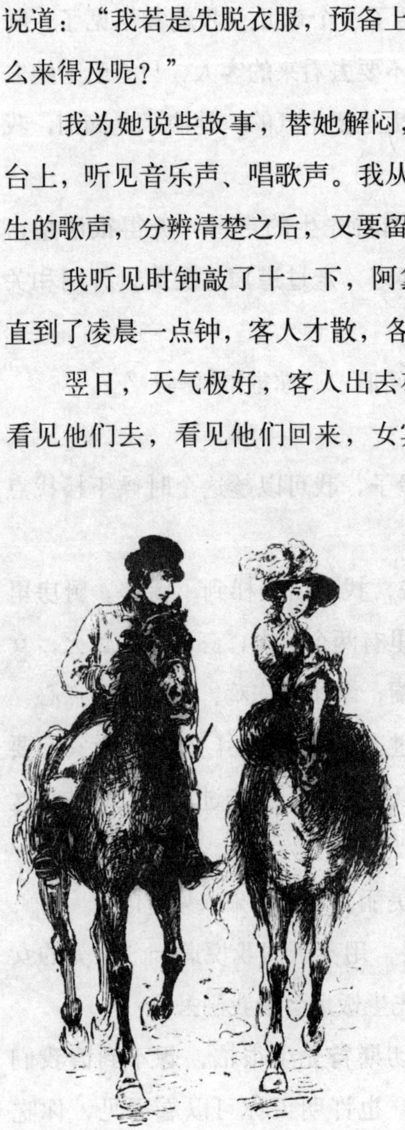
罗切斯特先生骑马陪英格拉姆小姐。

她答道："是的，他称赞这位小姐是无疑的了。"

我说道："小姐也赞美他，你看小姐斜着头向他，好像是对他说秘密话。我很想看看小姐的脸，我连一眼也未见过。"

她答道："今天晚上，你可以见到她，我偶然对主人说阿黛拉很愿意有人介绍她见这些女宾。他说吃过大餐后让阿黛拉进客厅来，请爱小姐陪她。”

我答道：“他说的不过是句客气话，我知道的，我可以不必去。”

她答道：“我本已替你说过，我告诉他你不惯应酬，我想你是不愿意在这般热闹的贵客队伍里出现，况且你一位来客也不认得。他答道：‘这是胡话，若是她反对，你就告诉她，是我请她来的；若是她抗拒，你就说我自己来带她去。’”

我答道：“我不必他这样费事，既然是不能不去，我只好去，我却并不喜欢去。费尔法克斯太太，你也去吗？”

她答道：“我有事要做，他免了我一去。我来告诉你一个法子，你可以不必规规矩矩地作正式进客厅的样子，最讨厌的就是这一节。你当客人吃饭未散之前，你先进客厅，你喜欢坐在什么清静些的地方你就坐下；男宾们进来之后，不久你就可以走；但是你若愿意不早走，也无不可。不过你只要罗切斯特先生看见你在客厅，就是了。随后你只管溜出来，是没人理会的。”

我问道：“你看他们在这里住得久吗？”

她答道：“也许住三星期，不能再多住了。过了复活节，乔治·林恩爵士已被选作这里的议员，就要进城，我看罗切斯特先生是要陪他去的。他这次在宅子里，住这么久，我觉得很诧异。”

快到要进客厅的时候，我觉得有点怕。阿黛拉听见要她去，欢喜到发狂，一直等到索菲娅给她打扮好了，才安静下来。打扮好了之后，她变得很严肃，好像一位裁判官那样严肃，却不必多嘱咐她不要弄乱了衣服，她安安静静地坐下，动也不动。我自己一会儿就扮好了，穿上我最好的银灰色长裙，顺好头发，别上一个珠子别针。我们两人下楼。

我们从另外一个门口进入客厅，里头无人，火炉里生好了极旺的火。到处都是灯烛，所有的桌子上都摆着极名贵的鲜花。

阿黛拉还是一样的严肃，坐在一张小凳上。我靠窗户坐下，从桌上取了一本书，打开来读。阿黛拉把凳子挪过来，坐在我脚下，坐下不久，她摸摸我的膝，我问她什么事，她说她的打扮还不完美，缺少鲜花。

我说道：“你不要只想你的打扮，你若是要花，我可以给你一朵。”我拿了一朵玫瑰花，替她插上，她才满意。我掉过脸去，不禁偷笑，看见这小小年纪的女孩子却巴黎的派头十足，自然而然地专事打扮，我禁不住又好笑又难受。

过了一会儿，大帐幕拉开，一群女宾们走进客厅。

一数不过是八位，穿白的多，我站起来，对她们鞠躬，有一两位点头还礼，其余的只瞪着眼看我。

她们分散坐下，脚步轻快，很像羽毛丰盛的白色禽鸟在走动。也有斜靠在榻上的，也有低头看花看画的。后来我才知道她们的名字，我不如先在这里细说一遍。

我先说埃希顿夫人同两位小姐。这位夫人从前一定是很美丽的，现在还可以看得出来。她的大女儿叫艾米，身材小，娃娃脸，孩子举动；二女儿叫路易莎，个子高，比她姐姐好看些，漂亮些，姐妹两人皮肤都是白的。

林恩夫人是个大胖子，年纪约四十岁，身子是直挺挺的，穿得很华丽，神气傲慢。

登特上校的夫人，打扮得较雅，很有贵妇风度，身材小，脸色和蔼，淡黄头发，我喜欢她的装扮，以为比那位爵士夫人好看。

但是最显著的还是英格拉姆母女三人。三个人身材都是很高的。这位夫人有四五十岁年纪，头发还是黑的，牙齿完美无缺，身材很好看；但是她的神气、态度，骄傲到让人难以接近。两只凶横的眼，令我想起里德太太来；她说话的声音很深沉，仿佛说出来的就是号令，不能驳的，令人听了难受。

布兰奇同玛丽两姐妹都很高，玛丽弱小，同身高不相称。布兰奇的肢体很匀称，她是个喜欢骑马的女人。我自然最注意的是她。第一层，我要看她同费尔法克斯太太所说的是否相符；第二层，要看看她的面貌，同我从幻想中画出来的肖像有几分相似；第三层，我只好实说出来吧，我要看看她是不是罗切斯特先生的意中人。

说到她的五官肢体，却同费尔法克斯太太所说的，同我所画的，大概都相符。果然是身材标致，两肩斜垂，颈项很好看，黑眼睛，黑卷发；但是她的面貌神气，却大不相同，她的脸很像她母亲，是个年轻无皱纹的脸，额低，神气骄傲，却不同她母亲那一脸的愁苦相。这位小姐，却不停地大笑，不过她笑里离不了讥讽人。她的两唇很流露出骄傲状态。

我常听说，凡是有天赋的人，时时刻刻都觉得自己是有天赋的，我不知道英格拉姆小姐是否有天赋，她却流露出来一种自己觉得有天赋的感觉。她同登特夫人谈植物学，夫人却似乎不懂得植物学，不过喜欢花，尤其喜欢野花；小姐是学过植物学的，说了一串专门名词，现出很得意的神情。我才知道她是欺负夫人未学过，这样欺负人，也许她自以为很聪明，其实是太无道理。她能弹琴，弹得好极了；她能唱，嗓子很好；她单独同她的母亲讲法国话，讲得很流利，口音也对。

玛丽相貌温和些，坦白些，皮肤较白些（她姐姐皮肤略黑，像西班牙人），但是玛丽欠活泼，无神气，两眼无光，无话可说，坐在一角，像个石头人。姐妹两人穿的都是白衣裳。

这时候，我到底怎样想呢？罗切斯特先生能够喜欢英格拉姆小姐吗？我说不出来，我不知道看女人怎样才算是美，若是他喜欢端庄的女子，英格拉姆小姐是很够得上的，又很活泼，又很有才艺。我心里想，男人们大约喜欢她的很多，我好像有了明证，他很赞美这位小姐，我再看他们两人在一起的时候，可决定了。

读者不要乱猜，以为阿黛拉这时候坐着不动。这些女宾们进来，她迎上前，同她们请晚安。

英格拉姆小姐低头看她，很有趣的样子，说道："好一个小木偶！"

林恩夫人说道："这就是罗切斯特先生收养的法国小女孩。"

登特夫人很和蔼地拉住她的小手，同她亲吻。两位埃希顿小姐同时说道："很可爱的一个小孩！"

她们喊她过来坐在她们中间的榻上。她有时说几句法国话，有时说几句不完全的英国话，夫人们也都留意她，很纵容她。

后来送咖啡，请男宾们进厅。我坐在较暗的地方，一半有窗帘遮住。男人们穿的是黑衣服，有几位身材很高，有几位是少年。亨利·林恩和弗雷德里克·林恩，是大出风头的少年；登特上校是军官模样；埃希顿先生是本地区的官员，很像个上等人，头发是白了，须眉还是黑的；英格拉姆勋爵同他的姐妹一样都很高，相貌很好看，不过同玛丽一样冷落，欠活泼，四肢是很够长的了，可惜是血气或脑力不足。

最后是罗切斯特先生走进来，我这时候心里原只想看我的活计，却不知不觉地看见他，不由自主地想到他说我救他的命，低头看我的脸，拉住我手的时候，那时候我同他是很接近的了。从此之后，到底是发生了什么事情，使我同他分离到那样远呢，我绝不盼望他会走过来对我说话。他走进来，并没理会我，坐在那一头，同女宾们说话，这是不足为奇的。

我看见他不理会我，趁他看不见我的时候，我却很注意地看他。我看他原是极快乐的事，而这快乐不过是像一块黄金，内里藏了钢刀尖，也像一个极渴的人，明知道有毒，也还要饮鸩止渴的。

俗话说“情人眼里出西施”。我对于我的主人，也是这样。我的主人是橄榄脸，无色彩，方额，眉浓而黑，两只凹眼，五官粗重，极严厉有决断的嘴巴，这个人是有气魄、有决断、任性的，却万不能说是美貌的。然而从我的眼睛看来，何止美貌，我以为他的面貌很耐看，无影无形中，另有一种摄人的魅力笼罩住我，使我难以控制自己的情感。我原已打定主意不爱恋他，读者知道，我费了很大力才斩除我爱情初起的萌芽；不料这时候再看见他，这一点萌芽，重新发绿，又长得很茂盛了！他不必看我就能使我爱他。

我拿他和这几位来客作比较。林恩家几位，秀雅而缺乏阳刚；英格拉姆勋爵，虽然漂亮但缺乏精神；登特上校虽然很有军官模样，但哪里比得上他的大气魄？我知道许多人都要说这几位来客好看，很迷人，都要说罗切斯特先生五官太过严峻，面貌太过愁闷；我觉得他们都不如他。我看见这班客人，有时微笑，有时大笑，都算不了什么；很像蜡烛，有光亮而无灵魂，不过是同钟铃一样会发响罢了。我也看见罗切斯特先生微笑，却是大不相同，他这一笑，五官都变得和蔼可亲，两眼温和有光。这时他正同埃希顿姐妹们谈话，眼光摄人而深邃。我原盼望这两位小姐见了，会低头的。谁知她们一点也不觉得什么，我心里却高兴。我心里想道：她们看他是两样的，他同她们不是一类人，我相信他同我是一路的，我确信如此。我们心有灵犀，他的神色，他的举动，唯有我知道。虽然我同他阶级不同、贫富不同，但我们的心，我们的脑，我们的气血，很有相同之处。我们的心性是相同的。我从前不是说过，我同他毫无关系，不过在他手里支取酬劳罢了，我不过只许我自己当他是个主人罢了，这些话，太过矫情了。哪里知道，我的真情，都只在他一个人身上。我知道我要把我的感情密密地遮盖起来，把所有的希望都要压下去；我知道，他绝对不会关切我的；我说我与他是一路的，并不是说，我能够怎样地操纵他；不过是说，我与他的感情好恶很有相同的地方，故此我须常常牢记住我同他离得很远；然而我活一日，心里能思考一日，我是爱他的。

这时候已经送过咖啡。女宾们自从男宾进来之后，谈话谈得很热闹，同百灵鸟唱得那样热闹。登特上校同埃希顿先生辩论政治，他们的太太留心听。林恩夫人同英格拉姆夫人谈话。勋爵是个身躯伟大的人，是一位很有精神的乡绅，咖啡杯在手，站在贵夫人榻前，偶然插一句嘴。弗雷德里克坐在路易莎小姐脚下和阿黛拉一起坐在低垫上。亨利要同阿黛拉说法国话，说错了许多，路易莎小姐笑他。布兰奇·英格拉姆小姐该同谁交谈呢？她一个人站在一张桌边看画本，好像是等人来同她交谈。她却用不着久等，自己就选了一个人配对子。

罗切斯特先生离开两位埃希顿小姐后，一个人站在火炉前的炉台边孤独无偶，也同布兰奇小姐一样。这位小姐走过来，站在炉台那一边，说道："罗切斯特先生，我以为你不喜欢小孩子。"

他答道："我是不喜欢。"

小姐说道："既是不喜欢孩子，你为什么照顾这个小蜡人儿（用手指阿黛拉）？你是从哪里捡来的？"

他答道："并不是我捡的，是人家托付给我的。"

小姐说道："你该送她入校读书。"

他答道："我花不起那些钱，学费太贵。"

小姐说道："我猜你有一个家庭教师教她；我刚才看见有个人，同她在一起的——那个人哪里去了？哦，不是的，那个人还在这里，躲在窗帘后。你自然是要给她钱。我看也是一样的贵，恐怕还要贵些，除了给钱之外，还要养着两个人。"

我这时候害怕——或许应该说盼望——他们谈到我，自然就使罗切斯特先生两眼转向我，我不知不觉地缩后些，但是他并未转眼看我。

罗切斯特先生答道："我却未想到这一层。"

小姐说道："你们男人是向来不讲省俭，不讲常识的。你该总听我的妈妈说家庭教师。我同玛丽，从前至少有过十多个家庭教师，其中有六七个是极令人厌恶的，有六七个是毫无道理的，妈妈，你说是不是？"

她的妈妈答道："你和我说话吗？"

她女儿把刚才所说的话，重复一遍。

她妈妈答道："我的宝贝儿，你再也不要对我说起家庭教师，我一听家庭教师四个字神经就不安。她们又不中用，又有怪脾气，我算是受够了。我谢谢上天，我现在用不着家庭教师了！"

这时候，登特夫人低头同这位夫人附耳低声说话，我从这位夫人的答话想来，大约是附耳告诉她，客厅里这时候有一个讨人厌的家庭教师。

这位夫人说道："让她听见了也好，我盼望她可以受益。"随即低声说道（但是也是有意地使我听见），"我看见她的，我一看她的相貌就知道，凡是家庭教师所有的坏处，她都有。"

罗切斯特先生大声问道："夫人，家庭教师有什么坏处？"

这位夫人点了点头说道："我可以告诉你一个人听。"罗切斯特先生说道："我现在很想听听，过后我也许不愿意听。"

夫人说道："布兰奇离你近，你还是问她吧。"

布兰奇小姐说道："妈妈，你不要扯上我，我只说几个字，就把所有的家庭教师都说到了，总而言之，是令人讨厌。我并不是说我受过她们什么，就把局面扭转过来。我和西奥多两个人同威尔逊小姐、格雷太太和罗伯特太太开过多少玩笑！玛丽是提不起精神同我们合谋玩笑她们的；最有趣的是我们同罗伯特太太开玩笑。威尔逊小姐是个多病的，不值当我们征服她；格雷太太是很粗的，是无知无觉的，我们收拾她，她也不觉得。唯有罗伯特太太真有趣！我至今还看见她发怒，如同昨日的事——我们泼她的茶，弄碎我们的黄油面包，把我们的书摔上天花板，把书桌弄到不成样子。西奥多，你还记得从前我们所过的快活日子吗？”

英格拉姆勋爵答道：“我为什么不记得？她那个老东西，常向我们喊‘你们这两个无赖孩子’（罗伯特太太是法国人，英国话说错了）我们就教训她，说她毫无学问，胆敢教我们这样的聪明人吗？”

布兰奇小姐答道：“我们的确干过的，你还记得我还帮你欺侮你的教读先生，我们喊他作小牧师。先生一脸的晦气，他同威尔逊小姐，胆敢相爱起来。他们眉眼传情，我们就拆散他们；不久，我们就把他们两个人怎样相爱的情形传播出来；于是人人都知道，我们常拿这件事反攻他们。妈妈只看出一点儿来，就调查了一下，知道他们的举动有不道德的趋势。妈妈，是不是？”

她的妈妈答道：“我的宝贝，的确是的。好好的人家里万不能容男女家庭教师有苟且的事，其中有好几层的理由；第一层——”

布兰奇小姐赶快插嘴说道：“妈妈，你不必数那些理由了！让我替你说吧，第一层，让情窦未开的孩子们学了坏榜样；第二层，有了这种事，先生们就不好好地教书；随后生出种种的不妥，总要闹到不可开交，闹糟了为止。英格拉姆勋爵夫人，我说得对不对？”

她妈妈答道：“宝贝，你说得很对，你说的没有不对的。”

她女儿答道：“既是这样，你不必多说，说些别的吧。”

艾米小姐也要凑趣，低声说道：“路易莎同我也喜欢同我们的家庭教师开玩笑；但是我们的家庭教师脾气好极了，我们无论怎样欺侮她，她都受得住；她总是不生气的。她向来不同我们生气，路易莎，是不是？”

路易莎答道："她向来不生气；我们喜欢干什么就干什么；我们只管乱翻她的书桌，乱翻她的针线盒，乱翻她的抽屉，她脾气真是好，我们要什么她就给什么。"

英格拉姆小姐卷卷嘴唇，现出挖苦的样子，说道："我们已经把世界上所有的家庭教师的行为都说过了，不必再说了；我们还是说点别的吧。罗切斯特先生，你赞成我的提案吗？"

罗切斯特先生答道："我赞成你这个提案，凡是你的提案，我没有不赞成的。"

那小姐就说道："爱德华[①]大歌唱家吧，你今天晚上嗓子好吗？"

他答道："布兰奇小姐，大歌唱家，若是你叫我唱，我的嗓子一定是好的。"

布兰奇小姐说道："你把你的肺同嗓子都准备好了，听候我的命令。"

罗切斯特先生答道："我服从命令，你弹我唱。"

布兰奇小姐说道："唯知服从的人，太无气魄，我最不喜欢。我喜欢的是黑脸凶横的人，带点魔鬼性质，敢作敢为的人。野蛮凶暴，强盗中的英雄，我最喜欢，我愿意嫁这样的人。"

罗切斯特先生喊道："诸位男宾都听见了吗？你们哪一个相貌像这样的凶人？"

登特上校说道："唯有你最像。"

罗切斯特先生答道："我谢谢你恭维我。"布兰奇小姐于是大模大样地坐下弹琴，弹得果然好。一面弹，一面说话。今天晚上，她得意到了极点，露出一种飞扬的神色，不单要在场的人恭维她、赞美她，还要说一番话，要他们听了倾倒。于是说道："呀，近来的少年男子，令我看见了作呕三日。一个个都是可怜的文弱怯懦的人，连大门都不敢出；没有妈妈答应，没有妈妈照料，一步也不敢走。这种人终日在那里顾影自怜，一会儿修修脸，一会儿又要弄弄雪白的手，一会儿又要修饰两只小脚，以为男

① 罗切斯特先生之名。——译者注。

子要重美貌，要打扮得好看；反以为女人的面貌，却不在乎，不必美貌。我要说，丑陋女子，是世界上的大黑点。但是男子要什么美貌？男子只要勇敢、有气力；男子们只应该打猎，打仗，别的长处，都用不着。假使我是个男子，我就只做这几种事。”

布兰奇小姐于是大模大样地坐下弹琴，弹得果然好。

停了一会儿，小姐又说道：“无论什么时候，我绝不要我的丈夫有可以同我比的美貌，我不允许他同我对敌。我要他死心塌地地尊敬服从我一个人；全部精力都要用在我一个人身上。罗切斯特先生，你唱，我弹。”

他答道：“我服从命令。”

布兰奇小姐说道：“这是一首海盗之歌，你要知道，我最爱的是海盗。你要提起精神，好好地唱。”

他答道：“英格拉姆小姐两唇间发出的号令能使一杯牛奶和水都有了精神的。”

小姐答道：“你却要小心，若是你唱得不能令我欢喜，我是要教你应该怎样唱，叫你惭愧的。”

他答道：“这是显然在勉励我唱得不好，我是要唱得不好的。”

小姐说道：“你若是有意唱得不好，我是要惩罚你的。”

他答道：“英格拉姆小姐应该大发慈悲，她很有权惩罚，使人受不了。”

小姐发号令说道：“你要解释你这句话！”

他答道：“请小姐勿怪。这句话用不着什么解释，你自己知道，只要你一皱眉，就抵得过极重的刑罚了。”

小姐于是弹琴，说道：“唱吧！”

这时候，我想这正是我溜出客厅的好机会。但是这时候罗切斯特先生的声音使我站住不能动。费尔法克斯太太告诉过我，罗切斯特先生嗓子极好，我听他洪亮醇美的声音，感人至深，令人欲醉。我一直等到他唱完，连袅袅余音都听完了，才从小门溜出去。从小过道走入大厅，经过大厅的时候，我觉得鞋子松了。跪在楼梯的垫子上系鞋带，听见饭厅门打开，一个男人走出来，我赶快站起来，刚好同那个男人面面相对，这个人却是罗切斯特先生。

他问道："你好吗？"

我答道："先生，我很好。"

他问道："你为什么不进去同我说话？"

我原想拿他问我的话反问他，随后我想，可以不必。我答道："先生，你好像有事，我不便惊动你。"

他问道："我不在家的时候，你做什么？"

我答道："我没做什么特别的事，仍是照常教阿黛拉。"

他说道："你现在的脸色不如我初次见你的时候。是为什么事？"

我答道："先生，并不为什么。"

他问道："你那天晚上泼水，几乎淹我半死，你受了凉吗？"

我答道："我并未受凉。"

他说道："你还是回去客厅，你散得太早。"

我答道："我累了。"

他看我有一分钟，说道："你感觉很颓丧。你颓丧得厉害，再说几句话，你就要流泪了。你现在满眼是泪，有一滴泪滴在地下了。假使我有闲工夫，不怕仆人走过，我一定要问出根底的。今天晚上，我饶了你，但是你要知道，我的客人住在这里的时候，我希望你天天晚上都要进客厅的。我愿意你照办，不要不来。你走吧，你打发索菲娅来照应阿黛拉。请你安睡吧，我的……"他停住不说，紧闭两唇，忽然走了。

第十八章　字　谜

那些天来，桑菲尔德大宅，又忙碌又热闹，不像前三个月那么孤寒寂寞了！从前的大厅是寂然无人的；现在的大厅是人来人往。

厨房，食物房，仆人的客厅，无处不热闹。晴天客人们出门游戏，下雨天则在宅内寻乐，更是热闹。

有一天他们商量要另玩一种游戏，议好了晚上玩“猜字谜”，当时我不懂他们所用的专门名词，莫名其妙。只看见仆人们忙着把饭厅的桌椅搬走了；罗切斯特先生同几个男宾吩咐仆人们布置；女仆们上楼下楼，忙个不停。费尔法克斯太太找围巾，找衣服，找幔幕，几层楼上的衣橱都翻一个够，一包一包的衣服等等都搬下来，挑选好了，放在大客厅里的套间。

罗切斯特先生把夫人小姐们都请来，挑选了几位，算是他自己那一方面的，说道：“英格拉姆小姐自然是我的。”随后又选了那两位埃希顿小姐，还有登特夫人。我离他不远，他看看我，问道：“你愿意玩吗？”我摇头，我原怕他一定要我玩，他却并不强迫我，让我安安静静走回去在我常坐的地方坐下。

他同他的部下，走到幕后；另一方以登特上校为首，都在幕前一排椅子上坐下，椅子摆作半圆形，有一位男宾埃希顿先生看见我，提议请我坐在他们队里，但是英格拉姆夫人，立刻阻止这个提议。我听见她说道：

“不必，她一脸的蠢相，不配来凑我们这种游戏。”

不久，铃响，开幕。看见乔治·林恩勋爵浑身裹了白布，面前摆一张桌子，桌子上打开一本大书；他身边站的是艾米小姐，穿的是罗切斯特先生的长裙，手上拿一本书。有人（我们看不见人在什么地方）摇铃，阿黛拉跳出来，臂上挂花篮，拿出花来，四处散花。于是英格拉姆小姐出场，穿的是白衣服，戴上很长的面纱，额上是一圈玫瑰花，同罗切斯特先生并排地走，走近桌子，两人跪下。登特夫人，路易莎小姐，都是穿白衣服，站在他们两个人背后，随后行礼。一看就知道他们演的是结婚哑剧。行过了礼，登特上校同队里的人，附耳说话，有两分钟，上校喊道："新娘！"罗切斯特先生点头，随即闭幕。

停了好一会儿，才开第二幕。这一幕的铺陈布置，费事得多，摆了一个很重的白石大鱼缸（原从花房搬出来的）。

罗切斯特先生坐在缸边地毯上，裹上头布，披着围巾，同他的黑眼睛黑皮肤很相衬，很像一个东方部族中了箭的酋长。随后英格拉姆小姐走出来，也是东方女人打扮，裹了头帕，腰间围了大红腰带，露出两臂，高举一手，扶住头上顶的水罐，看她的打扮神情，像是扮的一个上古时代一位以色列的公主。

她走近石缸边，做打水姿势；灌满水后，又顶在头上。坐在井边的人，做出对她说话的情状。她放下水罐，给那受伤的人水喝。那个人从怀里掏出一个珠宝盒子来，打开盒子，露出很美的手镯耳环；那女子见了，很惊异，很称赞；那个人跪下，把珠宝放在女子脚下；那女子疑惑，却很欢喜。那个人帮女子把手镯戴在女子臂上，把耳环戴在耳上。这是以利以泽和利百加的故事，不过缺少几只骆驼。

对面那一班猜谜的人，在那里交头接耳好一会儿。他们猜的是个什么字，或是什么音，显然是不能一致。为首的登特上校，说道："我们要全演过才猜。"

于是演第三幕。那个石制的金鱼缸挪走了，戏场只用了一半，摆了一张板桌，一把厨房用的粗椅子。这时候一切灯光都灭了，只有一个明角灯微露出一点光，场上是黑暗的。

场上坐的一个人，两手捧膝，两眼看地，穿的是极破的衣服，脸上涂得很难看，披着粗乱头发，满脸怒容，我认得他是罗切斯特先生扮的。他身子一动，就听见锁链响，手腕是带了手镣。

登特上校喊道："监狱！"字谜算是全猜着了。

停了好一会儿，这班演戏的才改换回原装，再进客厅。罗切斯特先生领英格拉姆小姐进来，小姐恭维他演得好，说道："三幕的角色，我以为你第三幕演得最好。假使你早生若干年，你可以做一个极有气概的大盗！"

罗切斯特先生转过脸来，对着小姐问道："我脸上的黑煤灰都洗干净了吗？"

小姐答道："很可惜，你脸上涂上色扮成一个强盗，我觉得更好看。"他问道："你喜欢劫路的英雄吗？"

小姐说道："除了地中海东面的海盗，就属意大利强盗厉害。除了意大利强盗，就属我们英国的强盗厉害。"

罗切斯特先生答道："不管我是什么东西，你须记得，你是我的夫人，我们一个钟头前行过婚礼的，有在场的人，可以作见证。"小姐哧哧一笑，脸红了。

罗切斯特先生说道："登特，该到你们了。"登特同他的一队人，进入后台演戏。罗切斯特先生这一群人坐在幕前，猜字谜。布兰奇小姐坐在罗切斯特先生右手边，其余猜谜的人坐在他们的左右。这时候我心不在戏，无心看开幕，我只留神看猜谜的那组里为首的人。登特上校演的什么戏，演的是什么字，他们怎样猜，我现在都忘记了。我只记得每幕之后，他们两个怎样商量；罗切斯特先生的脸，怎样转向布兰奇小姐；小姐的头，怎样转向罗切斯特先生。小姐的卷头发，几乎垂在罗切斯特先生的肩膀上，几乎扫他的脸；我还记得他们两个人附耳说话，他们两个人对视使眼色。现在追想从前的情景，几乎还能触动我当时的感觉。

我曾经告诉过读者，我爱罗切斯特先生。我不能因为他这时候不理我，我就不爱他；不能因为有时候我在他面前好几个钟头，他的眼始终不看我；也不能因为一位阔小姐看不起我，以为我不配摸她裙边，把她全部精力都关注在自己身上，这位小姐的双眼偶然看到我，立刻就转看别的，以为我不值得她的一顾；我不能因为这几层，就不爱罗切斯特先生。我尤其不能因为我知道他不久就要娶这位小姐；也不能因为她高傲地觉得自己在他心目中的地位已经非常稳固；又不能因为他对于这位小姐献媚求婚的方法是很随随便便的，好像他不必求小姐，还要小姐反求他的神气，然而这种方法，反而更加吸引人和不可抗拒。我尤其不能因为这几层，不爱罗切斯特先生。

我所处的环境，既然是这样，就无所谓冷淡我的爱情，或是消灭我的爱情，只有越看越绝望罢了。假使我这样地位的一个不相干的女子，胆敢妒忌英格拉姆小姐所处那样地位的一个女子，我所处的环境，却是能够发生多少妒忌。但是我并不妒忌，即使有之，也不过很少的几次。我所受的苦痛，不是妒忌两个字所能解释的。英格拉姆小姐却够不上我的妒忌，我以为她远不及我，不能激起我的妒忌。读者勿怪我这两句话，似乎是毫无道理的话，我这样说自有我的一番道理。英格拉姆小姐徒有外貌，并无实在的东西。她的相貌、身材，诚然是很好，才艺是有的，但是胸无一物，全无人心。她的心灵天生贫瘠，不会长东西的，不会自然而然产生好果的。她并不好，她无自创的意思，不过引几句书上好听的话语，向来说不出自己的见解来。她侈谈道德，但却不知道什么叫作同情，什么叫作怜恤。真情挚爱，她是完全不知道。她这种无真性情的事，常常表现出来。她很讨厌阿黛拉，有的时候阿黛拉走近她，她就骂她，把她推开；有时把阿黛拉关在房外；她对待阿黛拉都是很冷淡，很嫌恶的。不单是我的两只眼睛很留心看她这样的举动，还有别人的眼睛，也同我一样留心看她。将来的新郎罗切斯特先生，常常不停地留心察看这位小姐的举动。我是因为罗切斯特先生这样聪明，这样小心，这样明白他这位小姐的短处——他对于这位小姐这样亲近而不现丝毫真爱情，而产生新的痛苦。

我知道他是要娶这位小姐，因为他的家世，因为政治上的原因，因为门第，原都是很相对的。我却觉得这位小姐配不上他。他不能把爱情给这位小姐，我所以觉得难受的就在这一层。这位小姐万不能迷住罗切斯特先生。

假使这位小姐，能立刻善用她全胜的势力，假使罗切斯特先生投降拜倒在她脚下，我自然是脸向墙，两手遮脸，好像是我死了，我的眼里，从此以后，看不见这两个人。假使英格拉姆小姐是个良善名贵的女子，有毅力、有热心、有善心、有知识，我就要同时对付这两只猛虎：一只是妒忌，一只是绝望。我斗败下来，我的心被猛虎抓出来，我的肉被猛虎吃了，我还是称赞这位小姐，甘拜下风。从此以后，我就过我的安静日子。她的过人的长处越多，我越称赞她，我自然是很滋润地过我的日子。然而这时候的情形，我看见英格拉姆小姐用尽手段，拉拢迷惑罗切斯特先生，却毫无效果；小姐自己却不明白自己完全失败，反以为箭无虚发，每射必中，觉得非常之得意；她还不自知，她越以为得意，越是离题太远。看见这种情形，我不得不不常常激动。

因为失败的时候，我却看出她有可以取胜的方法。她只管胡乱放箭，到了罗切斯特先生胸前身边，都纷纷落下来，一箭也未曾射中；假使手法好的去射他，只有一箭，就射中心窝。他的两眼虽然严厉，也会露出爱情；他的脸虽然威重，也会化为温柔。或是运用更妙的手段，可以不用弓箭，自然使他投降。

我自己问我自己道："这位小姐，既然同罗切斯特先生如此接近，为什么不能多多地牵动他呢？因为小姐不真喜欢他，抑或虽喜欢他，却无真爱情。既是这样，何必枉用许多笑脸，枉送许多媚眼，枉造出许多腔势，枉用尽许多态度。据我看来，她只要安安静静地坐在罗切斯特先生身边，不必多说话，不必多看他，便更能打动他的心。这位小姐这时候费了多少事，招惹他，他的脸变得更沉重。我何尝没看见过他脸上有和蔼的时候，是他自然流露出来的，却不是用方法手段引出来的。不管他的脸色什么样，先要随着他问话，好好地真诚回答他，该同他说话的时候只管同他说，他自然就慢慢地和蔼过来，自然有一种温和可爱的情景。他们两个人若是结了婚，我不知道英格拉姆小姐用什么方法使他高兴。我想她是办不到的。然而的确有能使他接受驾驭的方法，我相信做罗切斯特先生的夫人是可以享受欢乐的。”

我并不觉得罗切斯特先生从个人利益和家庭关系来考虑婚姻有什么不对。我最初看出他这种意思的时候，觉得很诧异，我以为他绝对不能为这种无聊的思想同人家缔结婚约的。但是我把他们的地位、教育等等想透些之后，才觉得我不该批评他们这种无聊的见解，因为这种主义，这种见解是他们从小就见惯听惯的了。他们这等人向来都是这种宗旨。他们有他们的道理，非我所能猜得着的。假使我是个男子的话，一定是我爱的女子才能娶做夫人。这原是极浅的道理，然而许多男子，都不是这样想、这样做的，其中总有理由，反对这种办法。我是不知道的，不然，世界上的人都要同我一样思想，一样做了。

除了这一层之外，我主人其余的短处我都宽恕了他。我从前很留心要知道他的短处，这时候我都不以为意了。从前我观察他有什么长，什么短，两相比较，很公平地论定他的人格。这时候我不看见他的短处了。从前他的讥诮话令我听见了却步，他的蛮横很令我惊怕。这时候看来，不过像是食品中的酸辣作料，入口的时候觉得酸辣味，若是缺了这种作料反觉得平淡无味了。他还有一种绝望的神色，随时会流露出来的，我看不出到底是什么引起的，从前很令我惊怖，这时候见了虽则惊怖，然而不至退缩，我这时候还是要猜到底。

当下我心里只想到罗切斯特先生同英格拉姆小姐——眼睛只看见他们，耳朵只听见他们说话——其余的客人，都是各顾各的利益，各顾各的快乐，林恩夫人同英格拉姆夫人常常很严肃地商量什么事，相互点头，有时候高举她们的手，现出诧异惊奇的神情。登特夫人同埃希顿夫人谈；有时候对我欠身施礼，对我微笑。乔治·林恩爵士、登特上校、埃希顿先生谈政治，或是地方上的公事。英格拉姆勋爵同艾米小姐调情；路易莎弹唱；玛丽小姐听人说话；最要紧的人还是罗切斯特先生同英格拉姆小姐，只要罗切斯特先生走开一个钟头，其余的人就振作不起精神，只要他来了，就重新热闹起来。

有一天他出门办事，大约要很迟才回来，客人们就觉得很寂静。刚好午后下雨，又不能出门。有几位走去看马厩，少年男女宾客打象牙球；夫人们斗牌解闷；英格拉姆小姐起初弹琴，觉得无趣，拿了一本小说解闷。宅子里和客厅里都是很静的。

天色将晚，快到换晚礼服吃饭的时候，阿黛拉在窗子旁边跪在我脚下，忽然喊道："罗切斯特先生回来了！"

我转过头来，英格拉姆小姐从榻上飞跑过来，其余的人都抬头向外望，我们听见马车声。

英格拉姆小姐喊道："他为什么想起坐马车回来？他不是骑马带着狗出门的吗？马和狗都哪里去了？"

她一面说，一面挤到我所站的窗子边来，几乎把我挤倒。最初她没看见我，随后看见是我，噘起嘴唇，就去别的窗子了。马车停了，有一个人穿了旅行的衣服走出来，不是罗切斯特先生，是一个身穿时髦装束的

夫人们斗牌解闷。

人，是个陌生人。

英格拉姆小姐生气地骂阿黛拉道："你这个讨人厌的猴子！谁把你抱起来，报告假消息的？"小姐怒眼看看我，以为是我的错。

我听见大厅里有人说话，这新来的人，随即走入客厅。对英格拉姆老夫人鞠躬，因为她年纪大些。

这新来的人说道："夫人，我来得很不凑巧，刚好罗切斯特先生不在家。但是我从很远的地方来的，我大着胆子，靠我们的老交情，先在这里等他回来。"

他的举动很有礼貌。他的口音有点特别——虽不是外国口音，却也不是完全英国口音，他的年纪同罗切斯特先生差不多——三四十岁左右，脸色很黄，乍见的时候，相貌是很好看的，细看，才觉得他的面貌很有令人看了不甚喜欢的地方。五官是端正的，两眼大而无神。

这时候铃响了，各人都去换衣服。一直过了饭后，我才再看见他，我再细一看，更不喜欢他的相貌，因为全无精神。

我还是坐在我的老地方，他坐近火炉边，很有些畏缩的样子。我就比较他们两个人：他同罗切斯特先生是老朋友，真是两个各处极端的人凑在一起了。新来的人像是一只很老实的绵羊；罗切斯特先生则像是一只松毛利眼的牧羊犬。

有两三位男宾，坐近他身边。我偶然听见他们所谈的话，因为路易莎小姐和玛丽小姐坐得同我很近，她们说话，使我听不清楚男宾们说的是什么，只听见玛丽同路易莎都说这位新来的客人貌美。路易莎说："这个人很可爱。"玛丽说："他的小嘴好看，鼻子也长得好。"

路易莎又说道："你看他的额头，一定脾气很好！很光滑，无皱纹。有些男人，总是皱眉的，有许多皱纹，我最不喜欢。他的眼光并不四射，微笑的时候也好看！"

好在亨利·林恩这时候喊她们到那一头，商量出去散步，我才觉得舒服些。

这时候我全部精力都在关注火炉边那些人，我听见他们说，新来的人姓梅森，从一个热地方来，才到英国。怪不得他脸色这样黄，披了大衣，还要烤火。随后又听见说牙买加、金斯顿、西班牙城等词（地名），才知道他住在西印度群岛。过后听说他还是在那里初认识罗切斯特先生的。他还说罗切斯特先生嫌那里天气太热，多风多雨。我听费尔法克斯太太说过，罗切斯特先生是个旅行家，到过的地方不少。我以为他所到过的地方，不过是在欧洲，不知道他还到过那么远的地方。

我正在想这些事的时候，偶然出了一件料不到的事打断了我的思路。那时候有个人打开门，梅森先生觉得冷，要人添煤。男仆送煤进来之后，走出去，站在埃希顿先生所坐的椅子处不远，低声对他说了些话，我只听见说："老婆子，很讨厌。"

埃希顿先生是一位地方官，答道："你去告诉她，叫她走，她若是不肯走，就要给她加上脚镣。"

登特上校说道："不必，不要轰她走。我们利用这个老婆子，我们不如先同夫人小姐们商量。"他于是说道："你们说过，要到外面看看那些吉卜赛游民帐篷。男仆刚才进来说，有一个老婆子正在仆人的客厅里，一定要看看贵夫人们，给她们看相算命，你们要见她吗？"

英格拉姆老夫人说道："上校，这种骗子，理她做什么？立刻把她轰走了吧。"

那男仆说道："我怎样劝她，她也不肯走，别人劝她，她也不听。现在费尔法克斯太太去劝她，她拿了一把椅子坐在烟囱旁，动也不动，一定要进来。"

埃希顿夫人问道："老婆子要什么？"

男仆答道："夫人，她要进来，给阔人们看相算命。她发过誓一定要进来算命。"

埃希顿小姐们同时问道："她是怎么样的人？"

男仆答道："她是个极难看极可怕的老东西，同煤一样黑。"

弗雷德里克·林恩说道："这是一个真妖精，应该喊她进来。"

他们的兄弟说道："该叫她来的，这样一个好开玩笑的机会，错过了，未免太可惜了。”

他们的母亲说道：“我的好孩子们，你们心里想做什么？”

英格拉姆老夫人喊道：“我可不能容许这种举动。”

这时候，布兰奇小姐转过脸来，对她母亲说道：“妈妈，你可以让那老婆子进来，你该让她进来的。我好奇，我要算算命。”于是对仆人说，“你去带那老婆子进来。”

她的妈妈喊道：“我的宝贝布兰奇！你须记得——”

她女儿答道：“我记得，我记得你又要说什么，我一定要这么做。”于是又对仆人说道，“你赶快去！”

这时候所有的年轻女宾男宾，都齐声说道：“好的好的，让老婆子进来，让我们好开开玩笑！”

那男仆迟疑说道：“那老婆子很粗糙，很难看。”

英格拉姆小姐喊道：“你去吧。”那仆人只好去了。

这时候众人你一言我一语说得很热闹，都预备看笑语。

男仆走回来说道：“那老婆子现在又不肯进来了。她说她不愿意见一大群平常的人。她要我带她到另外一间屋子，哪一位要算命的，可以进屋子找她，算完一个再算一个。”

英格拉姆老夫人说道：“布兰奇，我的王后般的女儿，你看，那老婆子就拿起架子来。我的仙女般的女儿呀，你听我劝——”

她的仙女般的女儿拦住她，说道：“自然是带老婆子进书房，我是不愿意她当着一群平常人的面说我的命运，我要她专门给我算。书房里有火吗？”

男仆答道：“小姐，有火，不过那老婆子很难看。”

布兰奇小姐喊道：“你这个傻子，不要多说话！你去执行我的命令。”

仆人走出去，随后又走进来说道：“她已经来了，她问谁是第一位要算命的。”

登特上校说道：“待我先进去看看她，随后夫人小姐们再进去。”他对仆人说道，“你先去告诉她，有一位男人先进来。”

仆人去了，回来说道："老婆子说，不要男人，男人们不必费事走去请教她。"仆人又发笑道，"老婆子也不要夫人们，只要给年轻小姐们算命。"

亨利喊道："这个老婆子的喜好很有趣！"

英格拉姆小姐很严肃地站起来，说道："我先进去。"

她的妈妈说道："我的宝贝儿，你不要去吧，你须想——"话还没说完，布兰奇已经走了。我们还听见她关书房门的声响。

这时候客厅里没有多少人说话。英格拉姆老夫人很是不以为然，玛丽说不敢去，艾米姐妹们低声说话，也现出害怕的神气。

这时候的一分钟都觉得很长，大约过了十五分钟，英格拉姆小姐才从书房走进客厅来。所有的眼睛都看着她，她回看我们的眼是很冷淡的。我不知道她回来是欢笑，抑或是只当作笑话，她呆呆地走回去坐下，一言不发。

英格拉姆勋爵问她道："布兰奇，怎么样？"

玛丽也问道："姐姐，她说些什么？"

埃希顿小姐问道："你看她怎样？你觉得怎样？她是不是个算命的？"

英格拉姆小姐答道："诸位，不要逼我说话。你们太好奇了，一点儿小事就大惊小怪。你们把这件事看得太要紧，连我的妈妈也是一样，还相信这个人是个妖怪，与魔鬼串通的。我是看见过这样的人了，看着我的手掌，说一番套话。我看，埃希顿先生，明天应该把这个老婆子上起脚镣来。"

英格拉姆小姐拿了一本书，靠在榻上，不说话了。我很留心地看她，看了足足有半个钟头。她一页书也没翻，脸上一阵一阵地发黑，很失望，很不高兴，可见那个算命的老婆子没对她说什么恭维话，她刚才只管说不当是件事，但心里却很关切。

当下两位玛丽小姐和埃希顿小姐都想去算命，却不敢一个人去。于是打发男仆进书房，同算命的老婆子商量。往返不知走了多少次，我看男仆的脚，已经走得疼了，好不容易才说可以三个人同时进去。

这一次进去，不是第一次那样无声无响。我听见惊喊声，哧哧的笑声，过了有二十分钟，她们才跑回来。

三个人同时喊道："恐怕这个算命的老婆子就是魔鬼。她告诉我们许多话！她都知道我们的事！"她们坐下来，还喘不上气。

众人盘问她们，那老婆子说些什么。她们说，她们小时候的事，老婆子都知道；她们家里客厅套间里摆些什么，陈设些什么美术品，她都说得出来；亲友们送的纪念品，她也知道；甚至连她们的心事，她都知道，还附耳告诉她们所顶喜欢的是什么人、什么事物。

众位男宾就要盘问三位小姐，最喜欢的是什么人，什么事物。三位小姐害羞，绯红了脸，不肯说，只是傻傻地笑，男宾们大笑。

正在热闹的时候，我两眼正留心看他们，我听见肘后有咳嗽声，掉过头一看，原来是男仆。

那男仆说道："小姐，老婆子说客厅还有一位未嫁的小姐，没来算命。她说都算过了才走，我想她一定说的是小姐，我该怎样回复她？"

我答道："我可以去。"我的好奇心也激发起来了，要看看那个老婆子。我就溜出去，悄悄地关了门。

男仆说道："我在大厅等候你，她若是恐吓你，你只管喊，我就进去。"

我说道："你回厨房吧，我不怕。"我诚然是不怕，但是很有点激动。

第十九章　算　命

我进书房的时候，书房里是很静的，算命的在炉边一把椅子上坐着。她穿的是红大衣，戴着黑帽子，是一顶宽边黑帽，用手巾结在颔下。桌上放了一支吹灭的蜡烛，她对着炉火光，读一本黑色的小书，嘴里喃喃有词。我走进来，她不动，好像是要读完那一段。

我站在炉前地毯上烤手，老婆子的脸，并无什么令人见了害怕的。她读完书，慢慢地抬头看，那顶宽边帽遮住她一半的脸，我却看见这是个怪脸：脸色黄黑，乱发垂下来，垂在两颊上。她两眼很大胆地直瞪着我，说道："你要算命吗？"她的声音同她的脸一样严厉。

我答道："老太婆，我是不理会我的命运的，你喜欢替我算就替我算。但是我先告诉你，我是不相信的。"

她说道："你说这种话，你这个人是很无礼的。你一踏进门槛，我听你的脚步声，就知道你这个人很无礼。"

我答道："你果然听见吗？你的两耳很尖。"

她答道："是的，我的眼，我的脑，更尖利。"

我说道："你这门行业，是样样都要尖利的。"

她说道："是要尖利，对待你这样的客人，尤其要尖利。你为什么不打颤？"

我说道："我不觉得冷。"

她说道："你脸上为什么不变色？不变作灰白色？"

我答道："我并没生病。"

她问道："你为什么不试试我的本事？"

我答道："我并不是个傻子。"

那个老婆子听了，冷笑，掏出一个黑烟筒来，点火吸烟，吸了一口，伸直了身子，从嘴里拿出烟筒，说道："你又冷，又有病，又是个傻子。"

我答道："请你证明。"

她答道："我只需几句话，就可以证明。你是孤身一个人，不是冷吗？无论同你怎样相处，都是敲不出火来的。天赋男人最高最美的爱情见了你，都远远地躲开你，你不是有病吗？男人对你表白，你既不召唤他来，也不肯走近，你不是个傻子吗？"

说完，她又吸烟。

我说道："凡是孤身的一个人，依靠人家过活，往在一所大宅子里，同我情形一样的，你都可以说这种话。"

她答道："我几乎对无论什么人，原都可以说这种话，但是不能对于什么人都是贴切的。"

我答道："合适于我的环境。"

她说道："是的，合适于你的环境。但是你能再找出一个恰恰同你一样的吗？"

我答道："再找几千个，都是很容易的事。"

她说道："几乎再找不到第二个了。若是你知道的话就好了，你所处的环境，很特别，欢乐就在你身边。是的，你只要一伸手去抓，就是你的。材料是都预备好了，只要凑拢起来，就成功。不过没有机会，还未凑拢。只要一凑成功，结果就是乐境。"

我说道："我不懂你的谜语。我平生不会猜谜。"

她说道："你若是要我说清楚些，你伸手过来。"

我说道："我先要给你一个先令，放在你的手上是不是？"

她说道："这是一定要的。"

我给她一个先令，她掏出一只破袜筒子，把先令放在里头，用绳子结好，装在袋里，叫我伸手。我伸手给她，她的脸凑近我的手掌，看了一会儿，说道："你的手太细了，几乎没有手纹，我看不出什么道理。况且手掌是不相干的，一个人的命运，不是写在手掌上的。"

我说道："我相信你这句话。"

她说道："不在掌而在脸、印堂、两眼、口纹。你跪下，抬起头来。"

我说道："你这才说实话，我才开始有点相信你。"

我就跪下，离她有一二尺远，她搅搅炉火，她看我的脸是看得很清楚的，她的脸却背着光，我看不清楚。

她细看了我一会儿，说道："我却想知道你今晚走来找我时带着什么感觉；我很想知道你坐在阔人堆里，想的什么心事，你同他们是格格不相入的。"

我说道："我常常觉得疲倦，有时觉得好困，却并不觉得愁闷。"

她说道："你是存了秘密的希望，前程使你欢喜，故不愁闷。"

我说道："我没有希望，我的最大希望不过是攒下几个钱租间房，开间学校教书。"

她说道："这样卑贱的思想怎样能够培养灵魂呢？我晓得你的习惯，你常坐在那窗户边。"

我说道："你是跟仆人们打听出来的。"

她说道："哈，你以为你自己很麻利的。也许是我打听出来的，我对你说实话，我认得其中一个女仆，普尔太太——"

我一听这个名字，心里不禁一跳。

我心里想道："你认得她？原来里面真是有邪术。"

她说道："你不必恐怖，普尔太太是个安稳人，不会闹事的，她又安详、又嘴严，人人都可以相信她的。但是我正要问你，你坐在窗户旁边，难道心里只想要开学校吗？对于那些坐在椅子上、靠在榻上的人，没有一个有关切的吗？其中有一个人，难道你不留心观察他的脸和他的举动吗？"

我说道："我喜欢看所有人的脸和他们的身材。"

她问道："难道你不特别留心观察其中一个人或两个人吗？"

我答道："我常常观察一男一女的举动、神色，显出好像有故事似的，我留心看他们这一对，觉得有趣。"

她问道："你最喜欢听什么故事？"

我答道："我并不选择，那些故事都是千篇一律的，不过是献媚求亲，到后来不过是结婚，这是最不幸的事。"

她问道："你喜欢这种无趣味的故事？"

我答道："其实我无所谓喜欢，我并不留意这种事，跟我都不相干。"

她说道："结婚的话题同你不相干？一位贵小姐，年纪既轻又活泼，又健壮，又有迷人的美貌，又富又贵，坐在那里，对一个男人微笑，你——"

我问道："我什么？"

她答道："你知道这位男人，也许你还看重这个男人。"

我说道："这里的男人我都不认得，我同他们几乎连一个字也未交谈过。你说我看重他们，我以为有几位是可敬的，有几位是很庄重的，这都是中年男人；有几位是年轻的，好出风头，面貌好看又活泼，女人对他们微笑。那是常有的事，他们只管这样，与我有什么相干？"

她问道："这里的男人，你都不认得？你未同他们交谈过一个字？对于本宅的主人，你也说这样的话吗？"

我答道："他不在宅里。"

她说道："这是有深意的话！真是巧于诡辩！他是今早去米拉柯的，今晚或是明天就回来。你就把他撇开，当作素不相识，仿佛是没这个人一样。"

我答道："我简直看不见你所谈的这件事同罗切斯特先生有什么相干？"

她说道："我谈的是有许多女子对男人们微笑。新近对罗切斯特先生微笑得太多了，他装不下去都溢出来了。难道你没看见吗？"

我答道："罗切斯特先生是应该享受客人们恭维的。"

她答道："这自然是应该的。但是他们谈嫁娶的事，其意都是对罗切斯特先生说的，你没留心吗？”

我答道：“既然有喜欢听这种话的人，自然就有喜欢说这种话给他听的人。”我这句话是对我自己说的，并不全是对算命的老婆子说的。她说话、声音极其奇怪，我听了如在梦中。她说完一句又一句，都是出乎我意料的话，我真是糊涂迷惑，莫名其妙。我心里很好奇，特别想知道这几个星期以来，是谁坐在我的心旁边，留心看我心的举动。

她说道：“你说有喜欢听这种话的人！是的，罗切斯特先生一坐就是好几个钟头，歪头倾耳地专听她们香口喷出来的好听的话。罗切斯特先生是很感谢她们的。你留心看出来了吗？”

我答道：“感谢吗？我不记得我在他脸上看出有什么感激神色。”

她说道：“你既然说是看出！你自然是很留心地在那里解析他的神色了。你既然解析的时候，找不出感激的神色，你到底找出什么别的呢？”

我不说话。

她又说道：“你从他脸上看出爱情，是不是？你就推想到将来，他结了婚，他的新娘子很快乐。”

我答道：“你说得不太对。有时候你猜的本事不好。”

她问道：“你从他脸上看出什么呢？”

我答道：“你不必管，我是来问前程的，我不是来对神父忏悔的。你知道罗切斯特先生要结婚吗？”

她答道：“是的，同美貌的英格拉姆小姐结婚。”

我问道：“不久就要举行婚礼吗？”

她答道：“从外面看来，大约是不久的了。他们夫妇将来会非常快乐是无疑的了。这样一位美貌聪明富贵多才的小姐，他一定很爱她。也许这位小姐也爱他，即使不爱他的面貌，也爱他的财产，我知道这位小姐很想要这份财产。但是不过一个钟头前，我告诉她这份财产的内容，她忽然忧愁起来，嘴角足足垂下半寸。我愿意告诉向小姐求亲的那位黑脸先生，告诉他小心，若是另外一个比他有钱的男人走来，那位小姐一脚就会把他踢得远远的。这件亲事，就不能成功。”

我说道："老太婆，我不是来听罗切斯特先生前程的，我是要问我自己的前程，你一句也未对我说过。"

她答道："你的前程不定，我看你的脸，都是这一处同那一处相反的。我知道你偶然碰着好运气。我未来之前，我就知道这一层。管命运的女神，很小心地把好运气放在一旁，专等你，我是亲眼看见的，你只需伸手抓来。我现在只要研究你肯不肯伸手去抓，请你再跪在地毯上。"

我说道："请你不要叫我久跪，太近炉火，烤得肉疼。"

我跪下，这一次她不低头，只把身子往后靠住椅背，瞪眼看我，嘴里喃喃地说道："眼光不定，或光或暗；发光的时候清如朝露，眼神温柔富于感情；听我这种话两眼发笑，知觉是很灵的，不笑的时候，眼神很惨，不知不觉地眼皮就有倦色，这表示独居无聊，觉得愁闷。这时候眼睛转向别处，不容我再细看，看我一眼，好像是不承认我看出来的真情，不承认富于感觉又不承认愁闷，我是说得很不错，眼运很不错。

"你这张嘴，有时喜欢大笑；脑里的感觉，是很喜欢说的；心里的感觉，是不喜欢说的。嘴巴是很流利的，不应该久受孤寂的，是应该多说话，多嬉笑的，嘴运是很好的。

"别处我都看不见有什么不吉的地方，唯有额头最不好。你这个额头，仿佛在说：'若是环境逼我，若是我为自爱起见，不得不独居，我就能独居。我不必出卖我的灵魂去博取欢乐。若是我够不上享欢乐，若是欢乐的代价高于我的偿付能力我就不要欢乐。我心里自有宝贝儿，我可以存活。'你的额又说道，'我的理智，高高在上，主张一切万不能放任情感，决围闯出，陷入深坑。情欲是无教化的野人，是乱闹的；欲望所想得的浮华，是很多的；但是理智与情欲只管两相争论，还是由理智判决。无论什么狂风、大火、地震，闹到我身边来，我有我的良心，指导我走正路。'

"额头说得很对，是应该敬信的。我有办法了，我的办法很对，我是凭良心凭理智定的办法。我很知道青春易过，容颜易老，只要一杯欢乐中有一滴丧失廉耻的东西在内，或是尝了一口，就觉得种种后悔，什么少壮容颜，都要萎谢了；牺牲愁苦，我都是不要的。我要做事博人的感激，我要的是喜笑的收获。我说够了，我是在这里做好梦，我很想永远做这种梦，不过我不敢再做了。一直到这时候，我都很能自主。我的行为，是我发过誓必定遵守的行为；再往下去，我不知道我能否抵御得住外来的力量。爱小姐，请你起来，你走吧，我的戏演完了。”

我在什么地方？我睡着了吗？我做梦了吗？我还在梦中未醒吗？这个老婆子的声音全变了，她的腔调态度，我是见惯的，见得很熟的。我站起来，却没走出去，我看看，搅搅火，又看看，但是老婆子帽子盖得很严密，帽巾结得更紧，挥手要我出去。她伸手的时候，炉火的光照得很清楚，激起我的疑心，很令我十分留神察看，我立刻就注意到这只手并不是老婆子干枯的手，是一只很圆润的手，手指光滑圆润，指上的大戒指闪闪发光，我弯腰垂头一看，看见戒指上有一块宝石，这宝石我看见过上百次了。我又看看她的脸，现在她把帽巾解开，脱下帽子，向我说道：“简，你认得我吗？”

“你先脱了红外衣。”

“衣带打了死结，你替我解。”

“你扯断它。”

她果然扯断了，说道：“红外衣脱下了。”

原来这个假装老婆子的不是别人，正是罗切斯特先生。

“先生，这是个奇怪思想！”

“干得很好？你看是不是？”

“对付贵小姐们，是干得很好的。”

“但是不能对付你？”

“你并没有对我扮演吉卜赛人的角色。”

“我对你演什么呢？演我自己的本色吗？”

“也不是的，我说不出来。你演的是什么，简单来说，我相信你是设法引我说出我自己的心思，或是要把你的心思灌入到我心里。你胡说了一番，要引我胡说。先生，这种办法，太不公平。”

他说道："简，我求你勿怪，你能饶恕我吗？"

我答道："我要想通了才能够回答你。若是我想通了，见我自己并未陷入荒唐的地方，我可以试试饶恕你，但是你不该做这种事。"

他说道："你很正经，很谨慎，很有知识。"

我想了又想，想得很仔细，我也觉得未闹什么笑话，并没胡说。我觉得心安；但是一开始，我就防备了。我原疑心是有人改扮的。我知道吉卜赛人看相算命时说不出这种话来；说话的神气也不对；况且我觉得老婆子的声音是装成的，又有许多造作，不让人辨认她的面貌。但是我一心只想到格蕾丝·普尔，却想不到是罗切斯特先生。

他问道："你这时候又想什么？你很庄重地微笑，是什么意思？"

我答道："先生，是惊奇自慰的意思。我想，可以让我走了吧？"

他答道："不能，你且等一等。你告诉我，客人们在那里干什么？"

我答道："我看他们是谈那个吉卜赛人。"

他说道："请你坐下告诉我，他们说些什么？"

我答道："我不便过于耽搁，这时候一定快到十一点钟了。呀！罗切斯特先生，你知道吗？你今早出门之后，有一个陌生人来找你。"

他问道："陌生人？我不知道他是谁，我并不盼望有陌生人来找我。他走了吗？"

我答道："未走。他说同你认识许久了，他说他就放肆些在这里歇歇，等你回来。"

他问道："他真等我吗？他曾宣布姓名吗？"

我答道："他叫梅森，从牙买加来的。"

罗切斯特先生原先站得离我不远，他拉着我的手，好像是要领我到一把椅子上坐下。我说这陌生人名字的时候，觉得他的手抖动得很厉害，他的笑脸忽然冷下来，同冰冻的一样，抖动到喘不出气。

他呆呆地，一个字一个字地说道："梅森！西印度！"一连这样说了三遍，当时他脸无血色，好像连知觉都没有了。

我问道："先生，你觉得难过吗？"

他几乎要跌倒似的，说道："简，我受了打击。我受了打击。"

我说道："先生，你靠在我身上吧。"

他说道："从前你曾经有过一次，让我靠着你的肩膀，现在再让我靠一下吧。"

我答道："是的，是的，你靠着我的臂膀吧。"

他坐下来，叫我坐在他身边。他两手抓住我的手，搓了起来，两眼看住我，他满面都是愁困神色。

他说道："我的小朋友！我很想在一个安静的孤岛上，只有你在我的左右，把什么为难危险同从前种种的令人恐怖的追忆都全部抛开。"

我问道："我能帮你吗？我肯牺牲性命帮你。"

他说道："假使我要人帮助，一定是找你，我答应你。"

我答道："先生，我谢谢你，你只管吩咐我做什么，我总要试试替你做。"

他说道："简，请你到饭厅，拿杯酒给我。他们这时候正是吃晚饭。你回来告诉我，梅森是不是同他们在一起，他干些什么。"

我走出去。果不出罗切斯特先生所料，他们果然在饭厅吃晚饭，却不是坐下同桌吃，所有的饮食都摆在旁边，任人随意取来吃，三个两个地站在一起，手上拿杯盘。人人都很高兴，有说有笑。梅森站在火炉边，同登特上校夫妇说话，梅森也同别人一样很高兴。我倒满一杯酒（英格拉姆小姐留心看我，对我皱眉，好像是嫌我放肆），我又走进书房。

罗切斯特先生脸色复原了好些，神情很坚定。他把酒接过去。

他喝酒，对我说道："你这个善于安慰人的神人呀，我祝你康健！"他一口把酒吞下，把酒杯还我，问道，"简，他们在做什么？"

我答道："先生，他们又说又笑。"

他又问道："他们并无什么惊愕严重的神色，好像听了什么令人惊愕的新闻吗？"

我答道："并无这样的神色，他们都是很高兴的，都在那里说笑话。"

他问道："梅森怎么样？"

我答道："他也在笑。"

他问道："假使这些客人们都走进来，唾我的脸，你怎么样呢？"

我答道："只要我做得到，我把他们都轰出去。"

他半笑说道："假使我走进去，他们冷冷地看我，彼此交头接耳地说话，讥刺我，随即一个一个地走开，不理我，你也要同他们一样躲开我吗？"

我答道："先生，不然，我更喜欢同你在一起。"

他问道："你要安慰我？"

我说道："先生，是的，我要尽我的能力安慰你。"

他问道："假使他们禁止你跟我往来，你怎样呢？"

我答道："他们这种的禁令，我也许全不知道；假使我知道，我也不理会。"

他问道："你胆敢为我而受社会批评吗？"

我答道："凡是我的朋友，应该享受我应当为他做的，我是敢做的。如你这样的，我是敢的。"

他说道："你走回饭厅，悄悄地走近梅森身边，附耳低声地告诉他罗切斯特先生回来了，请他相见。你把他领入书房，你就走开。"

我答了一声是。

我果然走入饭厅。我走过的时候，客人的眼都瞪向我。我找到梅森，把话告诉他，领他入书房，我就上楼。

我在床上好一会儿，到了夜深的时候，见客人各归卧室，我还听见罗切斯特先生说道："梅森，这里走，这是你的卧室。"

他说话的声音是很高兴的。我才放下心来，不到一会儿，就睡着了。

第二十章 梅 森

我上床的时候，忘记放下幔帐、挂窗帘，月亮照在脸上，照醒了我。那时候正是深夜，我睁眼看月，月光很清朗，不过惨淡些。我半坐起来放幔帐，忽然听见大喊。

夜深寂静，这一喊声，很野蛮、很尖利，整所大宅都可以听见。

我听了这一喊，心也不跳，脉也不动，手足瘫了。喊声消失，不再喊了，若非用尽全力是不能喊得这样凶，喊过一声之后，是要歇好一会儿，才能有力再喊的了。

这一喊是从三层楼上来的，正在我卧室之上，这时候我听见我的头上有挣扎声，一听这挣扎声音，好像是有性命交关的挣扎，还听见有半塞住嘴的声音呼救，一连喊了三次。

随即又喊道："没人来救我吗？"一面楼上挣扎得很凶，一面我听见喊道："罗切斯特先生！罗切斯特先生！你赶快来！"

我听卧房开门声，有一个人走过过道，又听见楼上另一个人踱步声，有东西跌倒，随即无声响了。

我这时候虽然是恐怖到四肢发抖，仍穿上些衣服，从卧房走出去。凡是睡着的人，这时候都惊醒了，卧房里都有人声，一间间的房门都开了，一个一个地都探头往外望，过道上的人都满了。客人不管男女，都起了床，有人问道："是什么事？"有人问道："谁受了伤？"有人问道："出了什么事？"有人说："取灯火来！"有人问道："是失火吗？"

有人问道："有贼吗？"有人问道："我们往哪里跑？"好在有月色，不然，我们都是在黑暗中，有几位跑来跑去；有几位放声哭，有几位跌倒在地，乱作一团。

登特上校喊道："罗切斯特先生在哪里？我去他房里找他，他不在床上。"

有人喊道："在这里，请你们不必慌乱，我来了。"

过道尽头的门开了，罗切斯特先生拿蜡烛走出来，是刚从三楼下来的。有一位女宾跑近他，抓住他的手，原来是英格拉姆小姐，问罗切斯特先生道："你说话！到底出了什么不好的事？请你告诉我们！"

这时候，那两位埃希顿小姐也拉住他，两位年纪大的老夫人也抓住他，他说道："你们不要把我推倒在地上，把我闷死了。"

他又喊道："没有什么事！没有什么事！你们是在演小题大做、大惊小怪的那本戏吗？夫人小姐们走开了，不然，我会变作很凶恶的。"

小说中对罗切斯特先生那宏伟而阴郁的豪宅"桑菲尔德"内部的描述，正是基于夏洛蒂·勃朗特对此处的回忆。现实中，房中的阁楼上确有一间禁闭过一个疯女人的房间，正如小说中桑菲尔德的情形。

他两眼果然是在冒火，满脸的凶相，他用大力，让自己淡定下来些，又说道："不过是一个女仆做噩梦，她是个神经很容易受激动的人。大约是她梦中见了鬼，不然，就是在梦中遇了什么险，吓昏了过去。我现在请你们各位归房安歇。不先把宅里安顿好了，不能照应那个女仆，请男宾们先做个好榜样，给夫人小姐们看。英格拉姆小姐，我相信你是不会被不相干的恐惧吓倒的。艾米和路易莎两位小姐，好好地同驯良鸽子一样，归巢去吧。夫人们若是在这过道站得太久了，一定是会受凉的。"

他一面好言相劝，一面好像是命令他们，居然把这些客人们都劝回房里睡觉去了。我不等他吩咐，就悄悄地溜回我自己屋里。

但是我虽回屋却没上床睡，我很小心地穿好衣裳。我把所听到的可怕声音，同我听见呼救的话一想，知道并不是女仆做噩梦，罗切斯特先生刚才所说的理由，不过是说来安客人们的心的，我穿好了衣裳，预备看再出什么事。我坐在窗户旁，往外看草地，我以为大喊，搏斗之后，还要发生什么事。

却并没有发生什么事，有些喃喃的声音，慢慢也消失了，不过一个钟头之后，宅子里寂静如常。这时候月已下去，快看不见了。我不愿在黑暗寒冷中久坐，要在床上和衣躺下歇歇。我离开了窗户，轻手轻脚地穿过地毯走向床前，坐下，正要脱鞋子，听见有很小心的敲门声。

我问道："要我出来吗?"

门外有人问道："你起来了吗？"我认得这是主人的声音。

我答道："先生，是的。"

他又问道："你穿好了衣服吗？"

我答道："穿好了。"

他说道："请你悄悄地出来。"

我走出房门。看见罗切斯特先生拿了蜡烛站在过道上。

他说道："我需要你帮忙，你跟我来，慢慢走，不要出声。"

我的拖鞋是很薄的，走路无声。他慢慢在过道上走，走上楼梯，到了那很低很黑的三楼，立住脚。我跟着他，站在他身边。

他低声问道："你屋里有海绵吗？"

我答道："先生，我屋里有海绵。"

他又问道："你屋里有药吗，有醒脑药吗？"

我答道："有的。"

他说道："你回屋里，拿这两样东西来。"

我回到自己屋里，拿这两样东西走上楼。他还在那里等着，手上拿一把钥匙，他慢慢走近一道黑门，把钥匙放入锁孔，停住了，问我道："你看见血，不会吓昏了吧？"

我答道："我想是不会，我却从来未试过。"

我回答的时候，觉得一阵惊跳，却并不觉得寒冷，也不觉得发晕。

他说道："你伸手过来，可不能让你冒晕倒的险。"

我把手放在他手里，他说道："温暖而沉着。"他开门进去。

这间屋子，从前费尔法克斯太太指给我看过，从前有幔帐围住，现在则拉在一旁，露出小门。小门是打开的，有灯光射出，里间传出来一种狗叫的声音。罗切斯特先生把蜡烛放下，对我说道："你且等一等。"他走进里间，有大笑的声音欢迎他，开始是很吵的，随后就是格蕾丝·普尔的哈哈鬼笑声，她是在里间。罗切斯特先生不响，把屋里收拾一会儿，我听见有低声同他说话，他走出来，关了里间的门。

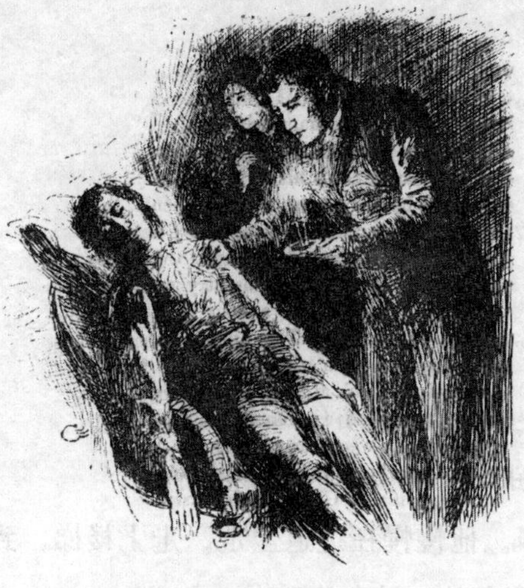

罗切斯特先生拿灯照他的脸。

他说道："简，你到这里来。"我就走到大床的那一边，帐子原是放下来的，遮了好大部分的屋子。床头有一把大交椅，有一个男人坐在椅子上，穿好了衣服，只有褂子还没披上。他的头向后靠，双目紧闭，全身不动。罗切斯特先生拿灯照他的脸，面无血色，好像是个死人——我认得他就是新来的客人梅森，我又看见他一只臂膀一边的白内衣都是血。

罗切斯特先生说道："你拿住蜡烛。"我把蜡烛接过来，他从洗脸架端过一盆水来，说道："你拿着这盆水。"我拿好了盆。他用海绵蘸水弄湿那个死人脸，又拿醒脑药水，放在他鼻孔，让他闻了一会儿。梅森睁开眼，呻吟几声。罗切斯特先生解开他的胸扣，露出他的胸，把他肩膀的伤都裹好了，一面擦血。这时候，伤口的血还是一滴一滴地慢慢流出来。

梅森喃喃地问道："我有生命危险吗？"

罗切斯特先生答道："没什么危险，不过是皮肤伤。你不要太害怕，振作精神吧！我这就出去给你请医生，我希望天亮的时候，就可以把你挪到别的地方。"他接着说道，"简。"

我答："先生？"

他说："我要你陪这位先生一个钟头，也许是两个钟头；他若是流血，你同我刚才一样替他用海绵擦血；若是他觉得晕，你拿这杯水放在他嘴唇，拿醒脑药让他嗅。无论怎样，你不许同他说话——理查德，你若是对她说话，就立刻有性命之忧，你若是开口说话或是乱动，我不能负责。"

这个人又呻吟几声。他的神色好像是不敢动，也许是怕死，也许是因为别的缘故。罗切斯特先生把沾血的海绵交给我，我就学他那样擦血。他留心看我一会儿，又说道："你记得，不许交谈。"说完，他走了。我听见他锁门声，听不见他的脚步声，我很有点奇异的感觉。

这时候，我是在三楼，锁闭在一间秘密屋子里，四周一片黑暗。一个面无人色、一身是血的人在我眼前，归我照料，有一个杀人的女凶手，离我很近，不过一门之隔。这种情景，不由得我不恐惧，别的我还受得了，我最怕的是格蕾丝·普尔打开门，闯进来。

我虽是恐惧，却不得不尽我的责任，我一定得看守像死尸一样的人。他的两唇是青的，又不许他开口，他的两眼是紧闭的，一会儿睁开，一会儿四周地看，一会儿又老看住我，两眼昏暗，露出恐惧的神色。我又得常常在那血水盆里蘸水，擦那滴出来的血；我还要看着那蜡烛慢慢点完了，屋里更是黑暗，对面是一架大橱，十二扇橱门雕的是十二门徒的头像，最上头雕的是耶稣钉在十字架上。

那烛光闪烁不定，有时我好像看见医生路加[①]皱眉；有时圣约翰[②]的长头发在摇动；有时好像是犹大[③]要现出他的魔鬼真形。

我在这屋里，不单是两眼要留心看，还要两耳留心听，恐怕里间的那只猛兽，或是恶怪有什么动静。但是自从罗切斯特先生进去之后，好像被符咒镇服住了。以后我只听见，相隔许久，有过三次响声——有一次是脚步声，一次是像狗叫声，一次是呻吟声。

这时候我自己的心很困扰。到底是什么凶恶的罪人容留在这所僻远的大宅子里，主人既无力轰他，又无力压服他？到了夜深，不是放火，就是杀人，这到底是件什么怪事？这人面貌身量是个女人，到底是个什么东西？

我这时候照料的人，不过是个平常安静的人，与他有什么相干？那个恶鬼为什么要杀他？他该在床上安睡的时候，为什么深夜摸到这屋子里来？我听见罗切斯特先生在楼下预备好卧室给他睡的，他走上来做什么？他这时候受了伤，或是中了暗算，为什么要他严守秘密呢？他的客人受了重伤，他自己的性命从前几乎也要送了，他还是不许声张，毫不追究！还有一层，这个来客梅森完全服从了罗切斯特先生，两个人只说了几句话，梅森就不响，可见得梅森是服从惯了罗切斯特先生的。何以罗切斯特先生一听见梅森来访，又那样惊惶呢？

他那时候对我说："简，我受了打击，我受了打击。"他那样的神色，我是忘不了的。那时候他的手扶住我的肩膀，震动到了不得，我是不能忘记的。他这样身体结实、性情刚决的人为什么会那样惊惧呢？

我在这里守着这个受伤的人，觉得天永不见亮，心里常问道："他

---

① 圣保罗的门徒，《圣经·新约》中《路加福音》和《使徒行传》的作者。——译者注
② 耶稣十二门徒之一。——译者注
③ 即叛徒犹大，是耶稣十二门徒之一。——译者注

几时回来？他几时回来？”我常常送冷水到梅森的唇边；常常替他擦血；常常叫他嗅醒脑药，总不见他有什么进步。他呻吟得很厉害，神色很衰弱，我恐怕他快要死了。

那支蜡烛点完了，天色微微见亮。不久听见派拉在叫，我知道他快到了，再过几分钟，听见开锁声。我看守了不过两个钟头，觉得好像是好几个星期那么久。

罗切斯特先生领医生进来，说道：“卡特，你得快快地动手，你敷药包扎，照应病人下楼，我只限你半个钟头工夫。”

医生说道：“先生，但是他能动吗？”

罗切斯特先生答道：“他不过是神经受了惊扰，伤并不重。先要提起他的精神，你赶快动手吧。”

随即把厚窗帘一层一层地拉开，我才知道天已大亮，他走到梅森身边，问道：“好朋友，你觉得怎么样了？”

梅森声音很低地答道：“她要了我的命了！”

罗切斯特先生答道：“没有的事，你壮着胆子吧！你不过流了些血，两星期后，你就痊愈了。卡特，你可以告诉他，并无危险。”

医生这时已经打开刚才的包扎，说道：“我可以凭良心说，的确是无危险。不过我若早点来，不至于让他流这些血。但这是怎么一回事？为什么肩膀上的肉，这样破裂？这不是刀伤，是咬伤的。”

病人喃喃地答道：“她简直是一条母老虎，罗切斯特先生夺了他的刀子，她就咬我。”

罗切斯特先生答道：“你不该让她咬你，你该把她抓住。”

病人答道：“那时候的情形，我无法……”他打颤说道：“真可怕，我当初实在是料不到，她起初是很安静的。”

罗切斯特先生说道：“我警告你在先，叫你小心防备。况且你原可以等第二天白天同我一起看她，你不该晚上一个人走来看她的。”

病人答道：“我不过是为大家好。”

罗切斯特先生答道：“你以为这个！你以为那个！总让我耐心听你

说。但是你已经受罪受够了，我也不必多说了。卡特，你赶快办，太阳快上来了，我们一定得把病人挪走了。”

医生答：“快办完了，肩上的伤已经裹好了。我还得看看臂上，这里也是咬的。”

梅森说道：“她吮我的血，她说要把我的血吮完了。”

我看见罗切斯特先生打战，脸上流露出讨厌、恐怖、痛恨的神色，脸上很难看，只对梅森说道：“理查德，你不必说了，转述她的话做什么？”

梅森答道：“我但愿我能忘记了。”

罗切斯特先生答道：“你离开英国，到了牙买加，你就忘记了。你当她是死了，埋葬了，你简直可以不必想她。”

梅森答道：“今天晚上的事，我是永不能忘的。”

罗切斯特先生答道：“并不是做不到的事，你要提起你的精神。两个钟头之前，你以为一定是送命的了，你现在不是好好地还活着，还能说话吗？你看卡特已经给你把伤都裹好了，再过一会儿，我们就照应你下楼。简，你拿我这把钥匙下楼，进我的卧室，一直走进我的穿衣室，开了橱抽屉，拿干净的内衣头巾，赶快送上来。”

我去取了来。他说道：“你去床那边，我替病人穿衣服。你不要走出去，我还要你帮忙。”

我躲在床那边，罗切斯特先生随即问我道：“简，你下了楼，听见有人起来吗？”

我答道：“很安静。没人起来。”

罗切斯特先生对病人说道：“理查德，我们可以悄悄地走了，谁也不知道。为你，也为里间屋子里那个人，还是不要声张的好。我想了许久的法子，要避免这件事揭露出来，我不愿意最后要揭露出来。卡特，你给他穿上背心。你的皮大衣在哪里？我们这里天气又冷又湿，你没有皮大衣，是不好旅行的。简，你走进梅森先生的卧室，就在我的卧室隔壁，把皮大衣拿上来。”

我又走下楼，把一件很宽的大衣拿上来。

罗切斯特先生又说道："我还得让你跑一次，你还得再进我的卧室。简，好在你的脚步很轻，好像是有天鹅绒垫脚的，脚步重的人可不能办。你在我的洗脸桌中间抽屉里拿一个小瓶和一个小杯来，你赶快去。"

我如飞地跑去，拿了来。

他说道："好极了，卡特，我自己负责任，用药给病人吃。我在罗马的时候，有一个意大利江湖医生给我的。这种人，你是看不起的，要拿脚踢他的。这种药不是随便用的，有时候效果却是极好，现在正用得着。简，拿点水来。"

他拿着一个小酒杯，我灌了半杯水。

他放了十二滴红药水在小杯里，递向梅森，说道："理查德，喝下去，你的精神就回来了，可以支持一个钟头左右。"

梅森说道："这药水不会害我吗？不会令我发热吗？"

罗切斯特先生说道："喝下去！喝下去！"

梅森知道无可抗拒，只好喝下去。这时候他已经穿好了衣服，脸上还是灰白色，不过不再浑身是血了。罗切斯特先生让他歇了三分钟，扶住他的手，说道："我知道你这时候可以站起来了，你试试看。"

梅森站起来。

罗切斯特先生说道："卡特，你扶他那只膀子。理查德，你放大胆些，迈步。"

梅森说道："我觉得好些了。"

罗切斯特先生道："我知道你一定可以觉得好些的。简，你在前面走，走到后楼梯，打开通向过道的小侧门，告诉院子里的马车夫，先预备好了。你若是看见有别人，你走回到楼梯口，咳嗽一声。"

这时候是五点半，太阳快要出来，厨房里还很黑暗，无声响。我走到院子里，告诉车夫坐车的来了。他点点头。我四周细看，留心地听着，寂静无人。

他们来了。医生同罗切斯特先生扶着梅森上车，卡特也上了车。

罗切斯特先生说道："卡特，你小心地照顾他，让他在你家里养伤，养到痊愈为止。我一两天内去看他，看看他怎么样。理查德，你觉得怎么样？"

梅森答道："新鲜空气，振作我的精神。"

罗切斯特先生说道："这时候无风，把他那一边的窗子打开，理查德，暂别了。"

梅森说道："费尔法克斯[①]——"

罗切斯特先生问道："什么事？"

梅森说道："你还是好好地照应那女人，还是很慈爱地对待她，让她——"梅森说到这里，说不出话来，只是流泪。

罗切斯特先生道："我自然是尽力的，好好地待她，我一向是这样，我将来也是这样。"于是关好车门，马车走了。

罗切斯特先生关院门的时候，说道："但是我盼望上帝快把这件事结果了。"关了大门之后，他慢慢地无精打采地走向果园墙外的小门。我以为不必再要我帮忙了，我正想回去，他开了小门，站在门口等我，他说道："简，你走来享几分钟的新鲜景象，屋子里像个监狱，你不觉得吗？"

我答道："先生，我看是一所极阔的宅子。"

他答道："你是因为未看惯，故此觉得很好。据我看来，各处的金碧辉煌不过是污泥；绸缎的铺陈不过是蛛网；大理石不过是石片；木器不过是木柿树皮。这园里却都是新鲜清香的。"

他慢慢在果园里的小径上走，满园都是花果，雨后更是鲜艳怡人。

他说道："简，你要花吗？"

他摘了一朵半开的玫瑰花送给我。

我说道："先生，谢谢你。"

他问道："简，你喜欢这日出的景色吗？现在还有些浮云，再过一

---

① 罗切斯特先生之名。——译者注。

会儿，气候暖些，云就要散了。你喜欢这样沉静芳香的天气吗？”

我答道：“我很喜欢。”

他说道：“简，你过了极惊奇的一夜。”

我答道：“先生，是的。”

他问道：“你受了惊扰，脸色不好。我留下你一个人陪梅森，你害怕吗？”

我答道：“我害怕里间屋里的人走出来。”

他答道：“我把门锁好，钥匙在我身上。我能够把一只小羔羊，我顶爱的小羔羊放在狼窝里吗？假使我不先把你保护好了，我岂不成了一个不小心的牧童了？你在外间是很安全的。”

我问道：“先生，格蕾丝·普尔仍旧住在那里吗？”

他答道：“是的，你不必烦心她，你把她直接忘记了吧。”

我说道：“只要她住在这里，你的性命似乎不能安稳。”

他答道：“你不必害怕，我会照护自己。”

我问道：“先生，你昨天晚上所害怕的事过去了吗？”

他答道：“要等到梅森离开英国，我才能够说这句话。到了那时候，也许还不能说，简，我知道，我活在世上，如同站在火山顶上，无论哪一天，脚下都可以炸裂冒火的。”

我说道：“但是我看梅森先生是很容易对付的，若有力量，完全能操纵他。这是显而易见的，他是万不肯反对或是有意伤害你的。”

他答道：“是不会的，梅森是不会反抗我的，也绝不能有意伤害我。但是他若是无意中不小心说出一个字来，就可以送了我的命，至少也使我从此以后，不能欢乐。”

我说道：“先生，你要吩咐他小心，你告诉他你害怕什么，教他怎样避免这种危险。”

他听了很不自然地大笑，匆匆地抓住我的手，又匆匆地放了。

他答道：“你这个老实孩子，假使我能做得到，还有什么危险呢？不过一眨眼的工夫，就把所有的危险全消灭了。我自从认得梅森以后，我只要对他说：‘梅森，你做这个。梅森，你做那个。’他就立刻照办的。但是对于这件事，我不能号令他，我不能说：‘理查德，你得防备，不要伤害我。’因为我必须不让他知道有可以伤害我之处。你现在很疑惑，我还可以叫你更疑惑。你是不是我的小朋友？”

我答道：“先生，我愿意替你做事，凡是应做的事，我都遵照你的吩咐。”

他说道：“的确是的，我看得出来。凡是应做的事，我看你的面目、行为、举动，都是很满意地帮我做，使我欢喜。假使我吩咐你做你以为不该做的事，我就看不见你那样轻快敏捷，精神焕发地替我做去。我知道我的朋友会转过脸来，对我说道：‘先生，这是我万做不来的，这是不该做的，我不能做。’你就动也不动，你也有操纵我的力量，你也可以伤害我。然而我还是不敢告诉你我的弱点在什么地方，从那里下手，你就可以伤害我。你虽然很可靠，是个好朋友，你若是知道了我的弱点，你立刻就可以把我打倒。”

我答道：“你既然不怕梅森先生，你就可以不怕我，你可以放心。”

他答道：“我祷告上帝，但愿如此。这里有座花坞，简，你请坐下。”

这所花坞，长满了爬山虎。有一个长凳子，罗切斯特先生先坐下，留些地方，让我坐在他身旁。但是我却站在他面前。

他说道：“坐下，这个凳子够两个人坐的。你迟疑不敢坐在我身边吗？简，你以为不对吗？”

我觉得不好不坐，只好坐下。

他说道：“我的小朋友，这正是太阳吸露水，百花开放，群鸟觅食，哺养小雏，蜜蜂采蜜的时候。我假设一件事，对你说，你要把它当作是你自己的事，但是你须先看看我的脸，告诉我，你觉得放心，不要害怕，并不担心我久留你在这里是不对的，你逗留在这里也是不对的。”

我答道：“先生，我满意，并不觉得不对。”

他说道：“简，你要招呼起幻想来帮助你——假设你自己不是个受过好教养好纪律的女孩子，是个很野的男孩子，从小就惯坏了的；假设你在一个很远的外国，做了一件大错特错的事，姑且不必问是什么事，为什么做错的，只要设想，这件事做错了是一生受害的。但是你要知道不过是做错了，并不是犯了大罪。我并不是说犯了什么流血的事，或是犯刑律的事，那是要问罪的，我说的不过是一件错事。这件错事的结果使你终身受不了，你就设法要解脱这种不良的结果，所用的方法自然是非常的方法，但是并非违法犯罪的方法。然而你还是一样的愁苦，因为你的希望全消灭了。好像当着正午，太阳被吃了，一直要吃到天黑，才能吃完。你只好同不相干的人往来，聊以解忧。你就这里走走，那里跑跑，借远行作休息，借体欲求欢乐——我说的是毫无情意的体欲快乐，是害人的聪明，害人情感的快乐。你远游了几年，身体也厌倦了，精神也干枯了，倦极，归家休息。你于是新认得一个人——且不必问是在哪里认识的，怎么样认识的。你遇着这个陌生人，才知道你周游天下二十余年，要找寻一个有光明美好品质的人，差不多都集在这个人身上。这个人的品质，新鲜、健全，向来未沾过一点污浊。同这个人相处，如死者更生、枯树再荣，你觉得有好日子过——想望日高，感情日正。你愿意再过一生，把未尽的余年，做留名千载的事业。因为要达到这个目的，你跳过一种社会上习惯的门槛，于事理上是很说得过去的——这道门槛，不过是俗礼上的阻碍，良心上原是很不以为然的，你看是不是的？”

“坐下，这个凳子够两个人坐的。你迟疑不敢坐在我身边吗？”

他停住，等我的答话。我该怎么样说呢？我很望神仙来助我，教我说公道满意的答话！一阵西风吹来，只吹得树叶响，枝头的小鸟歌唱，并不告诉我什么意思。

罗切斯特先生又问道："你要亲近这个温柔大方、情投意合的陌生人，安慰你自己，你重新做人。你从前浪迹天涯，做了许多错误的事，这时候你要倦极归休、痛改前非，于是大着胆子，不顾俗人舆论，同这个陌生人亲近，你看对于事理上，说得过去吗？"

我答道："先生，一个游荡忘返的人，要求休息；一个走过邪路的人，要改邪归正，只能依靠自己，不应依靠别人。凡是个人，无论男女，终归一死。哲学家遇着应为之事，往往迟疑不为；奉基督的人，遇着该做好事，往往迟疑不做。无论什么人你知道他受过痛苦，你知道他犯了过，只该劝他求天赐他力量补过，求天抚慰，疗治痛苦，不该望同他相等的人援助。"

他说道："但是总要借助于人！上帝做事，也是借人力的。我不必对你再说譬喻的话，我自己就是个凡夫俗子，好游荡不知撒手的人，我相信我找着一个人，可以疗治——"

他又停住不说。这时候鸟还是一样在啼，树叶还是一样在响，我却要知道，为什么这时候那些鸟同树叶不暂时停止，听听罗切斯特先生说出什么话来。但是它们若是要听，却要等好几分钟——因为他有几分钟不说话。后来我抬头看他，他正在很留心地看我。

他这时候变了腔调，脸色也严厉起来，对我说道："小朋友，你看见了我对待英格拉姆小姐的柔情。假使我娶了她，你想想看，她是不是会用尽力量使我重新做人？"

他说完了，忽然起来，走到小径那一头，他走过来的时候，嘴里还哼一个歌调。

他站在我面前，说道："简，简，你熬夜熬到面无血色，你不恨我打扰你吗？"

我答道："先生，我不恨你。"

他说道："跟我握握手，证明你这句话。你的手指为什么这样冷？我昨晚在楼上的屋子，抓你的手指的时候，还比现在暖得多。简，你几时再同我守夜？”

我答道：“先生，无论几时，我能够帮忙的时候。”

他说道：“譬如，我结婚前夕，我知道我一定是不能睡的。你能答应我，一夜不睡陪我吗？我对你可以说，我所爱恋的人，你已经见过她，知道她。”

我答道：“是的。”

他说道：“她是罕见的，是不是，简？”

我答道：“先生，是的。”

他说道：“简，她是个身子健壮的人，她实在是健壮，又高、又黑、又胖，她的头发，很像非洲西北的人。天哪！登特同林恩都在马厩，你从小树丛里走回去吧。”

我走我的路，他走他的路，我听见他在院子很高兴地说道：“梅森比你们动身得早。太阳未升，他就走了。我是四点钟起来送他的。”

第二十一章　姐　妹

预感是奇异的事，同感也是异事，预兆也是异事，三件同时凑在一起，更是令人难知。我向来不笑话人家的预感，因为我自己有过几次预感。同感也是有的，却是解释不出理由来。预兆也许是自然界对于人类的一种同感。

我六岁的时候，有一天晚上听见贝茜·利文对艾博特说，她梦见一个小孩子，又说梦见小孩子是不祥之兆，不是自己不好就是亲属不好。假使不是有一件不祥的事情发生，我是永远不会记得这件事的。过了一天，果然有人来接贝茜回家，说是给她妹妹送终。

近来我记起贝茜这句话同这件事来，因为近一个星期，我几乎无一晚不梦见一个小婴孩。有时我抱着这孩子拍她睡觉，有时放在我膝上同她玩，有时我看她在草地上玩花，有时我看见她两只小手玩水。今天晚上，梦的是孩子哭；明天晚上，梦的是孩子笑。这一天晚上，梦见孩子偎在我怀里；那天晚上，梦见孩子离我走开。梦境只管变化，但是总离不了有个孩子。

我很不喜欢只梦见一种事物，故此我上床和快睡着的时候却有点害怕。我听见喊声的那天半夜，就梦见孩子。翌日午后，我接到信说，有人在费尔法克斯太太屋里等我。我走进去，看见那个人是个男仆模样，穿了丧服，手上拿着的帽子，也有一道黑带。

我进去的时候，这个人说道：“小姐，你不大认得我了。我叫利文，八九年前，你住在盖茨黑德的时候，我是车夫。”

我说道：“利文，你好吗？我记得你。你有时让我骑乔治亚娜小姐的马。贝茜好吗？你同贝茜结婚了吗？”

他答道：“小姐，是的，我的女人很好，谢谢你。两个月前又添了一个孩子，我们现在是三个孩子，母子都很平安。”

我问道：“你主人家里都好吗？”

他答道：“可惜我没有好新闻告诉你，他们现在很不好，有点为难的事。”

我看看他的黑衣服，说道：“我希望你主人家里没有死人。”他看看他的帽子，答道：“约翰死了，有一个星期了，死在伦敦。”

我说道：“约翰？”

他答道：“是的。”

我问道：“他的母亲听到这个消息会怎样呢？”

他答道：“小姐，他不是正常的死，他一向都是乱来的。最后这三年，他所做的事，更离奇，他死得很惨。”

我说道：“我听贝茜说过，他弄得很不好。”

他答道：“他是弄不好的。他的行为极坏，不能再坏了。他同最坏的男人和最坏的女人相处，把身体也弄坏了，财产也弄糟了。他欠了许多债，还进过监狱，他的母亲帮过他两次，救他出来，他一恢复了自由又同那些坏人相处。他既不聪明，又好同光棍无赖们相处，被这班坏人骗个不亦乐乎。三星期前，他回家来，要里德太太把所有的财产都交给他。太太不肯，他胡乱花钱，已经把太太弄到受不了了。他只好回伦敦，随后我们得信，说他死了。他是怎样死的，唯有上帝知道！有人说，他是自杀的。”

我不响，这种消息，实在是可怕。利文又说道：“里德太太又病了许久，她变得很胖，却不健康，因为丢了许多钱，害怕过贫穷日子，积忧成病。约翰死的消息，死的情景，来得太骤，她听了就晕过去，有三天不说话。上星期二好像是好些，好像是要说话，嘴唇直动，又做手势给我女人看。不过昨天早上，贝茜才明白过来，太太是要说你的名字，后来又明白她的语意，说的是请简来，也不知道这句话有什么意思没有，只好告诉里德小姐同乔治亚娜小姐，劝她们请你去。两位小姐原先还不肯，后来她们的母亲很烦躁不安，说了好几次'简，简'，她们只好答应请你去。我是昨天从宅子动身的。小姐，若是你能收拾好，我很想明早陪你去。"

我答道："我一定来得及收拾好，我看我是该去的。"

他说道："小姐，我看也是该去的。贝茜说她可以保证你一定来的。我猜你得先请假才能走开。"

我说道："是的，我立刻去请假。"我于是指点他进入仆人们的客厅，嘱咐约翰夫妇照应他，我去找罗切斯特先生。

他不在楼上的房里，不在院子，不在马厩，不在草地。我问费尔法克斯太太可曾看见他。费尔法克斯太太说，他同英格拉姆小姐打台球。我往球房去，听见球响。罗切斯特先生、英格拉姆小姐、两位埃希顿小姐，还有赞美她们的男子，都在房里，忙着打球。去惊动他们，却要有点胆子，但我这次出门是不能耽误的，于是我走到罗切斯特先生身边。我走近前的时候，英格拉姆小姐转过脸，很傲慢地瞪我一眼。她的眼色，好像是说："你这个爬虫，来做什么？"我低声说了一句"罗切斯特先生"，英格拉姆动一动，好像是叫我走开。我还记得她的样子，很傲慢，很令人注意。

她问罗切斯特先生说道："这个人找你吗？"罗切斯特先生转过来，看看是什么人。他作出一种奇怪的表情，把球棍放下，跟我出球房。

他关上球房门，靠在门上说道："简，你要干什么？"

我说道："我请你给我一两个星期的假。"

他问道："做什么事？往哪里去？"

我答道："有一位患病的夫人，打发人来请我去。"

他问道："什么？有病的太太？她住在哪里？"

我答道："住在××处。"

他说道："离这里有三百多里！她是个什么人，离这样远，还要请你去走一趟？”

我答道：“那家姓里德，就是里德太太请我去。”

他说道：“里德？从前有过一位里德，是当过地方官的？”

我答道：“就是里德太太已死的丈夫。”

他问道：“你同这位太太有什么相干？你怎么样认得她的？”

我答道：“里德先生原是我的舅舅，我母亲的兄弟。”

他答道：“是吗？你从来没告诉过我，你总是说你并没有亲戚。”

我答道：“我并没否认我的亲戚。里德先生死了之后，他的女人轰我出来。”

他问道：“为什么轰你？”

我答道：“因为我穷，拖累她们，里德太太又厌恶我。”

他说道：“里德先生有儿女？你有表兄妹？呀，乔治·林恩爵士昨日才谈起一个里德，是伦敦的一个大无赖；英格拉姆勋爵谈过一位乔治亚娜·里德小姐，伦敦的人都很恭维她的美貌。”

我答道：“约翰·里德是死了，他不单毁了自己，还毁了一家，听说他自杀死了。他的母亲听见这个消息，中风了。”

他问道：“你去了，能够做些什么？简，你这一去是毫无道理的！我就不会走几百里路去看一个老太太，恐怕还没走到，她已经死了。况且还是她轰你出来的。”

我答道：“是的，但这是许多年前的事，现在的情形不同，现在她请我去，我不能置之不理。”

他问道：“你在她那里住多久？”

我答道：“先生，我不会多耽搁。”

他说道：“你得答应我，只住一星期——”

我答道：“我不能答应，恐怕我不能如约。”

他说道：“无论怎样，你是要回来的。你不能借口永远住在那里。”

我答道：“不能！我到了那里，若是没什么事，我是一定回来的。”

他问道：“谁陪你去？你不能单身一个人走几百里。”

我答道："先生，我不是单身一个人去，她打发车夫来陪我去。"

他问道："这车夫是个可靠的吗？"

我答道："是的，这个车夫在他们家里有十年了。"

罗切斯特先生这时候在那里想，随后说道："你几时动身？"

我答道："先生，明天一早。"他说道："你得带几个钱，出门是不能不用钱的。我看你手上没多少钱，我还没给你酬劳。"他又微笑问道，"简，你总共算起来有几个钱？"

我就把钱包掏出来，真是可怜的有限几个钱。我说道："先生，五个先令。"他把钱包拿过去，倒出钱来，在手上掂掂，笑了一阵，好像是笑这个钱太少了。他随即把他的钱夹拿出来，给我一张钞票，说道："你拿去。"这是五十镑的钞票，他欠我不过十五镑。我告诉他，我没钱找。

他说道："我不要你找，你是知道的。这算是你的工钱，你拿去。"

我不肯于薪水之外，多拿他一个钱。他开始很不高兴，随后他好像想起什么来，说道："是的，是的！现在还是不全给你的好。你若是有了五十镑，就许在那里住三个月也不回来。我先给你十镑，这应该够了？"

我答道："够了，但是现在你还欠我五镑。"

他说道："我欠你的，你可以回来讨。我算是代你存了四十镑。"

我说道："罗切斯特先生，我正要趁这个机会，对你说一件公事。"

他说道："同我说公事吗？我却要听你说什么。"

我说道："你总算是告诉过我，不久，你就要结婚。"

他说道："是的。怎么了？"

我说道："先生，既是这样，阿黛拉就该入学校读书。我很清楚，你也知道，她是要入学校的。"

他答道："不要她在新娘子面前阻手碍脚的。你这个建议，很有道理，你说阿黛拉一定得入学校读书，你自然是要走，一直走去见魔鬼？"

我答道："我盼望我不去找魔鬼，不过我一定得另谋他处。"

他这时说话的声音同神色，又离奇，又好笑，说道："自然！"又看了我几分钟。

他说道："你自然求里德太太或是里德小姐们替你找事？"

我答道："先生，不是的。她们同我毫无感情，我用不着求她们替我找事，但是我可以登广告。"

他很不高兴地叫道："你要走到埃及金字塔的塔尖了！登广告是很有危险的。我只该给你一个先令，不该给你十镑的。简，你还我九镑，我有用处。"

我答道："我也有用钱之处。"我两手拿住钱包，放在背后，说道："无论怎么样，我都不能把钱还你。"

他说道："你这个人，太小气了。我跟你借钱，你不肯借给我吗？简，你给我五镑。"

"五个先令都不能给，五个便士也不能给。"

"你姑且让我看看你的钱。"

"先生，你这个人是不可靠的。"

"简！"

"先生？"

"你要答应我一件事。"

"只要我可以做得到的，什么事我都可以答应你。"

"你答应我，不登广告。你可以相信我替你谋事，随后我替你找一个工作。"

"我却有个条件，你须先答应我，当你的新娘子来之前，我同阿黛拉两个人能平平安安地先出了宅。你若是能够答应我这一条，我就能答应你不登广告。"

"很好！很好！我答应你这一条。你明天走吗？"

"是的，一早就动身。"

"正餐后，你能到客厅来吗？"

"不能，我还要收拾行李。"

"既是这样，你我只好暂时告别了。"

"先生，只好告别了。"

“简，人家分手告别，是行什么礼？请你告诉我。”

“不过说‘告别了’，‘再见’，‘彼此平安’这种话。”

“你说呀。”

“罗切斯特先生，暂别了。”

“我该说什么呢？”

“先生，你若是喜欢的话，你就照样说。”

“爱小姐，暂别了。这就完了吗？”

“完了。”

“据我看来，这样说法，未免小气，干枯无味，也不显得交情。我要于寻常俗套之外加些什么。譬如说，加上握手。但是加上握手，我还不满意。简，说暂别了之外，不再做什么了吗？”

“先生，这就很够了。只要是出于真诚，临别说一句话，同说许多句话是一样的。”

“也许是的，不过太空，太冷淡，暂别了。”

我心里想道：他用背堵住房门，还要堵多久呢？我要动手收拾行李。这时候，听见摇铃吃饭，他一声不响，忽然跑了。当天我再没见他的面，翌晨我动身，他还未起来。

我到了里德的住宅是五月一日午后五点钟。我进大厅之前，先走入大门房。看见收拾得很干净，窗子都擦得很亮，火炉上生着很好的火。贝茜抱着最小的孩子，还有一个男孩子和一个女孩子在屋角玩。

贝茜看见我，说道：“我知道你要来的。”

我同她亲吻之后，说道：“贝茜，是的。我来得不迟吗？里德太太怎么样了？还活着吗？”

她答道：“还活着。比前些日子好像明白些。医生说还可以支持一两星期，不过是不能好了。”

我问道：“新近她提起过我吗？”

她答道：“今天早上，她还说起你来的，盼望你早到。我进去的时候——在十分钟前——她睡着了。她大概是迷迷糊糊地睡，六七点钟醒。

小姐，请你先在这里歇一个钟头，随后我陪你进去。”

这时候她的男人利文走进来。女人放下孩子，上前欢迎他。女人劝我脱下帽子，喝点茶，歇歇，我就让她替我脱旅行衣裳，还像从前她当保姆时候替我脱衣裳一样。

她忙来忙去，令我追忆从前的事。

茶点预备好的时候，我要在茶桌旁坐下。她一定要我坐在炉边喝茶，还当我是小孩般看待，我只好微笑，随她摆布。

她问我在桑菲尔德大宅快乐不快乐，女主人是个什么样的人。我告诉她，只有男主人。她又问我，这位男主人好不好，我喜欢他不喜欢。我告诉她，这个男主人面貌很丑陋，却是个上等人，待我很好，我很满意。我说新近来了好些客人，很热闹，她觉得很有意思，很留心地听我说。

不久，就是一个钟头。我戴上帽子，随她进宅子的大厅。我追忆九年前，是贝茜送我出大厅，出大门上车的。看见这所宅子，我还是心痛的。我现在还是个流离失所的人，不过有了些阅历，增加些自信的能力，不像从前那样怕受压制。从前我受过许多虐待的伤口，现在已好了。愤恨的烈火，也消灭了。

她领我在大厅走过，说道：“你先进去早饭厅，我们这里的两位小姐在里面。”

我走进一看，许多家具物事，还是同从前一样。

我看见两个少年女子。一个很高，也有英格拉姆小姐那样高，不过很瘦，脸色发黄，面目严厉，穿的是黑衣裳，挂了一串珠子，一个十字架，很像修女打扮。面貌虽不像从前，我知道，这位一定是伊丽莎。

我看见两个少年女子。

那一个自然是乔治亚娜，不过不是从前的模样。现在是一个丰满肥白的女子，五官面貌整齐好看，眼有媚态，穿的也是黑衣裳，却是很时髦的，不像她姐姐那样朴素。

她们两姐妹，各人都有一处像她们的母亲的地方——大小姐的眼睛，二小姐的腮颊，像她们的母亲，同现出严厉神色。

我进去的时候，两位小姐都起来，都称呼我"爱小姐"。伊丽莎对我说这一句话的时候，声音很短促，连微笑也没有，坐下来，两眼看火，好像是忘了我。乔治亚娜说话多些，加上一句"你好吗？"还拖长腔调问我几句平常俗套话，路上好不好，天气好不好。一面留心看我的衣服，从头看到脚，连衣褶帽边都看到了。少年女子是不必说出来的，另外流露出一种神色，耻笑人衣裳不时髦。

这时候人家藐视我，无论是显露还是不显露，都不能令我难堪了。我现在坐在两位表姐之间，一个冷落我，一个藐视我，心里很从容自在。因为这几个月以来，受了许多感动情性的苦乐，她们这种神色丝毫不能影响我。

我先问乔治亚娜道："里德夫人怎么样啦？"她以为我有点放肆，先要挫挫我的锐气，答道："里德夫人？呀！你意思是说妈妈。她病得很重，我恐怕你今天晚上不能见她。"

我说道："表姐，你肯屈尊大驾上楼告诉她一声，说我到了，我就很感谢你。"

乔治亚娜瞪瞪眼，很诧异，几乎吓了一跳。我又说道："我知道她很想我来见她，我很想赶快见她，不必耽搁。"

伊丽莎说道："妈妈不愿意晚上有人惊吵她。"我就站起来，不等她们相请，就安安详详地脱帽子、脱手套，我说我出去找贝茜，大约她在厨房，我叫她去打听里德夫人今晚要不要见我。我走去找到贝茜，叫她去打听，我就想下一步计划。我向来不受人家傲慢相待，假使是一年前的话，她们这样看待我，明天早上，我就要离开这个地方；现在我却知道这种办法不对，我已经走了三百多里路，来看舅母，应该等到她或是好些，或是死了才走。两位小姐的骄傲，且不管。于是对仆人说，请她带我到一个房间，我大约要住一两星期，把我的箱子搬到我屋里，我跟进去，遇见贝茜。

贝茜说道："太太醒了，我告诉她，你已经到了。我们进去，看她还认得你不认得。"

我是不必等她带路的，我就走在贝茜之前，轻轻地开了房门，桌上摆了灯，这时候天快黑了。我走到床边，拉开帐子，凑近枕头边。

里德夫人的脸我是忘记不了的。好在事过多年，我从前的愤恨现在都压下去了。我现在回来看她，很可怜她受痛苦，把一切的既往都撇开，只要同她握手，言归于好。

她的面貌并无改变，还是一样的严厉无情。我见了，禁不住追忆从前我所受的痛苦，但是这时候不必计较了。我低下头，对她亲吻，她看看我，说道："这是简？"

我说道："是的，舅母，好舅母，你觉得怎样？"

我从前发过一次誓，不再喊她舅母，我以为发誓不算数，并非是罪过。我抓住她的手，假使她也很亲爱地抓我的手，这时候我该觉得快乐的。但是顽固的本性不是这样容易感化的，天生的不相投合的性情不是容易磨灭的。里德夫人把手收回去，把脸也转过去，只说了一句晚上觉得暖。她重新又用冰冷的脸对着我，我立刻觉得她还是同从前一样对待我。我看她的眼色，知道她至死都当我是个坏人。因为相信我是好人，不仅不能使她觉得快乐，反令她十二分地难受。

我觉得心痛，觉得很生气，我又觉得我要降伏她——不管她的性情，她的用意。我用力忍住正要流的泪，挪过一把椅子来，放在床头边坐下，斜靠枕头。

我说道："你打发人请我来，我来了。我打算住些日子，看你病情怎么样。"

她答道："是的，你见过我的女儿？"

我答道："见过。"

她答道：“很好，你可以告诉她们，说是我的意思，要留你住在这里，等我把心里要告诉你的话，告诉你。今晚是太迟了，一时不容易想起来要对你说些什么话。但是我知道，我有话要对你说，让我想想——”

我见她精神恍惚，散漫无主，说话的声音也变了，我知道这场病对她向来健壮的身体破坏很大。她很不耐烦地转转身，拽被围住自己。我的手肘压住被的一角，她立刻发怒，说道：“你不要压住我的被，麻烦我，你坐起来。你是简·爱？”

她重新又用冰冷的脸对着我。

我答道：“我是简·爱。”

她说道：“这个孩子，给我添了不知多少麻烦，说出来人家是不肯相信的。拖累我不知到什么地步，她最容易发脾气，最喜欢留心看人的举动，她性情不测，无时无刻不叫我难过！我记得她有一次，对我说话，像是个恶鬼——向来没见过小孩子是那样说话的。我把她轰走了，我很高兴。他们在洛伍德怎么对待她呢？那里闹传染病，许多学生都死了。她偏偏不死，但是我说她是死了——我希望她死！”

我说道：“里德太太，这是奇异的希望。你为什么这样恨她？”

她说道：“我向来最恨她的母亲。因为我的丈夫只有她一个妹妹，他很喜欢他的妹妹。她下嫁一个不相干的人，家里不承认她，我的丈夫却很反对。他妹妹死了的消息传来，他哭到同小孩一样。他一定要把他妹妹的孩子接来。我劝他不如替孩子找个保姆，我们替她出工钱，他不听。这孩子又多病，又好哭，我一看见了就生气。这孩子整夜哭——不是同别的孩子一样大哭一场就罢了，她却是整夜哼。我的男人却可怜她，常抱她，同自己亲生孩子一样，比待自己的孩子还留心，又想法要我的孩子们好好待她。我的孩子们不肯，他很不喜欢，我男人临死的时候，常常叫人把她抱来自己床边。临死前，他逼我收养这个孩子。我宁可收养一个孤儿院的苦孩子，也不愿意收养这孩子。但是我的男人心软，天生是心软的。约翰全不像他父亲，我却很欢喜，约翰像我，像我的兄弟，的确是我们吉布森家里的血统。我但愿他不常常麻烦我，写信同我要钱！我们变穷了，哪里还有钱给他。我还要辞退一半的仆人关起一半的住宅，或是把全宅出租。我是万不肯出租的，然而不出租，我们又怎样过日子呢？我所有的收入，要拿了三分之二还借贷利息。约翰一味好赌，赌得真可怕，这可怜孩子，每赌必输。他被一班光棍包围住。约翰越弄越不成样，很退化——他的面貌很难看，很可怕——我看见他，很惭愧。”

里德太太这时候很不安静，贝茜站在床的那边，我对贝茜说道：“我看，我不如先走开吧。”

贝茜说道：“小姐，还是走开的好。快到天晚的时候，她说话都是这样的，早上好些。”

我站起来，里德太太喊道：“不要走，我还有一件事要说的。他常恐吓我，常常拿死来恐吓我，他说不是我死就是他死。我常梦见他倒在那里，喉咙有一个大伤口，或是脸上发肿发黑。我的命运不好，我很为难。怎么办好呢？哪里来的钱呢？”

这时候，贝茜劝她吃点安神药，好不容易才吃下去。过了一会儿，里德太太安静些，好像是要睡，我才走开。

过了十天，我才有机会同她再说话。她不是昏迷，就是软弱，医生禁止惊扰她。我只好先同她的两位小姐相处。起先她们是非常之冷淡。伊丽莎呆坐做活，或是看书，或是写字，半日也不同我说话，也不同她妹妹说话。乔治亚娜玩芙蓉鸟，终日对着这个鸟说胡话，不理我。我却决计不显露出来我无事可做，或无以消遣的样子。我带了我的画具来，我就绘画消遣。

我坐在一个离她们很远的地方，在窗子附近打画稿，全凭着想象作画。有时画水石，有时画月夜行舟，有时画水草中现出一个仙女。

有一天上午，我要画肖像，我却没注意画的什么脸，我画好之后，很得意。这是我一个好朋友的肖像，摆在我眼前。那两位里德小姐不理我算不了什么。我看看我画的肖像，觉得很像，仿佛是会说话的，我很满意，全部精力都关注在这幅画上。

伊丽莎走近我，我没留意，她问我道："这是你所认得的一个人的肖像吗？"我答这不过是从我的想象中画出来的，赶快把这幅画藏在别的纸底下。我自然是撒谎的，这其实是罗切斯特先生的画像，画得很像。这张相只同我有关系，同别人是毫无关系的。乔治亚娜也凑近来看，别的画她都喜欢，只说这张的面貌丑恶。她们看见我绘画的本事有点诧异，要我替她们画。她们轮流坐下，请我画，我先打草稿。乔治亚娜拿出她的画册来。我答应给她画一幅水彩画，她立刻就高兴起来。她拉我出去，在草地上散步。我们走了不到两个钟头，她就对我谈起秘密话来。她告诉我，前两季她到过伦敦，人家怎样称赞她的美貌，怎样全部精力都用在她身上。她还示意，怎样有一位贵族爱上她。到了午后同晚上，她说贵族的这件事说得更多。告诉我他们说的什么温柔话，怎样彼此用情的光景。简单来说，简直是把一本爱情小说读给我听。以后她天天都同我说，不过说的都是这件事，说的是她自己，她的爱情，她的忧愁。最奇怪的是，她却并没有一句话说到她母亲的病状，她兄弟的惨死，同她们家道中落的情形。她的心只追想从前的快乐热闹，同将来的繁华。她每天不过在她母亲的病房里待五分钟。

伊丽莎还是很少说话，一看就知道她没时间说话。我向来未见过比她还忙的人。却说不出来她忙的是什么，看不见她忙过之后有什么效果。她有一个闹钟，一早就叫醒她起床。早饭之前她忙些什么，我却不知道。吃过早饭之后，她把时间都分配好了，每个钟头有每个钟头应做的事。她每天三次读一本书，我细看，原来是祈祷书。有一次我问她，这本书有什么引人入胜之处，她说就是书里的“仪式篇”。每天她花三个钟头用金线缝一大块四方红呢绒的边，这块东西有地毯那么大。我问她做什么用的，她告诉我，是一间新教堂铺神座的。她每天用两个钟头写日记，用两个钟头料理菜园，用一个钟头记账。我看她好像是不要同人相处，也不要同人说话。她每天按部就班做她的事，就觉得很满意，觉得很欢乐，最不高兴是有人来打岔，扰乱她的日常功课的程序。

有一天晚上，她似乎比往常喜欢说话些，告诉我约翰的行为怎样不好，恐怕要把家毁了，她觉得很愁苦。但现在她打定了主意，她自己一部分的财产先弄安稳了；她母亲是万不能久活的了，只等母亲一死了，她就要隐居，不理世事。我问她，乔治亚娜是不是陪她。

她答道：“她自然不能陪我。她同我太不一样，无论怎样，我不能让她累我。乔治亚娜走乔治亚娜的路，我走我的路。”

乔治亚娜不同我说秘密心事的时候，躺在榻上，忧愁于家里太冷清，不热闹，只盼望她的姨母请她去伦敦玩。她说道：“假使我能离开这里一两个月，等到家里什么事都过去了就好了。”我却并未问她所说的“什么事都过去了”是什么意思，我猜她是指她母亲死，办理丧事的意思。伊丽莎对于她妹妹那种懒惰及怨言，毫不理会，好像没看见没听见似的。但是有一天，她把账本摆开，把活计包起来的时候，大大批评了她妹妹一番，说道：“乔治亚娜，世界上再没有比你更荒唐、更虚荣的东西了。你不该生在世上的，你对于世上毫无用处。你从不顾自己，全要依靠人，若是无人愿意要你这个肥胖无力又不中用的东西来拖累麻烦，你就说人家待你不好，不理你。还有一层，你时时刻刻离不开热闹。不然，你就说世界是个监狱。你一定要人恭维你、巴结你、拉拢你——你一定要有音乐、要跳舞、要在社会上应酬——不然，你就提不起精神，你就要死。你自己不能打定主意，自己找事做，一定是要靠人的吗？你何妨把一天的时间分开，每个钟头都有事做，不论哪一个钟头，哪一刻钟，哪五分钟，都要有事做，按着程序做。到了一天完了，你是不会觉得的，以为还没开始。你就可以不必靠别人过日子，不必找人做伴，不必找人谈话，不必要人可怜你，不必连累人家忍受你，你就完全是一个独立不依赖他人的人。你听我劝，这是第一次，也是末后一次，我劝你。你若是能听我的话，无论有什么事发生，你都无需依赖我，无需依赖他人。你若是不听我的话——还是仍旧往下胡想，还是只管哼哼，还是只管喊，还是只管懒惰，不做事——你是自找罪受。我这次清楚告诉你，你留心听着！我这时候要说的话，我虽是不再对你说，我却是要实行的。母亲死后，我要同你脱离关系。一等到母亲的尸体葬在本处教堂坟地之后，我就同你分开，当作你我是向来不相识、不同路的人一样。你不要妄想，因为你我是同胞姐妹，我就该照护你。我告诉你吧，假使地球上的人类灭绝了，只剩下你我两个人，我还是把你抛弃在旧世界上，我自己一个人往新世界。”

伊丽莎说完了，闭上嘴。

乔治亚娜答道：“你何必费这些事，对我说这一大篇的废话。谁不知道你是世界上最自私自利、全无心肝的一个人。我很知道你为什么恨我，对于埃德温·维尔勋爵那件事，你用阴谋诡计拆散了，就是个例子。你看不过我的身份比你高些，我可以得个贵族的徽号，我可以同高等社会来往，你不配露面，你妒忌，你就做奸细、去告密，毁了我终身的前程。”乔治亚娜说完，掏出手帕，捂住鼻子，足足哭了一个钟头。伊丽莎板住冰冷的面孔，动也不动，只管做她的活计。

世上原有许多不知道大度量是什么东西的人，她们姐妹两人，都是无度量的，一个变得非常之尖刻，一个变得索然无味。

当日午后，风雨交加。乔治亚娜拿一本小说，睡在榻上；伊丽莎进了新教堂听讲，她奉教是很虔笃的——无论怎样大的风雨，星期日一定要进教堂三次，其余的日子，每逢有祈祷是必须到的。

我心里想，不如到楼上看看病人怎么样。病人睡在床上，几乎无人照应，仆人是不怎么招呼她的，不过偶然去看她一次，现在雇来的看护，因为无人督察她，一有机会就跑开。贝茜原是靠得住的，但是她也要照顾自己的孩子，不能常常过来。我上楼，看见病人无人照应，果不出我所料。看护不知哪里去了，病人在床上不动，毫无精神。火炉也几乎灭了，我添了些煤，替病人把被盖好，我走去窗边往外看。

外面的风很大，雨打玻璃，打得很响。我心里想道：床上睡了一个病人，无论怎么大风大雨，不久就同她毫无相干了。她的灵魂离了肉体之后，到底往什么地方去呢？

我寻思这个极大的奥秘问题，就想到海伦·彭斯临终的话。我正在那里出神，听见床上有微弱的声音问道："是谁？"

我知道里德太太有好几天不说话，难道这时候精神好些？我走过去看看，说道："舅母，是我。"

她答道："谁——我？"她看见我，很惊愕恐怖地说道："你是谁？你很是个陌生人，我不认得你，贝茜在哪里？"

我答道："舅母，她在门房。"

她说道："舅母！谁喊我舅母？你不是吉布森家里人，但是我认得你，你的面目我是看惯的，你很像简·爱！"

我恐怕说了她害怕，我只好不响。

她又说道："我怕是错了。我的心思骗我。我想见简·爱，我以为你像她，恐怕又不是的。况且一别九年，她的面貌一定改变了好些。"

我很和蔼地告诉她，我就是她想见的人。我看见她好像明白过来，我又告诉她，贝茜打发她丈夫从桑菲尔德大宅把我接来的。

过了一会儿，她说："我知道我病得很重，我刚才想转身，才知道我手脚都不能动。我应该趁未死之前，把心事告诉你，我就可以死得心安。身体好的时候，原不觉得什么，到了病重快死的时候，却觉得心里很不安。看护在屋里吗？屋里这时候只有你，并无别人吗？"

我告诉她。屋里只有她同我两个人。

她说道："我做过两次极对不起你的事，我现在很后悔。第一件是答应我的丈夫教养你成人，同我自己的儿女一样，但没做到。第二件是——"她停住不说，随后接着，喃喃地说道："第二件也许是不甚要紧的，我也许病好复原。要我对她屈尊降格，我心里难过，受不了。"

她这时候又要转身，又转不来，脸色又变了，好像是心里又觉得不说出来很不安。

她又说道："说了，就算无事了，我快要死了，不如还是告诉她——你走去把我的梳妆盒打开，你看见有一封信，就拿出来。"

我把信拿出来。

她说道："你读信。"

这信上写道：

夫人，请你把我侄女简·爱的住址同她现在的情况告诉我，我不久就要写信给侄女，要她到马德拉找我。幸而上帝赐福，我现在的光景，很可以过得去；我既未娶妻，并无儿女，我要我的侄女继承我的家业，做我的女儿，我死后，所有财产归她承受。

我一看是三年前写的信。

我问道："你为什么不告诉我？"

她答道："我恨极你了，我丝毫不肯帮助你，令你享安乐日子。简，你对待我的行为，我是永远忘不了的——有一次你很凶猛地反抗我。你告诉我，你最恨我；你说你一想起我来心里就要作呕；你说我虐待你。你那样拿毒气喷我，我觉得很难受，至今都不能忘，我觉得好像我打一只怪兽，这只怪兽用人眼看我，用人声咒我——你给我水喝！赶快！赶快！"

我取水来，给她喝，说道："里德太太，不必想起这种旧事，你全都忘了吧。我那时候不过是个孩子，不过八九岁，你饶恕我那时候说话说得太重。"

她不理我说的什么，喝过水，喘过气来，又说道："我告诉你，我不能忘记这件事，我要报仇。你的叔叔把你当作亲生女儿，继承财产，使你过好日子，我是不能接受的。我写回信告诉他，说你死了，是在洛伍德害热病死的。你现在知道了，随你喜欢怎么办就怎么办，你可以写信告诉他，揭露我说谎。你赶快写信吧，天生你害我的心就是叫我心痛的。我临死的时候，还被这件事害，使我心里不安，假使没有你的话，我临死心里不能这样难过。”

我说道：“但愿你能听我劝，不要想这件事，饶恕了我，和蔼待我——”

她说道：“你这个人心地不好，我至今还不明白你是个什么人。你九年之内，什么都能受，很能忍受，响也不响，动也不动，为什么到了第十年，忽然就能吐烟冒火，同我大发作起来，我实在是不能明白。”

我说道：“我的心地并非你想象的那样坏。我性急是有的，但是我并不报复。我做小孩的时候，你只要让我爱你，我是很能爱你的。我久已想同你冰释前嫌，言归于好。舅母，请你亲吻我吧。”

我凑近前，把我的脸，靠近她的嘴唇。她转过脸去，不看我的脸。她说我斜着身子靠床使她觉得闷气。这时候，她又要喝水。我扶她起来，给她水喝，把她放下，我拿手盖住她的冰冷的手。她又把手缩回去，两眼避开，不肯看我。

末后我说道：“你爱我也罢，恨我也罢，随你自己的心愿，我是很情愿饶恕你，你只好求上帝饶恕你，你就放心吧。”

可怜这个受痛苦的人，现在已经来不及改变她的心肠了，她生的时候恨我，死的时候仍然还是恨我。

这时候看护进来，贝茜跟在后面。我还在屋里，再等半个钟头，看她有无追悔饶恕我的意思，她却并不追悔。她不久就昏迷了，从此以后再也没能清醒过来。当天晚上十二点钟，她死了。她死的时候，我并不在她面前。她的两个女儿，也未送终，还是她们早上来告诉我什么都完了。装殓好了，我同伊丽莎去看她，乔治亚娜大哭，说是不敢去看，我看见她的尸体，摊在床上，眉目面貌还同活着时一样的严厉苛刻。我看见这个情景，心里很难过。见她死了还是毫无和蔼怜悯的面貌，我觉得一个人这样死了，实在是可怕。

伊丽莎很淡定地看着母亲的遗骸，看了有几分钟，说道：“她这样结实的身体，原可以享大寿的。因为受了许多不如意的事，寿命变短了。”说完之后，有点震动，她把双唇闭紧就走了。我同她两个人都未滴泪。

第二十二章 回 家

罗切斯特先生原只许我告一星期的假，我在里德家里住了一个月才走。我原想出殡之后就动身，但是乔治亚娜一定挽留我住到她往伦敦去。她的舅舅从伦敦来料理丧事同身后一切的事。乔治亚娜对我说，她怕同她的姐姐久住，因为她姐姐不安慰她，简直是不理她。我只好忍受几天，替她做些针线活儿，替她收拾衣箱。我替她忙，她却十分懒惰，我心里想道：我的表姐，我若是同你久住的话，我们要另想办法，谁也不能长久忍受你的，我也得分派点事给你做，强迫你做，你若是不肯做，只好不再帮你。我还要禁止你，不许你终日对我说你所觉得的不如意的话。好在现时同你相处不久，你母亲又刚去世，我只好耐心些。

后来乔治亚娜动身走了，我也原该要动身，伊丽莎又留我再住一星期。她说她要忙几天。她终日在她自己房里，锁了房门在里头倒抽屉，烧字纸，同谁也不交谈。她叫我替她管理家务，有客来吊唁叫我招待，唁信也由我答复。

有一天早上，她告诉我，我可以自由了。她又说道："你这样帮忙知趣，我很感谢你！和你同住与和乔治亚娜同住是大不相同的。你自己料理你自己的事，不拖累他人。明天我动身去欧洲大陆，我到了那里，住在里尔附近的一家修道院过安静日子，没人来惹我。我要费时间研究天主教的教旨，还要留心地研究这教里的体制的运行；我若是考究出来是好的，我猜是很好的，我就信奉天主教，也许做修女。"

我听了她这几句话，并不觉得诧异，也无意去劝她，也不必劝她，我心里想道："做修女最合你的性情，盼望你做了修女，多得益处！"

我们分手的时候，她说道："告别了，表妹。我望你好。你还有点知识。"

我答道："表姐，你不是无知识。我猜，再过一年，你的知识都活活地关闭在法国的修道院里。这却是同我不相干，既然同你的性情相合，我只好不理会的了。"

她说道："你说得不错。"我们就此分手。我这本书，以后不再提起她们姐妹两人了，只好先在这里说她们后来的事。乔治亚娜嫁了一个年老力衰的时髦人，这个人却很有钱，乔治亚娜算是嫁得很合算。伊丽莎果然当了修女，随后把她的财产都捐在这修道院里，她就当了这间修道院的院长。

别人离家之后，不问长短，再回家去是怎样的感觉，我是不知道的。我只记得起先在盖茨黑德的时候，回家来是挨骂；后来在洛伍德当学生的时候，从教堂回家，在路上就觉得又冷又饿，只盼回去取暖吃顿饱饭，但是回到家来，还是无火取暖，又吃不饱。

这两种回家的感觉都不是好感觉，这两个家，都毫无吸引我回去的力量。现在我回桑菲尔德大宅，要试试是什么感觉。

我觉得我的归程很厌烦，一天不过走一百多里，又要住一夜店，明天又要走一百多里。起初在路上的十二个钟头里，我追想里德太太临死时候的光景，后来想的是她两个女儿情性大不相同，一个在热闹舞厅中，一个在寂寞修道院里。走到晚上，到了一个大市镇，把这些思想都打散了，我住进客店，倒在床上，就改变了思路，不想既往，只念将来。

我想，我是回去桑菲尔德大宅，但还有几多时间住在那里呢？我知道是不能十分久的了。我在里德家里的时候，接过费尔法克斯太太的信，说是客人已经散了，罗切斯特先生三星期前去伦敦，两星期后可望回来。费尔法克斯太太说，罗切斯特先生说过，要置一辆新马车，大约他这次去伦敦是预备办喜事的。费尔法克斯太太又说，她觉得罗切斯特先生同英格拉姆小姐结婚是一件很诧异的事。然而据众人所说和她亲眼所见，婚期一定是很近的了。我读到这里，心里想道：费尔法克斯太太，你若是疑心他们结婚的事，你未免太过多疑，什么事都不相信。我却并不疑心。”

我又问自己：“我出了桑菲尔德大宅，又该到什么地方呢？”我整夜梦见英格拉姆小姐，看见她把桑菲尔德大宅的门关了，不许我进去，她一手指一条路，叫我走；罗切斯特先生两手交加，放在胸前，只管冷笑，一面看看英格拉姆小姐，一面看看我。

我并未通知费尔法克斯太太我几时可以到桑菲尔德，因为我不要她打发车来接我，我要慢慢步行回去。我所坐的车到小客店的时候，正是六月间，午后六点钟，我就悄悄溜走了，从田上的一条小路走回家。

当天晚上的天色，虽不算是十分清朗，却还过得去。我走了些路，离桑菲尔德近些的时候，心里觉得高兴。有一次我却反问自己为什么高兴。因为我所回去的地方，既不是我的家，又不是永远立足的地方，又不是有许多好友等候我、欢迎我。我对自己说道：“费尔法克斯太太，很淡定地微笑迎我归来，阿黛拉手舞足蹈地欢迎我，这是无疑的了。但是你很知道自己，这时候想的是别人，这个别人却不想你。”

但少年人是最执拗的。无阅历的人是盲目，看不见的，这两层结合起来，就使我不得不再见罗切斯特先生，至于他看我不看我，是不必过问的，不独使我一定再见，还要使我赶快去见，因为不过只有几星期，也许不过只有几天，从此就同他永远分离了。我于是就赶快走。

这正是田工们收拾干草，做完工回家的时候。我只要再走过一两片田就到了大路，一直到桑菲尔德大宅的大门口，我再走不多的路，就看见罗切斯特先生坐在小栅栏上，手上拿了一本书、一支笔，在写字。

他是个人，并不是个鬼。为什么我看见他立刻身子发软，我觉得是不由自主的。这是什么道理呢？我原想不到我看见他会发抖、会说不出话来的。我不要在他面前变成个傻子，我一等到能动就从一个便门进宅。但是来不及了，他已经看见我。

他喊道：“好呀？”把书本同笔收起来，他说，“你回来了！请你过来。”

我走上前，我却不知道我是怎样走的。这时候我只顾用力镇静下来，我又觉得我的神色很不对，我蒙上面纱。

他说道：“这就是简·爱吗？你从米拉柯步行来的？这是你向来的把戏，不肯吩咐预备马车接，轰轰隆隆地在大路上回去，一定要悄悄地趁黄昏的时候走回家，好像是个鬼。你这一个月干了些什么？”

我答道：“先生，我在舅母家里，她死了。”

他说道：“这是简·爱式的回答！这个女子，是从鬼世界来的，她看见我黄昏时候一个人坐在这里就告诉我是从死人世界来的！你这小鬼，我若是胆大的话，倒要摸摸你，看看你是人是鬼！——但是我宁可摸鬼火，也不去摸你。”他停了一会儿，又说道，“你这个逃学的小学生，走开整整一个月，我敢发誓，你全然忘记我了。”

我虽然知道他不久就不是我的主人，我又知道我在他眼里，不算是个什么东西，然而他很有使人欢乐的力量，哪怕多少享受一点，如同小鸟吃着面包屑子一样，抵得一饱。他末后这两句话，令我听了快乐，其意是说无论我曾否忘记他，他心里却还有我。他又说桑菲尔德大宅是我的家，我很愿意它是我的家。

他不离开那小栅栏，我不好请他让路。我只好问他，曾否去伦敦。

“我去过的。我猜你是有一双神眼看出来的。”

“费尔法克斯太太给我的信里说过。”

“她的信，可曾说过我到伦敦干什么？”

“说过的，人人都知道你去干什么。”

“简，你得看看这辆新马车，看看是不是适合罗切斯特夫人的身份。你看看她坐在车上，往后一靠，像不像个王后。简，我很想我的面貌变好些，可以配得起她。你是一种神怪，你能不能够给我一张神符或什么仙药，把我变成一个帅男人？”

我答道：“先生，不是神怪的符法所能做得到的。”我心里却要加一句：“从爱你的人眼里看去，你是很帅的。你严肃的脸，另外有一种魄力，不是美貌比得上的。”

罗切斯特先生有时能窥见我的心思，我不知道他用什么法子窥见的。这一次我嘴里只说了一半我的心思，他却不理会，只对我微笑，这种微笑，是难看得见的。这是他阳光的情感，却是不容易流露的。

他让开路，说道：“简，你走过去，你走回家，在一个好朋友的家门里歇息歇息吧。”

这时候我只好走过去，不必多说话了。我踏上栅栏走过去，原想一句话也不说就回家。忽然不知道为什么，好像有什么忽然发生的思想不让我走，我不由自主地说道：“罗切斯特先生，我很感谢你极好的待遇。我不知道为什么我很高兴回到你这里来。无论你在什么地方，你所在的地方就是我的家——唯有这一处，是我的家。”

我于是往前走，走得极快，假使他来追我也追不上的。阿黛拉看见我高兴到发狂，费尔法克斯太太也高兴见我回来，莉娅见了我微笑，索菲娅见了我也说两句客气话。一个人有许多人喜欢是一件极欢乐的事。

这天晚上，我闭着眼不看将来，塞住两耳不听将来不久就要分手的话。喝过茶之后，费尔法克斯太太做针线活儿，我靠近她坐在一张稍低的椅子上，阿黛拉跪在地毯上，紧紧靠着我，我觉得彼此相对，全是好感情，觉得很快乐。我嘴里不响地祈祷，不要分手得太快。随后罗切斯特先生走进来，看看我们，看见我们这一小群人如此欢乐，他也觉得高兴，他说这位老太太看见干女儿回来很安心了，阿黛拉看见她的英国妈妈回来了，更是快乐。我这时候却有多少盼望，但愿罗切斯特先生结婚之后，仍然找出个地方容留我们，保护我们，不要完全把我们推出去，沾不着一点他的余光。

我回到桑菲尔德之后，有两个星期，不见有什么举动，也听不见主人快要结婚的话，也看不见有什么准备。我几乎每天都要问费尔法克斯太太有什么确切消息。她总回答我，并无消息。她还说，有一次她问罗切斯特先生几时带新娘子回家。罗切斯特先生只露出极快乐的神色，说了一句笑话作答，费尔法克斯太太摸不着他到底是什么心思。

有一件事却让人诧异，英格拉姆庄园离我们这里不过是六七十里，却并不见有什么你来我往，罗切斯特先生也并未去过。六七十里路，原不算近，但是也不算远，爱情热烈的人是不怕远的。况且罗切斯特先生是善骑马的人，又能吃苦，六七十里路不过是一早上的事。我就盼望我不该盼望的事，盼望这件结婚的事是打消了，外间所传说的，都不过是谣言，不是男方改了意思，就是女方不愿意。我往往喜欢看我主人的脸，看他是忧愁，还是快乐。但是这些日子，他脸上丝毫没有什么恶感。这却是很难得的，有时候我提不起精神来，他反变得很活泼很热闹，这时候他常常请我到他面前，对待我尤其温厚，是向来所未有过的，然而我这时候，也是向来从未有过地爱他。

第二十三章　订　婚

盛夏的天气极好，林木极茂盛，阿黛拉采野果，疲倦了，不等到天黑就睡觉，我照顾过她之后，就去花园散步。

我闻见一阵香，是雪茄香，从窗户里飘出来的，窗子打开一点，有人可以看见我的。我于是走去果园，四周有高墙，园里的花木尤其茂盛，好像是个极景世界。我在花果林中走，月亮刚上来，我走到较为宽敞、树

我在花果林中走，月亮刚上来。

木不浓密的地方，脚步又停住了，并不是听见什么，也不是看见什么，是闻见香，却不是花香，是罗切斯特先生的雪茄烟香。我回头四周看看听听，只看见树上许多果子，只听见远远的鸟啼，看不见人，听不见脚步声，只觉雪茄烟香越来越近。我一定得溜，我向一道便门走，看见罗切斯特先生刚入门。我在爬山虎丛里，我想他不会流连太久的，不过一会儿，他出便门回去，我只要坐下不动，他是不会看见的。

谁知不然，他喜欢黄昏的光景，同我一样，他觉得这园子里可以流连，也同我一样。他走过来，有时候举起树枝，看看果子；有时候摘个已熟的鲜果；有时候低头看看花，或闻闻花香。有一只天蛾子从我的身边飞过，飞到他那边，停在他脚下的小树上，他看见了，低头细看这个蛾子。

我想道：他现在背对着我，又在那里留心看蛾子，若是我轻轻地溜出去，他是不会看见我的。

我小心地在草地上走，不发出声音。我要走过的小路，离他有几尺远，我心里想，我很容易地就溜过去了。我正要从他的影子上走过，他并不转身，很安静地说道："简，你来看看这个大蛾子。"

我并不作什么声响，他背后并无眼，难道他的影子有知觉吗？我吓了一跳，随后我走上前。

他说道："你看看这蛾子的翅膀，令我想起西印度有一种虫，我们在英国是不多见这样好看的蛾子的。它飞了。"

那蛾子飞来飞去。我就退后，罗切斯特先生跟着我，我们走到便门，他说道："回来。这样可爱的晚景，回去呆坐，是很可惜的。现在正是日落月出的时候，谁愿意去睡觉呢？"

我知道我有个短处，我平常答话是很快的，但是到了要紧关头，只说出一个字，或短短的一句话，就可以免得难为情，我却偏偏说不出来。这时候天色已晚，我不愿意同罗切斯特先生两个人在黑暗的果园里散步，但是我临时说不出理由回答他，使我可以走开。只好慢慢地随着他走，一面在心里想脱身的法子。但是他的神色很庄重、很安静，我却不好意思露出慌乱神色。假使有什么不对，其过在我，不在他。因为他心里是安静无他的，并不觉得有什么不对。

我们向一棵野栗子树走的时候，他先说道："简，到了夏天，桑菲尔德园子是很可爱的，你说是不是？"

我答道："先生，是的。"

他说道："你在这里住惯了，有点舍不得这个地方——你很喜欢天然的美景，又有依恋之情。"

我答道："我的确很依恋这个地方。"

他说道："我不知道是什么缘故，我觉得你很关心那个傻孩子阿黛拉。就是那个老实的费尔法克斯太太，你也关心她。"

我答道："我爱这两个人，不过爱得不同。"

他说道："你很舍不得离开她们？"

我答道："我舍不得她们。"

他叹气说道："可惜！"又不说了，随后又说道，"世事是往往如此的，你住在一个地方，觉得很适意、很可爱，刚安顿下来，又有事叫你走，走到别处。"

我问道："先生，我一定得走吗？我一定得离开桑菲尔德？"

他答道："简，我看，你一定得走。简，你只好走开，我觉得很惋惜。"

这是太大的一个打击，不过我不能被这一个打击就打倒。

我答道："只要开步走的号令一发，我就预备走。"

他答道："这就发号令——今天晚上我一定得发号令。"

我问道："先生，你就要结婚吗？"

他答道："的确是要结婚。你向来看事看得很透的，你这句话说中了。"

我问道："先生，快举行婚礼了吗？"

他答道："很快，我的——爱小姐。简，第一次或是我，或是谣言告诉你，我要结婚——要把英格拉姆小姐抱在我怀里（这位小姐很硕大，要伸长手才能抱得过来，我的意思并不在此——这样一位美貌小姐，是越高越好）。简单来说——我是要说——简，你听我说！你转过头去，还是要看蛾子吗？我要提醒你，原是你先对我说的，若是我同英格拉姆小姐结婚，你同阿黛拉都要走开的。你这两句话，很有先见，很小心谨慎，你在人手下办事，负了责任，我应该如此。我很敬重你，你这两句话，原有点不满意于我的新娘子的意思，我却不计较。你远离我之后，我尽力要忘记这两句话，我只记得这两句话说得很有道理，我要照办。阿黛拉一定得进学校，你一定得另找工作。”

我说道：“先生，是的，我立刻就登广告。我猜，当下——”我心里原想要说：“我猜，我暂时还可以住在这里，等到我找着栖身之地才走。”但是因为我的声音，这时候不由我自主，恐怕说不清楚这样长的一句话，我只好停住不说。

罗切斯特先生接着说道：“大约一个月内，我就要做新郎。目前我替你找一个栖身之所。”

我说道：“先生，感谢你。很叫你——”

他说道：“你不必说客气话！你在我手下办事，办得好，我做雇主的，应该尽点小力，帮你些小忙。我从我将来的岳母那里听说，有一个席位还算合适：爱尔兰康诺，有个苦果旅馆，里面有一位奥奇勒太太，有五位小姐，我可以荐你去她家，教这五位小姐。我想你会喜欢爱尔兰的。人家都说，爱尔兰人是很热心肠的。”

我说道：“离得太远。”

他说道：“不要紧，像你这样有知识的女子，不应嫌远，不应嫌不舒服的路程。”

我说道：“路上我不怕，我只不喜欢太远，况且还有大海阻隔——”

他问道：“离什么地方太远？同什么地方阻隔？”

我答道：“离英国太远，离桑菲尔德太远，又——”

他问道：“又什么？”

我说道：“先生，又离你太远。”

我答这句话，是几乎不由自主地，同时我又几乎不能自主地满眼是泪。但是我不让我自己哭出声响。我一听苦果旅馆和奥奇勒太太，我的心就冰冷起来。想到那时候我同我现在的主人相隔了一片大海，觉得更冷。又想到因为门第不相当，资财不相当，世俗又有许多阻碍，更是无涯的大海，把我同我所爱恋的人远远地分离，不能接近，我的心觉得冰冷到极点了。

我又说道："路是很远的。"

他说道："你到了爱尔兰康诺特山庄的苦果旅馆，我就永不能同你相见的了。我不喜欢爱尔兰，我是向来不去的。简，我同你是好朋友，是不是？"

我答道："先生，是的。"

他说道："好朋友临别的时候是要聚在一起度过余下的时光的。这里就是野栗子树，树下有张凳，我们坐在这里，谈谈你的路程，谈半个钟头。我们今晚就在这里坐坐，以后再没得同坐在这里的机会了。"他让我坐下，他也坐下。

他说道："简，从此到爱尔兰很远，我打发我的朋友走很寂寞很远的路程，心里很难过。我不能替你找到更好的地方，也是无法。你想知道，你同我有什么相似之处呢？"

这时候我的心像是死了一样，我不能冒险随便答他的话。

他说道："因为我有时候觉得我对于你另有一种感情，你在我身边的时候（如同现在你坐在我身边），我尤其有这种感觉。我觉得仿佛有一条绳子牵系住我们两个人。若是那一片大海，还有六七百里的陆地，把我们分离了，我恐怕这条绳子，就要断了，那时候我觉得心里要流血。但是你——你要忘记我。"

我答道："先生，我是永远不能忘记你的，你知道——"这时候我不能往下再说了。

他说道："简，你听见那夜莺在树上鸣叫吗？你听听！"

我一面听，一面哭，我忍了多时不去哭，这时候再忍不住了，我心里非常痛苦，从头至脚浑身发抖。等到我能说话的时候，我只说，我但愿当初不生在世上，永远未到过桑菲尔德大宅。

他说道："因为你舍不得这地方吗？"我这时候忧愁同恋爱混在一起，我的心产生猛烈的情绪，绝不能由我自主压制下来，把什么别的思想、理由一切都打倒了。这种情绪不受控制，要冲出来，要我直说出来。

我说道："舍不得桑菲尔德。我爱桑菲尔德——我虽住在这里不久，但我爱这个地方。我在这里过得很快乐，我住在这里，无人践踏我在泥地之上，无人使我变作铁石；我在这里，无人埋没我，无人隔离我，使我不能同光明正大高尚有魄力的人交换见解——这个人是我所喜欢、是我所恭敬的，这个人见解新鲜，心思强健广大——让我同他面谈，同他散步。罗切斯特先生，我深知你以后一定要我同你分离，我觉得心痛，觉得可怕。我眼看不能不分离，好像同人死一样，是逃不了的。"

他忽然问道："你从哪里看出是不能不分离呢？"

我答道："从哪里看出来？先生，是你放在我面前的。"

他问道："是什么？"

我答道："就是英格拉姆小姐，一位名贵美貌的小姐，你的新娘子。"

他答道："我的新娘子？什么新娘子？我并没有新娘子！"

我答道："你将来有新娘子。"

他咬牙说道："是的，我要新娘子！我要新娘子！"

我答道："既然是这样，我一定得走——这句话原是你说的。"

他答道："不能，你一定得在我这里！我发誓——我一定不反悔。"

我这时候气上来了，我驳他道："我告诉你，我一定走！你以为我能够住在这里，忍受你当我是个不相干的闲人吗？你以为我没有知觉？是一种无性情的蠢物吗？你以为我能够忍受别人从我嘴里抢了我养命的一小块面包，从我手上夺走一杯活命的水吗？你以为我贫穷、丑陋、弱小，没有性情没有知识吗？你想错了！我有性情，有知识，同你一样！假使上帝赐我一点美貌，赐我许多资财，我能够令你难以同我分离，如同我现在难以同你分离一样。我现在对你说的话，把一切习惯、礼俗，都撇开了，不是肉体对肉体说话——现在我的灵魂对你灵魂说话，好像是我们两个人死后，同在上帝脚下，你我原是平等的！”

罗切斯特先生照我的话说道：“我们原是平等的！”他又说道，“就是平等。”他双手抱住我，抱在他怀里，亲吻我，说道：“简，就是这样！”

我答道：“是的，是这样，然而又不能。因为你是个已结婚的人，或者无异于是个已结婚的人。你所娶的女子，远不如你，与你不能心灵相犀，我实在不相信你真能爱那个人。因为我曾经看见、听见，你很看不起这个人。我也看不起这件亲事。我比你的人格高。你让我走吧！”

他问道：“简，你去哪里？你要去爱尔兰吗？”

我答道：“是的，去爱尔兰。我已经把我的心事告诉过你，现在我什么地方都能去。”

他说道：“简，不要动，不要挣扎，不要像一只发狂的鸟儿一样，因为绝望要挣扎飞开，连羽毛都牺牲了。”

我答道：“我并不是鸟，网罗不能骗我，我是个自由人，有自由的毅力。我现在使出我的毅力，要离开你。”

我再一挣扎，就脱了身，直立在他面前。

他说道：“你自己的前程你自己解决。我把我的身、我的心和一部分的财产，都送给你。”

我答道：“你不过是唱一段小戏，开玩笑，我不过付之一笑。”

他说道：“我请你在我身边，过一辈子——做我的第二个自己，做我最好的同伴。”

我说道：“你已经选择好了那个人，你只好向那条路走。”

他说道：“简，你太激动了。你平静一会儿，不要动，我也平静一会儿。”

这时候一阵风吹过来，吹得野栗子树的枝叶抖动，这阵风不知吹到什么地方，就停了。只听见夜莺鸣叫，我听鸟鸣叫，又哭起来。罗切斯特先生很安静地坐在那里，很温柔、很庄重地看我。过了一会儿，他说道：

"简，你来我身边，我们解释一下，彼此说明意思。"

我说道："我同你分离了，不能再回来，我永远不到你身边了。"

他说道："简，但是我现在叫你来，当你是我的妻子。只有你一个人，我是愿意娶的。"

我以为他同我开玩笑，不作声。

他说道："来，简，你走过来。"

我答道："中间有你的新娘子挡着。"

他站起来，一步走到我身边，拉我过去，说道："这才是我的新娘子，因为这是与我相配的，同我一样的人。简，你愿意嫁我吗？"

我这时候还是不相信他，我还是不答，还是要挣扎开。

"简，你还疑心我吗？"

"我绝不能相信你。"

"你不相信我吗？"

"我毫不相信。"

他很生气地问道："你以为我在说谎吗？你这个多疑的小孩子，我一定能够使你相信。我有什么爱英格拉姆小姐的？一毫都没有。我已经很费事地证明，我毫不爱她。我设法散布谣言，说我的资财不及她所猜的三分之一。这谣言传播之后，我去看看有什么效果，她同她的母亲果然很冷淡地待我。我既不愿意，又不能娶英格拉姆小姐。你——你这个奇怪的、几乎不像是这个世界的人！我却爱，同爱我自己一样。你又贫穷，又小，又丑陋，我求你嫁给我。"

我喊道："什么？我吗！我在世上无亲无友，只有你一个人是我的朋友，我除了你给我的钱之外，我是身无分文。"

他说道："你，简。我一定要你。你愿意吗？你赶快说！"

我答道："罗切斯特先生，你让我看看你的脸，你把脸向着月光。"

他问道："为什么？"

我说道："我要细看你的神色，当本书读，你转过来！"

他说道："我转过来给你看，我恐怕我的脸如同一页撕破了翻皱了的书，是读不清楚的，你只管读。不过要快些读，我心里很难受。”

我看他的脸色很不安宁，很红，面目很受感动，两眼发奇光。

他喊道：“简，你叫我受酷刑！你的真诚可靠宽宏大度的眼睛无微不至地看我，我简直同受酷刑一样！”

我答道：“倘若你是诚心，你实在是要娶我，我只有感谢你，专心地为你，怎样能够使你受酷刑呢！”

他喊道：“感谢！”又很狂乱地喊道，“简，你就立刻答应我吧！你就说爱德华——叫我的名字——爱德华，我愿意嫁给你。”

我问道：“你是认真吗？——你真爱我吗？——你真愿意娶我为妻吗？”

他答道：“我真愿意娶你为妻。你若是以为我必须发誓你才能满意，我就发誓。”

我答道：“既是这样，我愿意嫁给你。”

他喊道：“我的小妻子！”

我答道：“亲爱的爱德华！”

他说道：“你来，你完全是我的了。”他靠着我的脸，用很深沉的声音对我说道，“你使我欢乐，我使你欢乐。”

过了一会儿，他又说道：“上帝饶恕我！别人不能干预我，她是我的了，我要抓住她。”

我说道：“没人会来干预，我没有亲戚去干预我的事。”

他说道：“最好是没人能干预。”

假使我不是十二分地爱他，我看他脸上那种非常之得意，听他那样高兴的腔调，难免不以为他有点野蛮。但是我现在坐在他的身边，从刚惊醒的那一场要同他永远分离的噩梦中到了同他缔结终身姻缘的极乐世界中。我这时候，只想到终生的快乐，他屡屡问我道：“你觉得幸福吗，简？”我答他道：“我觉得幸福。”随后他喃喃地说：“这可以补救了，可以补救了。她不是孤零一身，无亲无友吗？她不是饱受冷落吗？她不是从未享过快乐日子吗？我从此以后，不该保护她吗？不该爱惜她吗？不该安慰她吗？我的心里是爱情，我的心意是永久不变的。见了上帝，我也可以无罪。我知道上帝对我这个办法是许可的。世界上的人怎样批评我，我都不管。”

但是晚上的天色骤变了，月尚未落，而我们都在黑暗中。野栗子树为什么号叫摇动？狂风一阵一阵地刮来。

罗切斯特先生说道：“天变了，我们一定得进去。简，不然我可以陪你在这里坐通夜。”

我心里想道：我也能够陪你。我原该把这句话说出来，但是云里忽然闪出一道电光，随即雷声大作，我只好把头靠在他的肩上以躲避电光。

随即大雨掉下来。他催我快快走入屋子。我们进门的时候，浑身都湿透了。他替我脱围巾，抖我头发上的雨水，费尔法克斯太太走出来，我同罗切斯特先生起先都没看见她。这时候点着灯一看钟，快到十二点了。

他说道：“你赶快去把湿衣服脱下来，我的小宝贝，请你去安睡吧！”

他一连吻我好几次。我从他怀里挣脱出来，抬头一看，看见费尔法克斯太太脸色变白，神色很庄重，很惊愕。我只对她微笑，赶快跑上楼。我心里想道：“随后我再解释给你听。”然而我到了卧室之后，想到她看见我们那样情形，难免不误会，我觉得有点难过。但我心里非常高兴，也就顾不得了。这时候雷电风雨大作，足足有两个钟头，我毫不害怕。罗切斯特先生三次走到我的门口问我安否，是否害怕。这就很能使我安心，不怕一切了。

“你觉得幸福吗，简？”

翌晨，我还未起床，阿黛拉跑来告诉我，说是晚上大雷暴雨，那棵野栗子树被雷劈成了两半。

第二十四章 驾 驭

我起来穿衣服，重新把昨晚的事细细想了想，我心里要问问，是否做了一场好梦。我还要再见罗切斯特先生，听他把昨晚所说他爱我要娶我的话，再说一遍，我才敢相信，是真的。

我对镜梳头的时候，看见我自己的面貌并不丑陋：脸色很有生气，神色很有希望，两眼也有了光彩。我往往不太愿意看我主人的脸，恐怕他不喜欢我的面貌，我现在敢看他，我知道绝不会因为我的面貌，他的爱情就冷淡下来的。我拿出一件朴实的夏衣穿上。

我走到大厅，看见天色分外的清朗。我觉得毫不诧异，我以为我自己这样快乐，天也是喜欢的。我看见一个行乞的女人，领着一个小孩，走向宅来，我跑下去，把我身上所有的钱——不过三四个先令——都给了她们，因为我自己这样快乐，她们也该分享一点我的欢乐。这时候，我听见许多鸟鸣，但是它们都比不上我心里的欢乐。

费尔法克斯太太向窗户外望，神色很惨淡，声音很严肃，对我说道："爱小姐，你还不进来吃早饭吗？"吃饭的时候，她是很安静冷淡的，但是这时候我不能不暂时瞒她。我一定要等主人解释，她也只好等等。我吃了些东西，赶快上楼。我碰见阿黛拉从课堂出来。

我问道："你往哪里去？上课的时候到了。"

她答道："罗切斯特先生打发我到育儿室里。"

我问道："他在哪里？"

她指课堂说道："在那里。"我走进去，看见他站在那里。

他说道："你走来同我问好。"我很高兴地走上前。这时候不同从前，只对我说句冷话，拉拉手。他抱住我，吻我，我觉得很自然，他这样爱我，我觉得很快乐。

他说道："你满脸笑容，如鲜花初放，很好看。你今早的确是好看。这就是我的面无血色的小怪物吗？这是我的小芥子吗？这时候是满脸光彩，有酒窝，两唇鲜红，头发同缎子那样光滑，两眼有光。"

我答道："先生，这还是简·爱？"

他说道："不久，就是简·罗切斯特，简，只有四星期，多一天也不能等。你听见了吗？"

我听见的，我听了有点昏乱，好像受了打击，受了惊吓。

他说道："你刚才的脸发红，现在又发白，简，这是为什么？"

我说道："因为你给我新名字，叫我作简·罗切斯特，我觉得很奇异。"

他说道："是的，罗切斯特夫人，年青的罗切斯特夫人，费尔法克斯·罗切斯特先生的新娘子。"

我说道："这是绝不能的事，说出来很不像。人类在这个世界上，是不能享全福的。我的命运不能与他人有什么分别，妄想享受这样的洪福，很像是一段神怪故事——不过是一场好梦。"

他说道："我能够把这场好梦变做事实。我今天就着手办。我今早写了信给我的银行，叫他们把替我保管的珠宝送来——这都是我们桑菲尔德大宅历代相传的家宝。我盼望一两天内，就可以把珍宝交给你：所有一切你该享受的利益，你该享受的照应侍候，都要享受到了，假使是一位贵族小姐嫁我，也不过这样。"

我答道："先生，你不必想到珍宝，我不愿意你提及珍宝！简·爱听见珍宝两个字，觉得奇异，觉得不自然，我宁愿不要珍宝。"

他说道："我亲手把钻石项链替你挂在脖子上，把珠宝替你戴在头上，你穿戴起来，一定是很相衬的。简，你天生自然名贵。我还要把镯子给你戴上，把你手指上都戴满戒指。”

我说道：“先生，不必，不必！请你想别的，说别的，另找话题。你不要当我是个美人，我不过是个朴实和简单妆饰的家庭教师。”

他说道：“在我眼中你是个美人，是我意中所喜欢的美人——轻小细致的美人。”

我答道：“你的意思是说渺小猥琐。你不是说梦话，就是讥诮我。请你不要挖苦我。”

这时候我觉得他不是自欺，就是欺我，我觉得很不安。他接着说道：“我要叫天下人都认你是个美女。我要让我的简满身都是绸缎同花边，满头的玫瑰花，我用无价的面纱蒙你的脸。”

我答道：“你把我这样打扮起来，你就认不得我了，我就不是你的简，就变了一只猴子了，穿上小丑的衣服，老鸦披上孔雀翎毛。与其把我打扮成宫闱的贵夫人，倒不如把你扮成一个戏子，我虽然爱你，爱到极点，却不说你是个美男子。我太爱你了，不肯阿谀你，你也不要阿谀我。”

他不管我，他还是说他的这套话，他说道：“今天我就同你坐马车去米拉柯，你订制几套衣服。我告诉过你，我们四星期后就要结婚。我们就在离那里不远的教堂行礼，并不惊动多少人，行过礼之后，我同你去伦敦。在那里短暂停留后就带你去法国、意大利，游览古迹，看看热闹地方，你可以同别人比较，你就知道你自己的可贵。”

我问道：“我同你旅行吗？”

他答道：“你要去巴黎、罗马、那不勒斯、佛罗伦萨、威尼斯、维也纳，凡是我到过的地方，我同你再去看看。十年前我游遍欧洲，像个疯子一样，同我做伴的只有厌恨、牢骚，我现在同你这个仙女再去游历，我的心境便平复了，清净了。”

我听完了，大笑着说道：“我并不是个仙女，我死后才是仙女。罗切斯特先生，你不要盼望我是个仙女，你也不要要求我做仙女——不然，你是要大失所望的，我也不盼望、不要求你是个神仙，我并没期望你是个神仙。”

他问道："你怎样期望我呢？"

我答道："有一小段时间你是同现在一样——不过是一小段时间，不会长久的；随后你待我就很冷淡；随后你就喜怒无常；随后你就严厉，那时候我要很费事，才能令你喜欢。但是你习惯了我之后，也许你又喜欢我——我不过说是喜欢，并不说那时候，你还爱我。我猜你爱我不过六个月，也许到不了六个月。我看男人们写的书，说是丈夫的爱情，最热情的时候，不过是六个月。然而你若是拿我当作朋友、当作同伴看待，我希望我的主人，不至于十分讨厌我。"

他答道："你说不十分讨厌你！又说再喜欢你！我看，我喜欢你之后，又喜欢你，我能够让你承认，我不单喜欢你，实在是爱你——我的爱情是真诚的，是热烈的，是永久不变的。"

我问道："先生，你不是喜怒无常吧？"

他答道："对于只是以色诱惑我的女人，一旦让我看出她们既无灵魂，又无血性，我就变成一个恶鬼对付她们——这种女人是索然无味，粗俗无用，脾气又不好的。但是我若看见一个女人，有眼力，能达意，灵魂如火，能迁就而不能屈辱，能刚能柔，虽能受指挥，而宗旨不改，我对待这个女人是很温柔，很真诚的。"

我问道："你曾否见过这样的一个女人？你曾经爱过这样的女人吗？"

他答道："我现在所爱的就是这样一个女人。"

我问道："你未遇到我之前，曾见过吗？你既有标准，你看我有几分，可以达到你的标准？"

他答道："我从来未遇到过同你一样的人。简，你能令我欢喜，你能操纵我——你好像是能受我的指挥，我喜欢你能迁就我。我一面把一条柔软的丝线绕在我手指上，一面觉得有一种震动，从我的手臂，一直达到我心里。我很受你一种无形的操纵——你把我征服了，我觉得异常欢乐。你征服我，比我征服你有意思得多。简，你为什么笑？你这种令我不解的神色是什么意思？"

我答道："先生（是不由自主地想到这个故事，请你勿怪），我心里正想起大力士神赫拉克勒斯同参孙的故事。”

他答道：“你这个小鬼，你是想这些故事吗？”

我答道：“先生，你不要再说了！你现在说不明智的话，也同从前他们两位做不明智的事一样。然而假使他们两位果然娶了亲，难保他们不把求亲时候的温柔，在结婚之后变成严厉，两相抵消，我恐怕你将来，也同他们一样。我心里很纳闷，很想问问，我们结婚一年之后，若是我求你一件事你或是不便答应我，或是不喜欢答应我，不知道你将来用什么话回答我。”

他说道：“简，你何妨现在就求我一件事，求我一件很小的事。我愿意你求我。”

我答道：“先生，我很想求你，我的呈子已经写好了。”

他说道：“你只管说！但是你若是只管抬头，现出那样神气，对我微笑，我也许不听你所求的是什么，我先答应你，我是要变成傻子呢。”

我说道：“先生你不会变成傻子的。我所求的，不过是件小事。我求你不必叫人送珍宝来，也不要给我簪上满头的玫瑰花。你如果一定要打扮我，倒不如把你常用的手帕，镶上金色蕾丝的缘边。”

他答道：“可不是，原可以不必在真金上再镀金。我也知道你所求的事，我同意了，不过是暂时同意。我就写信吩咐银行，不必送来。但是你并未求什么，你不过提了个消极的要求，要求我不送你珠宝。你再要求看。”

我说道：“很好，我好奇，请你回答我一句好奇的问话。”

他这时候神色有点慌乱，急忙地问道：“什么？什么？好奇是会发生危险的。好在我并未说明无论你要求什么我都会回答。”

我答道：“先生，你答我所问是绝无危险的。”

他答道：“简，你只管说，但是我宁愿你问我要我一半的财产，也不要你探问我秘密的事。”

我说道：“亚哈随鲁王！我要你的一半财产作什么用？你以为我是个重利盘剥的人吗？要你田产去发财？我宁愿得到你的信用，也不要你的财产。你既然把你的心给了我，你何必不相信我呢？”

他答道：“简，凡你值得了解的秘密，我很乐意把秘密告诉你。不过你切勿担负无用的重责！你不要吃毒药，你不要立刻变成一个夏娃。”

我问道：“先生，为什么不必呢？你刚才说过。你很愿意被我降伏，我力求你，你就觉得快乐。你试看，我还不趁这个机会，开始用话哄你、绕你、苦求你，甚至哭求或是赌气——只不过为了试试我的力量能够到什么地步？”

他答道：“我倒要看看你怎样来试验我。你若是侵犯我，或是欺凌我，这本戏就唱不成了。”

我问道：“先生，是吗？你才刚说过的话就不算数了。你现在的脸色为什么这样严厉！你的眉毛变粗了，比我的手指还要粗，你的眉头好像就要大发雷霆。先生，我猜这就是结婚后你对付我的神气！”

他答道：“若是结婚之后，这是你的神色，我是个基督教中人，我不能同这样的怪物、这样变化无常的人做夫妻。但是你要问什么？你这个小东西，你只管说！”

我答道：“你现在是很无礼了。我宁愿你无礼，不愿意你阿谀。我宁愿做个小东西，也不愿意做仙女。我要问的是你为什么费许多事，要我相信你喜欢娶英格拉姆小姐？”

他答道：“你只问这件事吗？感谢上帝，你问的不是比这件坏得多的事！”

这时候他放松眉头，垂头微笑，看我，捋顺我的头发，好像脱离了危险，很高兴。

他于是答道：“我说出来，也许会令你生气，我也只好说了。我也看见过你生气的时候很像火神。昨天晚上，在惨淡月色之下，你反抗命运，辩证你与我同等，那时候你满面冒火、发光。简，我想起来了，原是你先愿意嫁我的。”

我答道：“自然是的。但是我要你说本题——说英格拉姆小姐。”

他答道：“我原是装作向英格拉姆小姐求亲，因为我要你爱我到发狂，如同我爱你到发狂一样，我要达到目的，最妙莫如激你妒忌吃醋，加我助力。”

我答道：“这个法子真是最妙！现在你变成小人了，小得比我的小手指尖还要小。你这样做是极可耻、极不体面的。先生，你不替英格拉姆小姐设想吗？”

他答道：“她所有的感情，都聚在骄傲两个字上，骄傲是应该受挫折的。简，你吃醋了？”

我答道：“罗切斯特先生，你且不要管这一层。你知道了，也同你毫不相干。你真诚地再答我一问：你那样不真诚地献媚于她，你曾否想到她不会难过吗？她不觉得你抛弃了她吗？”

他答道：“她绝不会觉得的。我不是告诉过你，是她抛弃我的吗？她听人说我快要破产了，立刻把她对我的爱情冷淡下来，简直是完全消灭了。”

我说道：“罗切斯特先生，你很奇怪，又好用阴谋之心。我恐怕你对于这件事，存着很奇怪的心思。”

他答道：“简，我的心思，从未受过训练，有时我不小心就可能走入邪路。”

我说道：“我要问你，这却是很重要的。你所答应我的诸多好处，我是否能够安心享受，不致令别人难过，如我从前所受的一样？”

他答道：“我的好小孩，你可以安心享受，世界上再无第二个人像你这样清正无私地爱我——我深信你爱我。”

这时候，我的嘴唇紧贴他放在我肩膀上的手，我很爱他，我说不出来我有多爱他。

过了一会儿，他说道：“你再要求我，你有所要求，我答应你，我觉得快乐。”

我预备好再要求他，说道：“费尔法克斯太太看见我们在大厅时候的情景，她很有点惊愕，不以为然的意思。你把你的意思先告诉她，说给她听。我随后再见她，她是个好人，我不愿她有所误会。”

他说道："你回你的房里，戴上帽子，我要你陪我去米拉柯。当你在房里预备出门的时候，我把情况告诉费尔法克斯太太。简，你看她是不是以为你因为爱情就不顾世界，以为你的爱情白丢了？"

我答道："我看她以为我有失身份，你也有失身份。"

他说道："身份！你的身份在我心里，在羞辱你的人脖颈上，你去吧。"

我一会儿就打扮好了。听见罗切斯特先生从费尔法克斯太太屋里出来的时候，我就下楼。那时候，这位太太正在读《圣经》，被罗切斯特先生打断了。两眼直看对面的墙，一副好像是听了意想不到的消息的神情。看见我，她提起精神对我微笑着说了几句贺喜的话，却并未说完，把《圣经》合上，椅子往后一推。

"简小姐，我觉得很惊愕，我不知道该对你说些什么话。我不是做梦吗？有时候，我独坐在屋里，半睡半醒地幻想出许多从未发现过的事。我的这种梦，不只做过一次了，我的丈夫死了有十五年了，有时我梦见他走来，坐在我身边，喊我的名字。你现在能够告诉我，罗切斯特先生真是求你嫁给他了吗？你不要笑我，他的确是五分钟前走来告诉我，一个月之内，跟你结婚的。"费尔法克斯太太说道。

我答道："他也是对我这样说。"

她问道："他对你说过吗？你相信他吗？你答应过他吗？"

我答道："我答应过他。"

她看看我，露出很迷惑的神色。

她说道："我可想不到。他这个人是很骄傲的，罗切斯特家族的人都是骄傲的，他的父亲是很贪财的。他自己，也有人说他是舍不得花钱的。他有意要娶你吗？"

我答道："他是这样告诉我的。"

费尔法克斯太太看我一会儿，从头到脚打量了个遍。我看她的眼神是绝不相信有这回事。

她又说道："我真想不到！但是你也这样告诉我，那就是真的了。你们将来怎么相处呢，我却说不出来，我真不知道。凡是男女结婚，是该要身份财产相当的。你们的年纪又相差二十岁，他几乎可以做你的父亲。”

我听了有点不高兴，答道：“费尔法克斯太太，不是的！他不像我的父亲！人家看见我们在一起，不可能把他当作我的父亲。罗切斯特先生面貌同二十五岁的人一样年轻。”

她问道：“他是否真的爱你，才娶你的？”

她这样冷落怀疑地盘问我，很伤我的心，我禁不住满眼含泪。

那寡妇又说道：“我使你难过了，我心里很不安。但是你年纪太轻，未见过几个男人，你很少阅历，我不过要你小心防备。有一句旧格言说得好，‘闪光的，并不是都是金子’。我真有点害怕你们这件事将来的结果会大失所望。”

我说道：“为什么呢？我是个怪物吗？为什么罗切斯特先生不能爱我？”

她答道：“不是的，你是很好的，近来更好得多。罗切斯特先生爱你我也相信。我看得出来，你是他一种可爱好玩的东西。有好几次，我看见他特别喜欢你，我觉得心里不安，原想警告你，要你提防，但是我不喜欢示意说是有什么大小不妥当的事。我知道这种意思是要使你惊愕的，是会得罪你的。我又知道你很有分寸，很能检束，很有知识，我希望你可以自信无他，可以保护你自己。昨天晚上，到处找不着你，又找不着主人，我不知道我心里有多难过。后来到了十二点钟，才见你同主人进来。”

我有点不耐烦，对她说道：“现在且不必提这件事了。我只要说一句，一切都是很妥当的。”

她说道：“我盼望将来也一切都是妥当的，但是你不能不十分小心。你该试试同罗切斯特先生远离些。你不要相信自己，也不要相信他，他们这样身份的人的惯例，不是娶家庭教师做夫人的。”

我这时候很生气，幸而阿黛拉这时候走进来。

阿黛拉喊道：“让我去！让我也去米拉柯！马车上有地方，罗切斯特先生偏不许我去。小姐，你替我求求他，让我同去。”

我这时候很高兴趁机离开这个寡妇，我说道：“阿黛拉，我替你去说。”马车已预备好了，正要走到大门口。罗切斯特先生在那里走来走去，那条大狗跟他走。

我问道：“先生，阿黛拉可以跟我们去吗？可不可以？”

他答道：“我已经告诉她，不许去。我不要孩子！我只要你。”

我说道：“罗切斯特先生，我求你让她跟去，有她会更好。”

他说道：“不好，有她就束缚住了。”

他的声音面色很严重的。我听了费尔法克斯太太警告我的话，如同冷水浇背。我就有点犹疑，我觉得我前途的希望，有点不实在，有点拿不稳，我觉得我驾驭他的能力消失了一半。我正准备不再同他辩驳，依着他的吩咐，要上车，他扶我上车的时候，看看我的脸问道：“为什么事？你的满面笑容都哪里去了？你真愿意那孩子同去？若是不让她去，你觉得不乐意吗？”

我答道：“先生，我很想她同去。”

他对阿黛拉说道：“你赶快去拿帽子，飞跑回来！”

阿黛拉果然赶快去，赶快来。

他说道：“搅扰一早上，原算不了什么，好在不久所有你的思想，你的交谈，你的陪伴，终世都是我的了。”

阿黛拉一上车，就同我亲吻，感谢我给她说情，罗切斯特先生把她塞在他那一边的角上。阿黛拉转脸张望我，她塞在罗切斯特先生身边，觉得很不适意，不敢说话，不能问话。

我替她要求，说道：“先生，她在你身边，恐怕搅扰你，不然交给我吧，我这一边，很有地方。”

他同提小狗一样把阿黛拉提过我这边来，微笑着说道：“我还得送她入学校。”

阿黛拉听见就问，是否把她送入学校，不能跟小姐在一起了。

他答道：“小姐不同你在一起。我要把小姐送到月亮里，在那里的火山顶上找一个洞，小姐同我在那洞里同住，只与我一个人同住。”

阿黛拉说道："她住在那里，没有东西吃，你要把小姐饿死了。"

他答道："我早晚去收甘露给她吃。月亮里的山边，到处都是甘露。"

阿黛拉问道："她还要烤火取暖，她从哪里找火呢？"

他答道："月亮里的山有火。小姐觉得冷的时候，我抱她上山，把她放在山尖旁边。"

阿黛拉又问道："她的衣裳穿破了，哪里去找新的呢？"

罗切斯特先生故意装作想不出办法，问道："阿黛拉，你看怎么办呢？你试试想个办法。你看，剪白云或是紫云做衣服，好不好？我们裁彩虹作围巾，是够好看的了。"

阿黛拉想了一会儿，答道："她现在很好，何必同你去呢？况且她同你一个人住在月亮里是会生厌的。假使我是小姐我是绝不肯同你去的。"

罗切斯特先生说道："她已经答应过我了。"

阿黛拉说道："但是不能同你到月亮里去，因为无路可通月亮，一片全是空气，你同她都不会飞。"

罗切斯特先生说道："阿黛拉，你看看这片田。"这时候我们已经出了大宅门，正在往米拉柯的大路上，经过大风雨之后，路上并无尘土，两边的树木青绿可爱。

罗切斯特先生说道："阿黛拉，两星期前，有一天午后，你帮我弄干草，我觉得有点疲乏，坐在小栅栏上歇一歇，拿出一个小本子，一支笔，来写我多年以前的一件不幸的大事，又写下我盼望将来的欢乐日子，天色将晚，我写得很快，有一个东西从小路走过来，站住了，离我不过几尺远。我看看这个东西，头上披的是轻薄的面纱。我招手叫它过来，它过来，站在我膝下。我并未对它说话，它也并不对我说话。但是我会看它的眼色，它也会看我的眼色，我们眼睛所说的话，我来试着告诉你。那个小东西说道：'我这个小东西，是从仙境来的，从小鬼洞来的，我来使你欢乐的，你要和我脱离这个世界，另到一个寂寞地方——如月亮之类。'这个小东西告诉我，那月亮山里，有地方可住。我说我愿意去。我告诉那个

我们已经出了大宅门，正在往米拉柯的大路上。

小东西，跟你提醒我一样，我说我不能飞到那里。

“那个小仙人答道：‘这算不了什么难事！我这里有一件宝贝，可以打倒一切困难。’小仙人就拿出一个金戒指来对我说道：‘你只要把这个戒指戴在我的左手第四指上，我就是你的，你就是我的，我们就离开这个世界，到那里另创一个世界。’小仙人这时候又对月亮点头。阿黛拉，金戒指还在我的裤袋里，变成一个英镑，但是不久我就把这个英镑变成金戒指。”

阿黛拉说道：“这和小姐有什么相干？我不管那个小仙人，你说的是要同小姐到月亮去住。”

罗切斯特先生低声说道：“小姐就是这个小仙人。”我于是告诉阿黛拉不要理这篇笑话。阿黛拉也不相信有这种小东西小神怪，更不相信这种神怪会出现，会给他金戒指，会要他同在月亮里住。我觉得在米拉柯那一个钟头，很难为情。罗切斯特先生勉强我挑选了几件绸缎衣服。我很讨厌这种事，我苦求缓几时再挑，他一定要我当天就得挑选。我很费事同他说了很多，我只要两件，他答应了，却自己替我选，他挑选了两种极鲜艳的。我又低声对他说了好些话，要我穿这种不如制一件黄金衣服、一顶白银帽子给我，我是一定不穿的。又费了许多唇舌，他才肯换两种颜色素淡的。他还说这不过是暂时的办法，将来一定还是要穿光彩夺目的。

后来我劝他走出绸缎店，走出首饰店，我心里很欢喜。他给我买的东西越多，我脸上越发烧、越难过，觉得我自己的身份越降得低。我们上车回去，我觉得疲乏发烧，我才想起，我的亲叔伯约翰·爱给里德太太的信，要我承继他的财产。我心里想道：若是我承受了极小的财产可以不依靠人，我就可以得了自由，不受束缚，何至于让罗切斯特先生把我打扮成一个小怪物。我打定主意，一到家，立刻写信给我的亲叔叔，告诉他，我快要出嫁，嫁的是什么人。只要将来有一天我能够使给罗切斯特先生一笔我自己名下的财产，我就易于忍受他豢养我。我想到这个主意，心里放宽好些（当日我果然寄了这封信），我才敢看我的主人，看我将来的丈夫的眼睛。他的双眼，不停地看我，我原先总是躲他的。他对我微笑，我以为他这一笑，好像土耳其国王花了些钱替他的女奴隶穿戴上华丽衣服首饰，偶一高兴，露出笑脸。他的手，不离地要找我的手，我很用力地推回去，说道：

"你不必做出这种神气，倘若你不改，我什么都不穿，我只穿我当日在洛伍德孤儿院的衣服，我就穿这种衣服举行婚礼，你可以把今天所买的衣料，拿去做你自己的衣服同背心。"

他搓手大笑，说道："看你的脸和听你说话的确有意思。她是不是很独特？她是不是很利嘴？我不肯拿这个英国小女子同土耳其国王后宫的所有美人调换。"

他说到这个比喻如同刺我一刀。我说道："我寸步不能让你把我当作东方帝王的后宫。你若是喜欢那种路数的人，先生，请你立刻去土耳其都城的大市场去找。你既然钱多到不知怎么样用，请你就在那个市场多买几个女奴。"

他问道："简，倘若我在那里讲价钱，要买若干吨的人肉，若干双的黑眼睛，你打算做什么呢？"

我答道："我就预备出发，也到那里当传教士，劝那些女奴，恢复自由——连你所买的，也在我劝告之列。我走到她们队伍里激发她们造反，使你立刻被我们束缚住。对于我自己，我一定要你签字画押，还我自由，我才替你解脱。"

他答道："简，我甘愿任你摆布，求你施恩。"

我答道："罗切斯特先生你若是还露出这种眼神，求我施恩，我是不能施恩的。你若是一面还流露出这种眼神，我就知道你无论签押什么字据，我一放了你之后，你就立刻不照字据办，一定违约的。"

他问道："简，你要什么呢？我恐怕你要强逼我当众举行婚礼之后，还要再私下结婚，我知道了，你若同我立约，你要的是什么条件？"

我答道："先生，我只求一个心安理得，不要受恩太深重，压倒了我。你还记得，从前你告诉我，你所爱的塞莉纳·瓦伦吗？——你告诉我给她多少钻石、多少绸缎。我不做你的塞莉纳·瓦伦。我还是继续做阿黛拉的家庭教师，我靠我做多少工，吃你的饭，住你的屋子，还有每年三十镑的工钱。我就从这三十镑里头，拿钱做衣服，你不必给我什么东西，只要给我——"

他答道："给你什么？"

我答道："我只要你关心我。若是我也关心你，我就可以还你同样的关心之债，彼此两不相欠。"

他答道："世界上再没有第二个人比得上你这样骄傲，这样不留余地地面斥我的了。"这时候我们快到宅子了，他说，"今天我恭请你吃饭。"

我答道："先生，谢谢你，我不能和你吃饭。"

他问道："你为什么说，'谢谢你，不能和你吃饭'？"

我答道："先生，我向来未和你吃过饭，现在并没有理由和你吃饭！等到——"

他说道："等什么？你说话喜欢只说一半。"

我答道："等到我不能不和你吃饭的时候。"

他说道：“你以为我是个饿鬼？你这样害怕和我吃饭。”

我答道：“先生，我并没有这样的意思。但是这一个月之内，我还是愿意照常不改。”

他说道：“你立刻就可以不做家庭教师般的奴隶苦工了。”

我答道：“先生，请你勿怪，我还是照常做我的事。我一向整天都是不骚扰你，我还是一样不碍你的事。晚上我没有课的时候，你若是喜欢见我，我就来，我有公事的时候，是不能来的。”

他说道：“简，我这时候要抽烟，要闻鼻烟，舒服舒服。可惜现在我的雪茄盒、鼻烟壶都不在身边。但是你听我说，我附耳告诉你，你这个小霸王，现在是你耍脾气的时候，不久，可轮到我耍了。等到我一旦捉牢你，那时候，比如，我就用链子把你锁起来（他一面说，一面指他的表链）。你这个小东西，我把你当作一个表，挂在我胸前。”

他说这句话的时候，正在扶我下车。当他抱阿黛拉下车的时候，我溜进宅里，上楼回到我自己的屋子。

晚上他果然请我去，因为我不愿意和他两人相对谈话太久，我先预备好了请他做一件事。我记得他的喉咙很好，很会唱歌。凡是会唱歌的人，都喜欢唱的。他是个行家，知道我唱得不好，又不是个音乐家，但是人家奏乐奏得好的，我却是很喜欢听的，等到傍晚时候，就把钢琴打开，请他唱，他说我喜怒无常，这时候他不唱。我一定请他唱。

他问道：“你喜欢我的嗓音？”

我答道：“我很喜欢。”我向来是不爱恭维他的，不过这一次，不能不借势叫他高兴。

他说道：“简，你要弹琴伴奏。”

我答道：“我只好试试。”

我果然试弹了一会儿，他说我弹得不对，叫我走开。他很不客气地把我轰走——却正对我的心事——他坐了我的地方，一面自弹自唱。我走到窗下坐下，眼望窗外的树，耳听他唱歌，唱的是很长的情歌。

歌唱完了，他走过来。我见他两眼发光，柔情毕露。看得我身上发抖。这时候，他爱情横溢。无论以温柔相待，或是忘乎所以、毫不顾忌地表示爱情，我都不愿意，不能不立刻设法防备，我把话都想好了，预备对付他，我先问他道：“你现在要娶谁？”

他答道：“我的小宝贝，简，你为什么问我一句怪话？”

我答道：“你以为怪吗？我以为这一问是很自然的，很需要问的。你所唱的歌，说到你将来的夫人，与你同死。你是什么意思？我老实告诉你，我并不想与你同死。”

他答道：“我所盼望的我所祈祷的，是你与我同活！死不是你的事。”

我答道：“死也是我的事，到了要死的时候，自然是死。不过我要等到那时候才死，不能学印度寡妇，丈夫一死，就得投入火堆殉夫。”

他答道：“这是我太过为己，太过自私了，你饶恕我。吻我吧，恕我无罪。”

我答道：“不能。”

我听见他说我是个心如铁石的小东西，若是别的女人听见这个歌，这样的恭维，无论什么铁石心肠都要变得柔软了。

我答他道：“我天生是刚强如石的，以后你常常都看得见的。这四星期之内，你还要常常感受到我的锋芒。未举行婚礼之前，你若是想要悔婚还来得及，我现在要你知道我是个什么人。”

他问道：“你可以冷静些，讲几句有理的话吗？”

我答道：“你喜欢我冷静我就冷静，我现在所说的话都是很有道理的。”

他听了很暴躁焦急，我想道：“很好，你喜欢暴躁只管暴躁，我知道这是对付你的妙法。我虽然说不出来地喜欢你，我却不能沉沦到底，常同你说爱情之话。我用这个小刀尖子对付你，免得我陷入深坑。我用这种辣手段，使我们离得远远的，两人都有益。”

我慢慢地一步一步地激刺他，使得他很不高兴，他走到屋子那一头坐下。我起来对他说道：“先生，我望你安睡。”我从小门溜了出去。

这一个月之内，我全用这种法子，收到很好的效果。他自然是很焦急，很不高兴的。但是我看他心里还是很高兴的。我若是小羊羔一样，事事都顺从他，像一对斑鸠一样，整日调情，不单是增长他一味的专横，也使他心里有种种的不以为然。

我在别人面前同原来一样很客气、很安详。只有到了晚上，我是要碰他、反抗他。每晚到了七点钟，他一定请我相见。我见着他的时候，他不说“亲爱的”、“宝贝”等腻话了，只说“惹气的东西”、“恶鬼”、“喜怒无常的东西”种种名词。从前他见我，就要搂抱，这时候对我露怪脸；从前是紧紧地同我拉手，现在是捏我的膀子；从前是捧我的脸吻我，现在是拧耳朵。这是很对的，我宁愿受这样的对待，不愿领略他的柔情。我看费尔法克斯太太觉得我做得很对。从前她很替我担忧，现在她放心了，所以我就觉得我的办法不错。当时罗切斯特先生说，我刺激他到深入骨髓，不久一定要报复的。我对他的这种恐吓不过付之一笑，我心里寻思着：现在我能够推得你远远的，不让你太凑近，以后我也一样能够这样做，这是无疑的了。倘若这个方法不灵，我还可以使别的手段。

然而我却是很费了些心力，有时候我很想宁愿令他欢喜，不要令他生气。我将来的丈夫就是我的一个完全世界，几乎就是我的天。因为有他在面前就隔断了我的宗教观念。那时候我只看见上帝所创造的人，看不见有上帝。我崇拜人，如崇拜上帝一样。

第二十五章　凶　兆

这一个月很快要过去了，举行婚礼的日子快到了，一切都预备好了。我没什么事做了，我的箱子已整理并捆好了，一排靠在我门外墙边。明天这个时候，这几件行李就要上路送到伦敦。我也是那时候上路，却不是我上路，是一个简·罗切斯特上路，我这时候还不知道这位简·罗切斯特是个什么人。有四个贴在行李上的厚纸片，还在抽屉里，未钉上。这四个行李条是罗切斯特先生写的，写的是“罗切斯特夫人——伦敦某旅馆”。我自己不愿意钉在我的行李上，也不愿意他人替我钉。什么罗切斯特夫人！没有这个人，她还未出现，一直等到明早八点钟后，才能产生出来，我要等到那个时候，确定她产生出来，活得好好的，我才肯把这件行李交给她。我屋里梳妆台对面，有个壁橱，原是放我的旧衣服的，现在放的是罗切斯特夫人的新娘礼服。衣包里又放着珠色长服，轻如烟雾的面纱等物，我把这个壁橱门关严了，不要看，我说道：“这都不过是白日做梦的东西，你只好藏在橱里。”我这时候发热，听见外面刮风，就走出门，让风吹吹。

这时候不单是忙碌收拾行李，不单是明日我就要进入一个新世界，前路茫茫，不知道是个什么结果，令我发烧，此外还有第三件理由。

前一天晚上，发生一件事，令我莫名其妙，不过总觉得不放心。今天晚上，罗切斯特先生不在家，因为他要亲自去料理些小产业，然后才能去伦敦。我因为昨晚的事，等他回来告诉他，叫他对我解释清楚。读者也要等等，等他回来，我把这件秘密告诉他，读者才能知道这件秘密。

我因为要躲风，走入果园，白天已经刮很大的风。我以为晚上风可以停了，不料到了晚上，刮得更大，刮个不停，满天都是黑的，正是七月的时候，不见天日。

大风刮我向前走，我还觉得很有意思。走到那棵野栗子树旁边，看见雷击的两半边还未分开，因为根深盘牢了，树枝是枯了，树是死了，树身还是分而不分，总还算是一棵树。

我见了有点感触，把这两半边的树当作是人，说道："你们始终相抱相守，是很对的，你们虽被雷电烧焦了，你们还有深根，总该多少还觉得有点生机。你们再不能看见青枝绿叶，再听不见禽鸟在你们的枝上鸣叫了。你们相安相乐的时代已过去了，但是你们不孤寂，你们还可以彼此做伴，彼此相怜。"我抬头看树顶，这时候月亮刚好透出光来，惨淡的月色，照了我一照，忽然又被飞云遮住了。同时大风略停一秒钟左右。我听见远处有极其凄惨的呼号声，听见令人悲伤，我赶快跑开了。

我在果园里，拾了些风刮下来的苹果，把生的熟的分开，带回宅里，放在食物库。随后走入书房，看看是否生火。因为我知道虽是夏天，碰着这种天气，罗切斯特先生是喜欢生点火的，原来已经生了火，我把他所坐的椅子拖到炉边。把桌子放在椅边，放下窗帘，预备好蜡烛。我觉得心里很烦躁，坐又不是，站又不是，屋里的小钟，同大厅里的大钟，同时敲响十点。

我自己对自己说道："天不早了！我跑到大门口，月亮有时出现，我可以看见大路。他也许这时候快到家了，我去等他，省得我几分钟的悬念。"

这时候风还是很大的，我看见路上寂无行人。我因为不耐烦，又久等不来，很失望，禁不住眼里含泪，我自觉惭愧便擦掉了。我还是舍不得走，月又被云遮了，天色很黑，大雨随着大风而来。

我恐怕出了什么事，就喊道："我但愿他这时候到家！我但愿他这时候到家！"我盼望他回家吃茶点的，现在天已很晚了，有什么大事羁留他？出了什么事？我又想起昨天晚上的事，我以为不是个吉兆，我很怕我的一场盼望，最后不能成为事实。近来我觉得欢乐极了，恐怕我的欢乐，已经到了极点了，从此以后，是要往下退落了，盛极必衰了。

我想道：我不应该走回屋里，他在外面饱受风雨，我怎么好一人独自靠火取暖呢？与其令我心里久等难过，不如劳动我的身子跑去迎他。

我就快快地走，走得不甚远，不到一里路，听见马蹄声，看见一个男人骑马疾驰而来，旁边跟着一条狗。这时候我心里的愁闷、恐怖，立刻消失了。我知道是他来了，刚好月亮透出一点光，他看见是我，脱了帽，手拿帽子，在头上摇。我跑过去迎他。

他在马上弯着身子，伸出手来，喊道："可见得你无我就不成。你用脚踏上我的马镫，伸出两手，上来。"

我照办，因为我觉得非常欢乐，身体也觉得轻松，踏上马镫，跳在他面前。他同我接吻，表示欢迎，还说了好些得意话，我只好忍受，他说道："简，这个时候，你还跑出来迎接我，难道出了什么要紧事吗？"

我答道："不是的。我恐怕你永远不回来了，大风大雨，我受不了在屋里等你。"

他答道："风雨真是大！你浑身都湿透了，拿我的大衣围住你自己。你的手同你的脸都是很热的，你发热吗？当真出了什么事吗？"

我答道："现在没事了。我既不害怕，也不是不快乐。"

一个男人骑马疾驰而来，旁边跟着一条狗。

他答道："可见得你刚才是又害怕，又不快乐。"

我答道："确实有点。先生，我随后告诉你，我告诉你之后，你不许笑我。"

他答道："过了明天，我好好地大笑你。不到那时候，我还不敢笑，因为我现在还拿不稳。这一个月来，你比鳝鱼还要滑，比荆棘还要多刺。我无论把手放在哪，都要把我刺伤的，现在我好像是抱了一只失群的小羔羊在手上。简，你逛出羊群找牧童吗？"

我答道："我要你。但是你不要自鸣得意，我们是到了，你让我下来。"

我下来，约翰牵了马，他跟我入大厅，叫我赶快换干衣服，再到书房来。我正要上楼梯，他拦住我要我答应不久耽搁，才让我走。我却并不耽搁，不过五分钟，我又下楼来同他在一起，他在吃晚饭。

他说道："简，请你坐下，陪我再吃一顿饭，你以后过许久才能再在桑菲尔德吃饭了。"

我坐下，离他不远。我告诉他，我不能吃。

他问道："简，你因为要走远路吃不下？是不是因为要去伦敦，没有胃口吃饭？"

我答道："先生，我此时还不知道我的前程是什么样，我又不甚知道我心里有些什么意思。我一生的事，无一样不像是虚浮不真实的。"

他答道："除了我不算，我是很真实的——你摸摸看。"

我答道："先生，你尤其是幻影，你是个梦。"

他伸出手来，大笑，手放近我的眼前说道："这也是梦吗？"他的手又圆又有力，臂膀很长。

我把他的手拿下来，说道："我虽然摸得着这只手，还是个梦。先生，你吃完晚饭了吗？"

他答道："简，我吃完了。"

我按铃，吩咐把托盘拿走。等到屋里只有我们两个人，我通好炉火坐在矮椅上，离他很近。

我说道："这时候快到半夜了。"

他答道："是的，简，你却要记得，你答应过，举行婚礼之前一夜，不去睡，陪我。"

我答道："我记得，我不能失约，至少也陪你一两个钟头。我不想睡觉。"

他问道："你一切都收拾好了吗？"

我答道："先生，我都收拾好了。"

他答道："我也收拾好了，我一切事情都办清楚了。我们明早举行婚礼回来之后，半个钟头内就启程。"

我答道："先生，很好。"

他答道："简，你说'很好'的时候，你的这一笑为什么那样特别。你脸上的颜色，很有光！你的眼闪光闪得很奇怪！你觉得好吗？"

我答道："我相信很好。"

他问道："你相信！为什么事？你告诉我，你觉得怎样。"

我答道："我不能，我说不出来我觉得怎样。我很愿永远都是现在这样，谁知道再过一个钟头有什么事发生！"

他说道："简，这是你太过忧虑。神经过敏的病，你过于自己惊扰自己，不然，就是太劳乏了。"

我问道："先生，你觉得淡定，觉得快乐吗？"

他答道："淡定是不见得，快乐是极快乐，满心的快乐。"

我抬头看他的脸是发红的。

他说道："简，你相信我。你有什么心事，只管告诉我，你就可以放心了。你怕什么呢？你怕我将来不是个好丈夫吗？"

我答道："你猜得太远了。"

他又问道："你害怕过以后的新日子吗？怕新环境吗？"

我答道："不是的。"

他说道："简，我猜不着你的意思。你的面色神气，使我摸不出头绪，使我难过。我要你解释给我听。"

我答道："既是这样，你细听我说。昨天晚上，你不是不在家吗？"

他答道："我知道我昨晚不在家，你刚才示意我不在家的时候，出了些什么事，大约是不相干的事，你却受了惊扰，你说给我听听。费尔法克斯太太对你说过什么话吗？不然，也许是你听见仆人们说话，你觉得有点伤了你的身份吗？"

我答道："全不是的。"这时候钟正敲十二点，我等钟响完了，才往下说道："昨天一天，我很忙，我手脚不停地忙，却觉得很快乐，你以为我害怕过新日子，都不是的。因为我爱你，能够与你同住是很快乐的。先生，这时候你不要同我亲热，让我好好地说。昨天我很信老天，很相信诸事都很顺适，将来你好我也好。你还记得吗，昨天的天色很好，无风无雨，不至于想到我们在路上的时候天色不好。喝过茶之后，我在砌好的路上走走，心里只想着你。我幻想你离我很近，我几乎不觉得你并不在我面前。我想到，你一生所经历的事，比我多得多，比我热闹得多，两相比较，好像是深渊比浅流。我又觉得奇怪，要追问，为什么有许多道德先生说，我们这个世界是个寂寞旷野，我觉得遍地开满玫瑰花。不料刚到日落的时候，天气骤凉，满天都是云，我走进去。索菲娅喊我上楼看结婚礼服，看见箱子底有一件面纱，是极贵重的东西，不知你花了多少钱买的，由伦敦寄来的。我猜，你因为我不要珍宝，你就多花许多钱买面纱，要我领受。我一面打开，一面微笑，我一面又想法同你逗笑，笑你的贵族派头，设法用贵族的服装遮掩你新娘子的平民身份，装成一个贵人。我还想把我自己预备好的一方无花无朵的面纱，蒙我这个微贱出身的头，还要问你，这块面纱，是不是和一个既无亲属，又不美貌和无财产的新娘子陪衬得最好。我意想中看见你的神色，听见你说出激进而开明的话，用不着同有钱的女子结婚增厚你的财产，也用不着同贵族的女子结婚抬高你的身份。"

罗切斯特先生截住说道："你这个小妖怪，你把我的心思看透了！但是你除了面纱之外，还看见别的什么？你看见毒药，你看见利刃了吗？这时候你为什么满脸的愁容？"

我答道："我除了看见这件面纱精巧细致之外，看不见别的什么，只看见罗切斯特先生的娇态，但这个魔鬼我是见惯了的，并不害怕。先生，天黑之后刮起风来。昨天晚上的风很特别，不像今晚的狂风，另是一种呻吟闷气的风。那时候我但愿你在家。我走进这屋里来看，看椅子上无人，炉内无火，我觉得发寒。后来我在床上睡了，好一会儿，总是睡不着，心里着急不安。风还是越刮越大，我耳朵里好像听见愁苦悲叹的声音。起初，我辨不出来这声音是在房子里抑或是在房子外，不过停了一会儿，又发作，后来我听出是远处的狗叫声。后来这声音停了，我心里觉得欢喜。我睡着的时候，还梦见天黑大风。我在梦中还是很想同你在一起，以为有阻碍物隔开我们，我觉得很奇怪，很惋惜。我第一次睡着的时候，梦见我在一条黑暗弯曲的路上走，被雨淋，又有一个小孩子拖累我，这孩子很小，还不能走，我的两只冷手抱住他，他发抖，一路哭得可怜。我以为你在前头，离得我很远，我尽力地要追上去，一面喊你的名字，请你立住脚等我——但是我要走，却有东西阻碍我不能走又喊不成声，你那时候越走越远。"

他说道："简，现在我近在你身边，你所做的梦，还是使你不安吗？你的神经受扰乱了！你忘了梦幻的愁苦，只想实在的欢乐吧。简，你说你爱我，这句话我不能忘记，你也不能不承认这几个字是'喊出成声的'。我是听得很清楚的，不过说得过于郑重，然而入了我的耳，却有音乐那样好听，你说的话，我该记得，简，你爱我吗？我要你再说。"

我答道："先生，我爱你，我全心爱你。"

他过了几分钟，说道："这件事很奇怪，你这句话深入我的心，我觉得很痛。为什么呢？我看是因为说得这样郑重，同信教那样虔笃。你这时候抬头看我，你的脸流露出极信仰、极真挚的神色，很像是有一尊神在我的左右。简，你何妨流露出淘气神色，你是很会的；你何妨做出那种畏羞、微笑的脸来；你何妨告诉我，你厌恨我，你激恼我，麻烦我；你样样都可以做，切勿感动我。我宁可你使我生气，不愿意你使我忧愁。"

我答道："你听我说到底，等我说完了，我再激恼你，麻烦你。"

他说道："简，我以为你都告诉我了。我以为你这样愁闷，是因为做梦。"

我摇头。他说道："什么，还有吗？但是我不相信有什么要紧事。我早已告诉过你，我不相信。你只管说吧。"

他很着急，神色很不安，我有点诧异。我说道："先生，我又做了一个噩梦，梦见桑菲尔德大宅坍塌了，成为蝙蝠和猫头鹰的巢穴，前面只剩了墙，有一晚月夜，我在这片瓦砾蔓草中徘徊，走到这里，碰见一块白石，走到那里，碰见残垣断柱。我那时候还是抱着那孩子，我觉得很疲乏，要把孩子放下又无处可放。远远听见有马蹄声，那时候正是你要离家远去，一去许多年，我以为一定是你回来了。我这时候顾不得，像发狂似的，爬上薄墙，要先看你。我一面爬，碎砖一面往下滚，我用手抓住爬山虎。抓断了，孩子害怕，紧紧地抱住我的脖子，几乎使我不能呼吸。后来我爬到墙头，我看见你好像是白地托出的一个小黑点，越走越小了。墙头上的风很大，我站不住。我坐下，抚摸怀里的孩子。你那时候转弯，我俯下身子望你，墙头倒下一块，孩子从我膝上滚下去，我坐不牢，也跌下去，我就醒了。"

他说道："简，你说完了吗？"

我答道："未说完，这不过是一篇序，正文还在后。我惊醒的时候，看见有光，心里想，这是天亮了！谁知不然，不过是烛光。我以为是索菲娅走进来。我的梳妆桌上摆了一支蜡烛，我原先把结婚的礼服同面纱挂在壁橱，这时候柜门大开，听见有衣裳响声，我问道：'索菲娅，你做什么？'无人应答，有一个人从橱里走出来，拿了烛，高举起来，照衣服，我又喊道：'索菲娅！索菲娅！'又听不见人声。我就坐在床上，转过身子看，起先不过是诧异，后来我简直是慌乱了，浑身的血都凝住了。罗切斯特先生，这个人既不是索菲娅，又不是莉娅，又不是费尔法克斯太太，又不是——我很清楚——又不是那个怪物格蕾丝·普尔。"

我的主人截住说道："总是她们其中之一。"

我说道："我郑重地告诉你，都不是的。我在桑菲尔德大宅许久，从来未见过这样身材面貌的人。”

他说道：“简，你说给我听。”

我说道：“先生，这人是个女人，高大，黑头发拖在背后。我不知道她穿的是什么衣服，是一种很直的衣服，颜色是白的，我却说不出来是长袍抑或是白布裹在身上。”

他问道：“你看见她的脸了？”

我答道：“起初并没看见。随后她把我的面纱拿出来，举高，看了好一会儿，蒙在头上，对镜子照，我看见镜子里的影子。”

他问道：“是什么面貌？”

我答道：“她的面貌，简直像鬼，十分可怕，我向来未见过这种鬼脸！脸上不知道是什么颜色，非常之野蛮。眼睛是通红的，滚来滚去，脸上的纹是发黑的。”

他说道：“简，鬼脸多是死白色的。”

我说道：“先生，这个人的脸色是紫的，两唇肿胀是黑色的，眉头紧皱，两眼凶残像是要吃人，黑眉毛离眼很高。我可以告诉你，我想起什么来了。”

也许她看见天破晓了，拿了蜡烛退向房门。

他说道：“你可以告诉我。”

我说道：“这个人很像是从坟墓中出来吃人的鬼。”

他答道：“她做些什么？”

我答道：“她从头上把面纱拿下来，撕作两块，摔在地下，用脚践踏。”

他问道：“后来呢？”

我说道：“她拉开窗帘往外看。也许她看见天破晓了，拿了蜡烛退向房门。走过我的床边，站住脚，她两只冒火的眼睛瞪着我看，把蜡烛凑近我的脸，就在我眼前，把烛火吹灭了。我觉得她的冒火的眼灼伤我的眼，我就不省人事。这是我有生以来第二次恐惧到不省人事。”

他问道：“你醒过来的时候，谁在你身边？”

我答道：“无人在我身边，我只看见天大亮了，我起来用水浇头，喝了一大口冷水。我虽是觉得软弱，并不觉得生病，我决意不告诉别人，只告诉你。先生，你告诉我，这个女人是谁？是个什么人？”

他答道：“一定是你受过刺激的神经所幻想出来的人。我的宝贝，我一定得很小心地照顾你。你这样的神经是不能不小心的。”

我答道：“先生，你相信我，我的神经并没有什么毛病。我所见的并非是一场梦，是实事，的确有的事。”

他说道：“你从前所做的梦都是实事吗？桑菲尔德大宅是一片瓦砾场吗？我同你是分离了吗？中间有许多阻碍分隔我们吗？我离开你是泪也不滴一点，也不吻你，连一句话也没有的吗？”

我答道：“还未到时候。”

他说道：“我将来不久，就要那样对待你吗？我们一结婚，彼此永远不能分离的日子到了，我们只要结了婚，我敢保证从此以后，再没有这种神经的恐惧了。”

我答道：“神经恐惧！我但愿不过是神经恐惧。我现在更愿是神经恐惧，因为连你也不能解释给我这个怪物找来的理由。”

他答道：“简，我不能解释，一定不是件实事。”

我答道：“先生，我今早起床的时候，何尝不当作噩梦，当作神经过敏看呢。我起来四周看看，所有家具等等，都是我平常见惯的，唯有往地下一看，我就知道，并非噩梦，并非幻想，地下还放着撕成两片的面纱。”

我觉得罗切斯特先生惊了一跳，打战，匆匆地两手抱住我，喊道：“谢谢上帝，幸而你未受伤害，不过只撕破了一块面纱。若是出了别的事，我不敢设想！”

他这时候呼吸得很快，把我抱得很紧，我几乎喘不上气来。过了几分钟，他又高兴起来，说道：“简，我解释给你听。你所说的事，一半是梦境，一半是真事。一个女子进你屋子，是有的，这个人一定是格蕾丝·普尔。你自己也叫她作怪物，据你所描述的，她真是个怪物——你还记得她怎样要放火烧我？怎样咬梅森？你半睡半醒的时候，看见她在屋里，看见她做什么事。但是你发烧昏迷，你就以为她是那种鬼性可怖的面貌，撕面纱是有的，这才像她做事。我知道，你要问我为什么要容留这种怪物在我家里，等到我们结婚后一年零一日，我就告诉你是什么理由，现在我却不能告诉你。简，你满意吗？你能接受我这番解释吗？”

我想了一会儿，我看也只好是这样解释。满意是不能的，但是我要使他欢喜，只好作出放心的神色。我也是觉得可以放心。我用微笑答他。这时候已是半夜一点钟了，我就要走。

我点蜡烛的时候，他问道：“索菲娅是不是同阿黛拉同屋睡？”

我答道：“是的。”

他说道：“她们睡在育儿室里，阿黛拉的小床，还有地方够你睡。简，你今晚只好同阿黛拉一床！怪不得那件事令你惊怕。我不愿意你一个人睡，你得答应我，在育儿室里睡。”

我答道：“先生，我很喜欢听你的话。”

他说道：“你要把房门好好地在里面锁上。你上楼的时候，装作要索菲娅喊你早起来，把她叫醒，告诉她，你八点钟以前一定要吃好早饭打扮好了。简，你把什么忧虑都逐出去，不要再有怪思想。你听听，风势已大减了。现在是和风，已无雨点打玻璃窗（他把窗帘掀开）。你看，天色很好。”

半夜过后，天色果然很好，月亮很好。

罗切斯特先生看见我问道：“我的简，现在怎么样了？”

我答道：“晚上是很安静的，我也觉得很安静。”

他说道：“你今晚不要做噩梦，不要梦分离。你该梦欢乐爱情，我们永远在一起，永不分离。”

他的预料，只灵了一半，我果然并无噩梦，也无好梦，因为我整夜睡不着。我把阿黛拉抱在怀里看她睡觉，看她真是安静无扰，一片天真烂漫——我抱住她等天亮。日出我就起来，我离开阿黛拉的时候，她还抱住我不放。我记得我同她亲吻，轻轻地从我脖子上拉开她的手，我这时候有奇异的感觉，对着这个小孩子流泪，我只好走开，恐怕我的哭声惊醒她。这个小孩子就是我已往生活的影子；我今日所与结婚的可畏可爱的人就是我今后生活的榜样。

第二十六章　变　卦

索菲娅七点钟帮我穿衣裳，却耽搁了许久。罗切斯特先生大约是不耐烦，打发人上楼问我为什么还不下来。索菲娅正在把我面纱（还是我自己预备的无花无朵的面纱）别在我头发上，我赶快就走。

索菲娅用法国话对我说道："你还未看看自己，你对镜子照照。"

我于是转过来，对镜子一看，看见一个穿长裙蒙面纱的人，好像是个陌生人，并不是我。我听见一个声音喊道："简！"我赶快下楼。罗切斯特先生在楼下迎我。

他说道："我等到头发起火，你耽搁得太久了！"

他把我领入饭厅，细细地看我好一会儿，说道："美如莲花，不愧是我一生最得意的意中人，还是我双眼所最喜欢看的人。"他按铃对我说道，"我只给你十分钟吃早饭。"有一个新雇的男仆走进来。

罗切斯特先生问道："约翰，你把马车都预备好了？"

仆人答道："先生，预备好了。"

他又问道："行李都拿下来了？"

仆人答道："先生，他们正在搬下来。"

他说道："你去教堂，看伍德先生（教士）同执事是不是在教堂，回来告诉我。"

读者记得教堂离得很近，就在大门外不远，那仆人一会儿回来说道："先生，伍德先生在那里，正在穿礼服。"

他问道："马车呢？"

仆人答道："正在套车。"

他说道："我们去教堂不用马车，但是我们回来的时候，是一定都要预备好的，所有的行李都要先放在车上捆好，车夫坐在上面等。"

仆人答道："是的。"

他问道："简，你预备好了吗？"

我站起来。新郎是无伴郎的，新娘子是无伴娘的，也无亲友同去，只有我同罗切斯特先生两个人。我们走过的时候，只看见费尔法克斯太太站在大厅里。我原要对她说句话，罗切斯特先生把我的手抓得很紧，他迈大步地走，我几乎赶不上他。我看他的脸色是一秒钟都不能迟延的。他是坚心强毅到了不得，我心里以为奇怪，很想查问，别的人做新郎是不是都同他那样着急，是不是急到两眼冒火的。

我走去的时候，我的眼只看我的心，也不看天，也不看地，并不知道是好天气，或是不好的天气。他的两眼很凶横地看我，我却要看见他所看的无形无影的东西。他又好像用极大的心力压制许多思想，我却要知道他所存的思想。

他走到教堂前的小门，看见我走到几乎喘不过气，就停住脚说道："我的至爱，我太虐待你了，你歇一会儿，简，你扶住我的手。"

现在事隔多年，我还记得当日这间教堂在我面前，我看见一只乌鸦绕着教堂上尖顶飞，远远的天边很红。我还记得教堂左右的坟堆；我还记得看见有两个陌生人在坟堆里散步读墓碑。我为什么记得那两个人呢，因为他们看见我们就绕到教堂后身；不知道是不是要从小门进去看我们行礼。罗切斯特先生两眼只看我的脸，并未看见那两个人。我的脸上大约是无血色，因为我觉得满头是汗，唇脸都是冰冷的。

我们进入教堂，教士在神座等候，执事站在他身边。教堂里很寂静，只有远远的角上有两个人影动。却让我猜着了，那两个人果然是先溜进教堂，现在背对着我们，好像在透过栏杆看古坟。

我们站好了。我听见背后有很小心的脚步声，我转脸看看，原来是那两个人中的一个，走上来。这时候开始举行婚礼。教士前进一步，稍微低头，对着罗切斯特先生说道：

“我要你们两个人，无论哪一个知道你们有什么不该结婚的阻碍，这时候都要直供出来，你们要知道，有许多人结婚，原是上帝所不许的，这样的结婚，上帝是不算数也不算合律法的。”

教士照着习惯，说完这句话，就停住等待。我们有什么话说？大约是向来无人答话的。即或有之，也不过一百年有一次。教士停了一会儿，要往下继续，伸手向罗切斯特先生开口问道：“你愿意娶这个女人为妻吗？”这时候我们听见有一个人很清亮地说道：“这个婚礼，是行不得的。我宣布其中有阻碍。”

教士抬头看那个说话的人，站住不响；那个执事也是一样。罗切斯特先生好像是觉得脚下地震，动了动，随即站得稳稳的，脸同眼也不掉转，说道：“你只管办你的。”

他说这个话的时候，教堂里是寂然无声。过了一会儿，伍德教士说道：“我非先查问这话，看是真是假，才能够往下进行。”

我背后那人说道：“这场婚礼，是不能算数的。我可以证明我所说的话，这桩婚事的确有不能推翻的阻碍。”

罗切斯特先生是听见这两句话的，却是不管，很顽固地站在那里不动，只管抓住我的手。我觉得他的手同火那么热，他的脸如同铁石，并无血色，两眼发光。

伍德这时候好像是无主意，问道：“是什么样的阻碍？也许可以无妨的，可以解释清楚就不算阻碍的。”

那人答道：“不能够，我已经说是不能推翻的，我是有证据的。”

那个人于是走上前，很淡定、很清楚地一个字一个字地说道：“就是他已经娶过妻子的阻碍。他所娶的妻子，现在还活着。”

听了那个人所说的话，我的神经为之震动，我的血流得很猛，但是我神志是很清楚的，不会晕倒。我看看罗切斯特先生，我要他看看我。我看见他的脸像一块无色的石头，他的眼像火镰火石，他好像什么都不否认。他不说话，不笑，只管抱住我的腰使我紧靠住他。

他问那个人道："你是谁？"

那人答道："我叫布里格斯，伦敦某街的律师。"

罗切斯特先生说道："你硬派一个妻室给我吗？"

那人答道："先生，我要你记得，你有妻室。你虽不承认，法律却是要承认的。"

罗切斯特先生说道："你把那女人的情形告诉我，她姓甚名谁，她父母是什么人，她住在哪里。"

布里格斯从容不迫地从口袋里掏出一张纸来照着正式公事办，带些鼻音读道：

"这场婚礼，是不能算数的。"

我宣布我可以证实，某年（是十五年前）十月二十日，桑菲尔德大宅的爱德华·费尔法克斯·罗切斯特先生住在英国某省某府，娶我的妹妹伯莎·安托万内特·梅森为妻，她的父名某某，母名某某，是个黑白混血儿，在牙买加的西班牙城某教堂举行的结婚礼。这结婚的事，是在该教堂注册的，我抄有底子。理查德·梅森签押。

罗切斯特先生答道："你那张纸，如果是真的，不过证明我娶过妻，不能证明那个女人现在还活着。"

那律师答道："三个月之前，那女人还是活在人世的。"

罗切斯特先生问道："你怎么知道的？"

那律师答道："我有见证，先生，这个人的供证，你是不能驳倒的。"

罗切斯特先生说道："你叫见证来，不然，你就要入地狱。"

那律师说道："我先喊见证进来——他就在教堂里，梅森先生，请你过来。"

罗切斯特先生一听见这个见证的名字，咬牙切齿，遍身发战到非常之厉害。我离他非常近，连我都觉得浑身发抖。那第二个陌生人本来躲在一边，这时候走过来。我看见一个毫无血色的脸，从律师的肩上看过来，我认得他是梅森。罗切斯特先生掉过头来，两眼瞪他。我曾经说过，他的眼睛原是黑的，这时候却变得发红光，满脸冒火地发红，他动动身子，举起手来，他原可以一拳把梅森打倒在地的，但是梅森急忙往后退，喊道："可了不得！"罗切斯特先生这时候，也说不出什么话来，只问梅森道："你有什么说的？"

教士这时候截住他说道："先生，先生，你要记得，你现在是站在神圣不可侵犯的地方。"随即对梅森说道，"你可知道，这位先生的妻子现在还活着吗？"

那律师说道："壮着胆，不要害怕，说出来。"

梅森说道："你的妻子现时还住在桑菲尔德大宅里。前四月间，我还见过她。我是她的哥哥。"

那教士说道："住在桑菲尔德大宅？这是必无之事！我在这附近住了许多年了，从来未听说过桑菲尔德大宅有位罗切斯特夫人。"

我看见罗切斯特先生的两唇露出令人可怕的笑容，嘴里喃喃地说道："我很小心费事，不叫人知道——就是知道，也不知道她的真名。"他又寻思了有十分钟，打定了主意，宣布道，"够了够了，我们都走出教堂吧。伍德，你把书收起来，把礼服也脱下来；执事，你也走出教堂，今天不举行婚礼了。"

罗切斯特先生这时候什么都不管了，说道："重婚两个字，很难听！我原想做个重婚的人，但是命运不济天又阻拦我。我现在几乎变成了一个魔鬼，就像牧师告诉我的那样，我该受上帝最严厉的判决，罚我永坠火坑。众位，我的计策不成功了！这个律师同这个见证人说的是事实。我是娶过亲的，我所娶的人，是还活在人世的！伍德，你说你从来未听说过那大宅里有位罗切斯特夫人，但是你总偶尔听过那个有人看管的疯子。有些人说，那个疯子是我同父异母的私生姐姐，有些人说，她是我抛弃不要的情人。我告诉你们吧，这个疯子，就是我的妻子，叫作伯莎·梅森，就是这个很坚决的人的妹妹。理查德，你只管提起精神来，不要怕我！我不会打你的。伯莎·梅森是个疯子，她生在疯子世家，她们家里三代都是疯子！伯莎·梅森的母亲是个黑白混血儿，是个疯子，是个日夜都在醉乡的人！我娶了她女儿之后才知道她们向来不把家里的秘密告诉我。伯莎极像她的母亲，也是个疯子，也是日夜喝醉酒。我曾有过一位迷人的伴侣，又纯洁又有智慧又顾羞耻。你们可以想象我是个极欢乐的人。我所经过的事，真是热闹！我真是像在极乐世界！但是我不必再对你们解释了。布里格斯、伍德、梅森，我请你们诸位到我家里看看普尔看管的人，这个人就是我的妻子！你们就可以看看我当日是怎样受人欺骗，娶了这样的人。你们替我公断，我是否有权离婚，找一位与我情投意合的人结婚，这个人至少也是个人，不是疯子，不是怪物。"他又指着我说道，"伍德，这个女子，也同你一样，不知道其中还有这一段令人厌恨的秘密，她以为是天公地道，很合法律的一件事。万想不到是入了圈套，同一个受骗的可怜虫结婚，不知道他已经被一个极恶的疯子绊住了！请你们大家都跟我来。”

他还是把我抓得很紧，出了教堂。那三个男人跟了来。我们到了宅门，看见大车。

罗切斯特先生说道：“约翰，把马车收进车房，今天用不着了。”

我们进宅的时候，费尔法克斯太太、阿黛拉、索菲娅、莉娅一班人，迎着同我们祝贺。

罗切斯特先生说道：“走吧，不要你们祝贺！谁要你们祝贺？我是不要你们的祝贺！已经迟了十五年了！”

他走过去，上楼，还是抓住我的手，还是招呼那三个男人上楼，他们跟上来。我们上到三楼，罗切斯特先生把那小门开了，让我们进去。就是那间四周挂幔帐的屋子。

罗切斯特先生对梅森说道：“梅森，你认得这屋子，你的妹妹就是在这里用嘴咬你，用刀刺你的。”

他把幔帐拉开，现出第二个门，他把这道门也打开了。这间屋子是没有窗子的，从天花板挂下一盏灯，有一个地方烧着火，四面有坚固的栏杆围住。格蕾丝·普尔低头在火上煮食物，屋子的那一头，黑暗里有一个东西，走来走去。乍见这个东西辨不出来是人是兽，好像是两手两脚都在地上爬，嗥叫的声音很像个野兽，但是身上穿的是衣服，有许多很乱的黑头发盖住头，盖住脸。

罗切斯特先生说道：“普尔太太你今天好吗？你看管的人，今天怎么样？”

格蕾丝答道：“先生，我们今天还好，谢谢你。”她一面把煮的东西放在一边说道，“她很不安静，但还不至于发狂。”

这时候，那个疯子大喊大叫，那个穿衣服的野兽站起来。

格蕾丝说道：“先生，她看见你了！你不要在这里久留。”

罗切斯特先生说道：“格蕾丝，我不过站一会儿，你须让我在这里待一会儿。”

格蕾丝说道：“先生，既是这样，你得小心防备，你得小心。”

那个疯子大叫，把头发拨开，像猛兽一样看我们。我认得她的紫色脸，此时普尔太太走上前。

罗切斯特先生把她推开说道："你不要挡住我，我猜她这时候没有刀子？我是防备好了的。"

格蕾丝说道："先生，谁能够知道她身上有什么？她是很诡诈的，她的诡计非人所能料到的。"

梅森低声说道："我们不如走开吧。"

罗切斯特先生喊道："你去见魔鬼吧！"

格蕾丝喊道："诸位小心！"那三个男人同时立刻向后退。罗切斯特先生把我推到他背后。那个疯子跳上前，抓罗切斯特先生的咽喉，用牙咬他的脸，两个人厮打成一团。这个疯子，身躯很粗大，几乎同她的丈夫一样，她不单粗大，而且是很壮的。那疯子用出的气力，同男人一样，罗切斯特先生虽练过拳脚，有点真功夫，几乎也被疯子推倒。罗切斯特先生原可一拳打倒疯子，他却不肯，他只同她抬架。后来把她的两只膀子捉住。格蕾丝递过绳子来，罗切斯特先生把疯子的两手，反向背后，捆起来，再用些绳子把她绑在椅子上。一面捆，她一面大叫，一面挣扎。罗切斯特先生掉过脸来，对着那三个男人，惨然地微笑，说道："这位就是我的夫人，我所享受的夫妻之乐，不过如此，我空闲归家，所受家庭之乐，就是这样。"他把手放在我的肩膀上，说道，"这位少年女子是我心爱和要娶之人，你看她这样庄重安详地站在地狱门口，看鬼打架。我经历过那个凶暴东西，我要娶这位小姐过新日子。伍德、布里格斯，我请你们看看这两个人的分别！请你们拿这位小姐的清澈如水的眼，同那个疯子的两个火球眼比较看看，比较这位小姐的脸，同那个疯子的脸，拿这个苗条身材，比较那一堆肉。我就请讲福音的教士和明法律的律师，给我一个公平裁判。但你们要记得，你们怎样判决我，你们将来也要受同样的判决的。请你们诸位散开吧。我要把这个宝贝锁上了。"

我们都走出去。罗切斯特先生落后，吩咐格蕾丝·普尔几句话。律师下楼的时候，对我说道："夫人，这件事不能怪你。你的叔叔听见，一定很高兴——梅森回马德拉的时候，会告诉你的叔叔，希望你的叔叔那时候还活着。”

我问道：“我的叔叔！他怎么样了？你认得他？”

律师答道：“梅森认得。爱先生当梅森所开的商号代理人有许多年了。你叔叔接到你说快要同罗切斯特先生结婚的信，那时候刚好梅森路过，住在你叔叔那里。你叔叔把这个消息告诉梅森，因为他知道梅森认得一个叫罗切斯特的先生。梅森听了，很诧异，很难过，就把实情告诉你叔叔。我却不能不告诉你，你的叔叔现正患病，日见沉重，据病状看来，恐怕是一病不起。他不能自己跑回英国救你出险境，他哀求梅森立刻设法救你。他请梅森找我帮忙。我就立刻设法，幸而还来得及。假使我不是知道你的叔叔是快死的了，我就要力劝你同梅森一道去找你的叔叔。既是这样，我现在只好劝你还是住在英国等消息。”律师说完了，回头问梅森道：“我们还有别的事在这里耽搁吗？”

梅森答道：“没有什么事了。我们走吧。”他们于是不等同罗切斯特先生告别，就走了。那位教士同罗切斯特先生说了几句责备他的话，也走了。

我在我自己的屋里，听见他们都走了。我把我的房门关紧了，把礼服脱下来，觉得疲倦，坐下，两手捧头在那里想。这时候我觉得我自己好像同平常一样，无甚大分别，并未受这件事的打击，只觉得这时候，又是一个我，同昨日的我，大不相同了。我以后该做什么呢？我有什么前程呢？

简·爱从前是个极热情的人、极有渴望的人，几乎要做新娘子，这时候又变成一个心灰意冷、飘零无归的孤女了。好像是盛夏的时候，落了一场冬季的大雪，我的希望完全打消了。罗切斯特先生激发我，使我产生的爱情，这时候又冷下来了，我不能再抓他的手，不能靠在他怀里取暖了。我还能够再亲近他，再相信他吗？今日的罗切斯特先生，也不是昨日的罗切斯特先生了。我并不是说他有恶意，也不说他故意骗我，然而他这种举动，已经使他在我心中的那种纯洁无暇的诚实品质渐渐消失了，我一定要同他分开了。我并不知道我该往哪里去，他也要叫我快离开桑菲尔德。看来他对于我并无真爱，不过是一时为情感所动。他还要我做什么？这时候我不敢再见他的面，我只好责怪我自己，为什么没眼睛！为什么这样没毅力！

这时候，我真是心力交瘁。要站起来也不能站，要跑也跑不动，只记得还有上帝，我想起两句话，却说不出来，这两句话说的是：“大难将临你不要离开我，除了我，没有别人救你。”

我觉得大难临头，我好像落入大海，又来了一阵大浪，把我打落到无底的深渊。

第二十七章　生　离

到了下午，我抬头四面看看，太阳快落了，我问我自己说道："我怎么办呢？"

我的心里答道："立刻离开桑菲尔德。"我自己又说，"我不是罗切斯特先生的新娘子，这一层不算是什么可悲的事。我做了一场好梦，现在醒过来，知道是一场空，这也不算什么，我还可以受。但是要我立刻就同他分离，同他完全割断关系，还是觉得受不了。"

同时心里又说道："你可以受得了，可以做得到。"

我又说道："找个别人来，用蛮力把我拖走吧！叫别人来帮我吧！"

心里又说道："不能，只有你自己能把你自己拖走，别人是不会来帮你的。只有你自己挖你自己的右眼睛，你自己割断自己的右手，只好叫你自己的心受牺牲。"

我立刻站起来，觉得头晕，站不住，我觉得因为受刺激，心灰意冷，使我心里作呕，又因为我并未吃早饭，肚子空空。令我觉得最奇异的是，我一个人关在屋里，这么长时间并无人来过问，连阿黛拉也并未来敲门，连费尔法克斯太太也没来找过我。我开了房门，走出去，一面喃喃地说道："不走运的人，是没有朋友的。"这时候，我头还是很晕，眼睛昏花，四肢无力，一出房门，碰见一个东西绊倒我，却有一只手，把我扶住，我抬头一看，原来是罗切斯特先生。他拿了一把椅子来，坐在我的房门口。

罗切斯特先生说道："你出来了，我等了你许久，细听了许久，我却听不见走动声，听不见哭泣声，再过五分钟若是再听不见什么声响，我就要做强盗打开门闯进去了。原来你躲我？独自一个人关在屋里发愁受苦！我宁可你走来斥责我一顿。你是有性格的人，我原盼望你要大发作，我很有准备看你大哭一场。不过我要你的热泪流在我胸前，现在是流在无知无觉的地板上，泡满了无知无觉的手帕子。原来我猜错了，你并未流泪！我只看见你面无血色，两眼无神，却并无泪痕。我猜你不是眼中流泪，是心里流血。"

他又说道："简，你一句责怪的话都没有吗？一点痛恨的意思都没有吗？一句伤我感情的话都没有吗？

"简，我并非存心有意要害你，我现在是说不出我那种伤心难过，你能饶恕我吗？"

我看见他伤心悔过的眼神，真诚怜悯的语意，加上他的神色举动还是很爱恋我的，我要读者知道，我当时立刻饶恕他，并非是外面饶恕他，话语饶恕他，是心里饶恕他。

过了一会儿，他说道："简，你知道我是个恶棍？"

我答道："先生，是的。"

他说道："你就用最有力最锋利的话告诉我——不要轻饶我。"

我答道："我疲倦了，心里又要作呕，我不能说，我要喝口水。"他叹一口气，抓住我的手，扶我下楼。起初，我不知道他领我到什么屋里，我原觉得浑身冰冷，这屋里生了火我才觉得暖。精神慢慢地提起来。他送点酒到我唇边，又给我些东西吃，我的精神才复原，才知道是在书房里，坐在他的椅子上，他站得离我很近。我想道：最好我这时候不受什么痛苦，就辞了人世，我就不必用力解散不能解散的关系。我一定得离开他，我却不愿离开他——不能离开他。

他问道："简，你现在觉得怎么样了？"

我答道："我觉得好了很多，再过一会儿，我就可以完全复原了。"

他说道："简，你再喝一点酒。"

我喝了点酒，他把满杯放在桌上，站在我面前，很留心地看我。忽然掉过头去，要喊又喊不成声，好像是非常之感动。脚步很急地走到那一头，又走回来，弯腰对我，好像是要吻我，我知道，这时候我们不能亲近了。我掉转脸，用手推开他的脸。

他匆忙地喊道："什么！这是怎么讲？我知道了！你不愿意同伯莎·梅森的丈夫接吻？你当我两手抱在怀里的，另有人在？"

我答道："先生，无论怎样，我不能受你的亲近。"

他答道："简，我省了你许多唇舌，我替你说了吧——你要答我，你有妻室——我猜得对吗？"

我答道："你猜着了。"

他答道："倘若你有这种意思，你当我是个诡计多端的花花公子了——一种下贱无耻的花花公子，用了许多阴谋诡计，骗你入了圈套，损害你的贞洁，不顾你的廉耻。你有什么说的？我看你不能说话，第一层，你还是有点晕，无力说话；第二层，你还未习惯斥骂我，况且你满眼是泪，你若是多说话，就禁不住泪如雨下了；你又不愿意斥责我，不要大闹一场。你现在的心里在想应该怎样做事，不是想应该说些什么话。我知道你，我已经防备了。"

我说道："先生，我不愿意做什么事反对你。"我知道我说话的时候，我的声音有点发抖，我不敢多说。

他说道："据你的意思，是不害我，据我的意思，你想法害我。刚才你不许我吻你，你的意思就是说，你是个有妇之夫，我要躲避你，离开你，你要完全当我是个路人。住在我这里，不过是当阿黛拉的家庭教师。我若是对你说句有交情的话，或是另眼看待你，你就说：'这个人几乎把我当作情妇，我只好用冰霜的态度对待他。'你自然就变作冰霜了。"

我定定神，清清我的喉咙，说道："先生，我的环境完全改变了，我一定也要改变——这是毫无疑义的。为避免将来许多情感的波动，许多追忆与回想，唯有一法——阿黛拉只好另找家庭教师。"

他说道："阿黛拉必须上学——我早已安排好了，我也不愿令桑菲尔德大宅的旧事搅扰你的心思。简，你不必住在这里，我是不住在这里，我知道桑菲尔德大宅是有个恶鬼的，我当初就不该请你在这里住。我未见过你的面以前，就已吩咐严谨防范，严守秘密。因为我怕有人知道宅里有个疯子，阿黛拉就永远找不着家庭教师了，人家知道了都是不愿意住在这里的。我还有一所大宅，在芳丁庄园，比这里幽深得多，我原可以把疯子送到那里住，但是我心里有点不忍，因为那宅子在森林里，很不合卫生，我良心上过不去。那里很潮湿，疯子住在那里，可能就会得病死的，我就可以脱然无累。我却不能这样做，但是恶人都有他的短处，我的短处就是，我无论怎样怨恨一个人，也不能做借刀杀人的事。

"但是把疯子藏在你的附近，就如同用斗篷盖住一个孩子，却把他放在有大毒的树下，是会中毒的。我把桑菲尔德大宅关闭起来，把大门钉死，把下排的窗户盖上木板，给普尔太太一年二百镑，叫她同我的妻子住在这里，普尔太太有了钱，就肯做，她还可以把她的儿子喊来同住，疯子若是发作，她儿子可以随时帮忙。"

我截住他说道："你为什么对于那个女人，一点都不留情，你说起来，是恨极她的，这是很苛虐的——她既是个疯子，她也没法叫她自己不疯。"

他答道："我的小宝贝（我还是这样称呼你，因为你真是我的小宝贝），你不知道你自己说什么话。你又看错我了，我并不是因为她是疯子才恨她。假使你疯了，我恨你吗？"

我答道："先生，我看你是要恨的。"

他答道："你又错了，你完全不了解我，你完全不了解我爱情的能力。你身上无论哪里一小点儿的肉，我都看得极宝贵，如我自己的肉一样。你得病也罢，你受痛苦也罢，总是一样可宝贵的，你的心就是我的宝贝儿，你的心若是伤了还是我的宝贝儿；假使你发狂，乱打乱杀，我不是用衣裳箍紧你，使你动不得，我是要用两手抱住你的——假使你发狂，乱抓我，我还是觉得你是可爱的；假使你同那个疯子一样发了狂，跑过来伤害我，我还是伸出两手搂抱你，一面还是爱你，一面不使你伤害我。我对你不会同对待她那样的，我是不会厌恨你躲开你的。你安静的时候，我会自己看守你，不用别人的。我还是劳而不怨地，用柔情对待你，哪怕你不理我，我还是一样的待你。你的眼睛虽然不认得我，我还是不知疲倦地看你的眼睛。但是我这时候何必说这一串话？我刚才说的是，要你搬出桑菲尔德大宅。你知道的，我们已预备上路，明天你就动身。简，我不过要你在这宅子里再忍受一夜，从此以后，我们就永远离开这个疯子，离开一切恐怖的事！我有地方好躲避，到了那里，就不闻可恨的旧事，无人来惊扰，也无人造谣言，无人污蔑我。”

我截住问道：“先生，你带阿黛拉同去吗？她可以做你的同伴。”

他问道：“你这句话是什么意思？我告诉过你，我要送阿黛拉上学！我要什么孩子同我做伴？她不过是个法国舞女的私生子，并不是我自己的儿女。你何必替她向我求情？我问你，你为什么派阿黛拉做我的同伴？”

我答道：“先生，因为你说要归隐，一个人归隐是很寂寞的，你耐不住寂寞。”

他说道：“一个人归隐！我须同你解释明白。我看不出你这时候的脸色，内里包藏了什么心思。你同我归隐，你知道吗？”

我只摇头，这时候他很激动，我很要些胆子，才敢对他，不说话地反对他。他原是在屋里走来走去，这时候忽然站住了，瞪眼看我，看了许久。我转过眼来看火，竭力装作镇静。

他也力作安详地说道：“我要试试，解开简性情中的结扣，这一轴丝，原是很直，绕得很清楚的。但是我很知道忽然会乱作一团，解不开的。现在又生麻烦，又要惹气了！我早就想过，要一点参孙的力量，打断一切为难。”

他重新走来走去，随后站在我面前。

他弯腰低头，要接近我的嘴唇，说道：“简，你让我讲道理给你听。你若是不接受解释，我就要用蛮力。”这时候他的声音很哑，他的神色像快要动蛮力打断一切束缚似的。我知道再过一会儿，他控制不住自己，我也制不住他的了。这是极危险的关头，若是我抗拒他，若是跑开了，若是现出害怕，我就毁了，他也毁了。但是我不害怕，毫不害怕，我觉得心里有力，有可以支持的力量。我抓住他的手，安慰他，说道："你请坐下，我同你说话，你要我说多久，我就说多久。我听你说，不管你所说的有理无理。"

他坐下，我却并不请他说。我这时很努力才忍住眼泪，因为我知道他不喜欢见我哭。现在我只好不忍了，让眼泪流出来。若是他看见我哭不高兴，更好。于是我放声地大哭。

不到一会儿，我听见他劝我镇静，不要哭。我说他这样生气，我控制不住我的眼泪。

他说道："简，我并非生气，我不过是太爱你了。你对我摆出这样的铁石脸来，我受不了。你不要哭，擦干眼泪吧。"

我听见他的温柔声音，知道他把气压下去了，我就安静下来。这时候他要把头放在我肩上。我不许。他又要拉我到他身边，我又不许。

他这时候说话的声音很惨凄，我听了极其难过。他说道："简！简！你不爱我了？原来你所看重的，不过是我的地位，做我夫人的身份。现在你以为我不能做你的丈夫，你不敢靠近我。远远地躲开我，当我是个癞蛤蟆，是个猴子。"

他这几句话，很伤我，如同刀割。但是我有什么话好说呢？做些什么呢？也许这时候我不该说什么，不该做什么。但是我很伤他的心，我觉得很难过，只要我有可以敷伤止痛的药，我是要用的。

我说道："我爱你，很爱你，但是我不能表露我的爱情，不能放纵我的爱情。这是我最后一次告诉你的话。"

他说道："简！这是最后一次吗？你试想看，你住在我这里，天天同我见面，若是爱我的话，你能够永远同我远离，能够永远冷淡相向吗？"

我答道："这是做不到的，我知道做不到，所以我想到只有一个办法，若是我说出来，你听见了，更生气。"

他说道："你说出来？若是我生气，你一哭我就没办法了。"

我说道："罗切斯特先生，我一定要同你分开。"

他说道："简，你同我离开多久？你可以离开我几分钟，你去理顺你的头发，你的头发乱了，你脸上发烧，你去用冷水浸浸。"

我说道："我一定得离开桑菲尔德，离开阿黛拉。我一定要同你终身永远分离。我只好另入一个新世界，在陌生地方同陌生人相处。"

他答道："自然，我告诉过你，你该离开的。你说要离开我，这是句疯话，我只好不管。你的意思是要变成我一部分。你说要另入一个新世界，这却是不错。我一定要你做我的夫人，我并未娶亲，我一定要你做罗切斯特夫人——名是我的夫人，实亦是我的夫人。你我活在世界上的时候，我只有你。在法国南边地中海滨我有一所房子，你就在那里过欢乐天真烂漫的日子。你永远不必害怕我设计骗你——骗你做我的情妇。你为什么摇头？简，你得讲道理，不然，我又发狂了。"

"罗切斯特先生，我一定要同你分开。"

他的声音、他的手，都在发抖，鼻孔大张，两眼冒火，我却不怕。我说道："先生，你的夫人，还活在世上，这是件事实，你今早也承认的。若是我从你所愿，与你同住，我岂不是你的情妇吗？若说不是，那些强词夺理的话是欺骗人的。"

他答道："简，我不是个好性子的人，你忘记了，我是不能长久忍耐的人我又不是个淡定人。为哀怜我，哀怜你自己起见，你试试伸手过来，按我的脉，是乱跳的，你须小心。"

他露出手腕伸过来，我看他的脸同嘴唇，都全无血色。这时候，我困难到了极点。抗拒他，激怒他，是不能的；答应他，顺从他，又不可。凡人到了穷途末路，只好听天，我也只好听天的了。我不由自主地喊道："上帝助我！"

罗切斯特先生忽然喊道："我是个傻子！我只管告诉她，我并未结婚，却并不把理由解释给她听。我忘记了，她不知道那个女人的性情，也不知道当日我同那女人结婚的情形。简若是了解我所知道的，她一定会同意我的看法！简，你把手放在我手里，使我有眼看见你，手摸住你的证据，证明你在我身边。我用简单的几句话，把我那件事的情形告诉你。你能留心听吗？"

我答道："先生，我能，你若是要说几个钟头，我也能留心听。"

他说道："简，不过几分钟。你曾否听说过，我并不是长子，从前我原有一个哥哥。"

我答道："我记得费尔法克斯太太有一次告诉过我。"

他说道："你听说过我的父亲是个极贪财的人吗？"

我答道："我听见过，好像有这种话。"

他说道："我父亲因为贪财，要保存全部家产，不肯分开给我一份，立意一切都给我的哥哥罗兰。但是他又不肯叫我做个穷人，于是想法子要我同富家女儿结婚。不久，他就找着一家，有一位梅森，是他的老朋友，是西印度一个富商，是做开垦种植的。他知道他一定很有钱，就打听他的家事，知道他有一子一女，并且打听到他愿意分给女儿三万英镑的财产，他以为很好。我出了大学之后，他打发我去牙买加，娶新娘子，他早已替我求亲，说好的了。我的父亲并不告诉我有钱的话，只告诉我全西班牙城的人都称赞这位小姐是个美人，这话却是不假。我看她的确是好看，高大，美丽，皮肤略黑，同英格拉姆小姐一样的派头。女子家里的人，知道我是世家，很喜欢我做他家的女婿，那小姐也愿意。他们在宴会场中，令我见她的面。她穿得极华丽。我很少单独同这位小姐一个人见面，同她私谈的机会更少。她很阿谀我，常常令我看见她的美丽，看见她的才艺。她所与来往的人，个个都好像很赞美她，很羡慕我。我被笼罩住，又很被她吸引。那时候，我原是个毫无阅历，什么都不懂的孩子，我以为我爱她。少年人糊涂鲁莽什么事都容易上当的。她的亲戚鼓励我，同时求亲的劲敌又刺激我，她自己又蛊惑我，我糊里糊涂莫名其妙地就结了婚。我这时候想从前，我觉得我自己真可鄙！其实我并不爱她，不敬重她，我连她的性情都全不知道。人所应有的种种德性，她简直是一件都无。我并未看见她表示过慈善心和知耻心，坦诚地说，也未见过她有什么秀雅态度。她的思想是什么样更说不到了，我就瞎了眼地娶她。

“我的岳母，我从来未见过，我以为她是死了。度了蜜月，我才知道我误会了。岳母未死，不过是个疯子，关在疯人院。我的女人还有个小兄弟，是个哑巴傻子。他的哥哥，你是见过的（这个人我却不能恨，因为他对于他的疯子妹妹，还有感情，从前跟我很要好，像狗跟主人一样不离我的左右），我怕不久连他也要变成疯子。我的父亲同我的哥哥，都知道这种情形，但是他们只想到那三万英镑，就设成圈套害我。

“这些情形，已经够令我难受的了，除了遮瞒欺骗，我不能饶恕之外，别的我都可以看得开，即使我看见我的女人同我不能情投意合。她的喜好同我相反，令我讨厌，她的心地猥琐卑鄙，我却都可以不怪我的女人；即使我不能同她谈话，因为一开口，她所说的都是反对我的话，都是极无理的话；她对仆人发脾气，一时要这样，回来又要那样，仆人们都是手足无措的；我不能在家有片刻的安乐。我也还能节制我自己，不去同她计较。

“简，还有许多讨厌的详细情形，我不必告诉你了。我用几个有力量的字眼，就可以把我的意思达到了。我同楼上那个疯子同住四年，她的恶性格成熟得很快，她的恶举动也来得快；她的恶行为，非用暴虐手段不能制止。但是我不愿意暴虐，她只有极少的知识，而有极大的情欲。有她无廉耻的母亲，就生出她这个无廉耻的女儿来，她不贞不慧，我受够她的罪了。

“正在这个时候，我的哥哥死了，再过四年，我父亲也死了。我现在很有钱了！谈到别的事上，我却很穷困。医生随后检查出来，我的女人是个疯子，法律不容我同她脱离关系。简，你的脸色很难看——你不愿意听吗？我改天再告诉你。”

我答道：“先生，不是的，你只管把这件事说完。我可怜你，我可怜你。”

他说道：“简。可怜两个字，出自常人的口，是看不起人，是骂人。你的可怜是不同的，我看你的面目神色，我觉得你的手发抖，你的可怜是生出爱恋的。简，我甘受你的可怜。”

我说道：“请你往下说。你知道她是个疯子，你怎么样呢？”

他答道：“我知道之后，愁困到绝望。世人当我是个失了体面的人，我又无法可想，不能再娶。她比我大五岁，知识虽然是薄弱，身体却非常之强健，是要活到很大年纪才会死的。我那时候不过二十六岁，就成为一个绝望的人。

“有一天晚上天气很不好，那个女人歇斯底里地大发作。我所住的屋子同她分着，中间还隔两间屋子。她在屋里诅咒我，她骂我的话连最下等的娼妇也说不出口，我听得很清楚。

“我对自己说我现在是坠落最深的地狱！我非脱离不可，我只好永辞人世，回去见上帝吧。

“我一面说，一面跪下，从箱子里取出一把手枪，我想自杀了事。幸而自杀的思想，不过是忽然一现，随即消灭了。

“那时候一阵风，从欧洲吹来，雷电风雨，立时停止，天色忽然变得很好。我去花园散步，就想出办法，我立刻决意照行。简，你留心听我

我非脱离不可，我只好永辞人世，回去见上帝吧。

说我所想出来的，是个正经办法。

“我这时候觉得重新有了希望，我重新做人。那希望就对我说，你还是回欧洲，那里没人知道你的名字有了玷辱，也没得那个污秽人拖累你。你可以把那个疯子带去英国，把她关在桑菲尔德大宅，叫人小心看管她，照顾她。你自己就去英国，或其他各处游历，再同他人结婚。那个疯子玷辱你的名誉，害了你的盛年，不是你的妻室，你也不是她的丈夫。你只要把她照顾好了，你就可以无罪于人，无罪于天。你不必把这件事告诉人，你简直是同她完全断绝了关系，放她在一个安稳的地方，叫她过舒服日子，把她的秘密，把她的淫乱及种种的行为，遮盖好了，你就随她去，你就做你的事。

“我一切都照这样办的。好在我的父兄并未把我结婚的事，通知过亲友。我结婚不久，就知道不好，我第一封家信，就是力劝我的父兄严守秘密；我父亲只见我信上的话，也觉得很难为情，不愿意承认这种女人做儿媳妇，故此也就严守秘密。

“我于是把疯子带到英国，在路上不知费了我多少事。我把她放在三楼的屋子里，我找到格蕾丝·普尔看守她、照顾她，只有格蕾丝太太同卡特医生两个人知道这个秘密。费尔法克斯太太疑心，也猜到一些，不过不知道详情。格蕾丝是很靠得住的，但是她有她的毛病，有时候也失于防范。那也怪她不得，那个疯子是非常之诡诈，心地非常之阴险。看管她的人，偶有疏忽，她就要趁机行凶。有一次她藏了利刃，刺她自己的亲哥哥，有两次偷了屋子的钥匙，开门偷走出来。她第一次偷走出来，要放火烧死我；第二次偷走出来，进你的屋子找你。我感谢上帝，她只撕了你结婚的面纱，未伤你的性命，也许是她见了结婚的面纱，追想起她当日自己结婚的事情来。我想起那天晚上的事，至今还要发抖，替你恐惧。”

我问道：“你把她安置好之后，你做什么呢？你到了什么地方呢？”

他答道：“简，我做什么？我那时候变成了鬼火。我到了什么地方？我走遍欧洲大陆，打定主意，寻一个有知识的我可以爱的好女子，与我桑菲尔德大宅那个疯子不同的——”

我问道：“先生，但是你不能娶亲。”

他答道：“我打定主意了，我相信我可以娶，我一定要娶。我起初并不存心要骗人，如我骗你那样。我起初的意思，是要把我的秘密坦白说出来，光明正大地求亲。我以为总有明白的女子，听见了，愿意嫁给我的。”

我答道：“那么，先生？”

他说道：“简，你这样好奇多问，令我常常微笑。你瞪瞪眼，身子很烦躁不安地动一动，好像是以为我的答话不够快，你还要看透我的心。但是你要先告诉我，你说‘那么，先生’，这是什么意思。这句短短的话语，你是常用的，我常常被你这句话引出我许多话来，我自己也不知道是什么缘故。”

我答道：“我的意思，不过是要问后来怎么样呢？你怎么办呢？什么结果呢？”

他答道："可不是，你现在要知道什么？"

我问道："我要知道你可曾找到你所喜欢的人，你可曾问过她是否愿意嫁你，她怎样地答你。"

他答道："我能告诉你我曾否找着什么人，我也能告诉你我曾否问过她愿否嫁我，但是她对我说什么，是注在命运册里我不能说。我足足漫游了十年，一会儿住在这国的都城。一会儿又住在那国的都城；有时住在圣彼得堡，有时住在巴黎，有时住在罗马，有时住在那不勒斯，有时住在佛罗伦萨，住在巴黎的日子多些。我身上有的是钱，我又是个老世家，无论什么社会，我都可以进去，我想在英国贵妇群里，法国、意大利、德国贵族妇女中，寻一个意中人。我却找不着一个合我意思的人。有时候我偶然看到一个女人的眼睛，有时听见一个说话的腔调，有时看见一种形体，我以为这个可以对我的意思。再往下细看，就不成功。你却不要以为我标准太高，求全责备，要寻一个完人。我所要的，不过是完全同我那个疯子相反的。却找不着一个我可以开口对她求亲的。我久找不着，我就变成了一个什么都不管的放荡人。我就寻机会消遣，我却并不纵欲，这是我最厌恨的。我却是从那个疯子得来的好处，因为我以为一个放荡纵欲的人，就快要变成疯子了。

"但是我不能一个人独居无偶，我就试试养个情妇。第一个就是塞莉纳·瓦伦，她的行为我已经告诉过你了。其后我还有两个情人。一个是意大利女人，名叫嘉辛塔。一个是德国女人，名叫克莱拉。这两个人都是当时很有美名的。过了几个星期就无所谓美貌了。嘉辛塔是毫无道德可讲的性情又凶暴，我养了她三个月，就讨厌她了。克莱拉是个靠得住的人，也安静，不过她是很笨重的，无思想，无知觉，毫不合我的意思。后来我给她几个钱，叫她开店做生意，就同她断绝关系了。简，我看你现在的神气，很不以我为然，以为我是个寡情无道德的浪荡公子，是不是？"

我答道："先生，这时候我却不如有时候那样喜欢你。你一会儿养这个情人，一会儿又换一个情人，难道你不知道这是不对的吗？看你谈话，好像是自然而然该做的事。"

他答道：“我何尝不觉得不对？我何尝喜欢这样的办法呢？这是极卑劣的行为，我以后是永不再做的了。养情人不过比贩奴好些，这两种人，是天生的卑劣，处的地位也是卑贱，同她们相处的人，自然也变作下贱。我现在想从前的事，觉得很厌恨。”

我觉得他所说的话，很有道理。我从他所说的这几句话里又推想出几层道理来，假使我忘了我自己的本来，忘了我自己所受的教育，或为富贵所诱，或借口别的缘故，走了他的什么塞莉纳、嘉辛塔、克莱拉的旧路，做了他的情人，总有一天，他看我就如同他看待她们一样。我心里很以为然，但并没说出来。我把这几层道理深印在心里，遇着危急的时候，或用得着的时候，我就请出来帮我不要陷入深坑。

他说道：“简，你为什么这时候不说‘那么，先生’？我还未说完，你的脸色为什么这样严肃？我知道了，你还是不以我为然。我要把最重点的告诉你。今年一月间，我把情人打发走了，觉得我这样游荡忘返、孤寂失望的日子，过够了，心里是恨极世上的男人，尤其恨的是女人（这时候我以为我要找一个有知识、有爱情、有道德的女人，不过是做梦），因为要办事，我就回到英国。

“有一天很冷的下午我骑马回家，到了离桑菲尔德大宅不远的地方。这原是我厌恨的地方，我知道在这宅子里是不能享受安乐快活的。我就走上一条小路，看见一个身材渺小、很安静的人坐在小栅栏上。我从她身边走过，也同走过一棵柳树一样，毫不留意。并无预感报告我，将来同这个人有什么关系；也不知道这个穿得很朴实的人会操纵我将来的人生。等到我的马滑倒在地上，把我摔下来时，这个人走过来帮助我，我还是丝毫不觉得有什么关系。她这个渺小天真烂漫的东西！我觉得好像有一只很小的小鸟，跳到我脚边，提议用它细小的翅膀背负我。那时候我是很恼火的，但是那个小东西不肯走，站在我身边，很耐心地不走，言辞像要吩咐我，使我不得不遵从。我那时候是一定要人帮我，还是一定要那个小东西的手帮我，我只好由她帮助我。

“我用手一拉她的肩膀，觉得有一种新血脉新感觉透入我的身体。

好在我知道这个小妖怪是宅子里的人，是要回到我家里的，不然，我不能让她悄悄地溜到别处去了。简，当天晚上，我听见你回来，我心里很想你，很留心地看你，你也许不知道。第二天，你同阿黛拉在这条路上玩耍，我很留心看你，看你有半个钟头，我却不让你看见我。我还记得那天下雪，你不能出门，我在我自己的屋里，房门留一条缝，我又可以看你，又可以听你说话。我以为表面上你是照护阿黛拉，心里却不在意阿黛拉。但是我的小简，你竟十分耐心地照护她，同她说话，同她嬉戏了许久。等到她一走开的时候，你立刻就深思深念起来，在过道上慢慢地散步。有时候你看看积雪；有时候你听听那如泣如诉的风声，你又散步入了梦境。我想你所做的白日大梦，好像不是噩梦，因为你的眼神露出欢喜的样子，面貌有一种和蔼活泼的景象，断不是搅乱愁怀的。因一种少年欢喜的心事，发生希望，引入意中的天堂。随后费尔法克斯太太喊仆人，才把你惊醒了。简，最奇怪的是，你对自己微笑！你这微笑，是很有道理的。你这一笑好像是说：'我所架的空中楼阁是很雄丽的，不过我要记得，原是幻想出来的，不是真的。我的脑子里诚然有最美的天色，有绿叶红花的极乐世界，但是我头脑之外，脚踏的是一条满眼荆棘的险路，路上还有大风暴雨。'随后你走下楼找费尔法克斯太太要事做，也许是要算宅里的零用账。你走开，我看不见你，心里不高兴。

"我很耐心地等到晚上，要喊你来见我。我疑心你这个人很特别，我要深探，要知道你是个什么品质。你穿的衣服很古老，你进房门的时候，带些羞怯，却很现出独立不依赖的神气。我叫你说话，听了不久，我就觉得你很有些奇怪、自相矛盾的性情。你的衣服，你的态度，是很合严格的规则的，你的神情天生成极高雅的性情。但是并未习惯社会的情形，很不愿意说错一句话走错一步路。然而有人对你说话的时候，你立刻抬头瞪起两只锋利大胆有光的眼，直看那对你说话的人。你的眼光摄人，是很有力，很能深入的。我盘问你的时候，你用不着思索，立刻就有话答，答得还是很圆满的。过了不久，你好像同我惯熟些。简，我相信你觉得同你这位严厉好怒的主人有相似的地方，因为我不久就看见，你见我的时候很有雍容闲雅态度。我只管狂吠乱嗥，你丝毫不现出诧异、害怕、不耐烦、不喜欢的神色。你也是很留心地观察我，有时微笑，很有聪慧可喜的神气，我却说不出来。我立刻就很满意，我见过你，我喜欢你，我要再往下看。但是有许久，我很冷淡地对待你，不常常找你来说话。因为我希望这种新鲜、刺激的相识所带来的喜悦能绵长不竭。况且，我又害怕这朵鲜花，放在掌中太久就容易残——新鲜过了，就不能闻香。那时候我还不知道这朵鲜花是绚丽、异香经久不败，永发异彩的宝花。我又要试试看我躲开你你找我不找——你却不找我，安安静静地坐在课堂里，动也不动，同书桌画架一样。若是偶然同你相遇，你同我打个招呼，尽了你的礼节，就走过去。简，那些时候，你的神色像是有深思的。你却并不颓丧，因为你不是多愁多病的人；但是你却显得不高兴，因为你既无希望亦无实在的快乐。我却以为很奇怪，要探究明白你对于我是什么印象，到底你曾否想到我，于是我重新招呼你。你对我说话，眼色有点欢喜，态度是柔和的。我看出来，你是愿意与人交谈的，不过是那个课堂同那种闷人的功课，把你弄得愁闷了。我让我自己和蔼待你，果然就感动你。你的神色同声音，也就变了温和；你说我的名字时候，语意是欢乐感谢的，我很喜欢听。这时候我喜欢同你偶然相遇，你很有迟疑的神气，你两眼看我，深露怀疑，你以为摸不着我一时三变的脾气，不知道我拿严厉主人架子对待你，抑或用客气朋友的资格对待你。我这时候太喜欢你，不肯常用主人身份对待你；我很和蔼地伸出手来，你是满脸的欢容，我很费事才忍得住我自己不把你抱到我怀里。”

我截住他说道：“先生，你不必再说从前的旧事了。”我一面说，一面滴泪。我听他这番话，如同身受酷刑，因为我知道我快要实行我所决意要做的事，说这番旧话，现出当日他的感情，使我听了更为难。

他答道：“不必谈了，旧事谈来做什么？现在的事才实在，将来更是光明。”

我听见他这种夸张得意的话，很发抖。

他又说道：“现在的情形，你是看得很清楚了，是不是我的少年同我的盛年受的，不过是痛苦，不过是寂寞无偶的日子，到这时候是第一次找着我可以爱的人——我找到你。你是我的心有灵犀，你是我的仙女，我看你又好、又聪明、又可爱，我就动了情；我依靠你，我把你拉到我心里，我用我自己裹住你，发出一种极清洁极有大力的火，把你我两个融合成一个人。

“我因为知道是如此，觉得是如此，故此我决意娶你。若是说我已经有了妻室，那是句空话，是句讥笑我的话。你现在知道了，我并无妻室，不过是个恶鬼。我设法骗你，原是我的错，但是我恐怕你顽固，我恐怕你有根深蒂固的牢不可破的成见。我要先跟你说定了，以后才把秘密告诉你。这是很不应该的，这是卑劣鄙夫所为。我应该一开始就把秘密先告诉你，求助于你的高尚心灵，以大度相处，同我现在一样，把我半生的痛苦，坦白告诉你，我如饥如渴地，要志趣向上，要做个极高等的、对生活有追求的人，要告诉你我是自然而然甘心愿意地爱你，我该求你相信我真诚地爱你，求你也真诚地爱我。简，现在你答应我，把真诚的爱情给我吧。”

他沉默了一会儿。

随后他又说道：“简，你为什么不声不响？”

我这时候简直是受古时用水火试验的酷刑，觉得有烧红的铁箍，箍住我。这时候我是十分的恐怖，挣扎也挣扎不了，四围都是大火，天地昏黑！凡是要人相爱的，都比不上我受他这样的相爱，况且这样爱我的人，又是我死心塌地崇拜的。但是我不能不抛弃他的爱，不能不脱离我所崇拜的天神。我却知道我唯有一个办法，就是脱离。

他说道：“简，你明白我的意思了？我只要你答应我一句话，我只要你说罗切斯特先生，我愿意给你。”

我答道：“罗切斯特先生，我不愿意给你。”

又一阵沉默。

他随后露出温和神气，我看见了，愁苦到动不得，恐怖要变成了个石人，我知道他这种安详的声音，立刻要发出狮子的狂吼，他说道：“简！你的意思是要你走你的路，我走我的路吗？”

我答道："是的。"

他弯腰近前抱我，说道："简，你现在就要实行吗？"

我答道："是的。"

他很温柔地吻我的额，吻我的脸，说道："现在就实行吗？"

我赶快地挣扎出来，完全地离开他，答道："是的。"

他说道："简，这是太苦了我！这是个罪恶。爱我不是罪恶。"

我答道："我依从了你，却是罪恶。"

这时候他的脸色变得凶猛，他站起来，但未立刻发作。我把手放在椅背上以支撑自己，我浑身发冷，我害怕，但是我的意思是很坚决的。

他说道："简，你且略等一会儿，你试着回头看看，你走开之后，我所处的可怖情景。你走了，就是把我的欢乐都拖走了。还有什么剩的？所剩下的是楼上的疯子，名为我的妻子，倒不如说坟堆的死尸，是我的妻子。简，你叫我做什么呢？你叫我向哪方找同伴，找希望呢？"

我答道："你该同我一样依靠上帝，依靠自己。信上天。希望在天上再相会。"

他答道："你不愿意让步。"

我答道："我不能让步。"

他这时候声音很响地说道："你要定我的罪名，要我过极苦痛的日子，要我永远受咒骂而死吗？"

我答道："我劝你做无罪无恶的人，愿意你安乐而死。"

他说道："你把爱情同纯洁夺去，把我摔回去，走旧路，拿纵欲当作爱情，拿作恶当消遣吗？"

我说道："罗切斯特先生，我并不叫你去做这种事，我自己更不做这种事。天生我们是要忍受的，是要发奋的——你也得这样做，我也得这样做。我未忘记你之前，你就先忘记了我。"

他答道："你这句话是要把我当成个说谎的人，你糟蹋了我的体面。我告诉你，我是不能变的，你却当面告诉我，不久我就要变。你的判断力颠倒了，你的见解越出常轨了，你以为穷追一个人，追到他无路可走，完全绝望，比违犯一条人造的法律好吗？况且犯了法律，并无人受损害。因为你既无亲戚，又无知交，你与我同住能得罪了谁呢？”

他这句话是句大实话。他一面说，我的良心同理想一面反对我的主意。这时候我的心情，已经大为感动，于是感情，良心，理想，同时大声对我说道：“你得替他想想！想想他的苦恼，想想他的危险，想想你抛弃他之后，他所处的情形；你要记得他的执拗性子；你要想他绝望之后，一切任性、什么都不顾的行为；你安慰他吧；你救他吧；你爱他吧；告诉他，你爱他，给了他。世界上哪个人管你呢？你爱他，伤害了什么人呢？”

但是我还不害怕，我还是要答：“我必须要管我自己。我越是孑然一身，越是无亲无友，越是无人照顾我，我越要自重自爱。天律我要遵守，人律我也要遵守。我有知有识的时候，所定的宗旨，我是要遵守的。所有的法律宗旨，原不是为无外物引诱我们时所设的，特为有外物引诱时所设的，如我现在所处的情形就是的。这时候我整个身体，整个灵魂，都是反对这些极严的天律人律。做人的宗旨，虽然是极严，却尚不能违背。若是因为我个人的便利，就要违背法律，打破范围，这种法律还有什么价值呢？法律是很有价值的——我向来是相信的，若是我这时候不能相信，是我疯了——失去意识了。我处在现在的环境，只好紧抱住向来的成见，事前的裁决，我才有立足的地方。”

我果然紧抱住我的宗旨。罗切斯特先生看见我的神色，知道是我抱定了宗旨。他的猛烈性子，煽动到了极点，他压制不下来，要发作一回。他就跑过来，抓住我的手臂，捉住我的腰。两眼冒火，好像是要吃了我。我的气力是远敌不过他，还不如鸿毛遇着大火。但是我的灵魂还是存在的，我觉得到底不怕他，可以保我的安全。幸而灵魂有一个诠释者——常常是位无意识的，却仍是忠实的诠释者——那就是双眼，我双眼看他的凶猛脸，不知不觉地我叹了一口气，他抓得我很痛，我的气力快消耗尽了。

他咬牙切齿地说道：“我向来未见过这种弱小的身体，有这样的气魄。你在我手上，不过是一条芦草（他用力摇我）！我用两个小手指就可以把你揉过来。但是我把你揉弯了，把你打碎了，有什么益处？看看你这两只眼，看看这个刚决自由、野性难驯的东西，胆敢同我挑战，胆子极大，居然战胜我。无论我怎样对付这个笼子，我总不能捉住笼子里的东西，总捉不着这个野蛮美貌的东西。若是我打破这个笼子，打开这个监狱，我的野蛮办法，反把这个东西放跑了。或许能攻下这个房子，但是我还未进宅，那住在宅子里的东西，先已飞到天上了。我要的是你的精神，连同你的毅力、德性、贞洁，不独是要你的脆弱身体。我放任你，你是自己会很温柔地走过来滚在我怀里，我若是逆你的性情，用蛮力抓你，你是会溜走的，同一股气一样，我未闻见香味，就已经溜了，散了。简，你来，你来。”

他说这话时，把我放了，看看我。这一看比那一抓，尤其难以对付。但是这时候，我若反服从了他，就是个大傻子了。我已经放胆抵抗他，令他的暴力无所施，现在我要躲避他的忧愁痛苦，我退到门口。

他问道：“简，你要走？”

我答道：“先生，我要走。”

他问道：“你脱离我吗？”

我答道：“是的。”

他问道：“你不愿意来吗？不愿意做安慰我的人，不做我的救星吗？我极深的爱情，我的荒远无归的愁苦，我如疯如狂的哀求，你一切都不管吗？”

我听他的声音里有说不出来的悲痛，我觉得再说一句“我要走”，实在是难以出口。

他喊道：“简！”

我答道：“罗切斯特先生！”

他说道：“既然是这样，那你走吧，我答应你走，但是你要记得，你是走了，剩下我一个人受悲痛。你回你自己的房间，把我所说的话，重新细细地想想，简，顾一顾我的悲伤，替我想想。”

他掉转身子，倒在榻上，两手掩面，喊道：“简，我的希望，我的爱情，我的性命！”随即叹一口气，涕泣。

我这时候原已走到门口，又重新走回头。我跪在他的身边，我把他的头掉转过来向我，我亲吻他的脸，我用手理顺他的头发。

我说道："我至爱的主人，上帝保佑你！上帝保护你，不使你受害，不使你走错了路，指点你，安慰你，因为你待我好，上帝赏赐你。"

他说道："简的爱情，才能算是赏赐，没有简的爱情，我的心破裂了。但是简高贵大度，肯把爱情给我的。"

这时候血冲上他的脸，他的两眼发光，他跳起来，站得直直的，伸出两手，我躲开，不让他拥抱，立刻走出屋子。

我离开他的时候，心里说道："告别了！永远告别了！"

当天晚上，我以为是睡不着的，不料我倒在床上，居然睡着了。我做了许多梦，梦见少年时的情景，躺在里德太太的红屋子里。梦见有女神走来附耳对我说道："我的女儿，你赶快走，不要受引诱！"

我答道："母亲，我就走。"

我醒过来，这时候是七月，夜短，过了半夜不久，天就有点亮。我想我得早点收拾。我原是和衣而睡的，起床穿上鞋子，我打开抽屉，拿些内衣，一个小盒子，一个戒指。我拿这些东西的时候，看见罗切斯特先生给我的珍珠，这不是我的东西，我不拿。我把内衣等包作一小包，我的钱包里有二十个先令（这是我的全部钱财，多一文也没了），我把钱包放在口袋里，戴上草帽，披好围脖，拿着小包袱和鞋子，悄悄地出了房门。

我溜过费尔法克斯太太的房门口，心里说道："费尔法克斯太太，告别了！"我看着阿黛拉的睡房，心里又说道："我的小宝贝阿黛拉，告别了！"

我原想在罗切斯特先生房门口径直走过，不停留的。但是却不由自主地站在他的门口。我听见房里走来走去的声音，还听见有长叹之声。这房子原是个天堂——是个暂时的天堂——我若是愿意入天堂的，就在我眼前，我只要走进去说"罗切斯特先生，我愿意爱你，我愿意同你住在一起，与你同生共死"，我立刻就可以享欢乐，我想到这一层。

我这位多情的主人，这时候不能睡觉，很不耐烦地等，等天亮。一到天亮，他一定来找我，那时候我已经走了。他一定打发人四处找寻我，但他是找不着我的。那时候他就知道，我抛弃他了，不接受他的爱，他就要痛苦，也许变成一个绝望的人。我又想到这一层。我伸手去摸门把，我又缩手，走过去了。

楼下是很萧条的。我走入厨房，找小门的钥匙。我找着一根羽，蘸点油，涂在钥匙上，带些水，带些面包，随后开了小门，走出去，轻轻地把小门关上。走到院子里，天才微微亮。大门是锁了的，有一道小门，不过是上了闩。我从小门走出去，又把门关好，我现在已出了桑菲尔德大宅了。

离田三里，有一条路，是往与米拉柯相反方向的村庄的，我向来没走过，我现在就向这方向走，要同米拉柯远离。这时候不容想心事，不能回头望，也不能向前望。因为回头是个天堂，甜美又可怖，若是向后一想，就没有毅力前行了。说到面前，是前路茫茫，好像是世界遭了洪水。

我从田边走，穿过篱笆，走入小路。早上的天色很可爱，我的鞋子（是出了宅门才穿上的）被露水湿透了。风景是不能赏的了，一个奔赴法场的人，哪里还有心情欣赏路上的风景，只想到绞刑架和刽子手的利刀。这时候我只想到逃走，想到无家可归。我又想到他（不由自主地想到他），在他房里等日出，等我走去告诉他，说我愿意同他住，愿意跟他。我很想跟了他的，我很想回去，此时还不迟，还来得及，还可以免得他受我抛弃他的痛苦。到这个时候，他们还不知道我逃走，我还可以安慰他，使他得意，不使他受罪，拯救他，不要毁了他。我很怕他因绝望变成自暴自弃的人，我想到这一层，心里很痛，如同中了箭，我很想把箭头拔出来。此时禽鸟开始在树枝上歌唱，鸟是爱情的符号，它们相恋爱是很有义气也很多情的。我是个什么东西呢？我很厌恶我自己，我想到我自己此时的举动是很应该的，但这不能安慰自己。我想到我这种举动，是出于自爱，这也不能安慰我自己。我抛弃伤害我的主人，我觉得自己是个很可恶的人。然而我还是不回头，一直往前走。一定是上帝领我向前走的。我自己的心愿，我自己的良心，是要我回头的。我一路行，一路哭。我走得很快，好像是失去了知觉。随后觉得内心疲倦，慢慢地四肢也倦了。我倒在地上，我躺在地下有几分钟，把脸紧靠在湿草上。此时我既害怕，却又希望我就死在这里。过了一会儿，我爬起来，又走。

我到了路边坐下，听见车轮声响，有一辆车走过来。我举手，那辆车停住。我问他的车往什么地方去，他告诉我一个很远的地名，我知道这个远地方同罗切斯特先生是没关系的。我问他要多少钱，可以把我送到那地方。他要三十个先令，我说我只有二十个先令。他说算了，勉强送我到那里。他因为车是空的，还让我坐在车里。我上车，关好车门，马车往前走。

读者呀，我但愿你们不要受我这时候所受的痛苦！但愿你们不要流我这时候所流的泪！但愿你们不要害怕，同我一样怕害了你们所最爱的人！

我到了路边坐下，听见车轮声响，有一辆车走过来。

第二十八章　漂　流

过了两天，是个夏夜，车夫把我送到一个叫惠特克罗斯的地方，说二十个先令，只能坐车到这里，我此时是身无一文。马车已走了有一英里多路，只有我一个人在这个地方，我才发现我的小包袱还放在车里忘记了拿出来，我真是一身之外无长物了。

惠特克罗斯既不是个市镇，又不成个村落，不过是个十字路口，只有一根石柱，落满白灰，远远就可以看见。柱顶上伸出四只手，说明到某处多少里，最近的是三十多里，最远的有六七十里。一见地名，我约略知道我此时在某省某府。四周见山，无人来往，我知道是个荒凉的地方。但是也许偶然有人走过。我不愿意有人看见我在柱子左右徘徊无主，一见就知道我是个迷路的人。人家问我，我答不出来令人疑惑。此时我同社会是完全不相干，看见我的人，是不能好好地待我、盼望我好的。我除了老天之外，无亲无友，我只好依赖天，求一个立足之地，我只好绕着沼泽在草丛中走。

我怕附近有牲畜，又怕猎户看见我，以为我是偷牲畜的人。听见一阵风响，又怕是牯牛来追。过后听见雎鸠叫，又怕是有人在附近。天快黑了，寂静无声，我才放心。

我想，我应干什么呢？我该往哪里去呢？我自己不能回答，觉得非常难受！即使找着人家，也还离得很远；即使找着人家，我无论怎样哀求，说多少来历，人家可能还是不肯拯救我，给我点吃的喝的。

我摸摸草，是干的，热气还未散，草是暖的。抬头看天，天色很好，头上还有一颗星星在闪光。开始下露，并无风声。我以为老天待我很好，我虽是个无家可归的人，老天仍然是爱我的。人类不相信我，抛弃我，侮辱我，我还是靠着天，如同儿女靠父母。我既然是老天的孩子，我今天晚上，只好求天收留我了。天就是我的母亲，她收留我歇宿一夜，是不要房租的。我还有一小块面包，是白天路过一个市镇时拿一个便士买的，这是最后一个便士，用过了我就什么钱都没有了。我看见附近有些小浆果，我摘了些，配面包吃。我本来是很饿的，吃了这一顿苦饭，一顿苦行僧的饭，总算是吃饱了。我吃完了，祈祷上帝，找个地方睡觉。

我找了一块中间低四周高可以躲风的地方睡下。折好我的围巾当被，一处有凸起的泥做个枕头，初睡的时候，并不觉得冷。

假使我此时不是心痛，我原可以安睡的。我此时伤心要流血，我很替罗切斯特先生害怕，很怜悯他，我想见他。我虽然像是个折翼的鸟，还想鼓翼凑近他。

这种心思发作，很令我难受，我起来跪下。天已很晚了，星星出现了，晚上很安静，我不觉得害怕。我们都知道上帝是无所不在的，唯有晚上天晴无云的时候，他所造的各种世界在空中旋转，更觉得亲切。上帝是无穷的，无所不能，无所不在。我跪在地上，替罗切斯特先生祈祷。我抬头看天，我的泪眼看见天河。我记得天河是什么——那里有无限的世界，不停地旋转，在我们看去，不过是一道光——我感觉到了上帝能力之大。我很知道上帝所创的，上帝能保护。我慢慢相信地是不会灭、人的灵魂也是不会减的。我就祈祷感谢上帝。我知道罗切斯特先生可以平安无事，因为他也是上帝所造的，自然也是上帝所保护的。我又缩在我的窝里睡，居然忘了愁苦，睡得很酣。

翌日早上，太阳已经出来，百鸟早已离巢，蜜蜂已采过许多蜜了，我起来向四周观望。

天气很好，很安静，不过很热！我却要找吃找喝的，站起来，仍回到惠特克罗斯沿着一条向西的路走，我无所选择，不过向西可以背着阳光走。我走了很多路，觉得很疲乏，坐在路旁一块石头上，远远听见教堂钟响。

我向钟声走，看见一个小村子，看见教堂的尖顶。右手的山谷是牧场、麦田、树林，还有小溪流。随后听见前面有车声，看见一辆重载的车上山，还看见两头牛，一个牧人。人畜都在那里用苦力做事，我也得出苦力向前走。

走到午后两点钟，我进了村子。一条小街的尽头有一个小店，窗子里摆些面包，我很想吃面包。我吃了东西才有气力，没吃的是走不动路的。我想想看，我身上有什么东西可以换些面包吃呢？我有一小块丝手帕围着我的脖子，我有一双手套。我不知道贫穷到极点的人，该用什么法子觅食。我又不知道人家要不要我这两样东西。我只好试试看。

我走进小店，看见一个女人。她看见我穿得很整齐，以为我是个上等妇女，很客气走上前迎我，很多礼地问道："我怎样可以伺候你？"我听了万分难为情，我的唇舌说不出我所要说的话来。我不敢把戴旧的手套和有许多褶皱的手帕卖给她，况且我也知道这太说不过去了。我只好说我走乏了，借她的地方略歇一歇。她听我并无买卖照应她，冷冷地让我进来，指指椅子，我就坐下。我想流泪，很努力才收得住。我问她，村子里有什么女裁缝，或做别的事的女工没有。

她答道："有两三个，事情刚够她们忙的。"

我想了一会儿，我要说到本题了，我是无亲无友，身无一文。我要找事做。但是找什么事做呢？向哪里找呢？

我问道："你知道，这里有什么人家，要雇用女仆吗？"

她答道："不知道，说不出来。"

我问道："本村里做的是什么事业？村里的人，大约都是做什么的？"

她答道："有许多是种地的，有许多是在针厂做工的，有些是在铁厂做工。"

我问道："针厂用女工吗？"

她答道："不用女工，全用男工。"

我问道："那么女人都做什么呢？"

她答道："我不知道。有做这样的，有做那样的。穷人只好找着什么事，就做什么事。"

她好像很不耐烦，我问她许多话，原也怪不得她，她同我有什么关系？此时有两位邻居走进来，我不好再坐在那张椅子上，我出了店。在街上走，看见两旁的房屋，我想不出来，说些什么话再走进人家屋里去，只好在村子的四周绕，绕过了，再等一两个钟头，又绕回头。此时挨饿已久，走不动了，坐在路旁歇歇，坐下不久，我又站起来想办法，至少也要找个人打听打听。小路那一头，有一所很可爱的小房子，门前有花园，收拾得很整齐，开了好些花。我站在园前，想道：我有什么事走上前敲门呢？屋里的人同我有什么关系，怎么会帮助我呢？但我还是走上前敲门，有一个很和蔼穿得很整齐的少年女子开门，我就问道："你们这里雇用女仆吗？"

她答道："不用，我们不用女仆。"

我问道："你能够告诉我有什么地方，我可以找事做吗？我是个异乡人，此地并无亲友。我要找事做，无论什么事都可以。"

但是她并无义务替我想办法，替我找事，况且从她的方面看来，一定疑心我的人格，疑心我所说的话。她摇摇头说道："我不能告诉你。"很客气地把门关了。假使她稍停一会儿再关门，我就要开口问她讨块面包吃，此时我忍不住饿了。

我又不能再进那村子，假使再进去，也是无用。我很想走入树林歇歇，但是我觉得又乏又饿，又无力，自然而然地还想在这里绕绕，找点吃的。挨饿的时候歇息，是不能称其为歇息的。

我走近人家，又退缩回头，总觉得他们都同我不相干，管我做什么。这下半天，过得很快，我好像是丧家之犬，无处觅食。我走到一块田上，望见教堂尖顶，我就向教堂走。离教堂不远的一个小花园中间，有一所小房子，我知道是牧师的住宅。我记得异乡人来到一个地方，无亲友可投的，往往求牧师谋生活。牧师是应该帮他们的，即使不能代他们谋事，也该替他们想法。我觉得我可以向牧师求助。我用尽气力，走到这所房子，敲厨房门。有一个老婆子开门，我问这里是否是牧师的住宅。

“是的。”

“牧师在家吗？”

“不在家。”

“他就快回来吗？”

“他出了门，不会很快回来。”

“是到远处去了吗？”

“并不远，不过十里八里。他的父亲死了，他们喊他回去。他现时在某处大约要耽搁两星期才回来。”

“太太在家吗？”

“没有太太，只有我，我就是管家的。”读者要知道，我这时候还不肯求乞，我不能向她讨饭吃，我只好走了。

我重新又把手帕子解下来，又想到回去那间小店买面包吃。我此时只要一小块面包！只要一小块面包皮充饥！不知不觉地，我回头又向小村里走，我找着那间小店走进去，那时候屋里还有些别人，我问那女人道：“你可以拿我这块手帕换一块面包给我吗？”

她很疑心地看看我，说道：“不能，我向来不是这样做生意的。”

我这时候是完全绝望了，问她换半块面包，她还是不肯，她说道：“我不知道你这块手帕是从哪里得来的。”

夏洛蒂·勃朗特的弟弟布伦威尔笔下的勃朗特三姐妹。

我问道："你可以拿我的手套换面包给我吗？"

她答道："我要手套没用处！"

读者呀，我述这种详细情形是很不高兴的。有许多人说，追述从前所经过的困苦，是很有趣味的，但是我今天追写我这时候的阅历，我觉得很难受，很支持不住，我是很不愿意追叙我当日丢掉体面，失去身份和所受的流离困苦。她们拒绝我，我毫不责怪她们。我觉得这都是意料之中的事，一个平常求乞的人是令人怀疑的，一个穿得好好的求乞的人，更令人怀疑。虽说我所求的是找事做，但是谁对我负了什么责任，要替我找事呢？初次见我的人，不知道我的品行，如何能够替我找事呢？说到那个女人不肯拿面包同我换手帕，她原是不错的。她若是疑心手帕的来路不正，或是不合算，自然是不肯换。我写到这些情形，我心里极难过，我只简单地说吧。

快到天黑的时候，我经过一个种田人家，种田的坐在门口吃面包，吃乳酪。我站住脚，说道："我很饿，请你给我一块面包吃。"他看了我一眼，有点怀疑的神色。却一语不答，切了一块厚面包给我。看来他以为我并不是个求乞的，不过是一个有乖僻性情的女人。我走开，走到看不见田家的地方，我坐下吃面包。

我不能盼望有个晚上栖身之所，我要走入树林找地方歇息。但是晚上天气很不好，我心里很不安宁。地上潮湿，空气又冷，又有许多人经过。我在一个地方歇了一会儿，又另找地方，一连换了好几处，都觉得不清静，不平安。快到天亮，下起雨来。翌日，一整天都是下雨。请读者不必问我当日的详细情形。这一天还是同昨天一样，我找事做，被人拒绝了，也同昨日一样挨饿，但是有一次却得着一点食物沾唇。我在一座茅屋门口，看见一个小女孩子，要把一堆冷的稠粥，倒在猪栏里喂猪。我问道："你可以给我吗？"

那个女孩子瞪眼看我，喊道："妈妈，有个女人，跟我要冷粥吃。"

屋里有人说道："她若是个讨饭的，你就给她。猪不要吃。"

那女孩子把结成一块的冷粥，倒在我掌中，我好像是只饿狼，都吞下去了。

等到天很黑时，我停在一条小路上。

我自言自语道："我没有气力了，再走也不能多走了。今天晚上，还在外露宿？雨下得很大，还要睡在湿地上？但是不睡在湿地上，又睡在哪里呢？有谁收留我呢？现在我又饿，又冷，又晕，又孤寒，实在是可怕。也许等不到天亮，我就要冻死饿死了。为什么我不愿死去呢？为何我还要挣扎着维持这毫无价值的生命呢？因为我知道罗切斯特先生还活在世上，我不甘心饥寒而死。老天呀，赐我力量，暂时扶持我，拯救我，指点我。"

我睁开迷蒙的眼看看，四处都是浓雾笼罩。我知道已经离那个小村子很远了，到了荒野。

我又细想道：我与其倒毙在路上，不如死在哪里宁可让乌鸦吃了我的肉，剩下骨头比埋尸在栖流所的棺材里、在乞丐坟堆里发霉要强。

于是转脸向小山走，我走到那小山，想找个稍为凹下的地方躺下，虽然不是安稳地方，却多少还有点遮盖。但是四处都是很平的，没什么凹地。远远看见有一点光，我以为是鬼火出现，一会儿就要灭的，但是看了许久，火光不灭，也不进不退。我又以为是烧什么东西，再看看这一星火，蔓延不蔓延，原来还是只一点，我猜是烛光。我又想道：不知道我能够走到那里不能，若是我毫无气力，走不动，即使是近在咫尺，我也走不到。即使是户人家，我去敲门，他们收不收留我也未知。

这时候我倒在地上，脸靠着地，伏在那里不动。此时刮起大风来，雨落得更大，我浑身湿透入骨。假使我此时像个无知无觉的僵尸，无论什么大风大雨，是觉察不到的。然而我还是个活人，觉得异常难受，过了一会儿，我又起来。

看看那一星的远光还未灭，我试着往前走，勉强拖着两条腿走，跌倒两次。我觉得这一点火，是我的救星，有了希望，振作精神往前走。

过了小山，眼前一道白的，就是一条小路，一直对着那点灯火，慢慢看见一个高坡，坡上有些树，树里就是这灯光。快走近了，却看不见灯火。眼前一片黑，我伸手去摸，摸着石墙，我扶墙走。又看见有白色的东西，原来是小门，两旁有黑树，门闩是挂上的，我推开小门。

我走进去，从小树堆里走过去，看见房子在面前，却看不见灯火。我猜屋里的人是睡觉了。我去找宅门，摸着墙角，转过墙角，又看见灯，是从小窗子里射出光来，有些爬山虎叶子遮住，见得灯光很小。我把树枝树叶推开，看见有灯光的屋子，看得很清楚。屋里的地洗擦得极干净，满铺细沙，一张厨桌上摆些厨房器皿，炉里烧着柴，还有一个钟，一张白板桌，几把椅子，桌上点着一支烛，桌旁坐着一个年纪稍老的女人，面貌有点粗，却是很干净很整齐的，坐着织袜子。

这都是我一瞬眼所看见的，我所留心看的，是火炉边的人。两个很文雅的少年女子，一个坐在矮摇椅上，一个坐在矮凳上；两个穿的都是黑色丧服，衬托出她们雪白的脸同脖子。一只大狗蹲在地上，把头放在一个女子膝上，那一个女子怀里卧着一只黑猫。

这间屋子，明明是一间很朴素的厨房，怎么会有这样文雅的两位女子在里头呢！这两个是什么人呢？断不是那年纪稍大的女人的女儿。年老的是个乡下人，这两位少女是很秀雅很受过教育的。这两个人的脸我从未见过，一见却好像是见惯的。她们的脸色很白，神情也太严肃，我不能说她们貌美。两个人都看书，都在深思，未免太过严肃。两人之间摆了一个架子，架子上放了一支烛，还有两本很大很厚的书，她们时不时地翻两本大书看，又对着手上的小书，好像是在那里翻译什么东西。屋里静极了，里面钟摆的响同炉里炭屑坠地的声音我都听得见；好像连那织袜的声音，也听得见。随后一位少女说话，我是听得很清楚的。

那女子说道："黛安娜，你听说弗朗兹和年老的丹尼尔晚上在一起，弗朗兹说他所做的梦怎样恐怖，把他给惊醒——你听我说——"此时声音很低的，读一段书，我却一字不懂，既不是法文，又不是拉丁文，是否是希腊文、德文，我却说不出来。

读完了，那女子说道："这是很有力的文章，我觉得很有味。"另一个女子，一面看火，一面再说一遍她姐妹刚才所读的文。后来我才知道那是本什么书，是哪一种文字。

那个年纪老些的抬头问道："有一国是这样说话的吗？"

一个女子答道："汉娜，有一国全是说这种话不说别种话的，这个国比我们英国大得多。"

年老的答道："我却不懂得他们说的什么。若是你们不论哪一个到了那一国，我猜你们肯定懂得他们说些什么。"

那女子答道："我们大略知道一点他们说的什么，但是也不能全懂。我们不会说德国话，我们并不怎样聪明，我们若是不用字典，也不能读他们的书。"

年老的问道："你们学德文有什么用处？"

那女子答道："我们是想将来要教德文，教初学的德文，我们就可以多得酬劳。"

年老的说道："是的。但是今天晚上，你们很用功了。不必再读吧。"

另一个答道："我想我们很用功了。我是觉得累了，玛丽你觉得怎样？"

那女子答道："我是累极了。学外国文学，没先生教，专靠自己翻字典，是很辛苦的。"

另一个说道："学德文是更难。圣约翰不知几时回来。"

那女子好答道："该快来到了（掏出一个小金表看看）。刚好十点钟。汉娜，雨落得很大，请你去看看客厅的火炉。"

那年老女人站起来，门开，我看见一条过道，随即听见通火炉的声响。过了一会儿，她走回来说道："哎，孩子们，我走进那间屋子，看见那一张空椅子摆在屋角，觉得凄惨。"说完，拿围裙擦眼泪，那两个女子，神色本来就是很严肃的，听见这两句话，变得很惨淡。

叫汉娜的女子接着说道："但是他到了好地方，我们不愿他再到这里。他死得安安乐乐的。"

另一个女子问道："你说他从未提起我们吗？"

那年老女人答道："孩子们呀，他没有时间，来不及说。你们的父亲，突然就死了。前一天他觉得微微有点不舒服，原算不了什么。圣约翰问他，可否接你们回家，他还笑圣约翰。翌日，不过觉得有点头重——这是两星期前的事——他去睡觉，一睡就不醒。他是一棵老树的最后一个硕果，你们姐妹和圣约翰，都不像你们的父亲，你们都很像你们的母亲，好读书。玛丽最像母亲，黛安娜像父亲多些。”

我以为她们姐妹两个是很相似的，看不出那老仆所说的分别。两姐妹都是面白，身材小，一样的聪明高贵。一个是头发较黑，发式样却不相同。此时我听见时钟敲了十点。

那老仆说道：“你们要吃晚饭了。圣约翰回家，也是要吃的。”

她于是预备晚饭。两个女子站起来，好像是要进去客厅。我站在窗外往里看，看了这一阵，我的精神都关注在屋里的人身上了，竟忘记了我自己可怜的情景，这时候才想起来。她们在屋里，我在屋外，两相比较，我自己觉得加倍的难堪。我怎么能够用话语说动她们关切我，使她们相信我挨饿受寒，使她们给我一点歇息的地方呢？我走去敲门的时候，是觉得完全无望的。汉娜开门问道：“你要什么？”她拿烛照我，觉得很诧异。

我说道：“你可以让我对你的女主人说话吗？”

她问道：“你不如先告诉我你要说些什么。你是从哪里来的？”

我答道：“我是个异乡人。”

她问道：“你这时候走到我们这里来，做什么？”

我答道：“我要借你们外面的房子，或是无论什么地方，歇一夜，还要块面包吃。”

那老仆自然是满脸的疑惑，歇了一会儿，说道：“我可以给你面包吃，但是我们不能让漂流在外的人住。我看是不能的。”

我说道：“我求你让我对你的女主人们说几句话。”

她答道：“我不能，她们能够帮你什么？你这时候不应在外漂荡，很不好看。”

我说道：“若是你把我轰走，叫我往哪里去？我怎么样好呢？”

她说道：“我不知道你往哪里去，做什么事。不过我要提醒你，不要做不该做的事，我给你一个铜钱。你走吧。”

我答道："一个铜钱不够我买东西吃，况且我又无力气再走。你不要关门，你看上帝分上，不要关门！"

她说道："我一定要关门，大雨进来了。"

我说道："你去告诉小姐们——让我见她们——"

她答道："我一定不能让你见小姐们。你不是个好人，若是个好人，不能这样吵。你走吧。"

我说道："但是你把我轰走了，我唯有一死。"

她答道："你是不会死的。我恐怕你这时候走到人家里来，是有什么诡计的。若是你有同伴盗贼们躲藏在附近的话，你可以告诉他们，我们这里不全是女流，我们这里有男人、有狗、有枪。"说完了，这个老仆关了门，上了闩。

这时候我是走到绝路了。一切愁苦困难，攒在我的心里，我的心破裂了。我想再走一步也不能了。我倒在湿透的台阶上，起先呻吟，后来大哭。

我说道："我相信上帝，这时候我唯有一死，唯能一死，让我静候上帝的吩咐吧。"

这不单是我心里想的，也是我嘴里说出来的话。

身边有人对我说道："是人都免不了一死，但不是人人都是你这样受饥寒死，同你这样不到死的时候就死的。"

我忽然听见这声音，很恐怖，问道："是什么人？是什么东西说话？"我看见有个影很近，却辨不出是什么。那影子敲门。

汉娜开门，喊道："是圣约翰先生吗？"

那人答道："是的，是的。你赶快开门。"

汉娜说道："今晚风雨太大，你一定是湿透了，冷得厉害。你进来吧，你的姐妹们很担心你，恐怕附近有坏人。刚才有一个女乞丐——原来她还未走——躺在那里。你赶快起来！你走吧！"

那人答道："汉娜，你不要响。我同她说句话。你轰她走已经尽了你的责任，我要收留她也尽尽我的责任。我离你们很近，你们说的话，我都听见了。我想这件事有些特别情节——我不妨查问一下。少年女人，你起来，你先进屋子。”

我很为难地走进去，走入厨房，圣约翰的姐妹、老仆汉娜，都很留心地看我。

我听见有一个问道：“圣约翰，这是谁？”

他答道：“我不知道。我看见她在门口。”

汉娜说道：“她的脸太无血色了。”

他答道：“她的脸是死色，是土色，她站立不住，快要倒了。让她坐下。”

我原是很发晕，果然一倒，幸而倒在椅子上。我知觉是还有，不过不能说话。

他说道：“也许喝口水，可以醒过来。汉娜，拿水来。但是她清瘦到无肉了，一点血也没有了！”

有一个说道：“只像个人影了！”

又一个问道：“她是害病，抑或是挨饿？”

一个说道：“我看是饿坏的。汉娜，这是牛奶吗？你交给我，再拿点面包来。”

黛安娜（我认得她，她的头发卷而长）撕了一小块面包蘸些牛奶，放在我嘴里。她的脸凑近我的脸，我看见她满脸都是怜悯神气，听见她呼吸声音很快，我觉得她很同情我。她说话很浅白的，我知道她的感情，她对我说道：“你试着吃点。”

玛丽给我脱了湿透的帽子，扶起我的头，很和蔼地对我说道：“你吃吃看。”起先我不过尝了一点，随后我吃了好些。

她们的兄弟说道：“一开始不可以吃得太多，你们要拦住她些。她吃够了。”他把牛奶面包拿走。

有一个说道：“圣约翰，你看看她的眼，很想再吃，再让她吃一点吧。”

他答道：“现在不能多吃。叫她试试看，能不能说话——问她姓甚名谁。”

我觉得我能说话，说道："我叫简·艾略特。"我早已想好用个假名姓，不令人知道我是谁，免得有人找到我。

他问道："你住在哪里？你的亲友在哪里？"

我没吭声。

他又问道："我们可以去请认得你的人来吗？"

我摇头。

他问道："你可以把来历告诉我们吗？"

我自从踏脚入这家人家，见着她们，我就觉得自己不是个无家可归、漂流无定的人。我就敢于抛弃行乞的行为——重新恢复我从前的行为和个性。圣约翰要我说来历，现在我气力过弱，不能说。我停了一会儿，答道："先生，我今晚不能告诉你详情。"

他问道："你希望我替你做什么呢？"

我答道："不要什么。"

黛安娜接着问道："你的意思是不是说我们现在已经帮过你，我们就可以把你推出去，叫你深夜在旷野淋雨？"

我看看她。她的面貌引人注意的，是个好人，是个有力量的人。我忽然壮了胆。她很可怜我地看看我，我微笑着答道："我相信你。假使我是个丧家之犬，我很知道今晚你也不肯把我轰出去的。既然是这样，我就不害怕，你喜欢怎样对待我请你照办。我的呼吸很短促，接不上气来，我不能多说话，请你勿怪——我一说话就觉得打战。"他们三个人都看着我，不说话。

最后还是圣约翰说道："汉娜，让她先坐在这里，不要问她话。再过十分钟，再给她牛奶面包吃。玛丽，黛安娜，我们到客厅去商量。"

他们走开了。不到一会儿，有一位走回来——我说不出是谁。我坐在火炉边，恍恍惚惚地觉得很舒服。她低声吩咐汉娜。再过一会儿，这女仆扶我上楼，给我脱了湿衣服，放我在床上，又干又暖。我感谢上帝——这时候虽然觉得疲乏到极点，心里却很感谢，很欢喜——我就睡着了。

第二十九章　收　留

以后这三天三夜的事，我不甚记得。我只能够追忆当时的感觉，那时候没有心思，也并未做什么事。我记得我睡在一间小屋子里的小床上。我躺在床上好像是一块石头，不能动。不知道过了多久，有人进来有人出去。他们若是站得近，我还知道他们说些什么话，他们问我话，我却不能答，简直不能张嘴，四肢全都不能动。进来得最多的是汉娜。她进来有点惊动我。我好像是觉得她希望我走了。她不知道我的性情，不知道我的环境，她很有成见，不大喜欢我。黛安娜同玛丽，每天进来一两次。她们在我床边说话。

一个说道："幸亏我们把她收留。"

一个答道："是的，假使那天晚上，随她在门外，第二天早上，她一定是死在我们门口的。不知道她受了多少困苦。"

一个答道："我猜总是受了许多困苦。可怜这个瘦弱的饿坏了又无家可归的人！"

一个说道："我看她并不是未受过教育的人，听她说话，就知道她的语音很清正；看她脱下来的衣服，虽是湿了，扯破了，却并不是穿得很旧的料子，是很好的。"

一个说道："她的面貌很特别，虽然脸上无肉满脸倦容，我却很喜欢她。她养好之后，体气健壮了，精神复原了之后，她的容貌一定是很可爱的。"

她们在我身边说了许多话，我却没不听见她们有一句后悔、疑心、讨厌我的话。我心里是很安乐的。

圣约翰只进来过一次，看看我，说我因为过受劳苦，故此这样疲倦无力，一定要好好静养，却并不是病。他以为只要静养之后，很快就会复原的。他说的话不多，是安详低声说的，过了一会儿，又说道："的确是面貌绝不粗俗、卑劣。"

黛安娜答道："岂独不粗俗卑劣。圣约翰，我对你说，我看见这个可怜的人，不由自主地感动我的热肠。我很愿意我们可以永久照顾她。"

他答道："这恐怕是不能的。你将来就知道，她也许是某年轻女子，同亲友们产生了误会，没打算好就离开了他们。她若不是顽固执拗，我们也许能够劝好她，送她回去。但是我看她的脸，是个很有毅力、很坚决的人，不见得容易听人劝的。"他站在那里好一会儿，看看我，说道："看她的神气，很有知识，但不算得是美貌。"

他的姐妹答道："圣约翰，她此时是有病。"

圣约翰答道："无论病不病，她的面貌是永远不会好看的。五官面貌都不秀美，也不相称。"

第三天，我觉得好些；第四天，我能说话，能动，能起坐，在床上能转身。汉娜在吃饭的时候，送烤面包和稠粥给我吃，我吃得很有滋味。她走出去之后，我觉得健壮些，精神好得多。再过一会儿，觉得我歇息得足够了，静极思动。我想起床，但是起来穿什么衣裳呢？我的衣裳是湿透了的，又沾了许多泥。我觉得穿这种衣裳同她们相见，未免太难看，很难为情。但是她们早已替我想好了。

摆在我床边一张椅子上的，就是我的衣服，已刷干净晒干了。我的黑绸褂子挂在墙上。什么泥都洗刷干净了，皱纹是熨平了。连我的鞋子袜子，都干净了。屋里有梳洗的器具，我起来梳洗，穿衣服，觉得气力不足，坐了五分钟，又歇一歇，很费了些事才打扮好。我就慢慢地下楼，找到厨房。

一到厨房，新制的面包香气扑鼻，屋里的炉火温和怡人。汉娜在厨房里烤东西。一个人未受过教育，好像是一块荒地未破过土，未下过种子，有了成见，是牢不可破的，就如同荒地上的野草，是极难根除的。汉娜最先是很冷淡很古板的，随后有些后悔，现在她见我穿得很整齐，居然微笑，对我说道："你觉得好些了吗？你这样快就起来？你若是愿意，就坐在我的椅子上。"

她用手指一张摇椅让我坐下。她忙来忙去，常常用眼角看我。她从烤炉取出面包来的时候，看着我很直接地问道："你未到我们这里之前，一直是乞食的？"

我听了这句话，很生气，但是我立刻想到生气是无益的，况且她初见我的时候，我是像个乞丐。我很安详地答她，我的腔调，却是很坚决的，我说道："你当我是个乞丐，你看错了。我不是乞丐，我同你，和你家小姐们一样，都不是乞丐。"

停了一会儿，她说道："我不懂得你这句话。我猜你既无家又无钱。"

她用手指一张摇椅让我坐下。

我答道："无钱无家的人，并不是乞丐。"

她随后问道："你读过书？"

我答道："我读过很多书。"

她问道："你到过学校？"

我答道："我在学校八年。"

她瞪大眼，问道："你既然读过许多书，为什么不能混饭吃呢？"

我答道："我原是靠自己谋生的，我还要再靠自己谋生。你拿这些浆果做什么？"见她拎出一篮子浆果时我问道。

她答道："我要做糕点。"

我说道："你交给我，我替你摘。"

她答道："不必，我不要你做事。"

我答道："我一定要做点事，你交给我吧。"她答应了，还给我一块新布，铺在衣服上，免得弄脏了我的衣服。

她说道："我看你的两只手，知道你不惯做下人的粗活儿。也许你从前是个女裁缝。"

我说道："不是的，你看错了。你且不要管我从前是什么，你也不要费心打听我的来历，你且告诉我，你们这里叫什么？"

她答道："有人叫它沼泽边，有人叫它沼泽居。"

我又问道："住在这里的男人，是圣约翰先生吗？"

她答道："不是的。他并不永久住在这里，不过暂时住住。他住在自己的教区莫顿。"

我问道："就是离这十多里的村子吗？"

她答道："是的。"

我问道："他是做什么的？"

她答道："他是个牧师。"

我这时候记得那牧师住宅的管家婆对我说的话，我问道："原来这里是他父亲的住宅？"

她答道："是的，里弗斯老先生住在这里，这位老先生的父亲、祖父、曾祖父、高祖，都是住在这里。”

我问道：“那么，这位男人的名字是圣约翰·里弗斯先生？”

她答道：“是的，圣约翰是他的教名。”

我问道：“他的姐妹叫黛安娜·里弗斯和玛丽·里弗斯？”

她答道：“是的。”

我问道：“他们的父亲已经死了？”

她答道：“三星期前中风死的。”

我问道：“他们没有母亲吗？”

她答道：“他们的母亲，去世多年了。”

我问道：“你在他们家许久了吗？”

她答道：“我在他们家里有三十年了。他们三个人，都是我带大的。”

我说道：“可见你是极可靠极忠心为主的，虽然你很无礼，喊我作乞丐，我却要还你一句公道话。”

她又很诧异，瞪我，说道：“我相信我是看错你了。但是骗子很多，你得饶恕我。”

我很严厉地说道：“你必须知道，那天晚上是大风雨，假使是有一条狗走来，求几尺栖身的地方，你都不应该不收留它，何况是个人。”

她答道：“良心上原是很过不去，但是我也没法。我原是为孩子们想，她们只有我一个人照顾，我得很小心。”

有好几分钟，我不作声。

她又说道：“你不要当我是个坏人。”

我说道：“但是我看你是个坏人。我把理由告诉你，我并不是怪你不收留我，当我是个骗子，而是你刚才不应该骂我无家无钱。你要知道，世界上有极好的人，也是无家无钱的，同我一样。你若是个奉基督教的人，不应该把贫穷看作罪恶。”

她答道：“我不应该。圣约翰先生也说过，我知道我不应该，我现在看你，与前几天不同，你是个极规矩的人。”

我说道：“罢了，我宽恕你，我们握握手。”

她满手的白面，伸过来，同我握手，她满面笑容。从此以后，我们两个成为好朋友。

汉娜原来是个很喜欢说话的人。我弄果子，她一面做点心皮，一面告诉我这人家的琐事。

她说道："里弗斯老先生是个朴实人，品格是很高的，原是个老世家。这所沼泽居是从好几代前传下来的，面积不大，比不上奥利弗先生在莫顿的大宅。但是奥利弗先生不过是个暴发户，奥利弗先生的父亲当制针小工时，里弗斯家里已经做过多少代的乡绅了。我们这里的老主人，同平常人也差不多，好打猎，好种地。唯有我们的太太，是很特别的，极好读书，孩子们都很像她。讲到学问，这附近是没有人比得上他们三个的。这三个孩子差不多从刚说话的时候就喜欢读书也不用老师，都是自己学的。圣约翰先生长大要进大学，随后当牧师；两个女孩子出了学校，就去当家庭教师，他们告诉过

图中之处就是《简·爱》中在莫顿的"沼泽居"原型。图中的台阶就是简·爱筋疲力尽时晕倒的地方。

我，他们的父亲被人骗了许多钱，并无钱财分给儿女，儿女们只好自己想办法。有许久他们都不住在家里，他们现在是因为父亲死了，回家住几个星期。但是他们最喜欢这个地方，他们到过伦敦，也到过许多大地方，都说不如这里好。他们向来是很和气的，从来不吵架。”

我弄完果子，就问她，那两位小姐同她们的兄弟现在在哪里。

她答道："他们到莫顿散步，再过半个钟点，他们就回来喝茶。”

果然到了时间，他们回来了，从厨房走进来。圣约翰看见我，对我鞠一躬就走过去；两位小姐却站住，玛丽很和蔼淡定地跟我说话，见我养好了，能下楼，很欢喜；黛安娜抓住我的手，对我摇头说道：

“你该听我说，我同意你下楼你才可以下来。你现在脸上还是无血色，还是很发白的——还是很瘦！可怜的孩子！”

我听黛安娜的声音，是极多情的，我最喜欢看她的眼。我看她的面貌最可爱，能动人。玛丽的面貌也是一样的聪明，一样的好看，但神情过于矜持，态度凝远。黛安娜说话很带指挥的态度，可见她是很有决心的。我以为她有指挥的资格，我很喜欢受她的指挥。只要对得住我的良心，不碍我自重自爱，我很愿意俯就她。

她又说道："你在这里干什么？这不是你的地方，我同玛丽两个人常坐在厨房，因为我们在家，喜欢自由点，随便点——但你是个客人，你该坐在客厅。”

我答道："我在这里很好。”

黛安娜说道："不行，汉娜在这里忙，弄得你身上都是面粉。”

玛丽说道："况且厨房的火太热。”

黛安娜说道："你得听话。”她拉住我的手，领我进里间屋里。

她把我安顿在榻上，说道："我们上楼换衣服，你先坐在这里。我们在家还有一种权利，若是汉娜有事，如制面包，或是酿酒，或是洗衣服，或是熨衣服，我们就自己做饭。”

她们掩上门，只剩我同圣约翰两人，他坐在我对面看书，或看报。我先细细地看这间客厅，再看屋里的人。

这间客厅是间小屋子，铺陈朴素，却十分整齐干净。挂了几张男人女人的像，有一个玻璃门的书橱装些书同瓷器，并无多余的装饰品，除了两个活计盒、一张写字桌是新的，其余的都是旧东西。

圣约翰坐在对面看书，动也不动，两眼只是看书，紧闭双唇，我却很容易观察他。他此时年纪大约是二十八岁至三十岁，又高又瘦，希腊式面貌，鼻子是很直的，英国人的面貌很少有他这种希腊式的。我的五官不整齐，他见了也许要惊愕的，他的眼睛大而蓝，棕色睫毛，额很高，上覆浅色头发。

读者看看这个面貌是不是很平和？但是我觉得不是，他现在坐在我对面，是很安详的，但是我看他的鼻孔，他的嘴，他的眉心，觉得他很有好动、严厉、认真的性质。我一个人坐在他对面，他未对我说过一句话，未看过我一眼。黛安娜走出走进的，预备茶点，带了一块饼给我吃，说道："你一定饿了，你吃吧。汉娜说你从早饭后一直未吃东西。"

我觉得胃口很好，我就吃。此时里弗斯（即圣约翰）合上书，走近桌边坐下，看我。他此时很不客气，很直接、很深远地看我。可见得他刚才不看我是很有意的，并不是羞怯。

他说道："你很饿了。"

我答道："先生，是的。"我向来是用简单话对答简单话，用坦白话对答直接话。

他说道："前几天你有点发烧，不能不令你三天内少吃东西，若是一开始就放量多吃是有危险的。现在你可以吃了，但是仍不能多吃。"

我答道："先生，我自信我不会长久白吃你的，使你花钱。"我知道我这句答话，答得不好，太过欠圆滑。

他冷冷地说道："你只要告诉我们，你的亲友住在什么地方，我们就可以写信通知他们，你就可以回去。"

我说道："我不妨坦白地对你说，我是不能告诉你的，因为我无家可归，无亲友可依。"

他们三个人都看看我，却并无不相信我的神气。我看他们的眼色，并不露出有什么疑心，不过是好奇。那两位小姐，尤其是这样。圣约翰的眼色我却看不深透，他的双眼，全是用来看别人的意思，并不露出自己的意思。他的眼色又锋利又深沉，只能令我不舒服，不能令我多说话。

他问道："难道你是绝对的孤身一个人并无瓜葛吗？"

我答道："是的，我同世人绝对无瓜葛。英国没有应该收留我的地方。"

他说道："你这样年纪的人处于这种环境，真是太特别了！"

我看见他的眼只管看我的手。我摸不透他是什么意思，听他往下所说的话，我才明白。

他问道："你未嫁过人吗？"

黛安娜听了大笑，说道："她至多不过十七八岁。"

我答道："我快到十九岁，但是我并未嫁人。"

此时我想起旧事来，觉得满面发热。他们都看见我觉得很不安，很感动。她们姐妹两个的眼，看了他方，不看我通红的脸。但是那个冷峭严厉的圣约翰还是定眼看我，我被他刺激得满脸发红，眼泪也掉下来。

他问道："你最后住在什么地方？"

玛丽喃喃地低声说道："圣约翰你太好追根问底了。"但他还是眼光直射我要我回答。

我很简单地答道："我住在什么地方，同什么人住都是我的秘密。"

黛安娜说道："据我的意思，你既以为是秘密，愿意严守秘密，你有权利可以不必告诉圣约翰，也可以不必告诉其他的人。"

圣约翰说道："但是我若是不知道你的来历，不知道你是什么人，我不能帮助你。你需要帮助的，是不是？"

我答道："先生，我是求帮助。不过有个界限，我只求一位慈心人，替我找一件我所能做的事，所得的工钱只要能刚够养活我，不至挨饥受寒，我所求的帮助不过这样，余无多求。"

他答道："我不知道我自己是否是个真慈善家，但是你这样真诚无欺的要求，我很愿意尽我的能力助你。第一件，请你告诉我，你习惯做什么事，你能做什么事。”

这时候我喝过茶，提起精神，我的脑力也复原了，我就能好好地回答这个能看人看得很深透的少年审判官的问话。

我掉过脸来，两眼看他，很光明正大、毫不畏缩地看他，对他说道：“里弗斯先生，你同你的两位姐妹，都帮了我很大的忙——最大的伟人，替同类做事也不过如此。你们大发慈悲，救了我一命。你使我有无限的感激，令我相信你们。我把你们所收留的无家可归、漂流在外的人的历史告诉你们，其中有涉及我自己的生存或他人的生存的情形，与扰乱我心安的情形，恕我不能全告诉你们。

“我是个孤儿，是个牧师的女儿。我很小的时候，父母俱亡，我是靠人养大的。在一所慈善学校受的教育。我还可以把慈善学校的名字告诉你们，我在洛伍德慈善学校读了六年书，当过两年教员。里弗斯先生，你也许听人说过，洛伍德慈善学校管账目的是布罗克赫斯特先生。”

他答道：“我听人说过布罗克赫斯特先生，我也曾见过洛伍德慈善学校。”

我接着说道：“一年前，我离开洛伍德，到了一家人家当家庭教师。环境很好，我觉得很快乐。四天之前，我万不得已，不能不离开这个地方。我为什么要离开的理由我不能说，也不该说。说也无益，而且还有危险，说了你们也不能相信。我并无过错，我是很干净的，毫无罪过，同你们三个人一样。我是很悲伤的，还要悲伤一段日子，因为我住的那家，好像是个天堂，忽然出了一件事，我不能不走开，这家人家，就变得很特别，很令人恐怖。我出走的时候，只顾着两层：一层是快走，一层是保密，故此我把所有的东西留下，只带了一个小包袱，因为过于匆忙，我在惠特克罗斯下车，把小包袱丢在车里忘了拿。所以我到这附近的时候，是一无所有。我在旷野睡了两夜，有两天是胡乱地走，足迹未进人家门槛，那些天，我只有两次有食物入口。在我饥饿寒冷疲乏绝望快气绝的时候，是你，里弗斯先生，不要见我死在你门外，把我收留下。在我昏迷无知无觉的那些日子，我很明白你的两位姐妹，怎样地怜恤我，我感激她们，不亚于感激你的慈善。”

我暂停不说的时候，黛安娜说道：“圣约翰，你不要叫她再说。她此时还不能激动。艾略特小姐，请你过来，坐在榻上。”

我已忘记了，我改了姓氏，我听见她喊我的假姓，我不禁一跳。里弗斯先生是无事不留心的，看见我惊跳，他说道：“你说你姓艾略特，名简？”

我答道：“我是说过的。我以为暂时宜于用这个姓名，但并非我的真名姓，所以我一听就惊跳。”

他问道：“你不告诉我们真名？”

我答道：“我不能。恐怕有人找到我，我要免得有人找到我。”

黛安娜说道：“我看你这个办法是很对的。”随即说道，“哥哥，你让她歇歇吧。”

但是圣约翰略停了几分钟，又很尖利地拷问我：

“你不愿总是依靠我们，我知道你不久就不需要我的姐妹怜恤你，不久就不要我们行慈善。你用字眼用得很有分别，我不怪你，你的分别很得当。是不是？”

我答道：“是的，我曾经说过了。请你告诉我做什么事，或是指点我怎样找事做，现在我所求的不过如此。随后你们让我走到什么极穷的村子，我都愿意——不过暂时我求你们让我住在这里。我很怕再受无家可归的惨痛。”

黛安娜把手放在我头上，说道：“你一定要住在我们这里。”

玛丽也说道：“你一定要住在这里。”

圣约翰说道：“你看我的姐妹们很喜欢留你在这里。但是我的意思，却要替你设法，叫你能够独立。我一定竭力替你想办法。但是你要知道，我的力量有限。我自己不过是个穷村的牧师，我帮助你的能力是很小的，很无力的。你若是看不起，你必须找比我有力量的人求助。”

黛安娜替我答道：“她已经说过只要她能做的，无论什么极小的事都肯做，只要是正经事。圣约翰，你必须了解，她不能择人求助，她不得不向你这种不通情理的人求助。”

我答道：“我愿意当女裁缝，我愿意当做粗活的女工，倘若找不到较好的事，当女仆或带孩子，我都愿意干。”

圣约翰冷冷地说道：“好的，你既然是这种用意，我就答应助你。你必须容我些时间，容我想办法。”

他说完了，就去看书，我退出。

第三十章　栖　身

我同他们相知越深，我越喜欢他们。再过几天，我的体力完全复原，我能够坐一整天，有时还出门散步。她们姐妹做什么事，我也能凑上去做一份，同她们谈话帮她们的忙。我与她们爱好相同，感觉相同，宗旨亦相同，与她们谈话是件极乐的事，从前我未享受过。

她们喜欢读的书，我也喜欢读；她们所享受的，我亦乐于享受；她们认可的，我是很敬仰的；她们喜欢这个幽僻的家庭，我是更喜欢。这里

夏洛蒂·勃朗特好朋友的哥哥在图中德比郡的这个村子中做牧师，而这里被她描写为《简·爱》中的“莫顿”地区。

的风景，尤其令我赏鉴宅外的风景，已然是极可爱，宅里的人物，更能令我欢喜。她们两姐妹读的书，比我多，才艺比我高，我要追随她们。我读了许多她们借我读的书，读过之后，晚上同她们讨论，尤其满意，我们的见解思想，无一不同。

若是要从这三个之中，找个领袖，我就要推黛安娜。论体力，她好过我远甚，她身体强健，面貌又美。她的精神兴致，令我惊奇，我不明白她哪里来的精神，哪里来的兴致。我将到天黑的时候，原可以谈一会儿。不过头一阵的兴致完了，我只能挪把矮凳子坐在黛安娜的膝下，我的头靠她的膝，一会儿听黛安娜说，一会儿听玛丽说，听她们把我所发起的话题，说个通透。黛安娜要教我德语。我喜欢跟她学，我看她很愿意教，我尤其愿意学。我们两个人的性情是很相投的，结果我们两个人感情极其深厚。她们知道我会画，立刻把画具都交给我用。我作画的本事比她们强些，她们很诧异，很喜欢。玛丽有时候坐在我身边，看我画，一坐就是好几个钟头。她跟我学，她是个很听话、很聪明、很努力的学生。我们都有事做，相陪相伴，不觉得日子难过，过一天好像只过一个钟头，过一星期，只像是过了一日。

我同这两姐妹是极其亲近，而对于圣约翰却很疏远。第一个原因，就是他不常在家，他在他的教区里头看病人，探贫人，就费了许多时候。

阴晴风雨都阻拦不了他的短途行程。早上看几小时书，他就戴上帽子走去他的教区。带着父亲的小狗，他这样勤劳，也许是出于他爱人，也许是他恪尽职责。有时候天气很不好，他的姐妹就要劝阻他，不要他去，他往往微笑着说一番话回答她们。他就要说道："这样的职务，不是极容易的吗？要是来了一阵风，下了几点雨，就不出门，若是这样图舒服，好懒惰，我怎能够造就好我自己，将来去做我所要做的事呢？"

她们两个姐妹听见这样的话，只好叹一口气，沉思几分钟。

我不能同他亲近，第二个原因在于他是个深思不多说话的人，他的习惯行为是洁白无瑕的，对于教职尤其热心，然而他心里总不能满意，不能安静。晚上他靠窗户坐下，书桌纸张都在他眼前，往往他不写不读，两手支腮在那里深思。看他的眼神，就知道那时候他的心里很不安宁。

况且他对于自然的美丽也不甚能领略，不如他的妹妹。我只有一次听见他说很喜欢看那山势，而且他一向不喜欢在旷野散步。

他虽不肯多说话，过了些时候，我却得到机会，测量他的深浅。我第一次窥见是在他的教堂里，听他讲经。我很想把他说经的话，写给读者看，我却没得这个能力。我听了他的那番议论，被他所感动的效果，我恐怕还说得不甚贴切。

他开篇的时候是很淡定的，慢慢就说得很有力，却是极简洁的话，真能惊魂动魄，很有愤激的意思。他说完了，我原该觉得安静些的，不料反觉得惨然，因为我知道不知何故，他心里却是非常失望，满肚的不满意。我于是很清楚，圣约翰·里弗斯先生，虽是个极有良心、行为极端正极肯做事的人，心里却是不安的。

我在这里过了一个月，黛安娜同玛丽都要分道回到阔人家里当家庭教师去，那两个富贵人家，只当她们是在手下卖苦力赚工钱的人，哪里能领略她们的德性，即使知道她们有才艺，也不过把她们当作善烹调的厨工罢了。圣约翰还未对我提过替我找事情的话。我却是急于做事，可以靠自己过活。有一天早上，客厅里只有他同我两个人，我正要开口问他。

他抬头一看，省得我先口开，他先问道："你有话问我？"

我答道："是的，我要问你，你曾否听见有什么我可以做的事吗？"

他答道："我找到，或是替你设法找到一件事，已经有三星期。但是我看见你很快乐，很有用，我的妹妹们同你很相得，她们很喜欢同你在一起，我不好搅扰你们，拆散你们，故此我等到她们快离家时才告诉你。"

我说道："她们三天之内就要走。"

他答道："是的，她们走了，我就回莫顿去，汉娜同我一起去，这所房子，就要关闭起来。"

我且等他一会儿，望他提找事的话，但是他又想到别的事情上了。

他的深思应该并不是为我的事，我觉得我找事是很要紧的，只好打断他的思路，提醒他。

我问道："里弗斯先生，你替我找的是件什么事？我希望不会因为耽搁，生出为难来。"

他答道："不能。因为这件事，全靠你我两个人，只要我恳求你，你肯答应办，就完了。"

他又停住不说了，好像是不甚愿意往下说的。我变得不耐烦，身子略微动动，两眼看着他，显出我着急不耐烦的样子，这比说话还有力。

他说道："你不必太着急要听是件什么事。我坦白地告诉你，我并无正合适或优厚的事向你提议。我未解释之先，请你回忆我从前对你说过，若是我帮助你，不过如同瞎子帮跛子。我是个穷人，因为我给父亲还清债之后所剩下的家产不过是这所快倒的田舍、屋后几棵松树、一小块沼泽，还有面前几棵树，就完了。里弗斯的确是个老世家，但我是个很不知名的人。我们这一家只剩下三个人，有两个靠人谋生，有一个是确定要离开本国、死在外头的，他却以为这是一件极体面的事。"

圣约翰对我说这番话，如同他在教堂里讲道一样，他随即说道："因为又穷又没名气我只能够给你贫穷不显名的事。我看你是过惯文雅日子的，我恐怕你还觉得这件事有失身份，你所习惯的社会，至少也是受过教育的人，但我以为凡是能够使人类进化的事，都不算失身份。"

他停住一会儿，我又说道："请往下说。"

他看看我，说道："我相信你愿意做我请你做的事，不是要你长久地做这件事，不过请你暂时先做。"

他又停住了，我催他道："请你解释，是件什么事。"

他说道："我是要解释的。你一听就知道是件极无味的事，是件很小的事。我父亲死后，我可以自主，我也不能久在莫顿。大约再过一年，我就要走开。但是我在那里一日就要尽我一日的能力，使这地方有点进步。我两年前到那里的时候，是没有学校的，当地贫家子弟，毫无进步的希望。我设了一间男孩子的学校，现在我要开一间女孩子学校，我已经租定了校舍，连着一间小草房，里有两间小屋子，是给女校长的。女校长的酬劳是一年三十个英镑。屋子里家具已预备好了，很朴素，不过还够用，是奥利弗小姐捐助的，她是教区里唯一的富户奥利弗先生的女儿，奥利弗先生就是针厂和铁厂的主人。这位小姐还肯出教育费、衣服费给一个孤儿，叫这个孤儿伺候校长做些粗事。你愿当这校长吗？”

他问我是问得很匆促的。大半因为怕我听了生气，或者至少看不起这样无聊的事。他却不完全知道我的心思，我的感觉。这种校长，原是很卑下的事，但总算是有个归宿，有个安稳栖身的地方。这件事原是很辛苦的，但是比在富人家里当家庭教师自由独立得多。我想起到陌生人家当奴隶，就恐惧起来。这件事，既不损名誉，又不是不值得做，又不是屈辱降格。我立刻就拿定主意，说道：

“里弗斯先生，我很感谢你这个提议，我心甘情愿地答应你当校长。”

他说道：“你完全明白我的意思吗？这不过是个村塾，你的学生都是贫穷乡下人家的女儿，顶出色的也不过是种地人家的女儿。你只要教她们穿线、缝纫、读书、写字、记账。你所有的才艺，是完全用不着。你的思想、感觉、爱好，都要放在一边。”

我答道：“我可以留着，用得着再拿出来用。”

他说道：“你明白你所担任的事吗？”

我答道：“我明白。”

他此时微笑，是心满意得的笑。

他问道：“你什么时候开始？”

我答道：“我明天就去看那房子。你若是愿意的话，下星期就可以开学。”

他说道：“很好，就这样办吧。”

他站起来，在屋里走一圈。他立住脚，看看我，摇头。

我问道：“里弗斯先生，你有什么不以为然吗？”

他说道：“我看你不能久在莫顿。你不能久住。”

我问道：“为什么呢？你有什么理由呢？”

他答道："我从你的眼神看出来的。这种事情，不能使你安然过日子的。"

我答道："我并无大志。"

他听见我说"大志"两个字，一跳，说道："无大志？谁使你想到大志呢？谁有大志呢？我知道我有大志，但是你是从什么地方看出来的？"

我答道："我原是说我自己。"

他说道："你若是无大志，你是——"他停住不往下说。

我问道："什么？"

他答道："我正要说，你是很性情的人。但是你也许误会字意，因而不喜欢。我的意思是说，你这个人很容易为人情所感动。我很知道你万不能孤寂一人，消磨余暇，也绝不能把有用的光阴糟蹋在索然无味的苦工上。"他又很郑重地说道，"如同我不能埋头于草泽，锁困于万山之中，违背上帝赋我的天性，置上帝赐我之官能于无用之地一样。你此时听我说自相矛盾的话。我对穷人讲经劝他们知足，挑水、打石，同是替上帝做事，应该心满意足的——我是替上帝行道的人，反而如疯如狂地不安生，不满意。志向与教旨有不能尽相符合的所在，总要想办法，使之能两相交融的。"

他说完走了。在这一个钟头之内，我对他的性格了解得比前一个月多得多，然而我还是摸不透。

黛安娜、玛丽两姐妹，快要离家了，快要同她们的哥哥分开的时候，脸上却是愁容，说话也不多。她们原是很努力地控制，但是总不免要透露在外。黛安娜表示，此次分手与前不同。恐怕与圣约翰分开好多年才得再相见，也许永远不能再相见了。

她说道："他早已决定要实行他的想法，一切手足之情都要牺牲的。你以为他这个人是很温和的，他对于有些事情是说不通的，我又不好苦劝他，又不能责怪他。他所做的事是很合理的，是很高贵的，是信奉基督教的人应该做的。不过我很痛心。"说到这里，黛安娜泪如泉涌。玛丽低头做活计，说道：“我们现在无父无母，不久，我们就没有哥哥，无家可归了。”

俗话说“福无双至，祸不单行”。他们这时候刚好应了这句话。因为圣约翰手上拿着信，从窗外走过，转入屋里来，说道：“我们的舅舅约翰死了。”

姐妹两个听了很惊愕，觉得是件很重大的事。

黛安娜说道：“死了？”

他答道：“是的。”

黛安娜定睛看他，低声问道：“怎么样呢？”

他面如铁石，毫不动容地答道：“死，怎么样呢？怎么样？没什么。你读信吧。”

他把信摔在黛安娜怀里。黛安娜稍看一看，交给玛丽。玛丽看了一遍，不出声，又交给哥哥。三个人面面相觑，微笑，却是惨淡的微笑，稍露深意。

黛安娜说道：“就是这样吧！我们还可以过活。”

玛丽说道：“无论如何，不能使我们的情景比以前更糟糕。”

里弗斯先生说道：“我们不能不觉得，万一不是这样，我们的景况要比现在好。”

他把信收在抽屉，上了锁，又走了。

有几分钟，没人说话。黛安娜掉过脸，对我说道：

“简，你不免惊讶我们所说的秘密话，为什么至亲死了，我们毫不动情。我们向来未见过他。他是我们的舅舅，他同我们的父亲不和。这是许久的事了。当初原是父亲听舅舅的话，把大部分财产做投机事业，后来全失败了。两个人互相指责，大吵一顿，永远未和解过。舅舅后来经营别的事业，发大财，发了二万英镑的财。他一生未娶，他的至亲就是我们，此外还有一个人，却并不比我们亲。我们的父亲，总希望他把财产留给我们，弥补他之前的罪过。刚才的信，说的是他把财产遗留给另一个人。只分出三十个英镑，分给我们三个人，买三个戒指追悼他。把财产给谁是他的权力，不过我们接到信，还是觉得好像冷水浇背。我同玛丽两个人，假使每人得到一千镑，就觉得很富裕的了；圣约翰得了一千镑，用处更大，他可以做许多好事。”

她这样解释之后，我们就撇开这个话题，她们就不再提了。翌日，我就到了莫顿。再过一日，黛安娜同玛丽都离家分道去往各处。再过一星期，里弗斯先生同汉娜到了牧师的住宅。这所房子就空了。

第三十一章 村 塾

现在我有家可归了，我的家是间小屋子。四面白粉墙，碎沙铺地，四把上漆的椅子，一张桌子，一个钟，一个置物架，架上有两三个盘子，一副茶具。楼上一间房，同厨房一样大，里面有一张板床，一个小抽屉橱，尺寸虽然小，装我的衣服绰绰有余，连我的慷慨大方的朋友们给我的零碎东西都在内。

到了晚上，那个小孤女替我做些零碎事，我赏她一个橘子，打发她走了。我一人坐在炉边。这个小村塾是今早开学的，有二十个学生。只有三个认得几个字，没有一个会写字。有几个会穿线，有几个会缝。她们说话，全是土腔。我们现在是言语不通。有好几个行为粗鄙又无礼貌，不听话，什么都不懂；有几个却很听话，很好学，心地也还好。我不能忘却她们，虽是乡下穷人家孩子，却是有血有肉的，同富贵人家孩子一样，也可以有好性情，好知识。我的职责是培养她们，这是一件乐事。我的前程不能指望怎样好，不过可以谋个生活。

我今天坐在这个小村塾里，觉得有了归结吗？高兴吗？满意吗？我不说自欺的话，我只能说并不满意，我觉得很寂寞。我并不觉得这一步是前进，只是退后。我听见学生们说话举动，觉得她们太无知识，太粗鄙。这原是我不应该，我知道我不该有这样的感觉——我要努力破除。我相信明天就可以减轻许多成见。将来看见她们有进步，我心里是会欢喜的，不会厌恶她们。

当下，我自己问我自己一句话：还是同罗切斯特先生同住在法国，当他的情妇好吗？甘受身外浮华诱惑，任从淫欲牵制，一点也不制节。是做淫欲的奴隶好，还是当小村塾的女教师好？当情妇，当情欲的奴隶，很能快乐几时，随后跟着就是追悔，就是丧失廉耻；当个村塾女教师觉得自由，问心无愧。到底是哪一样好呢？

我现在很清楚我严守法律、不为浮华情欲所诱是很正确的。是上帝指引我的正路，我感谢上帝。

我想过这番滋味，站起来，走在门口，看日落，看看塾外的风景。我以为我很快乐，随后不知不觉地滴下泪来——这是为什么呢？因为我同我的主人分离，从此以后，永远不能再相见。又担心他一时愤怒，忘其所以，走入邪途，从此以后，永远堕落，不能翻身。我想到这里，掉过头来，不看风景，闭了眼靠门站立。随即听见有开门的声音，我抬头一看，圣约翰的狗在推门，圣约翰倚着小门，皱着眉头，眼神很不高兴地看着我，我请他进来。

他说道："我不能耽搁，我把我姐妹留下的东西交给你。我看是些画具。"

我走去接过来。这是很好的礼物。我以为圣约翰很严肃地看我的脸，也许是看见我的泪痕。

他问道："你觉得第一天的功课太辛苦吗？"

我答道："不是的！不会辛苦的，我看再过几时，我可以把学生教得很好。"

他问道："也许是校舍家具等等，不合你的意？原是很不够用的，但是——"

我拦住他，答道："这所房子，很干净，可以避风雨，家具也很够用。我一看各种东西，我很感谢，并不失望。我不是个傻子，不会因为看不见地毯、床榻、银餐具便不高兴的。况且五个星期之前，我什么都没有——我还是个无家可归的人，是个乞丐。现在我有了朋友，有了家，有事做。我很感谢上帝的好处，朋友的慷慨，我自己的好运气。我一点都不失望后悔。”

他说道：“但是你觉得寂寞愁闷？后头的屋子，又空又黑暗。”

我答道：“现在我初来乍到，还没有时间享受安静日子，更没有时间觉得冷清。”

他说道：“很好。我希望你心里能感受到你所说的心满意足。你是很有知识的，所以不会迟疑，只念从前的事。你从前所享受的，我自然是无从知道。但是我要劝你，切勿留恋从前的引诱。你还是好好办你现在的事，先试办几个月。”

我答道：“我原有这个意思。”

圣约翰说道：“我们心思性情的趋向，原是很难用人力挽回的，但是据我的阅历看来，变化气质未尝不可以。上帝赐我们一种能力，使我们多少可以控制我们自己的命运，有时若是力量做不到，我们不必失望，也不必死心。我们可以找别的培养心性的事做，若是命运拦阻我们说‘此路不通’，我们可以劈开山石，另辟蹊径。

“一年之前，我入了宗教门路，做教职的事，觉得天天都是做同一种事，毫无变化，我以为走错门路，很后悔。我心里如烧如焚，总想做活泼的事，例如作诗、作文或是当画师、演说家，我觉得无论什么别的事，都比当教士好。我身上虽披了教士袍，心里却想当政治家，当军官，显身扬名，指挥世事，奔走江湖。我以为当教士太不好，一定要改行，不改就不如死。我沉闷了许久，挣扎了许久，渐渐有一线光明，把我这个狭窄世界推广到无边无际——仿佛是上天叫我施展我所有的能力。奉了上帝的使命，要我振翅高飞，无远弗及，要我把我当大将、当首相、当大演说家的能力，一切都施展出来。因为大传教家，是要用到这种种能力的。

“我就决意传教。我宗旨一改之后，所有一切的束缚都消失了。我父亲很反对我这个主意，现在父亲既死，我并无阻碍。我只要把琐事料理清楚，找一个接手的牧师，还要同至亲分手——这是最难的一件事，但是我已经决定，到时只好分手了——我办完这几件事之后，我就启程前往东方。”

他说这句话，声音虽然很低，却是很坚决的。他说完了，两眼并不看我，看的是落日。这时候，我同他都是背对着小门外的一条小路，我们并没有听见那条路上有声响。忽然听见有人说话，我们吓了一跳，那个人说话的声音，是很高兴、很好听的，那人说道："里弗斯先生，你好。卡罗[①]，你好。你的狗很快就认得朋友，比你来得快。我刚走到田那一头，它就摆尾欢迎我，你现在还是拿后背向着我。"

这句是实话。因为里弗斯先生虽然听见声音很惊愕，还是手靠着门，脸向西。离他三尺处，站了一个穿白衣服的人，身材很好看。她抬起头来，我一看，面貌绝美，无一处不动人，无一点瑕疵，这位少年女子，真是美貌。

圣约翰 · 里弗斯对待这位陆地的仙女，是什么意思呢？我自然要留心看他的神情。他这时候眼盯着地下的小白花，他一面拿脚践踏花，一面说道："今晚天色是很好，但是你一个人走出来，太晚了。"

她答道："我午后才从某处（她说的一个地名离此有六七十里）回家。爸爸告诉我，他的村塾已经开学，新校长已经到了。所以我喝完茶戴上帽子，过来看看她。"于是指我问道，"就是这位吗？"

圣约翰答道："是的。"

她很天真烂漫地问我："你看你可以喜欢莫顿吗？"

"我希望可以。有几件事情可以使我喜欢的。"

"你看学生们愿意读书吗？"

"很愿意。"

"你喜欢所住的房子吗？"

"很喜欢。"

"我置备的家具好吗？"

"很好。"

"我挑选的爱丽丝 · 伍德帮助你，你看我挑得好不好？"

---

① 狗名。——译者注

离他三尺处，站了一个穿白衣服的人。

“你挑得很好。她既谦虚又敏捷。”（我心里想道：这就是奥利弗小姐，是富翁的小姐，既貌美，又有钱，她是什么时辰生的，有这样好的命运。）

她又说道：“有时我会来帮你教书，有时会来探望你，我觉得新鲜些。我喜欢新鲜，喜欢有变换。里弗斯先生，我在某处的时候，过得很热闹，我整夜跳舞，跳到后半夜两点钟。自从那里闹过事之后，就有军队驻扎，那些军官们，是世界上最令人喜欢的人。我们这里所有少年磨刀的人，卖针的人，看见他们，个个都自惭形秽。”

我看见圣约翰的下唇向外伸，上唇略卷，紧闭着嘴，下半截脸很严肃，抬起头来，看那位小姐。小姐又一笑，面貌显得更美。

圣约翰站在那里，一副严肃面孔，一言不发，小姐只好同狗嬉戏，说道：“卡罗爱我，卡罗不板脸孔，不和朋友疏远。假使狗能说话，它是不会不开口的。”

当小姐拍小狗的头的时候，我看见圣约翰脸一阵发红，两眼冒火。我觉得他这时候，是个绝美的男子。我看见他胸口起伏，好像是要力争自由，但是他镇压下去，好像是善骑的人勒住奔马一样。那位小姐，虽是对他说话，他却还是不响也不动。

奥利弗小姐抬头说道：“爸爸说你现在不来看我们了。我们家里没有你的踪迹。爸爸今天晚上是一个人，觉得有些不适意。你和我一道回去看他好吗？”

圣约翰答道：“这个时候不应该打扰奥利弗先生。”

小姐答道：“不是时候吗？但是我说是时候，爸爸正在这个时候要人来谈谈。这时候工厂下了工，他没什么事了。里弗斯先生，你来吧。你为什么这样怕羞？为什么这样严肃？”

她随即摇头自问自答：“我为什么忘记了！我真糊涂，太不留心了！请你勿怪。我想起来了，你为什么懒得回答我。黛安娜和玛丽也许已经走了，你把房子关闭起来，你觉得寂寞。我可怜你，你来见爸爸吗？”

他答道：“罗莎蒙德小姐，今晚我不去。”

小姐说道："你既是这样执拗，我只好离开你。我不敢久耽搁，已经下露水了。"

她伸手出来，圣约翰轻轻一握，小姐掉过头走了，又掉转脸来，问道："你觉得不舒服吗？"

这时候圣约翰脸无血色，怪不得她有这一问。

圣约翰鞠躬说道："我觉得很好。"于是他走他的路，小姐走小姐的路。小姐却转头来看他两次，他却一次也不看小姐。

我揣摩他们两个人的情景，就忘了我自己的事。黛安娜说过的，她的哥哥很执拗，坚如金石。这句话，说得并不过火。

第三十二章　探　密

我认真努力地教这些乡下穷孩子们，起初很辛苦。我虽然费了许多力，还是过了许久才知道这些孩子们的情况。她们什么教育都没受过，什么都不懂，起初我觉得她们太过愚蠢，随后才发现其实不然，里面也有许多分别。我慢慢就发现，这班粗人的女儿，也有很聪明的，中间也有性情很好的，有很自爱的，也有很有才能的。慢慢地就改变过来，功课做得好，打扮得也整齐，很有恒心，态度变得很安详。有几个进步很快，我很得意。有几个最好的学生，我很喜欢，她们也喜欢我。有几个是种田人家的女儿，快到成人了，她们原已认得几个字，会写，会缝，我就教她们文法、地理、历史、细活计。这几个里头，品行有很好的，我晚上有几次到她们家里，觉得很快乐。她们的父母，用心招呼我。他们表示好意是很简单的，我却很留心对答他们，唯恐伤了他们的厚意。他们觉得我尊重他们的身份，自然也要力争上游做出个样子来还我的敬意。

我觉得邻近的人，都很喜欢我。我一走出门，处处都有人欢迎，人人都还我一个笑脸。我此时不过住在工人和农民堆里，能得到他们的好感情，也觉得如在春风日光中，觉得很高兴。过这种日子，我只有满心知足地感谢，并不心灰意冷。我白天把功课教完，晚上或作画，或读书，都不觉得什么，唯有上床就寝后，常常做怪梦，梦中常常遇见罗切斯特先生，所遇无非都是动情的事：梦见他拥抱我；我摸他的脸，摸他的手；有时听见他的声音；有时看见他的眼睛；有时我爱他；有时是他爱我，有时我希望在他身边，永远同他在一起。从梦中惊醒，才知道我身在村塾当教师。我坐在床上发抖，有时格外激动，禁不住哭泣。到了早上九点开课，却是安静淡定如常做我的事。

奥利弗小姐果然常来探望我，她总在早上骑马出来。她骑马直到村塾门口，背后跟着一个穿号衣的下人。她面貌既美，打扮得又好看。她进来，在一排一排学生中走一遍，她总在里弗斯先生教学生们宗教大旨问答的时候来。我看得出，这位小姐的眼光一直射入里弗斯先生的心窝里。里弗斯先生却很像时时刻刻设防，偶然看见小姐，脸上忽然变色，我却说不出来那种样子。

小姐能够感动他，他想要遮掩不露，却遮掩不来，小姐也深知具有感动他的力量。小姐走到他面前，对他说话，对他微笑，他只管假装淡定，却免不了双手打战，两眼冒光。他嘴里虽不肯说出来，心里好像是说道："我爱你，你也爱我。我不敢说，并不是因为我怕不成功。我很清楚，我若是对你说我要你，你一定是肯要我的。但是我的心完全放在神圣不可侵犯的供桌上了。"

小姐见他冷落自己，有时候鼓着嘴，像个失望的孩子，脸上有点不乐意，赶快从他手里把自己的手缩回去，掉转脸。圣约翰原是个诗人，教士的性质，不是男女相爱一种感情所能束缚得住的。他万不能——万不肯——拿温柔乡，换他传教的战场。

奥利弗小姐常来探望我。我很了解她的性格。她是很外露，不事遮掩的，她工于献媚惑人，却不是无血性；不是个求全责备的人，也不是全然为己，她自小就是娇养惯的，却还不至于是个惯坏的人；她性子虽急，脾气还好；好浮华，好打扮，却并不装模作样；疏财坦白，光明磊落；还有点聪明；活泼，不好用心；很可爱，不过是无多大的趣味，不能深印人心。她同黛安娜两姐妹很不同。但是我很喜欢她，同我喜欢阿黛拉一样。不过我同阿黛拉整日相对，相处日久，情分要深得多。

奥利弗小姐却很同我要好。她说我同里弗斯先生一样，说我虽然是个很可爱的人，面貌并无里弗斯先生十分之一那样美，里弗斯先生简直是个神人。她说我是个好人，聪明、淡定、坚决，同里弗斯先生一样。不过当私塾老师未免大材小用。她还说，假使有人知道我的来历，一定能够写一本极有趣的小说。

有一天傍晚，她走来，看看这个，问问那个，在我的抽屉里翻出两本法文书，一本德文书，一本德文文法，一本德文字典，还有几张画稿。她一看见很诧异，非常之高兴，问道："是你作的画稿吗？你懂得法文德文吗？你真是可爱，真是个奇人！你作的画比我第一个教画的老师还好。你肯替我画张像给我爸爸看吗？"

她身材面貌打扮，无一不是尽善尽美的，我很愿意当她做个模特。我答道："我很喜欢给你画。"我在纸上先画一个大略，作个草稿，告诉她再来。

她回家告诉她的父母。翌日傍晚，她带她父母来见我。她的父亲是个中年人，很高大不多说话，也许是有点骄傲，但是他对待我是很和蔼的。他看见我所打的草稿，很喜欢，请我好好画。并邀请我第二天晚上去他家。

我到了他家。确是一所富翁的大宅。罗莎蒙德小姐高兴得了不得，她的父亲很客气，喝过茶，同我闲谈，恭维我的村塾办得好，不过他恐怕这个小局面留不住我，不久是要另图高就的。

罗莎蒙德小姐说道："爸爸，她很聪明，特别适合在富人家当家庭教师。"

我心里想，与其在富人家当家庭教师，不如在村塾当教师。奥利弗先生谈起里弗斯一家时是很尊敬的。他说他们是个老世家，原先是很有钱的，莫顿这地方全是他家的产业。现在虽是家道中落，若是他们愿意的话，还可以同最好的人家联姻，他说可惜里弗斯这样一个有才能的少年，要去异乡传教，未免把有用的才能糟蹋在无用的地方。我就知道，圣约翰若是愿意同罗莎蒙德结婚，奥利弗先生是绝不阻拦的。奥利弗先生以为圣约翰虽不是个富家，但是他的家世，他的教职，完全配得起，可以抵得过财产的不足。

十一月五日，是休息日。我的小帮佣帮我把房子打扫干净，赚了一个铜钱回家去了。我的屋子干净到一尘不染，地板洗刷过，火炉和椅子都擦得很亮，我自己也打扮得极整齐。这一天的午后，完全是我的，随我的意思消遣。

我译德文书，译一个钟头。随即取出画具，修饰罗莎蒙德小姐的画像，两唇还要添点红，眉眼还要添色，衣褶深浅也要修改。我正在很用心地点缀，听见敲门声，里弗斯先生走进来，说道：

"我来看你放假日做什么消遣。我希望你不是想心事。不是就很好。你作画是不会觉得寂寞的。你虽很耐心地忍受了许久，我还不放心。我带了一本书来给你晚上读读，可以养心。"于是把一本新出版的书放在桌上，是一本诗集。

我一看，原来是司各特写的诗，我一面看，里弗斯先生一面弯腰看我的画。他站直的时候，一惊，却不说话。我看看他的脸，他躲避我的眼。我很知道他的思想，很能看见他的心里。这个当口，我比他淡定得多，我暂时处于优胜位置。我心里想，我若是能够做得到，我要对他说几句有益于他的话。

我想道："他虽然是很能控制自己，很有毅力，但是他未免过于折磨自己了。什么感觉都要深藏于心中，不使其流露，一句也不说自己的感觉，一句也不说给人听。他心里很清楚他应该娶罗莎蒙德小姐的，他若是谈谈这位小姐，于他也有益，我来叫他说说。"

我先说道："里弗斯先生，请坐。"但是他说不能久坐。我心里想道："也罢，你愿意站，我随你站，我却不能让你立刻就跑。你觉得孤寂也不好，我觉得孤寂也不好。我来试探你心里的奥秘，只要我看见一线的光，我就可以安慰你。"

我很坦率地问他道："这幅画像画得像不像？"

他答道："我并不细看。像吗？像谁啊？"

我说道："里弗斯先生，你很细心地看过。"

他听见我这样地突如其来，吓了一跳，觉得很诧异。我想道："这还算不了什么，你这样故作刻板，我不能就此罢手，我决意深探。"我接着说道："你刚才是很用心地看过，看得很清楚，但是我请你再看看。"我站起来，把这幅画像放在他手中。

他说道："画得很好，颜色用得很温润，画法很对。"

我说道："是的，我都知道。但是像不像？像谁？"

他迟疑了一会儿，答道："我看是奥利弗小姐。"

我说道："自然是她。你既然看出来是她，我要奖赏你，只要你愿意的话，我照样再画一张送给你。你若是以为没有收受的价值，我就不糟蹋时间和精力再画。"

他此时还在定睛地看这幅像，越看越抓得牢，很舍不得放下。他喃喃地说道："画得很像！两眼画得很好，颜色、深浅、神气，无一不像到十足。这幅像是会笑的！"

我问道："你若是得到一张她的画像，你还是觉得开心，抑或是觉得伤心呢？请你告诉我。你将来到了印度或天涯海角的时候，你身边带了这幅画像，是不是可以安慰你的心？抑或看了这幅像，追怀旧事，令你难过，令你灰心？"

他抬眼看看我，很困惑，又细细地看这幅画像，说道："我很喜欢得到这幅画像，是确定无疑的。说到应该不应该的，另是一个问题。"

自从我看出罗莎蒙德小姐很喜欢他，小姐的父亲也并不反对，我的见解与圣约翰不同，没有他那样高尚，我很想劝他们成其好事。我以为他若是得到奥利弗的财产，他可以做很多好事，同他远渡重洋传教相同。我想好了，就答他道："据我的愚见，你就该把本人要来。"

此时他已经坐下，把这幅画像放在桌上，两手扶额，很高兴地看。我窥见他并无怒意，也不怪我冒昧。他好像觉得心里一松。凡是不爱说话的人，应该常常谈谈他们所忧虑的事。人情大略相同，有忧虑困难，是喜欢说说的。

我站在他椅子后，说道："我很清楚小姐喜欢你，她的父亲很尊敬你，况且她又是极可爱的女子——不过缺些思想。但是你的思想，足够两个人用了，你该娶她。”

他问道：“小姐喜欢我吗？”

我答道：“自然是的，她最喜欢的是你。她整天谈的都是你，谈别的事都不太高兴，最喜欢谈你。”

他说道：“我听见你这番话很有趣，请你再谈一刻钟。”他居然掏出表来，放在桌上，计算时间。

我问道：“现在你在这里，预备些斩钉截铁的话来反对我，或是想打出一条铁链来束缚你自己的心，我往下说，有什么用处呢？”

他答道：“请你不要幻想我是这样做。你姑且把我看作是已经熔化在炉里的铁器具。我原先已经费了许多力气，把一块荒地锄好了，弄平了，正要播种，要克己，受折磨，去做许多好事，被一阵爱情喷溢出来，淹没我所开垦的田地，使我回头走入奥利弗的大宅子，斜靠在温软的矮垫上，靠在我的新娘子罗莎蒙德小姐膝下。小姐用甘言蜜语对

此时他已经坐下，把这幅画像放在桌上。

我闲谈，微张樱桃小口，向我微笑。她是我的，我是她的。这种极乐世界很好，我快乐极了，你不必再说了，让我好好地享受，你不要惊吵我。”

我只好随他去。那个表在桌上，嘀嗒嘀嗒地响，他的呼吸很弱很快，我站在那里不响。过了一刻钟，他把表收回去，放下画像，站起来，走到火炉前，说道：“这一刻钟里头，我在那里幻想做梦。我走入花制的圈套内，尝尝美酒的滋味。我觉得那温软的枕头如火烧，那热花丛里头有一条毒蛇，酒味是苦的，其余一切都是空的，都是假的。我很清楚，我很明白。”

我很惊奇地看着他。

他又说道：“最奇怪的是，我一面很爱罗莎蒙德小姐，爱得很厉害，同时我又很冷静地觉得她不能做我的好妻子，她不是合适的同伴。我认为结婚后一年，这些性情不合的现象都要显露出来。极乐的时代不过十二个月，以后都是悔恨的日子。这一层，我是清楚的。”

我禁不住说道：“这真是奇怪了！”

他又说道：“我不知怎么回事，我心里只管一面很爱她，一面又觉得她有许多缺点。她的缺点，就是不能同我的志向相一致——不能同我一起做我所要做的事。罗莎蒙德能挨住辛苦吗？能做苦工吗？能够做女圣徒吗？罗莎蒙德能够做传教士的妻子吗？不能！”

我说道：“然而你不必一定要做传教士呀。你可以放弃你这个计划呀。”

他答道：“放弃！什么呀！放弃我的正业？放弃我的大功业？我不在天上作基础，反在地下作基础吗？世上有一班人，抛弃一切功名利禄，专以改良同类为事。使无知无识的人有知识，变战争为太平，解放奴隶使之得自由，使同类不必怕地狱希望上天堂。你劝我把这些事业，都抛弃了吗？这种事业，比我的热血宝贵得多。我将来的希望在此，我活在世上，也是为此。”

停了好一会儿，我说道：“奥利弗小姐怎么样呢？她的失望、悲伤，你都不管了吗？”

他答道：“奥利弗小姐的身边，求亲的人很多，阿谀她的人很多。不到一个月，她心里就完全没有我的影子了。她忘记了我，嫁了他人，这个人能够给她的快乐比我能够给她的，要多得多。”

我说道：“你说是说得很淡定的，你的心里却是很受苦。你日渐消瘦。”

他答道：“不然，我是因为我的前程未定，我的行期屡次耽误，我很着急就变瘦了。今天早上我才收到信，说是接替我的人，还要等三个月。这三个月可能又要推到六个月。”

我说道：“每次奥利弗小姐进课堂的时候，你总是面红耳热，浑身发抖。”

他又现出诧异神色。他心里原想不到，一个女人会有胆子同他这样说话。我知道我自己很擅长谈论这种话的。无论男女，只要是个心细、有分寸、有定力的人，我若是要同他们谈论这种话，先要把一切俗套敷衍、搪塞支吾保留的话，都要推开，踏过彼此可以相信的门槛，直捣中央，打开窗子说亮话，那时候，才可以畅谈，我不做到这个地步是不会罢手的。

他答道：“你这个人很特别，不畏怯。你的胆气很壮，你的眼睛看人，很能深入。我却要告诉你，你误会了我的情感。你把我的情感，看得太深，看得太有力，我并非易于感动的。在奥利弗小姐面前，脸上发红，身上发抖，并不是我可怜我自己，我以为怜恤是个弱点，是肉体发热不是灵魂扰动。灵魂是块大石屹立不动，矗立海上，无论什么波浪，都是撼不动的。你要知道我是个极冷峭、心如铁石的人。”

我微笑表示不甚相信。

他说道：“你是突如其来地攻破我的秘密堡垒，现在既被你攻破，无所谓秘密的了。我坦白地告诉你，我是个冷峭、心如铁石、有大志的人。只有天然的爱情能够永远打动我。我是个讲理不讲情的人。我的志气是无限量的大。我要越走越高，到了登峰造极，还要往上攀登，向来不知足。我崇拜的是坚忍、劳苦、才力。因为没有这样的美德，是不能办大事、显大名的。我很留心看你做事，因为我看你是个勤劳、有规则、有毅力的女子，并不是因为我怜悯你受过许多困苦，或是你眼前还要受困苦。”

我说道：“据你自己替你自己写照，你不过是一个异教的哲学家。”

他说道：“不然，很有分别。我有信心，我信福音。你用错了字眼。我不是个异教徒，我是个基督教的哲学家——我是耶稣派，我是耶稣的门徒。我奉行耶稣清洁慈悲仁爱的宗旨。我提倡这样的宗旨，我传布这样的宗旨。我从小就信教，宗教把我培养起来。先在我心里播下天然爱情的小种子，培养我成一棵浓荫的大树，养成博爱大树。起先种下人道正直的种子，培养成神明正直的大树。起先种下的，不过是一粒为一己招权扬名的恶种子，培养成一个推广天国的大志愿，为十字架获胜仗的大志。我所得力于宗教，就是这几件。雕琢一块生料，磨砺天性，造成一件有大用的器具。但是宗教不能磨灭天性，天性是不能磨灭的，直须等“这必死的变成不朽”的时候，才能成功。”

他说完了，就拿帽子，再看画像一次，喃喃说道：“她是真可爱，她的名字叫玫瑰花，真是名如其人！”

我问道：“你要我同样画一张给你吗？”

他说道：“不必。”

我作画的时候，常摆一块薄纸在旁边，预备我靠手肘，免得纸板沾了尘秽。他拿起薄纸来，盖在画像上。我不知道他看见这张薄纸上有什么东西，他却好像是看见的，一手抢过来，看看纸边。定睛看了我一眼，神色很特别，很神秘的。他这一看，好像把我的面貌、神气、衣服，都看遍了。他的两唇分开，好像是要开口说话，随即按下去不说了。

我问道：“什么事？”

我看见他很巧地撕下很小的一块，把纸放下，说道：“没什么事。”他把撕下的纸藏在手套里，匆匆忙忙地对我点头，说句告辞就走了。

我用了一句当地的俗话，说道：“我未见过这样特别的人！”

现在轮到我细看那张薄纸，只看见纸上有几点颜色。我很用心想了一两分钟，想不出什么道理来，我以为是绝不相干的事，就忘记了。

第三十三章 分 财

圣约翰走后，天开始下大雪，整夜刮着大风。翌日风雪未停，到了傍晚，雪落满地，不好走路。我关严窗户，把火弄得旺旺的，靠着火坐了一小时，读诗，忘了外面下大雪。

我听见门响，以为是风，不是的，原来是圣约翰，他拉开门闩，走进来——外面昏天黑地，刮着大风雪，他满身雪白。他从雪夜走来，我一见有点惊愕。

我问道："有不好的消息吗？出了什么事了？"

他答道："不是的，你为什么这样容易受惊！"他一面说一面脱大氅，抖抖身上的雪。

他说道："我把你的干净地板弄污了。请你饶恕我一次。"他走到炉边说道，"我很费事才能够走到你这里。有一堆雪把我埋了，埋到腰上。好在雪还是轻软的。"

我禁不住问他，说道："你为什么要来呢？"

他答道："你问来客这句话，很有点讨厌的意思。你既然问我，我就答你，我来同你谈谈。我对着空屋子和不会说话的哑巴书，有点厌烦了。况且昨日我见到一个受了刺激的人，只听了半段的故事，他是着急要听后半段。"

他坐下，我追想起他昨日的举动，我开始恐怕他有点疯狂。假使他是真疯了，也还是淡定的，一种文疯。我从未见过他这样的美男子，变成现在这样酷似石雕。我看见他满脸愁容，很有点难过。我等他说话，说些我能懂的话。但是他此时一手托住头，手指放在唇边，在那里想。我看见他的手清瘦同他的脸一样。我忽然产生了用不着的怜悯心，说道："我真希望黛安娜或是玛丽回来，和你同住。你一个人太寂寞，很不好的。你完全不顾惜你自己的身体。"

他答道："不是的，要顾惜身体的时候，我是很注意的，我此时很好。你看见我有什么不对？"

他说这句话时是毫不留心，随意而说的，可见用不着我关心。我不作声了。

他还是用手指摸上唇，两眼还是看火。我觉得总要说说话，我就问他，是否觉得背后有冷风，因为他的背正对着门。

他有点不耐烦，答道："并不觉得。"

我想道："好呀，你既然不肯说，随你的便。我只好随你，我还是看我的书。"

我于是又读诗集。不久，他身子才动，我的眼睛立刻看他做什么。他掏出一个小皮夹，取出一封信来，默默地读一遍，折起来，收好，又想心事。我身边有一个这样不言不动的人，看书是看不成的。我也很不耐烦，不肯做哑巴，他尽管不耐烦听，我还是说我的。

"最近你是否收到黛安娜、玛丽的信？"

"只有上星期我给你看的信，此后就没得信了。"

"你自己的安排没什么变化吗？你不用提前离开英国吗？"

"我看是不会的。这样好的机会，是轮不到我的。"我一看，也引不出他说什么，我只好改换话题，说学校，说学生。

"玛丽·加勒特的母亲好得多了，玛丽今天回来的，我将有四个新学生，从铁厂那边来的——若不是因为天下大雪，她们应该今天来的。"

"是吗！"

"奥利弗先生出其中两名的学费。"

"是吗？"

我身边有一个这样不言不动的人，看书是看不成的。

“他还打算圣诞日，请学生们吃一顿。”

“我知道。”

“这是你的提议吗？”

“不是的。”

“是谁的提议呢？”

“我想是他女儿的。”

“这才像是她做的事。她的性格很好。”

“是的。”

说到这里，又没得好再说的了。此时时钟刚敲过八下，这却提醒他，他于是坐得直直的，脸向我说道：“你先把书放在一边坐近些。”

我觉得奇怪，便坐近些。

他说道：“半小时前，我曾说，我急于要听故事的结局。我再想一想，我还是当说故事的人，把你变成听我故事的人，但是未说之先，我先要警告你，这段故事，你听了觉得不过是很平常的事。但是旧事重提，也还有点新鲜趣味。新鲜也罢，无趣也罢，好在是很短的。”

他说道："二十年前，有一位很穷的牧师——此时你姑且不必追问他的名姓——这位穷牧师，爱上一位富翁的小姐，小姐也爱他，就嫁给了他。亲友们都劝这位小姐不要嫁这个穷汉，小姐不听。故此一结婚之后，亲友们都不认她，不到两年，这两个鲁莽的少年都死了，合葬在一块石板下（我曾经见过他们的坟墓，是在某省某府某村）。他们遗下一个女儿，只好靠慈善家抚养，不幸这个人的心比冰雪还要冷。这个孤儿就到了她的舅母家，她的舅母，就是里德太太——你为什么吓了一跳，你听见有什么声响吗？我看不过是房顶的老鼠，这个地方，从前是屯杂粮的，是我改成学校的，屯粮食的地方是常有老鼠的。里德太太养这个孤女有十年，这个孤女在那里是欢乐抑或是愁苦，我却不能说，向来无人告诉过我。到了第十年，就把这个孤女送去一个地方，这个地方，你是知道的——就是洛伍德慈善学校，你在那里住过好几年。这个孤女在那里，名声是很好的，也同你一样，从学生当到教员——我觉得很奇怪，她的故事，同你的故事，有很多相同的地方——后来孤女出了慈善学校，去当家庭教师，这一节，你同这个孤女的际遇又是相同的。这个孤女在一位罗切斯特先生家里教一个女孩子。"

我截住他，说道："里弗斯先生！"

他说道："我能够猜得到你的感情，但是我请你先用力按下去，我快说完了，你听我说到底。罗切斯特先生这个人的品行，我完全不知道，我只知道一件事实，他装作要同这个孤女正式结婚，等到站在神座前要举行婚礼的时候，才知道罗切斯特先生是个有妻之人，不过他的妻是个疯子。后来罗切斯特先生有什么举动，有什么提议，我全不知道，不过是乱猜。但是随后出了一件什么事，要找这位家庭教师，才知道家庭教师已经走了——什么时候走的，怎么样走的，走到什么地方去，都无人知道。她是晚上离开桑菲尔德大宅的，怎样找也找不到她。各处都找到了，也找不着，一点消息也打听不出来。但现在是很要紧的，要找到这个人。报纸上登了许多广告，我自己还得到一封信，是布里格斯律师寄来的，我所说的这些情节，都是他信里告诉我的。你看这不是一段极新奇的故事吗？"

“你既然知道这许多情节，你一定可以告诉我，罗切斯特先生怎么样了？他在什么地方？他做什么事？他身体还好吗？”

“凡是罗切斯特先生的事，我全不知道，信里并未说到他，只说他骗人犯法那件事。你应该问那家庭教师的名姓，问是有什么事要她露面。”

“没人去过桑菲尔德大宅吗？没人见过罗切斯特先生吗？”

“我猜没有。”

“但是他们一定写信给他。”

“自然。”

“他说什么呢？他的信在谁手里呢？”

“布里格斯先生信里的意思是说，所有他写给罗切斯特先生的信，都不是罗切斯特先生亲自答复的，是一个女人答复的，女人叫费尔法克斯。”

我这时候觉得很迷惑，浑身发寒，我所最害怕的大约是实现了。他大约离开英国，到了大陆，走到从前到过的旧地方，把声色场作他埋忧之地，不知他服的是什么害人的安神药了。我不敢答我自己心里所问。可怜我的主人，他几乎做了我的丈夫，我常喊他“我的至爱爱德华”！

里弗斯先生说道：“他一定是个恶人。”

我很生气地答道：“你不知道他，你不必指责他。”

他很淡定地答道：“好呀，我的头脑里想着别的事，不是想他，我还有我的故事未说完。因为你不问那个家庭教师姓名，我只好告诉你。且等一等，我只凭嘴说不能满意，要紧的事，还是白纸上写黑字，可以算凭据。”

于是他又把皮夹掏出来，找出一小块纸。我看见纸上折了蓝红紫各种颜色，我认得就是我盖画像的纸。他站起来，送近我眼前，我一看，是用红墨水摹的，我亲笔写的“简·爱”几个字，大约是我不留意的时候写的。

他说道：“布里格斯律师写信给我，说的是一个简·爱的事，广告上要找的也是一个简·爱，我却认得一位简·艾略特。老实说，我原有点疑心，一直等到昨天下午，我才能够把疑团变成实事。你现在肯供认你的真名姓，不用你的假名姓吗？”

我答道：“我承认，但是布里格斯先生在哪里？他也许知道罗切斯特先生的情形，比你清楚得多。”

他答道：“布里格斯在伦敦，我看他并不知道罗切斯特先生的情形，他不是替罗切斯特先生办事，是替另外一个人办事。你现在要紧事不打听，只打听极不相干的事。你不打听布里格斯先生为什么事找你，找你做什么。”

我问道：“他找我做什么？”

他说道：“他找你，不过是要告诉你，你的叔叔，住在马德拉的爱先生死了，把所有的财产都给了你，你现在很有钱了——不过是这件事，并无别事。”

我问道：“我！有钱了吗？”

他答道：“是的，你很有钱了，是一位继承遗产的阔小姐了。”

此时我们都沉默不语。

随后他说道：“你自然要证明你就是简·爱，这却并不是难事。证明之后，就可以得到财产。你的财产，都是英国债券。所有一切遗嘱和文件，都在布里格斯手上。”

这是抽出一张好牌！从身无一文立刻变了有钱，原是件极快意的事。此意我还不能立刻就尽量地享受。除了钱之外，世界上原还有许多事能令人欢乐欲狂的。有钱是件事实，是种物质，同灵魂意境不相干。一个人忽然发了财，是不会跳起来，大叫大喊，表示欢乐的。只想到有了钱的责任，只想到怎样经营布置，生出许多烦心事，是要皱着眉头打算盘才能享受的。

况且遗嘱、遗产，这些字眼是同死人殡葬等事相连的。我的至亲，只有这一个叔叔，现在死了。我自从知道有一个亲叔叔，就很盼望将来有一天去看他，现在永不能见他了。这份财产，只给我一个人，并不是给我一家，只给我孤零零的一人。当然，这是极大的福气，无疑的了。能独立，又是一件极有荣耀的事。

圣约翰说道：“你现在可以高兴了，我以为你是个石人——此时你要问，你有多少钱。”

我问道：“我的财产，值多少钱？”

他答道：“很有限的！算不了什么，值不得说的，他们说是两万英镑，但是这算得了什么？”

我问道：“两万英镑？”

这真像是平地一声雷了——我猜不过是四五千镑。我一听这个数目，几乎止住呼吸。我向来未听过圣约翰大笑，此时他居然大笑起来，说道：“假使你杀了人，我来告诉你，你杀人的罪状全暴露了，你的脸色也不会比你现在的样子难看。”

“数目太大了——你不是弄错了吗？”

“我并没弄错。”

“也许是你读错了——大约是二千镑！”

“写的确是两万。”

这时候很像是个患胃病的人独自对着一桌花式极多、预备一百个人吃的酒席一样。圣约翰站起来披上大衣，说道：

“假使今晚不是这样的大风雪，我就打发汉娜过来同你做伴，你一个人太寂寞了。但是可怜的汉娜两腿无力，不能在雪地中行走。我只好随你一个人受寂寞了。”

他正在拉门闩，我忽然想起一件事来。

“你且等等。”

“好呀。”

“我很不解，为什么布里格斯先生因为我的事，偏写信给你？他是怎样认得你的，你住在这个僻远的乡村，怎么能够有力量帮他找寻我的踪迹？”

“呀！我是个教士，遇到什么怪事情，人家往往问教士的。”说完，他又要开门。

我喊道："我不满意你这种解释！"他这样匆匆地要走，又说这种话敷衍我，我更觉得不满意。我又接着说道，"这是极奇怪的一件事，我一定要弄个明白。"

他答道："以后再说吧。"

他正要出门，我拦住他，说道："不行，你今晚得告诉我！"他很有点不安。

"你若不把一切情形都告诉我，我是不能让你走的。"

"我此时不便告诉你。"

"你一定得说！"

"我宁愿黛安娜或是玛丽告诉你。"

他越支吾推诿，我越是着急，要了解一切细情。我告诉他，我一定要知道，不能迟延。

"我已经告诉过你，我是不讲情理的人，很难劝得动我的。"

"我是个不讲情理的女人，万不能接受支吾敷衍的。"

"我是个很冷的人，热情是打动不了我的。"

"我却是极热的热火，是可以融冰的。火炉里的火焰，融化了你大衣上的雪，雪化作水，流在我屋里的地上，把我屋里糟蹋得不堪，很像一条许多人践踏过的大路。你是犯了糟蹋细沙铺地的厨房之大罪，若是你不告诉我，我是一定不能饶你的。"

"好吧，我让步。即使不看你这样着急，我也该看在你这样百折不回的份上，不停地滴水是可以穿石的。况且将来有一天，你也总要知道，与其后来知道，不如让你现在知道。你是叫简·爱吗？"

"自然是的，这已经说过了。"

"你也许不知道，我与你同名——我叫圣约翰·爱·里弗斯！"

"我不知道。我现在才记得你的名字，原有一个省略，只写一个字母，我却未问过你是什么字。"

我这时候忽然想出来，他同我也许有瓜葛，自然而然的，不等他解释，我先已明白了。不过为读者起见，我把他的解释写下来。

他说道："我的母亲，姓爱。她有两个兄弟，一个是教士，娶的是简·里德小姐；一个是约翰·爱，在马德拉做生意。布里格斯是约翰·爱的律师，八月间，写信告诉我们，说我们的舅舅约翰·爱死了，把遗产全给教士的孤女，把我们撇开。因为当初我的父亲，同他意见不合，有所争执，向未和解。数星期前，律师又写信来，说这位继承遗产的孤女失踪，查无下落，问我们有什么消息。我偶然看见你无意在纸上写你的名姓，才把这失踪的人找到了。其余的事，你都知道了，不必我再说了。"他说完了，又要走，我背靠住门，不让他走。

我说道："你让我说，你让我歇一会儿想想。"我停了一会——他站在我面前，很淡定。我又说道："你的母亲，就是我父亲的同胞姐妹？"

他答道："是的。"

我说道："你的母亲，是我的姑母！"

他鞠躬。

我说道："我的亲叔叔约翰，是你的舅舅？你同黛安娜、玛丽，是他的同胞姐妹的儿女？我是他同胞兄弟的儿女？"

他答道："这是不能不承认的。"

我说道："你们三个人是我的表亲。我的血统，是有一半与你们同源的？"

他说道："是的，我们是表亲。"

我看看他。我是有了一位表兄，是个人才，我可以爱的，我有了这样一位表兄，是很骄傲的。还有两位表姐，我还未认识她们的时候，就令我敬爱。那天晚上，我跪在窗子外大雨湿透的地上，往里看两位小姐，一边绝望，一边羡慕，原来她们是我的表姐；那一位看我几乎死在他家大门口的，原来是我的表兄。我这个孤苦伶仃的可怜虫，居然有了亲戚，岂不是最欢乐、最光荣的事吗！这才是心里享受的富贵！这是绝大的福气，令人欢乐欲狂！坐拥丰厚的财富，原有快乐之处，但哪里比得上心境富裕那样快乐呢？我现在欣喜若狂，浑身血脉畅快之极。

我喊道："我很高兴！我很高兴！"

圣约翰微笑地问道："我刚才不是说过，你只管追问不要紧的小事，大事你却不管。我告诉你，说你有了钱，你却变得严肃，横生许多忧虑。现在因为一件极不要紧的事，却非常之快乐。"

我答道："你这句话是什么意思？你已有了亲姐妹，就不在乎一个表妹了；我可原本是无亲无友的，现在我有了三位亲人——你若是不肯认我作亲人，除你之外，我还有两位亲人。我再说一遍我是真的很高兴！"

我在屋里走过来走过去，走得很快。这时候不知产生了多少想法，我应接不过来。我站住整理我的思绪——想的都是不久我就可以做这样，可以做那样，应该做什么事，能够做些什么事。我看见四面的墙，好像就是天，全是星光——每颗星星都像是照着我，指引我到欢乐境地。救我性命的人，我自然是爱极了，不过从前不过是空爱，无以报答他们救命的深恩，现在我可以报答他们，使他们受益。他们受束缚，我可以解放他们；他们分离，不能相聚，我可以使他们相聚；我有钱，可以独立，我也可以使他们有钱，使他们独立。二万镑分作四份，每个人可以得五千镑，很够用了，用不完的了。这样才算是公道，四个人都可以过宽裕日子。刚才我觉得一个人有了那许多钱，是个累赘，现在我不觉得累赘了。刚才我觉得不过是得到些钱财，现在我觉得得到的是希望，是幸福。

我心里作这种盘算的时候，神色是什么样，我自己并不知道。我看见圣约翰挪一把椅子，放在我背后，请我坐下，还叫我不要过于慌乱，淡定些。我推开他的手，说道："我请你明天写信给黛安娜和玛丽，请她们立刻回家。黛安娜说过，只要每人有一千英镑，就觉得很富裕，若是每人有五千镑，是更好了。"

圣约翰说道："你告诉我，哪里有水，我去取一杯来给你喝，你一定得好好安静坐下，不要激动。"

我答道："不要胡说！假使你得了这样一份遗产，你怎么样呢？你能够不离开英国，娶了奥利弗小姐，安安静静地做人吗？"

他答道："你的心思散乱了。我把消息告诉你，告诉得太突然了，你太受了激动，你支不住了。"

我答道："里弗斯先生！你令我不耐烦，令我着急。我是很清醒的，并不混乱，是你误会我的意思，你故意误会我的意思。"

他说道："也许你解释给我听，我可以懂得清楚些。"

我答道："解释！解释什么？你还不明白吗？二万英镑，平分给叔叔的一个外甥、两个外甥女和一个侄女，不是每人五千镑吗？我要你写信给你的姐妹，告诉她们所分得的财产。"

他答道："你是说你所分得的财产。"

我答道："对于这件事，我已经把我的意思告诉你了，我不能再想别的主意。我不是个自私、不公道、受恩不报的人。况且我已经决意，要有个家，有亲戚。我欢喜你的房子，我就住在你的房子里。我喜欢黛安娜和玛丽，我一生都要靠近她们两位。我有了五千镑，就很快乐，很受益。若是二万镑，我就觉得难过，觉得是受罪。况且这二万镑，原不该我一个人独得，按照法律虽然归我独享，按照天理是绝不应该的。多余的钱财我不要，我放弃了，转给你们。请你们不必反对，不必再讨论，我们就一致同意，立刻定夺。"

他答道："你是受了刺激突发奇想，你该再等等，慢慢地想透了，那时候你所说的话，才能算数。"

我答道："呀！你若是怀疑，是怕我没有诚意，我却很放心。你看我这个办法公道不公道？"

他答道："你这个办法，不能说是不公道，但是同习惯相违背。况且，这全部遗产，原是你该得的，是你的亲叔叔经营得来的，他喜欢分给谁，是很可以自由的。他喜欢留给你，论公道，你可以完全领收，你当作是你自己的，良心上很可以过得去。"

我答道："我是良心感情同时并用的，我要按照我的感情办事，我很少有机会感情用事。假使你拿一年的时间同我辩论，反对我，麻烦我，我也是不能依你的，我好不容易见着一线光明，得到机会酬答你们救命之恩的万分之一，我是欢喜极了，我绝不能放过这难得的机会。”

圣约翰说道：“你此时是这样想，因为你并不知道什么叫作有钱，有了钱，就有多少享受，你不知道二万镑所能做的事。你有了这些钱，就可以进上等社会，你不知道你的前程，你不——”

我截住他说道：“你却不知道，我要的是兄弟姐妹的亲情，比什么都要紧。我从来未享过家庭之福，我从来未享过手足之乐。我现在一定要享天伦之乐。你这时候，还不能认我做亲人吗？”

他答道：“简，我愿做你的表兄。我的妹妹，就是你的表姐。不必要跟你平分遗产作条件。”

我答道：“是的，你愿做我的表兄，不过当我是个远亲，远离我千万里！你的妹妹是我的表姐，却在陌生人家里当奴隶！我坐拥厚资，既非我自己努力赚来的钱，又非我自己配受的！你们却还是身无一文，这叫平等吗？这叫手足至亲吗？这是依恋吗？”

他答道：“简，你要享至亲之乐，家庭之福，还有别的法子好想。你可以嫁人。”

我答道：“你又胡说了！嫁人？我不要嫁人，我永不嫁人。”

他说道：“你说得太过火了。这是句冒险的话，可见得你现在很激动、很混乱。”

我答道：“我说得并不过火，我知道我自己的感觉，我并不想嫁人。没有人会因为爱我而娶我的，我不能把嫁娶的大事当作买卖看。我又不要陌生人——我不要外人，与我不同思想的人，与我不同的人；我要亲戚，我要情投意合的人，请你再说，你愿做我的表兄。你对我说这句话时，我

“嫁人？我不要嫁人，我永不嫁人。”

觉得很满意。请你再说！请你再说！”

他答道：“我能再说。我知道我永远是爱我的妹妹的；我也知道我为什么爱她们，因为她们有德性，有学识。你也有道德，也有学识，你的好恶与习惯，很像黛安娜和玛丽，我看见你很欢喜。我和你能交谈，心里极舒畅。我觉得我能够自然而然并很容易在我心里找一个地方，容纳你作为我第三个妹妹。”

我答道：“谢谢你。今晚我很满意。你此时可以走了。你若是再停留，你又要疑心我，麻烦我。”

他说道：“爱小姐，这间学校怎么样呢？我猜是要关门了？”

我答道：“不能，我还是当我的校长，你一面找人接我的手。”

他赞成，微笑，和我握手，他走了。

我不必细说，为办到均分遗产的事我费了多少辱舌，其中有多少为难，但我的意思是十分坚决、不能动摇的。我的表亲们，也知道我意志极坚决，以为我办事很公允。他们也知道，假使他们处于我的地位，也同我一样，要平分财产的。后来，他们才肯答应，请公断人解决。公断人就是奥利弗先生和一位很有才能的律师。他们都表示同意，我得以实行我的意思。于是签字画押：圣约翰、黛安娜、玛丽，同我四个人，平分这个遗产，我们每个人，都可以过宽裕的日子了。

第三十四章　拒　婚

我们把平分财产的事办好后，已快到圣诞节了，也要放假。我就关了学校，我既然走了财运，不能就无所表示的，同学们分手，一个人有了余财，分惠些出来，是觉得高兴的。学生们都是很喜欢我的，我心里觉得很欢乐，我能够得到这几十个天真烂漫的学生的心，感觉非常畅快。我还告诉她们，以后我每星期必来看她们，教她们一个钟头。

此时村塾有六十个学生，我看她们出了课堂，我关了大门，上锁，手上拿钥匙，同几个我最喜欢的学生多说几句话。我这几个得意学生，举动谦让、大方有礼又很有知识，无论同国内哪里的乡下女子比起来，都不逊色。这句话，却不是轻易说的，因为我后来到过欧洲好几处乡下，我知道我们英国乡下女子是最有知识最有礼最自重的，她们顶好的乡下女子，都比不上我的莫顿乡下女子。

散学的时候圣约翰·里弗斯走过来，等到学生都走了，他对我说道："你吃了许多苦，你以为得到赏赐了吗？你不觉得你办了些好事，心里欢乐吗？"

我答道："我觉得。"

他说道："你不过辛苦了几个月！若是把毕生的精力，都用在增进人类的道德上，你不以为这光阴毫不浪费吗？"

我说道："我很同意，不过我不能永远这样做，我一面要教人，一面也要享受上天赋予我的本能知识，此时我就要享受。你不必对我再提起慈善学校的事，我此时不办慈善学校，撇开了好好地享受。”

他听了脸上很严肃，问道：“现在怎么了？你忽然又认真起来？你要做什么？”

我答道：“我要活泼，尽我的能力活动活动。第一件，我请你让汉娜走开，你另找人伺候你。”

他问道：“你要用她？”

我答道：“是的，我要她和我到沼泽居，到你的房子。黛安娜和玛丽，一星期之内，就回到家里来，我要先把房子都收拾好，预备她们来。”

他说道：“我明白了，我原以为你要远行。还是这样好，我打发汉娜和你去。”

我说道：“你告诉汉娜预备明早走。我把课堂钥匙交给你，我住的房间的钥匙明早交给你。”

他接了钥匙说道：“你交了钥匙却很高兴，我不明白你为什么这样高兴，我不知道你不教书打算做什么呢？你现在有什么目标，什么用意，什么志向呢？”

我答道：“第一件目标是把那所房子做个大扫除，第二件是洗刷所有东西，擦到闪光，第三件是把椅桌等都摆放好，要摆到像数字那样整齐有秩序。随后我要让你破产地，花许多钱买柴炭，把所有的屋子都弄得暖暖的。我们的姐妹快到的前两天，我就和汉娜两人，打鸡蛋、洗葡萄干、磨香料、做糕饼、烹调食物，预备过节，你是个外行，是全然不会懂得我的用意。不过下星期四之前，把什么都预备好，欢迎黛安娜和玛丽回家。”

圣约翰微笑，却还是不满意，说道：“暂时这样自然很好。不过我很郑重地告诉你，这不过是一时的高兴，过了之后，你总想做点重要事情，不能埋头在家务里。”

我拦住，答道：“世界上最好的事莫过于料理家务！”

他答道：“不然，简，不然。这个世界上的事是没有结果的，你不要设法见到结果。这个世界是不容我们歇息的，你不要懒惰。”

我答道："我并不想懒惰，我要忙碌。"

他说道："简，眼前我随你去。我只能让你享受两个月的新境界，让你享受家庭至亲的欢乐，此后我却要你的眼光看得远大些，不要埋没在家里，享姐妹同聚一堂的福，这不过是自私自利，享受文化的幸福。我希望你找用武之地，施展你的能力。"

我很诧异地望着他。

我说道："圣约翰，我以为你说这种话，你的心眼太不好。我是预备像王后一样地享福，你却要想法刺激我，要我躁动！为什么呢？"

他答道："我要你施展你所受于天的本能。将来有一天，上帝要查问你，你把他所给的本能做什么用。简，我将来要很烦心，很留神地监察你——我不妨先警告你，要规范你。你不要把你的本能过多地用于那种家务。你不必太过依恋至亲，不要把有用之才，糟蹋在无用的小事上。简，你听见了吗？"

我答道："听见了。好像听你说希腊话一样。我觉得我是应该享受欢乐的，我拿定主意，一定要享受。我走了！"

我到了沼泽居，很忙地打扫收拾，汉娜也是一样忙碌。她看见我把那住宅整个翻腾过来，忙着打扫布置，忙着预备过节的食物，乐此不疲地忙碌，她很欢喜。我们足足乱了两天，其后慢慢重新布置，安排得很有秩序，我看了自然高兴。我原先曾经去过某处，置了些新家具。我的表亲们，拟定一个数目，任凭我布置，一切闲居的屋子同卧室，我都不更动，我知道她们姐妹还是愿意摆着旧家具，不喜欢看见新置的东西。但是不能不添置几件。我买了些地毯、床幔，置了几件铜制瓷制的装饰品，还有镜子、衣橱之类，虽是新置，却是朴素，并非金碧辉煌的。有一间一向用不着的客屋和卧室，被重新收拾出来，用的是旧家具，所有过道铺上帆布，楼梯是铺毯子。一切都布置好了之后，我一看这所住宅，从外面进来虽是荒凉，里面却是很舒服的。

到了星期四，我们知道她们两姐妹，天将黑的时候才能到家，要早些生好火。厨房布置得十分满意了，我同汉娜都穿好衣裳，预备欢迎她们。

圣约翰先到。我原先告诉他，等到一切都布置好，他才好回家。他走进来，看见我在厨房里预备喝茶的烤饼。他走近火炉边，问道："你做了许多管理家务的女仆的事，你满意了吗？"我就叫他同我楼上楼下各处细看一遍，就算是我的回答。我很费了些口舌，他才肯看一遍。只不过是打开房门，从里一看，他只说我费了许多事，这几天辛苦，却并不说一句喜欢的话。

他这样表示，我觉得如冷水浇背。我以为有些改变的布置是他不甚喜欢的。我问他是不是这样意思。我问他的时候，露出灰心的神色。

他答道："不是的，我知道你很知道我们的想法，凡是不必更动的绝不更动。"他问我布置这间屋子，费了多少时间又问我某书在哪里。

我指架上一本书，他自己取下来，走到窗子处去看书。

我不妨告诉读者，我不喜欢他这种举动。圣约翰原是个好人，但是我觉得他很有自知之明，说他自己是个不亲热极冷落的人。他觉得一切人事，同什么喜怒哀乐，都是不相干的事。他的志向高，他的志向好，是无疑的。但是他这个人，好动不好静，看见他人不好动是不甚以为然的。我看他这个人，太过冷落，不能做女人的好丈夫，当他的妻子，是不能十分欢乐的。我是很自然而然地知道，他爱奥利弗小姐不过是耳目之爱。我知道他很看不起闺房欢乐，很不喜欢沉浸在温柔乡里的。我看他这个非凡的质地，是上帝用大刀阔斧劈成的大器，是个办大事建大功的草莽英雄，是个立法创制、开疆辟土的大人物，不是一种美术品。若是把他放在温柔乡里，是绝不能快乐的。

我心里想道：这样的一个客屋里，不是属于他的地方，北印度的大雪山顶，或是荒寒丛莽中，或是非洲僻远瘟瘴之乡，才是他用武之地。怪不得他不要享受家庭幸福，他要在有危险的地方，有争斗的地方，施展他的果毅刚勇的性格，他才肯说话，才肯做事，做个首领，做个出类拔萃的人。若是在家庭里头，他是不会享福的。我此时明白了，为什么他要做传教士。

这时候汉娜喊道："她们到了！她们到了！"随即打开大门。那只狗很欢喜地叫喊，我就跑出去。天色已黑了，我听见车声。汉娜点着灯，马车在门外停住，她们姐妹们走进来。她们同我亲吻，同汉娜亲吻，抚摸狗，先向我们问好，随即走进屋子。

她们走了许多路，都冻僵了，在炉边一靠，满脸都是笑容。车夫同汉娜一面搬行李进来，她们一面问圣约翰在哪里。这时候他从客厅里慢慢走出来，姐妹两个立刻搂住他的脖子，他同姐妹们淡定地接过吻，说几句欢迎的话，站在那里，让她们对他说话，随后叫她们一会儿进客厅来，他就走回原地。

我已经给她们点着蜡烛，预备她们上楼，她们先吩咐几句优待车夫的话，才跟我登楼。她们看见布置的一切，非常高兴。她们喜欢，我自然也欢喜。

这天晚上，欢乐极了。她们两个人说了好些话，很称赞我的布置，可以盖得过圣约翰一言不发。他是很真诚地要看见他的姐妹们回家，不过对于她们这样欢乐是不能理解。我看得出，他并不享受当天晚上这种欢乐，很希望明天过安静些的日子。我们喝过茶之后一小时，听见有敲门声。汉娜进来说："有一个穷苦孩子来，要请里弗斯先生去看他的母亲，他的母亲快死了。"

圣约翰问道："汉娜，她住在哪里？"

汉娜答道："住在惠特克罗斯，离这里有十四五里，路上很不好走。"

他答道："你去告诉他，我这就去。"

汉娜说道："先生，我看你不要去。那条路晚上是顶不好走的，简直是无途径可寻的。况且风极大，天气酷寒。不如告诉他，明早去。"

但是他已经走到过道，披上大衣，毫无一句怨言，就走了。他走的时候是九点钟，回来的时候已是夜半，他又饿又乏，脸上却比未去之先还要高兴得多。他觉得尽了天职，替人出过力，觉得有力量做事，有力量克己，不享舒服，以为得意。

我恐怕这一星期里，他很有点不耐烦。我们无一定的事做，只享受家庭欢乐。黛安娜和玛丽觉得，前程很好，又换了新空气，新景象，在家可以自由，非常之欢乐，从早至午，从午到晚，无一刻不是快乐的。她们是很健谈的，谈的话极聪明，极新鲜，我可以终日听她们谈而不生厌倦，听她们谈话比做什么事都好。圣约翰虽不责怪她们，却是远远地躲开，整日在外。他所管的教区是很大的，居民都分散住在各处，他去探问穷民病人是很够他忙的。

有一天早上吃早饭的时候，黛安娜寻思一会儿，问圣约翰道："你的计划，还未改吗？"

他答道："未改，我的计划是不能改的。"随即告诉我们，来年一定动身。

玛丽好像是不由自主地问道："罗莎蒙德·奥利弗小姐怎么样呢？"玛丽一把这句话说出口，好像立刻后悔，要收回这句话不说。圣约翰吃饭的时候，往往是不应酬别人的。他一面吃饭，一面看书。这时候把书合起来，抬头说道："罗莎蒙德·奥利弗小姐快要嫁给一位格兰比先生了，他是弗雷德里克·格兰比爵士的孙子，将来是要承受爵士财产的。这是小姐的父亲昨天告诉我的。"

她们姐妹两人，四目相视，又看看我，我们三个人都转眼看他。他却很淡定，一如平时。

黛安娜说道："他们的亲事，一定是匆忙草草定下的，他们两个人相识的日子不可能很久。"

他答道："不过两个月，是在某家大型舞会初相识的。但是两方既无反对人，门第又相当，原不必相识甚久的，只等爵士把房子收拾好了，他们就结婚。"

我听了这消息之后，第一次遇着他，并无别人在座，我禁不住探问他听了这个消息是否难过。但是他看得不算怎么要紧，不必向他表示同情，我反觉得有点难为情，就不愿往下追问。况且，我久已不同他谈话，他是很寡言冷落的，我同他说坦白话，不过是受他冷水浇背。他原答应过，把我当妹妹相待，却并不实行。现在我虽然是住在他家里，他却同我很疏远，还不如从前我当慈善学校老师时那么亲近。我记得从前有过一次，他把心里的秘密告诉过我，现在他待我如此冷落，我有点不甚明白他的意思。

但是这时候，他忽然抬头同我说话，我觉得很诧异，他说道："简，你看见了我打了一仗，我打胜了。"

他忽然对我说话，我很有点惊讶，我并不立刻答他。停了一会儿，我才答道："你真有把握，你觉得不是同很多大将一样，仗是打胜了，却是损失太重，得不偿失的？你若是再打一个胜仗，你就要毁了。"

他答道："我看不至于。假使是损失太重也算不了什么，因为此后我不必再打仗了。这一仗大局已定，我的前程很光明。我感谢上帝！"说完，他又默默地看书了。

随后黛安娜、玛丽和我三个人过了不多时候，也就照常地淡定下来，过家庭的安乐日子，我们各人做各人的事，读书、做学问。圣约翰在家的时候多些，同我们坐在一间屋子里，有时一坐好几个钟头。玛丽作画，黛安娜埋头在书本里，我是专心学德文，他学一种东方的语言文字。

他躲在一角，好像是很刻苦地用功，有时却很留心地观察我们，我们若是偶然看见他，他就急急地转眼看他那本东方语言文法，过了一会儿，又观察我们。我很奇怪，总想要追问。还有一件极不相干的事，我每星期总要去看慈善学校一次，有时遇大风雪天，或是下大雨天，黛安娜姐妹总是苦劝我不必去，他却不然，无论天气多么不好，他总是劝我去的。这件小事，我觉得奇怪，心里也要探问。

他常常对他的妹妹说道："你们以为简是个身体软弱的女子，你们看错了。她可以受山上的大风，淋大雨，冒大雪，也同我们一样。她的身体是很强健的——可以忍受辛苦的，不怕天气变更的。"

经他这一说，我看了慈善学校回来，有时很倦了，有时很遇到风雨，也不敢诉苦，我很清楚我若是说一两句埋怨的话，他听了是不高兴的。甘受辛苦，他就欢喜；不甘受辛苦，他会难过的。

有一天下午，我伤风，就同他说好，不去看慈善学校了。他的妹妹们替我去。我读德文诗集，他读东方文字的文法。有一会儿，我稍改功课，译德文，偶然看他，我又看见他的两只蓝眼睛，专心地看我。他这样穿透内心一样地看我，看了多久，我却不知道。他的眼神是很尖很冷的，我觉得犯了迷信，觉得是个什么鬼怪。

他问道：“简，你做什么？”

我答道：“学德文。”

他说道：“我不要你学德文，我要你学印度文。”

我问道：“你不是说笑话？”

他答道：“我这句话，是很认真的，我一定要你学。我告诉你，是为什么缘故。”

他随即对我说，他现在所学的，就是印度文。他一面学，一面却把从前所学的忘记了。若是有一个人跟他学，他就可以把最初学的，教给那个人，他自己就可以不至于忘记。他心里想过许久，或是要他的妹妹当学生，抑或要我当学生。他现在决意要我当他的学生，因为我能够耐心久坐，专心做功课。他问我肯不肯帮他当他的学生。好在不必当许久。至多不过三个月，他就要动身。

圣约翰这个人，是不好违抗他的，我就答应了他。黛安娜和玛丽回来的时候，就看见她们的学生变成她们哥哥的学生了。她们见了大笑，说“圣约翰若是劝她们学印度文，她们是不干的”。他很安详地答道“我很清楚”。

我觉得他是个很耐心的先生，不过也太认真、太求全责备些。他的期望太切，要我学许多，若是我满足了他的期望，他是赞不绝口的。慢慢地他就有了操纵我的权力，夺了我的思想自由，被他的赞美束缚住了。我变得不大敢说话，不敢大笑，因为我知道他不喜欢我太活泼。我很觉得他要我凡事都得认真，我在他面前，也就变了一种冷落的人。他叫我去，我就去；他叫我来，我就来；他叫我做这个，我就做这个；他要我做那个，我就做那个。但我是不甘做奴隶的。有许多时候，我心里只希望他不理我。

有一天晚上，我们要分散回房就寝的时候，他同他的妹妹们亲吻，他同我拉手，一向都是如此的。黛安娜这时候偶然开玩笑，对圣约翰说道："圣约翰！你常说你把简当作第三个妹妹，但是你并不是按照妹妹待她。你该也同她亲吻。"

黛安娜把我推到圣约翰面前，我觉得黛安娜这种举动不对，令我迷乱。我正在这样想的时候，圣约翰垂低头向我：他的希腊式的脸正对着我的脸，他的眼看我的眼，他同我亲吻。世上原无所谓石像的接吻，或是冰雪般的接吻，若果然有之，我这位表哥的亲吻，必定两者居一。但是也许有所谓试验式的亲吻，他的亲吻，就是个试验式的。他吻过之后，立刻看我，看有什么效果，我很清楚，我并无新奇的神色，我知道我的脸并未发红。或许脸色有点发白，因为我觉得这一吻，好像是要把我的自由心性束缚到牢不可破的了。从此以后，他没一次忘记过同我亲吻的，我是安详端庄地让他亲吻，他好像觉得很欢乐。

我天天都要使他欢喜，但是我却要半压住自己的心性，改变我的习性，收敛我的才情，才能令他欢喜。他要教我置身在极高的地位，是我所做不到的。他总要我跻升到他所立的标准，这又是我万做不到的。如同要把我五官不甚端正的面貌改作希腊式，把我的绿色眼睛改作海水蓝，如何能够做得到呢！

况且我有一件事，使我的心忐忑不安。

读者也许以为此时我的环境不同，我的前程不同，就把罗切斯特先生忘了。我却并无一刻能够忘记他。他深印在我心里，是不能磨灭的。我无论在什么地方，都很想打听他的现状。我教村塾的时候，一走到我自己的房间就想到他，我住在沼泽居，每晚归房就寝的时候也必想到他。

我因为继承遗产的事，常同布里格斯律师通信，我问过他罗切斯特先生住在什么地方，身体好不好。但是果不出圣约翰所料，根本无处打听。我于是写信问费尔法克斯太太，求她把消息告诉我。我以为一定可以得到消息，她一定快快地答复我的信。不料等了两星期都无回信，一直等了两个月，送信的人，虽是来过多少次，却并无费尔法克斯太太的回信，我心里觉得非常着急，非常难过。

到了春天，风景很美，我却不能享受。到了夏天，黛安娜说我有病容，很想振作我的精神，要陪我到海边养息。圣约翰却反对，说我并不是要消遣解闷，是要找事做。他说我做人毫无目标。要我立一个目标；我猜他以为我还不够事做，替我加上许多功课，要我用苦功。我变成一个傻子，向来不想去抗拒他——也不能抗拒他。

有一天，我因为觉得很失望，走进课堂，无甚精神。早上汉娜告诉我，来了一封信，我下楼拆开一看，不过是布里格斯先生的信，说些不要紧的事。我起初以为一定是我久盼未到的回信，于是大失所望，我禁不住滴了几滴眼泪。我到了课堂，做那种为难的功课，我满眼又是泪。

圣约翰叫我到他身边读书，我要读也读不成声，只有呜咽。此时只有他同我两个人在小客厅里。黛安娜在大客厅弹琴，玛丽在园里种花。他看见我滴泪，毫不诧异，也不问我为什么缘故，只说道："简，我们稍歇几分钟，等你冷静些。"我一面用力控制我的感动，他一面靠住桌边，看我，好像是医生看病人。我擦擦眼泪，做功课，做完了。他把我的书同他的书都收起来，锁进了抽屉，对我说道："简，你必须出去散步，我陪你。"

我说道："我请黛安娜和玛丽一起去。"

他说道："不必，我今早只要一个同伴，只要你。你去换衣服，从厨房门出去，向某条路走，我一会儿就来。"

我不知道有什么适中的法子可以推诿。我平生对待性情执拗、不讲情理、同我反对的人，向来是走极端的，不是完全屈服，就是完全反对。我常常屈服，屈服到极点，却要大反对的。此时我并无反对的理由，我就听他的调动。不过十分钟，我同他并排地在路上走。

这时候吹的是西风，景致很美，我们走到一个地方，遍地都是青草黄花，四围都是山，走到一堆乱石旁，圣约翰要我歇歇。

我坐在石头上，圣约翰站在我身边，他朝四围都看看，看了好一会儿，大声说道："我到了印度恒河边睡着了，再梦见这个地方，再过许多时，我永远长睡不醒，梦的又是在一条黑河的河边。”

这种话是很奇怪的！他坐下有半个钟头，我不说话，他也不说，随后他说道：“简，六个星期内我就动身。我已经在东印度公司定了舱位，六月二十日启航。”

我答道：“上帝保佑你，因为你担负替上帝做大事的职责。”

他说道：“是的，这就是我的光荣，我的快乐。我替一位永远不颠仆的主人做事。我此一去并不受人类的引导，也不受我们同类的可怜虫的不完全法律，不受他们往往错误的控制。我的国王，我的先师，指挥我的人，是个完全尽美尽善的主人。我身边的人，并无热情同我去办这样的大事，我觉得很诧异。”

我答道：“你所说的人哪里有你这样的大能力，能力薄弱的人，不应该同有大能力的人同去担负这种大事业。”

他说道：“我不对能力薄弱的人说话，我并不想及他们，我只对配做这种大事有大能力的人说话。”

我答道：“这种人很少，也不容易找得到。”

他说道：“若是找到值得鼓励的人，我是要鼓励他们的，力劝他们出力——指示他们有天授的能力不要错过，请他们居于上帝捡选之列。”

我说道：“倘若他们有这种资格，他们自己的心，不就可以告诉他们去做这种大事了吗？”

此时我觉得好像受了迷惑似的，恐怕他说出一个字来，立刻把我迷住，摆脱不开。

圣约翰问道：“你自己的心说什么？”

我觉得很受打击，说道：“我的心是个哑巴，我的心是个哑巴。”

他一点也不放松，说道：“你的心既然是个哑巴，我只好替你的心说话。简，你和我去印度，做我的帮手，帮我做事。”

我此时觉得天翻地覆似的。好像天上有人对我说道：“你来呀，帮我们呀。”但我并不是个圣徒，看不见说话的天使，我不能奉召。

我喊道：“圣约翰！你该怜恤我！”

他自以为是奉行天职的，不知道什么叫怜恤，什么叫悔恨。我哀求他怜恤，他是不管的。他说道："天生你这个人是要你做传教士的妻室的，不是要你享温柔恋爱之福的。你一定得做传教士的妻室。你是我的，我要娶你——不是为的享乐，为的是替上帝做事。"

我说道："我不配做这种事。"

他早已计算好我有这种反对的话。他听了，毫不着急。我看见他叉住手靠住石头，预备进攻，一直到攻破为止。

他说道："简，基督教的道德是拿谦逊作基础的。你说你不配，这句话何尝说得不是。但是谁配做这种事吗？就是奉命去做这种事的人，又何尝以为自己配呢？拿我而论，我不过是尘土。我同圣保罗一样，是个极大的罪人。我却并不因为我自己是个罪人，就畏缩不前。我知道上帝，上帝是公道的，有大能力的。上帝既捡选了一个能力薄弱的人去做这种大事，上帝一定帮助我才力之所不及。简，你该和我一样想，同我一样地信上天。"

我答道："我不知道传教士的生活，我未研究过传教士所做的事。"

他答道："我虽是个无用之人，我却能够帮你，我可以指点你做什么，时时刻刻地帮助你。这不过是开始，后来你自然就都知道，你自有才能，不必我帮助。"

我说道："但是我的能力呢？我的能力在哪里？我不觉得我有这种能力。你对我说了这番话，我的心却丝毫不为所动。我看不见一线光明，丝毫不能振作我的精神，鼓励我的兴致。我但愿你知道我的心。此时如在黑暗监狱，心里是非常之害怕。我所害怕的是，万一不幸，我为你所劝动，贸然去做我所做不到的事！"

他说道："我有话答你，请你留心听我说。我自从初次见你之后，就开始留心观察你，我观察你有十个月了。我用了许多法子试验你。你在慈善学校的时候，我试验出你对于不习惯的事，不愿意办的事，你居然能够认真竭力地去办。我看出你是很有才能很有控制力的人，你一面约束别人，一面还能令人喜欢你。你原是个孤零赤贫的女子，忽然坐拥厚资，不为所动，处之泰然，可见得你是富贵不能淫的。你得到遗产，立刻就慨然平分四份，你自己只留一份，把那三份分给我们，要办得极公道，可见得你是很能牺牲的。你本是极愿意学德文的，经我一劝，你就毅然决然地抛开，跟我学你不愿意学的印度文，不过为的是舍己从人。你又用全部精力刻苦地用功，一毫也不嫌烦难，凡是我所求的资格，你应有尽有。简，你听话、勤力、不为己、有恒、可靠、有胆、很温和、很豪迈，你不必不自信——我样样都相信你。你教印度人读书，帮印度女人的忙，是最合适不过的，肯定能做我的好帮手。”

他劝我的话，慢慢地一步一步深入。我的心，好像四面都被铜墙铁壁围住，我想逃恐怕也不容易逃脱，我只管闭住眼，也不相干，他末后这一番话，已经深入我的心，我一生所做的事，原是泛滥无归的，现在被他定出范围并巩固下来了。他等我的回答。我要他让我细想一刻钟，再答他。

他说道：“我让你想。”随即站起来，往前走几步，坐下。

我心里想道：“让他这一说，我诚然是能够办他所要我办的事，但是我觉得久在印度热地，于我很不相宜。不过他是不管这一层的。我若受不住，死了，他只是淡淡定定地随我回去见上帝。英国原是我爱恋之地，但是同我也不相干。我现在是自己过日子，不必有罗切斯特先生相伴，若是整天日夜胡想，盼望有一天我可以再同他相会，是毫无道理的。这种日子，既然不可得，自然是另定计划，另找事做。圣约翰劝我去做的事，岂不是最有荣耀的事？我的爱情希望，已经被摧残了，只好去做这种大事。我看我是应该答应他的，然而答应了我又恐怖。我若是同圣约翰去的话，我就是丢了一半的我，我若是去印度，一定是早死的。从英国到印度，在路上的时候我做什么呢？到了印度之后，与我未死之前，中间的时候又做什么呢？我明白了！我去替他尽力做事，受尽多少辛苦，他是一定能满意的。我若是不同他去就罢，若是果然同他去，我是要牺牲一切的，做个完全的牺牲。他是不能爱我的，却是很肯定我的，我可以使他看见他向来所未见过的力量，他所想不到的方略。我知道，我是很能劳心劳力的，同他一样。”

我又自己对自己说道：“既然是能做得到，又何必迟疑，何必不答应他呢？但是有一件最可怕的事，他要我嫁给他，他于我毫无爱情，他对待我，还不是同我面前那块大顽石对待我一样吗？他要我，不过如同一个士兵要刀枪。我若是不嫁给他，这一层原可不必深虑。但是我却知道他毫不爱我，我能嫁给他吗？他为办事方便起见为外观起见，是要做出种种爱我的情形的，我能够装糊涂相信他是出于自然的吗？这样的牺牲，是绝不应该的，绝对做不到的。这一层我做不来，我只能还是做他的表妹，可以陪他去，不能做他的妻室。我就这样答他。”

我看看他，他立刻站起来，走向我。

我答道：“我肯陪你去印度，但是你得让我自由。”

他说道：“你这句话不清楚，须加注解。”

我答道：“向来你是当我做干妹，我当你做干哥哥，我们还是不改，我们却不必结婚。”

他摇头说道：“这件事是不能容我们这样的。假使你是我的亲妹妹，又当别论，我就带你同去不找妻室。既然不是同胞，若不结婚，是不能去的，因为内里有种种窒碍为难。简，你一想就明白。”

我是想过的，但是我知道我们两个人并不相爱，自然是不应该结婚，我就告诉他道：“圣约翰，我当你是兄弟，你当我是姐妹，我们还是这样，不必更改。”

他答道：“这是不可能的。你要记得，你说过同我到印度。”

我答道：“却是有条件的。”

他说道：“好呀。我先说大旨，你是不反对同我离开英国，同我合力同做。这是你已经答应的了，你是不会退缩的了。你现在要想想看，怎么样能够最易达到目的。你把所有的一切感觉、意思、想望、目的，都化作一种简单的办法，好去替上帝办事。既然是这样，你不要兄弟只要个丈夫；我也不要姐妹，因为姐妹是随时可以撇开我脱离我的。我要的是妻室，我能够左右她的，一直留在我身边，到我死了为止。”

我答道："圣约翰，你得另找别人，另找一个合适你的。"

他答道："你说的是对于我所做的事合适的。我又要告诉你，不相干的人是不成的，我要个同去传教的人。"

我答道："我可以把我的能力给传教士，不能把我的身体给他，这不过是加躯壳于灵魂。他不必要躯壳，躯壳还是我自己的。"

他答道："你不该如此。你以为上帝只愿意要一半的牺牲吗？我做的是上帝的事，我是收你在上帝的麾下，我不能承收一半。"

我答道："我把我的心送给上帝，你不要我的心。"

读者呀，我不敢说我这句话不带点讥讽的。我心里一向害怕他。因为我不知道他这个人。因为我不懂得他，故此害怕他这个人。到底有几分是神圣，有几分是世人，我从前是说不出来的，此时同他深谈，他却很暴露他自己，我就把他的性情分析得清楚。我很知道他的短处，他的弱点，我此时看得他很清楚。他完全是个世人，并无所谓神圣，他蒙面的横蛮霸道，让我揭开了。我既知道他的弱点，我的胆子就壮起来。我觉得他不过与我同等，我可以同他辩驳，我可以拒绝他。

他听了我最后那两句话，沉默不语。我随后转眼看他。他原来正定眼看我，好像是要说："她说的是讥讽话吗？是讥讽我的话吗？这是什么意思？"

过了一会儿，他说道："我们不要忘了，我们所谈的是件大事，不可以说轻侮话的，说轻侮话，是犯过的。简，我相信你说你的心许给上帝是句真诚话，我所望也不过如此。只要你的心，同人撇开，全为上帝，你就能顶住全部精力促进人类入上帝之国，你自然就做一切能够促进进步的事。我一想，我与你能够结婚，把两个人的躯壳灵魂合而为一，那推动进步的力量自然是猛得多，非两体结合是不能的。你就可以把一切不相干的为难，什么爱情意愿，都可以撇开不管，你立刻也要想到，我们是必须结合的。"

我只很简单地说道："我都要撇开？"我一面看看他的面貌，诚然是五官端正，是个美男子，只是太过严厉可怖。看看他的眉心，威重是有的，不过欠伸展；他的两眼，诚然有光，看人能深入，却不温柔；看着他高大的身材，我试想我是他的妻室。我知道，我是绝不能的！做他的伙计帮手，是可以的。同他远渡重洋，同他同受东方烈日的灼晒，同他过沙漠，我都可以做得到，赞美他的勇气毅力，低首下心，受他的调度，区别开他有几分是基督教人，有几分是平常人；敬重他的美德，宽恕他的短处，我都可以做得到；做他的帮手是可以的，常常受苦，也不计较。但是我只管躯壳受苦，我的心是要自由的。若是这样，我还可以保全我不做奴隶的本性。总还有个我存在，他无论怎样严厉，是不能摧残我的。若是做了他的妻室，时常被他束缚在左右，时常受控制，不由我的本性表露，使我的本性在内里焚烧，不容我叫喊一声，慢慢把我的生机烧化了——这是我绝不能受的。

我想到这里，就喊道："圣约翰！"

他冷冷地答道："怎么样？"

我答道："我自由地答应你，和你去做个传教的帮手，但不能当你的妻室，我不能嫁给你变做你的一体。"

他答道："你一定得作为我的一体，不然，你是空答应。我现年不到三十岁，你不过是个十九岁的女子，你不嫁我，叫我怎样带你去？我们到了那里，是时常在一起的，有时只有我们两个人在一起，有时要同在野蛮部落里，不结婚怎么能做得到呢？"

我很简单地答道："既然是这样，你就当我是个同胞姐妹，或是当我是个传教的教士，还不是一样办事吗？"

他答道："人家知道你不是我的同胞姐妹，我不能告诉人你是我的同胞姐妹，说了是要犯疑的。你的头脑虽然是个男子的头脑，你的心还是个女子的心，这是不行的。"

我带点轻蔑他的腔调说道："当然可以。我是有女子的心，对于你却毫无关系；我对待你不过是有同伴的恒性；我还可以说，我还有一种同仇敌忾的坦白信实，同胞的义气对待你，还敬重你，受你指挥，如初入教的人对待大圣师。我对待你，不过如此——你不必害怕。"

他对自己说道："我所要的不过如此，但是仍有许多阻碍，这些阻碍，一定要铲除的。简，你嫁了我，不会后悔的。你可以放心。我们一定得结婚。我要再说，除了结婚，是别无办法的。结婚之后，足够有爱情，使你满意，并以为是不错的。"

我站起来，面对他，我靠在石上，不由自主地说道："我看不起你的爱情，你所说的假情义我看不起。是的，圣约翰，你一对我说爱情，我就看你不起。"

他定眼看住我，紧缩两唇。他是否发怒，抑或是惊异，抑或是有别的情感，我却看不出来。因为他是很能够深藏不露的。

他说道："我想不到你会说这种话，我所做的事，所说的话，并无可以受你看不起之处。"

我却为他平和语气所动，为他的镇静神色所压倒。

我说道："圣约翰，请你饶恕我说这种话。你刺激我说这种不小心的话，原是你的错。你引我所谈的话题，与我们是格格不相入的——我们不该说这种话题。你一说到爱情，我们是各怀己见万谈不拢的。我的表哥，请你把结婚的计划破除了吧——你忘记了吧。"

他说道："不然，这是久定的计划，非此不能办我的大事。但我此时不再催促你。明天我就要去剑桥，我那里朋友很多，要同他们辞行。离家的两星期，你可以慢慢想。你不要忘记，你若是拒绝我，你却不是拒绝我，是拒绝上帝。上帝假手于我，使你建大功业。但是你嫁了我，才能够走这条路。你若不肯嫁我，你不过是个自私自利好舒服的人，变了个无声无息的人。你不嫁我，你就变成一个不信教的人，你不害怕到发抖吗！"

他说完了。有许多情感深藏在他心里，我是不配听他发泄出来的了。我们并排走回家的时候，我觉得他是大失所望。他以为我一听他的话就会立刻服从的，不料我会极力反对，因为我不能同心一气。他自然是大不以我为然，他若是个常人，是要勉强我服从他的。因为他是个基督教人，才肯给我一些时候盘算悔过。

那天晚上，他同他的妹妹们亲吻之后，不和我握手，一言不发地就走了。我虽然不能爱他，但同他的友谊是很深的，他此时不关心我，我觉得伤心，不由得滴泪。

黛安娜说道："我看得出你同圣约翰在旷野散步时有点争执。你去追他吧，他还在过道里依依不舍的，你赶上去吧，他愿意同你和解。"

我处在这样的环境里，是向来不骄傲的。我宁愿欢乐，不顾玷辱身份，我就出去追他——他站在楼梯口。

我说道："圣约翰，晚安。"

他淡定地答道："简，晚安。"

我又说道："我们握手。"

他同我握手，又松又冷，一点都不亲热！这天的事，他是非常之不高兴。我虽和气，也不能把他的冷心变热，我虽落泪，也不能打动他。同他是不能和解、恢复旧好的了。他只管还是淡定耐心，却无笑容，无一句慷慨大方的话。我问他可否饶恕我，他答他是向来不怀怨恨的，他又不以为我得罪他，没什么可饶恕的。

他回答了我的话，就走了。我宁愿此时他把我打倒在地。

第三十五章 同 感

他说翌日要动身，却并没走，延迟了一个星期。这一个星期里头，很使我觉得我得罪了他，他有法子惩罚我。他并不说一句责怪我的话，并不做一点仇恨我的事，却使我相信，他不能再以情谊相待我了。

我并不是说圣约翰存了什么报复我的意思——我很清楚，假使他有伤害我的能力，也不肯伤害我毫发的他的天性，他的宗旨，是不讲报仇的。我说我看不起他的爱情，这句话他虽然可以饶恕我，他却不能忘记我这句话，只要他和我都活在世上，他是绝不能忘记的。我看他的神气是不能忘记的，我只要同他说话，他就想起我这句话来。他回答我的话，也有这种味道。

他也并非不同我谈话。他仍旧每早叫我和他在同一书桌读书，他虽然是个基督教人，然而骨子里，还是个常人，他只顾说话做事不改常态，我恐怕他在使他的手段，使我觉得与从前的气味不同，他心里还以为得意。我此时觉得他不是个血肉人，是个石人；他双眼不过是宝石，他的唇舌不过是一个说话的机器。

他这样对待我，我觉得如受酷刑。我此时觉得，假使我嫁了他——这位好人，不久就要送了我的命。他不必使我滴一滴血，不必有什么不良的举动，也可以送我的命。我越要同他和解，他越使我难过。我怜恤他，他却不怜恤我。我们两个人，生了芥蒂，他是不觉得的——他不盼望和解。我有时候感动起来，滴得满书上都是泪，他却毫无感动，他的心好像是铁石做的。他对于自己的亲妹妹，仿佛是比往常亲爱些，他好像是要加倍地同她们亲热，才能够使我觉得加倍冷落。他这样做法，并不是因为他存心不好，因为他宗旨是如此。

他要动身的前一天，日落的时候，我看见他在花园里散步，我想起他从前救过我的命，现在我们又是表亲，我心里感动，要用最后的方法博回他的欢心。我走出去，到他面前，他倚着小门站立着，我立刻一针见血地说道："圣约翰，我因为你跟我生气，我很不快乐，我们应该言归于好，还是好朋友吧。"

他看着月亮上升，一丝都不感动地答道："我希望我们是好朋友。"

我说道："圣约翰，不对，我们不是从前那样的好朋友，你是清楚的。"

他说道："我们不是吗？这是不应该的。从我一方面说，我只会希望你好，我并不愿你不好。"

我说道："圣约翰，我相信你的话。我很理解，无论什么人，你都不愿意他们有什么不好。但是我同你是亲戚，你该同我亲爱些，不要待我

我走出去，到他面前，他倚着小门站立着。

同路人一样。”

他说道：“那是自然的，你的意愿是很有理由的，我并没待你作路人。”

他很冷静地说这几句话，使我又难过又难开口。我此时若是被傲性、被愤怒所动，我就要立刻走开。好在我向来很敬重他的本领、他的宗旨。他的友谊，是很可宝贵的，我是不愿意丢了他的友情。我不能不尽力恢复过来。

我说道：“圣约翰，我们这样就分手了吗？你动身去印度，抛弃我，连些亲爱的话都没有一句吗？”

他这时候不看月了，掉过脸来，对我说道：“简，我动身去印度，抛弃你吗？什么！你不去印度吗？”

我答道：“你说我如果不嫁给你是不能去的。”

他说道：“你不嫁我吗？你拿定主意了吗？”

我答道：“圣约翰，我不能，我不能嫁你，我抱定我的主意。”

他问道：“我再问你，你为什么不答应？”

我答道：“从前我不肯嫁你，为的是你不爱我；现在我还是不肯嫁你，为的是你恨我。假使我嫁了你，你是要送我的命的。你现在就是要我的命。”

这时候他的脸，他的嘴唇，都变白了，变得很白，说道：“我是送你的命吗？——我现在就要你的命吗？你说的话，是不应该说的——你说的话，说得太凶，不是女人该说的。可见得你的心境是很不幸的。你的话是不能原谅的，是该受责怪的，但我还是应该饶恕你。”

我们两方已经说出这样的话，是不可挽回了。我原想洗刷我从前说过得罪他的话，不料这一说，更得罪他，好像是烙在他心里。

我说道：“现在你是真恨我了，同你和解也无用。我知道你永远是我的仇敌了。”

这两句话，更伤他，伤他更厉害，因为这两句是真话。他的无血色的嘴唇发抖，我知道我很伤他的心。

我立刻拉他的手，说道：“你完全误会了我的话，我并非有心使你难过。”

他立刻缩回他的手，对我冷笑，停了好一会儿，说道：“你现在是说话不算数，不肯去印度了？”

我答道：“我愿去当你的帮手。”

他许久不响，我不知道在他心里人性同天理怎么交战。随后他说道：“我从前证明给你听，你这样的一个单身寡女，同我一个寡男去印度，是万做不到的。我又证明得很清楚，免得你再提你的办法。你现在还是提这个办法，我很可惜——为你可惜。”

我只要听他有责怪我的话，我的胆气就壮起来，我拦住他说道：“圣约翰，你不要离开常识说话。你现在近乎说胡话了。你装作听了我的话，大为惊怪，你原是毫不惊怪的。你这样的聪明人，难道不明白我的意思？我再说一遍，我只愿意做你的帮手，不愿意做你的妻室。”

他这时候脸色更变白，却是控制住自己，不露怒容，说道：“一个女帮手，而不是我的妻室，是绝不能合我的意思。看来你是不能同我去的了。但是你若是有诚意要帮我，我到了伦敦，可以问一位有妻室的传教士，他的女人要个帮手。你自己有钱不必靠教会的帮助。这样一来，你还可以补救你食言和临阵脱逃的不体面。”

读者知道的，我并没正式答应他，并未同他立过合同，他对我说这种严重的话，这样蛮横霸道的话，我是不能接受的。我答道：“这件事无所谓不体面，无所谓食言，无所谓脱逃。我并没有一定要去印度的义务，更不必与陌生人同去。同你去，我还敢多少放胆，因为我钦佩你，相信你，还有姐妹的情谊爱你。但是我很清楚，无论同什么人去，什么时候去，我水土不服，不久就是死。”

他卷起嘴唇。说道：“呀！原来你是害怕你自己。”

我答道：“是的，上帝赐我一条性命，不是叫我随便糟蹋的。我若依着你的意思去，无异于自杀。况且我未打定主意离开英国之前，我还要清楚地知道，究竟是不是我不离开英国，我的用处比离开的多。”

他问道："你这两句话是什么意思？"

我答道："我解释给你听是毫无效果的。我对于一件事，很怀疑，很叫我心痛，我没有设法先把这个疑团打破解决之后，我哪里都不能去。"

他说道："我知道，你的心转向什么地方，你的心不肯离开什么东西。你的心愿是件违背法律的事，是件不可以对神明的事。你原该早把这种心愿打倒了的。你现在若提起这件事，是脸上要发红的。你想的是罗切斯特先生吧？"

他说得不错，我默认了。

他问道："你要去找罗切斯特先生？"

我说道："我要打听他现在怎么样了。"

他说道："既然是这样，我唯有在祈祷中记得你。祈祷上帝，使你不至于为上帝所弃。我原先以为你是上帝的选民。人的眼看人，是不如上帝的眼看人。只好听天命吧。"

他开了大门，走出去，往下走。再过一会儿，我就看不见他了。

我走回去，进了小客厅，看见黛安娜站在窗口，在那里想心事。她的身材比我高得多，她垂下头，细看我的脸，一只手放在我肩上。

她说道："你现在为什么总是神色不安，脸色发白，你一定有什么事。你告诉我，你同圣约翰两个人有什么事。我在窗外留心看你有半个钟头，你不要怪我当侦探，但是我看了许久，不知道你们有什么事。圣约翰是个怪人——"

她停住不说，我也并不说话。过了一会儿，她又说道："我的这位哥哥，对于你不知存了些什么心思，他有许久特别地留心你，关注你——为什么呢？我但愿他爱你——简，他爱你吗？"

我把她的冷手，放在我很热的额上，说道："他一点也不爱我。"

她说道："他既然不爱你，为什么他的眼，总跟着看你，常常要你同他两个人在一起，常常要你在他身边？玛丽同我，以为他要娶你。"

我答道："是的，他要我嫁他。"

黛安娜拍手说道："我们正是这样想，正是这样盼望！简，你是肯嫁他的，是不是你肯嫁他，他就不用离开英国了。"

我答道："不然，他要我嫁他，他唯一的意思，是要找一个帮忙的人同他去印度做事。"

她问道："什么呀，他要你去印度？"

我答道："是的。"

她喊道："他是疯了！我知道的，你到了印度，不到三个月你就要死在那里，你万不能去的。简，你未答应他吗？"

我答道："我不答应嫁他——"

她就猜道："结果是他不喜欢你？"

我说道："他很不喜欢我，我恐怕他永远不能饶恕我。然而我却很愿意能做他的妹妹，陪他去印度。"

她说道："简，你答应同他去印度，就是大错特错。你要想想你所担任的重责，到了那里是永远不歇的辛苦，即使是身体很强健的人，也要辛苦死的，况且你身体这样瘦弱。你是知道的，圣约翰这个人，总要强人所难。你同他在一起，无论天气怎么热，他都不会让你歇息的。最不幸的是，我常看见他勉强你做许多事，你就勉强给他做。你居然有胆气，敢于不答应嫁他，我倒觉得很惊异。简，你不爱他？"

我答道："我不能当他是丈夫那样爱他。"

她说道："然而他却是个美男子。"

我说道："你知道的，我是个丑陋女子。我同他是不会合适的。"

她说道："你丑陋？不然，不然。你这个人太好了，你的面貌太秀气了，不应该在印度那地方受热气烤死。"她于是很认真地劝我，千万不要再存同圣约翰去印度的思想。

我说道："我一定不能存这种思想，刚才我告诉他，我愿意做他的帮手同他去，不过我不能嫁他。他听了我的话很生气，说我不对。他好像以为我不嫁他，同他去是不合规则的行为。好像以为我自始至终，不当他是兄弟。"

她问道：“简，你怎么知道他不爱你呢？”

我答道：“你该听他谈这件事。他对我，说了又说，他要我嫁他，并不是为他自己，为的是要做事。他对我说，天生我是要吃苦的，不是叫我恋爱的。这是真确无疑的了。但是据我想来，既然天生我，不叫我恋爱，自然是我不应嫁人。黛安娜，你想想看，若是一个女子，嫁了丈夫，丈夫只当她是个有用的器具，岂不是一件极奇怪的事？”

她答道：“这是万不能受的——这不是人情——这是万不能够的！”

我往下说道：“现在我诚然只能当他是我的兄弟爱他，但是假使我嫁了他，因为他是很有本事的人，很有魄力的人，总不免有时对他表示出一种奇怪、特别的爱情，然而他不要我的爱情。假使我表示爱情，他一定令我知道，他不要我爱他，爱情是多余的事，是不规矩的举动。”

她答道：“虽是这样说，圣约翰却是个好人。”

我答道：“他是个好人，是个伟人，但是他只管要办他的大事，却不管我们小人物的感觉，故此我这样的不相干的小人物，只好远远地躲开他，不然，是会被大人一脚踢死的。黛安娜，他来了！我只好离开你。”我看见他走入花园，我就上楼。

到了吃晚饭时我却不能不同他相见。他的神色，仍然是淡定的。我已经想过，他不会同我说话，不会再提结婚的事了。观后来的事，才知道我全想错了。他同我说话，还是照常的，很有礼貌的。大约他是祈祷过上帝，按下了他的怒气，他相信已经再饶恕我一次。

这天晚上，他未祈祷之前，先读《圣经》，是读《启示录》第二十一章。说到上帝要亲自和他们同住，要擦去他们的一切眼泪，不再有死，也不再有悲哀哭号疼痛，因为以前的事，都过去了。

他说得很入我的心里，他读到这几句的时候，他的眼只看我。

他又读道：“跟我的人，是承受一切，我要做他的上帝，他要做我的儿子。”他于是慢慢地接着读道，“唯有那胆怯的，不相信的，等等，他们就在烧着硫黄的火湖里，这是第二次的死。”

从此以后，我知道圣约翰很替我的前程担忧。

他祈祷的时候，他的声音神色，更能动人。祈祷过了，我们就同他分手告别，因为他明天一早就走。黛安娜和玛丽，同他亲吻，就走了。大约是他先示意的，我伸出手来，同他告别，祝他一路平安。

他说道："简，我谢谢你。我对你说过，我两星期内就回来。这时候，你可以盘算。我若是个骄傲人，我就永远不对你再说结婚的话，但是我要顾我的天职，我是要替上帝办事。我的主受过长久的痛苦，我也是要受的。我不能让你永远沉沦。现在还来得及，你赶快悔过。你要记得，白天有日光，我们就赶快做事，天黑了，就不能做事。你要记得，天赐你的力量，你要做好事。"

他说末后这几句话的时候，把手放在我头上。他说话的腔调，是很认真，很平和的。他看我，并不是男子看他所爱的女人那样，不过是同牧师看他所教导的人一样。凡是有大能力的人，只要是真诚的，都有令人可敬重的地方。我对于圣约翰是很尊敬的。我几乎要顺从他，随着他的潮流，冲决下去，忘了我自己。我从前若是答应他，是我对不住我的宗旨；我若是这时候答应他，是判断力有错。

我这时候呆立不动，我忘记了我从前不答应他。我的恐惧也消除了，我要同他挣扎也无力了。我从前原以为我嫁圣约翰，是绝不能做得来的事，现在好像可以做得到了。我这时候，是完全改变过来。

他问道："你能够此时就决定吗？"他的声音是很温柔的，他轻轻地把我拉过去。温柔的力量很大，比蛮力大得多了！圣约翰发怒，我是很能抗拒的，圣约翰变得温柔，我就软下来，好像一条芦苇。但我这时候很清楚，我若是此时顺从了他，答应了他，日后必定后悔的。他的本性并未改，不过是更高了。

我答道："假使我知道真是上帝的意思，要我嫁你，我就可以决定，我就可以立刻答应你，我嫁你——后来的事，我一切都可以不管！"

圣约翰喊道："好啊，上帝听到我的祈祷了！"他把手紧压我的头，好像当我是他的了。他两手抱住我，几乎是爱我的，我只说是几乎，我知道有分别，我知道真爱是什么样，但是我对待他，说不到爱情，我只想到职责。我是很真心诚意地要做我该做的事。我哀求上天，指示给我正经大路。我现在所受的，是向来未受过的刺激，随即发生的结果，是否是因为过于激动，只好请读者自己判断了。

这时候，只有圣约翰和我未归房就寝，其余的人都睡了。房里静寂无声，蜡烛快烧完了！满屋都是月光。我的心跳动得又快又重，我听见心跳的声音。我忽然觉得有一种感动，先从心里窜过，一直透到头脑同四肢。这种感动，与触电不同，但是觉得尖利奇特，好像是把我的五官都振作起来，使我的五官加倍地灵醒，耳目好像是等候什么。

圣约翰问道：“你听见什么了？你看见什么了？”我并没看见什么，但是听见有声音，不知从什么地方来的，喊道：“简！简！简！”一连喊了三声。

我喊道：“上帝，这是什么声音？”

我原可以问：“在什么地方？”因为这三声呼喊，不是在屋里——不是在宅里——也不是从花园来的——也不是从空中来的——不是从地下来的——也不是从头上来的。我是听见的——究竟是从哪里来的，却不能知道！的确是人声——并且是我所知道，我所记得，我所恋爱的声音——是爱德华·费尔法克斯·罗切斯特的声音，是一种很急切、很悲痛的声音。

我喊道：“我来了，你等我！我来了！”我跑出房门，看看过道！过道只是一片黑暗。我跑到花园里一看，什么都没有。

我喊道：“你在哪里？”

只听见远远的山，送回来一句答话，说道：“你在哪里！”我很留心地听，只听见有些松声，夜是很凄凉寂静的。

我心里说道：“不是迷信！不是迷信，不是迷信欺我，这是天性表露。”

我就离开圣约翰，他跟着我，很想留住我，不让我走。现在我的力量回来了，我能抵制他了。我不许他问我，不许他说话，我叫他走开，不要他陪，他只好走了。我上楼走进我的屋子，把房门锁好，双膝跪地，祈祷。起来之后，我就打定主意，恍然大悟，毫不害怕，一心只等天亮。

我上楼走进我的屋子，把房门锁好，双膝跪地，祈祷。

第三十六章　横　祸

等到天刚亮，我就起来。我预备远行，费了一两个钟头的工夫，把屋里和抽屉衣橱收拾好。我听见圣约翰离开他的卧室，在我门口站住，我恐怕他敲门，他却不敲门，他从门脚的缝内送进一张纸，纸上写道：

昨晚你忽跑开，跑得太快了。假使你再逗留一会儿，你就愿替上帝做大事。我盼望我两星期归家后，你就决定清楚。现在你该小心察看你自己，你须祈祷，不要走入邪路。我看得出来，你的灵魂是愿意的，你的肉体的能力却过于薄弱。我时时刻刻替你祈祷——圣约翰。

我看过他所写的话，心里答复道："我的灵魂是很愿意做应做的事。我希望我的肉体，有能力做成天意要我做的事，只要我知道天意清楚地叫我做什么。无论怎样，我的肉体足够力量破除疑团，求个实在。"

这天是六月一日。落雨，微寒。我听见大门响，圣约翰走出去。我从窗子看见他走过花园出去，向惠特克罗斯走去，在那里搭车。

我心里想道："表哥，再过几个钟头，我也要走这条路，也要在那里搭车，也要找人，也去看人。"

此时还有两个钟头才吃早饭。我在屋里，脚步很轻地走，想我眼前就要做的事，不由得追想到从前我的感觉，同我所见所闻的声音笑貌，同一切说话举动。

我说道："不久，我就能知道昨晚好像喊我去的那个人。我写了许多信，都无结果——我只好亲自去探望。”

吃早饭的时候，我告诉黛安娜和玛丽，我要出远门，至少也要去四天。

她们问道：“你一个人走？”

我答道：“是的，我要探望一个人，因为我近来对于这个人很放心不下。”

她们心里一定以为我除了她们之外，别无亲友。她们很细心不追问我什么话，黛安娜只问我身体是否强壮到可以远行。她还说我的脸上无血色。我答称，不过心里着急并非有病。

我只好告诉她们，我现在不能告诉她们我为什么要远行，我同她们彼此早已心照不宣，从不追问彼此的事，她们自然不追问我。

我当天午后三点钟，从这里动身，四点钟过后，我到了惠特克罗斯的牌子下等候火车。不久就听见车声，一看，还是从前装我来的那辆火车。我上了车，就向桑菲尔德大宅去。这才是鸟倦知还，回到老巢去的感觉。

走了三十六个钟头的路程。下车一看，就认得是旧游之地，风景依旧。

我问一个马夫道：“这里离桑菲尔德还有多少路？”

他答道：“只有六七里路，从田上走过去就是了。”

我心里想道：“我的路程是走完了。”我下了车，看见桑菲尔德小客店，我心里欢喜得想跳起来，因为我现时所站的是我主人的田地。忽然我的心又安静下来，因为同时又发生另一种心思，说道：

“你哪里知道，也许你的主人在海峡的那一方。还有一层，即使他在桑菲尔德大宅，你知道还有什么人同他在一起？他还有他的疯子夫人呢，他同你有什么相干？你敢同你的主人说话吗？你敢见他的面吗？你是白受一趟走远路的辛苦——你不如还是回去吧。你何妨走去小客店，先打听打听，他们可以告诉你，可以解释你的疑团。你就走上去问那个人，先打听罗切斯特先生是否在家。”

我心里的提议是很在理的，但是我不敢问人。我很怕他的回答会打倒我，令我绝望。把疑团拖长，就是把希望也拖长。我就向大宅走，走得极快，有时简直是在跑。我心里非常之着急，希望快点儿看见大宅左右的林木田园。

随后果然看见树林了，听见乌鸦叫，我心里非常兴奋。我疾步向前走，走过一片田，穿过一条小径，看见院墙，看见宅后办事的屋子，看见全宅子，不过房子遮住，还看不见乌鸦巢。我打定主意，先看宅子的前面，一看就看见前面宅顶的高墙和我住的屋子的窗子，也许他此时站在窗口，也许他在果园里散步，也许他在宅前散步。我只要见着他——见着他一会儿，也是好的！我一看见他，我要不要像发狂一样地跑过去？我却不能说，我控制不住自己。即使我跑过去，也不算什么！上帝保佑他！这算什么？我再享受些从前享过的欢乐，也伤害不了什么人！我又像发狂似的心里想道：他也许此时在西班牙的大山顶上看日出，也许乘舟浮在地中海的海面。

我绕果园的矮墙走，转过一个角，那里有小栅门，走出去就是草地，栅门两边是石柱。从一根石柱后可以窥见大宅前面。我很小心地慢慢探头向前望，先看看卧室的百叶窗推开了没有。我起初不过是窥看，随即瞪大眼睛望。随后我从柱后走出来，走到草地上。忽然我在大宅子前面站住了，一看就看了许久。

我这时候的心境很特别，我比喻给读者看。

譬如有一个男子，看见他所爱恋的女子在草地上睡着了。男子要看看她的脸，却不要惊醒她。男子自然是脚步很轻地在草地上走，一声也不敢响。走了几步，好像觉得他所爱的女子有点动静，男子就站住，不敢向前走，且往后退，不愿意女子知道他。过了一会儿，又向前走，走到面前，低头看她。她面上蒙了薄面纱，男子轻轻地揭起，更低头，此时男子的双眼，原想看一看那极美的面貌，看一个热血的人，这个如花面貌的美人躺在那里不动。这男子急忙一看，随即定睛看，随即吓了一惊，原来那美人是死了。刚才他不敢摸她，这时候，忽然双手抱她，喊她的名字，又把她放下来，两眼发狂地看美人的死尸。一面看，一面狂呼，此时不怕惊醒她了。他原先以为他所爱的美貌女子，不过是睡着，不料是死了。

我在石柱后张望，原想看见一所巍峨大宅。不料看见一片灰烬瓦砾。

此时用不着在柱后看楼窗，听听有人开门没有；也不必胡猜地在园内散步。前面的高墙已倾倒了，楼窗没得玻璃，只剩了高墙，也快要坍塌了。

怪不得我屡次写信，总无回复。墙上还有火烧的痕迹，大宅是被烧无疑的了。但是怎么会被烧呢？烧死人没有呢？倘若曾烧死人，烧死的是谁呢？此时无人回答我的疑问。

我四周各处走走细看，知道火烧过许久了。野草也长了，这个不幸的主人，此时在哪里呢？是什么情形呢？我的眼自然而然看到大门外的小教堂，难道他也埋葬在祖坟里？

我得找人问明白，只好回小客店去问店主人。店主自己亲送早餐进来，我对他说，我有话问他，请他关好房门，坐下。他坐下之后，我不知从何问起，因为我害怕听他的回答，我知道是凶多吉少，又不能按住不问。这个店主，却是个像样的人，年纪有三四十岁。

我想了半天，想出一句话来问他，我问道："你自然是知道桑菲尔德大宅的？"

他答道："女士，是的，我从前在宅子里住过。"

我说道："你住过？"我心里想：一定不是我住在那里的时候，因为我认不得他。

他又说道："我是已故的罗切斯特先生的总管事。"

我一听"已故"两个字，我受了我想躲避的打击。

我几乎喘不出气地问道："已故！他已经死了？"

他解释道："我说的是现在的主人爱德华先生的父亲。"

我听了，才喘得出气，凝结的血重新活过来。我此时已经很清楚爱德华先生（我的罗切斯特先生）是活在世上，并未死。这是喜事！以后的事，无论怎么样可怕，我都可以听得下去了。只要罗切斯特先生未死，不是埋在坟里，哪怕他是在南北极，我都可以受得住。

我问道："罗切斯特先生还住在桑菲尔德大宅吗？"我是明知道他答我什么话，不过要间接地打听他现时在哪里。

他答道："他不住在大宅里！大宅里没有人住。我猜你是个异乡人，不然的话，你总该听说去年秋天桑菲尔德大宅被火烧了——正当收获的时候烧的。真是一场大祸！不知烧了多少值钱的东西，连一件家具也救不出来。火是深夜烧着的，救火车未到时，全宅已经是一片大火。那个情景，真是可怕，我是亲眼看见的。"

我喃喃地说道："夜深？"不错，夜深原是桑菲尔德大宅最不吉利的时候，我又问道，"你知道是怎么样起火的？"

他答道："女士，众人不过是猜。起火的缘由是曾经研究到确实无疑的了。"他于是挪椅子，凑近我低声说道，"你也许不知道，那大宅里头，收养了一个疯子。"

我答道："我也微有所闻。"

他说道："女士，他们把这个疯子看守得很严的，她住在那里许多年，有许多人也不知道，也没有人看见过这个疯子，不过都是听见人谣传的，也不知道这个女人是谁，是个什么人。人家说，罗切斯特先生是从外国把她带回来的，有人说这个女人是他的情妇。但是一年之前，却发生一件很古怪的事。"

我很害怕他对我说我自己的故事，我设法引他回头说正文。

我问道："这个女人是谁呢？"

他答道："这个女人，原来是罗切斯特先生的夫人！揭露这件事的情形是很奇怪的。那时候大宅里有一个家庭教师，罗切斯特先生就——"

我截住问道："但是那一场大火。"

他答道："女士，我快要说到这一层了——罗切斯特先生爱上这个家庭教师。仆人们说，向来未见过他这样爱这个家庭教师，他常常跟着家庭教师。她们很留心察看他——女士，你是知道的，仆人们专留心在这种事情上的——罗切斯特先生以为世上再没有比这家庭教师更可爱的了。除了他之外，再没得一个人说这家庭教师长得好看的。这家庭教师是身材很小的，不过像个孩子。我向来未看见过她，但是我听莉娅告诉过我，莉娅是很喜欢这个家庭教师的。罗切斯特先生年纪大约四十岁了，家庭教师的年纪还不到二十岁。你知道的，这样年纪大的男人，爱上这样年纪小的女子，是爱到入迷的。罗切斯特先生一定要娶这个家庭教师。”

我说道：“这一段故事，请你留到以后才告诉我。我此时很想知道是怎么样起火的。是不是有人疑心，是那位罗切斯特夫人放的火？”

他答道：“女士，你猜着了。没有别人放火，的确是她放的火。原有一个女人叫普尔太太，看管疯子的，原是个很可靠、很能干的人——但是她有一个毛病——是当看护的人往往免不了的——她常常藏着一瓶烧酒，有时候喝酒，喝得过量些。普尔太太当的原是苦差，也怪不得她喝酒，但是喝酒是要出危险的。因为普尔太太喝醉之后，那疯子是极诡诈的，会在普尔太太身上偷钥匙，开了门在宅子里乱走，好做惹祸的事。有人说她有一次几乎把她的丈夫烧死在床上，我却不知道。这天晚上，她把靠近她房间四周的幔帐点着火，又走下楼，走入家庭教师的屋里，放把火，烧着家庭教师的床，幸而床上没人。早两月之前，家庭教师逃走了。罗切斯特先生当那家庭教师是个天上的宝贝儿，想方设法寻找她，却一点消息也得不到，大失所望，就成了一个很凶横的人。他向来并不野蛮，自从失去家庭教师之后，他变成一个很危险的人。他终日整夜一个人过日子。他把费尔法克斯太太打发回亲戚家，但是很优待她，给她好些养老费。把阿黛拉小姐送入学校。他同附近的乡绅们也不来往，整天把自己关起来过日子，很像是修苦行的。”

我问道：“他没离开英国？”

他答道：“离开英国？他除非到了晚上是一步不出大门的。到了晚上，独自一个人在花园里、在果园里走，很像是个游魂，好像是疯子——据我想他是疯了。你向来未看见过他，他未遇到那个渺小家庭教师之前，是个顶有精神、顶大胆、顶麻利的人。他不喝酒，又不赌牌，又不赛马，他虽然不是个美男子，却是很有胆气，很有决断的。我从小看着他长大，我时常希望那位爱小姐沉在大海里，不要到桑菲尔德大宅来。”

我问道：“大宅着火的时候，罗切斯特先生在宅子里吗？”

他答道：“他在宅子里。楼下着火的时候，罗切斯特先生不顾自己还跑到屋顶，把仆人们喊醒，救她们下楼，又走去小屋子里救他的疯子夫人。她们大喊，告诉他，疯子在房顶上摇手大喊，喊声三四里外都能听到。我是亲眼看见亲耳听见的。她是个大胖子，头发又黑又长。我同好几个人亲眼看见罗切斯特先生从天窗走到房顶，我们还听见他喊‘伯莎’我们看见他走近疯子身边。女士，随后疯子大喊一声，纵身一跳，跌落在平地上。”

我问道：“她跌死了？”

他说道：“跌死了。”

我喊道：“上帝呀！”

他说道：“女士，怪不得你喊上帝，这件事真是令人恐怖！”

他说完，还在那里发抖。

我又问道：“后来呢？”

他答道：“后来烧成一片焦土，只剩下几面墙。”

我问道：“烧死了人吗？”

他答道：“未烧死人——但是还是烧死的好。”

我问道：“你这句怎么讲？”

他很叹气地说道：“可怜的爱德华！我想不到会看见他有这一天！有许多人说是上天责罚他，因为他先已娶过妻，秘密不告诉人，妻尚未死，又想再娶，但是我却很可怜他。”

我喊道：“你不是说他还是活着未死的吗？”

他答道：“是的，是的，他还未死。但是有许多人说，还不如死了的好。”

这时候我的血又变冷了，问道：“这是什么缘故？他现在什么地方？他在英国？”

他答道：“是的，是的，他还在英国。我看他是不能离开英国的了——他动不得了。”

我听了这些话，心如刀割！他只管把话牵长来说，不肯说到正题。

后来他才说道：“他瞎了，爱德华瞎了，一点儿也看不见了。”

我所怕的原是比瞎眼厉害。我只怕的是他疯了。我问他为什么瞎的。

他说道：“这都是因为他这个人胆子太大，心地太好的缘故。他一定要等宅内所有的人都走出了宅子，他才肯走。罗切斯特夫人坠楼而死之后。他才从大楼梯下来。那时候，上层全坍下来，压住他，随后把他救出来，人是未死，却受了很重的伤。幸亏一条横梁挡住他，未压死，但是把一只眼睛全撞出来，另一只眼，也受了重伤，一只手压坏了，医生立刻把那只手锯下来。他现在两只眼全瞎了，只有一只手，他是个残废人。”

我问道：“他现在在哪里？他住在什么地方？”

他答道：“他现住在芳丁庄园，离这里大约有一百里，是个很寂寞的地方。”

我问道：“谁伺候他？”

他答道：“约翰夫妇。他不要别人侍候。他们说，他现在是很颓丧。”

我问他道：“你有什么车辆？”

他说道：“我们有一辆很好的车。”

我说道：“你立刻把车套好。倘若你的车夫能够今天天未黑之前把我送到芳丁庄园，我加倍出车钱。”

第三十七章　感　应

我从前听罗切斯特先生说，这芳丁庄园是他的庄园，是所老房子，并不是什么宽敞华丽的建筑，是在一个森林的深处，原是他父亲置下的。他很想把这所庄园出租，却无人愿租，因为地点不好，于卫生又不甚相宜。原无什么陈设，也无多少家具，不过收拾好三两间房子，预备主人来打猎的时候暂时居住。

这天天色不甚好，刮的是冷风，又下小雨。离庄园三四里路，我就下车步行。快走到的时候，还看不见宅子，只看见两条石柱，一个铁闸

图中房子是《简·爱》中“芳丁庄园”的原型——一所老房子，并不是宽敞华丽的建筑，在森林的深处。

门，我就进去，走进去之后，走了许久还看不见房子。

我恐怕是走错了路。天快黑了，树林里又很暗。我四面看看还有什么别的路，又看不见。

我只好跟着原路再走，慢慢看见树木疏些，随后看见栏杆，随后才看见这所老房子。宅前并无花园，只有一条碎石砌的路，围住一块草地。窗户都是很窄的，宅门也是很窄，这个地方真是孤寂，除了雨打树叶声音之外，什么声音也听不见。

我心里问道："这所房子，能住人吗？"

宅子里是有人住的，因为我听见有人开宅门的声音，好像是有人出来。

那宅门慢慢打开，有个人走出来，站在台阶上。这个人却不戴帽子，伸出手来，好像是要知道是不是下雨。这时候虽然很黑暗，我却认得这个人，他并非别人，正是我以前的主人爱德华·费尔法克斯·罗切斯特。

我站住不动，几乎也不喘气，站住细看他。我能看见他，可怜他却看不见我。这突如其来的相见，我的心疼压住我见了他的一瞬间的狂喜。我按住自己不响不动。

他的身躯还同从前一样的魁梧，他的腰背还是很直的，头发还是很黑的，面貌也还未改变。但是神气是很变了，好像是笼里的鹰，挖去两眼。

读者以为我看见他这样横暴瞎眼的人会害怕。我并不害怕，我此时一面替他愁苦，一面又产生一缕柔情。我不单不怕他，还有胆子敢同他的额亲吻，同他的嘴唇接吻。但是这时候，还不能同他说话。

他从台阶挪步下来，慢慢地走向草地。他从前是大踏步走的，现在看不见这样的步履了。他走下来，又立住脚，好像是不知道怎样转弯。他举起手，睁开眼皮，看看天，看看树林，我一看就知道他什么都看不见。他伸出右手——他的左手已被锯掉，藏在怀里，只余左臂，他好像是要用右手摸摸，看左右有什么东西，却摸不着什么。缩回手站在那里，让雨淋。这时候约翰不知从什么地方走过来，说道："先生，让我扶你进屋吧，快要下大雨了，还是回去屋里的好。"

他答道："你随我在外面吧。"

约翰走回去，却没看见我。罗切斯特先生此时要各处走走，因为不知道怎么走，走不成，又慢慢地挪步，走进宅门把门关上。

我走过去敲门，约翰的女人开门，我说道："玛丽，你好吗？"

她好像见了鬼似的吓了一跳，我镇定住她。她说道："小姐，是你吗？天这样晚了，你一个人走来的吗？"我抓住她的手，跟她入厨房，约翰坐在火炉边。我解释给他们我离开了桑菲尔德大宅之后的情形，我都听说过了，故此走来看看罗切斯特先生。我请约翰走到路上转弯的那所小屋子，把我寄放的衣箱取了来，我一面脱帽子，脱围巾，一面问玛丽，宅里有无地方让我住一夜。她说，地方是还有，不过很要费许多事，我就告诉她，我先住在这里。这时候客厅铃响。

我说道："你进去的时候，告诉主人说有一个人要跟他面谈，你却不要说我的名字。"

她答道："我想他不见得要见你，他什么人都不见。"

她回来的时候，我问她，主人说什么。

她答道："主人要你把名字告诉他，说明你为什么事找他。"玛丽一面灌满一玻璃杯的水，把杯子同蜡烛都放在托盘上。

我问道："他摇铃就为的这件事？"

她答道："是的，他虽瞎了眼，到了天黑，他一定要人拿蜡烛进去的。"

我说道："你把托盘给我，让我拿进去。"

我从她手上接过来，她把客厅门指给我看。我拿了托盘，两手发抖，连玻璃杯的水都抖出来了。我的心跳得很厉害，敲着肋骨，发出声响。玛丽替我开客厅门，我走进去，她把门关了。

这间客厅是很沉闷的，炉子里烧着不多的几块煤，那个瞎眼的人头靠炉台，站在那里。他的狗派拉，远远地卧着，我一进去，派拉大叫一声，跳上前来，几乎把托盘打翻。我把托盘放在桌上，拍拍派拉。低声说道："躺下！"罗切斯特先生掉过头来，要看是什么事，但是看不见，又掉过头去，叹一口气。

他说道："玛丽，把水给我。"

我走上前去，给他这杯半满的水。派拉还是跟着我，还是叫还是跳。

他问道："什么事？"

我又说道："派拉，躺下！"他正要送水到唇边，又停住了，好像是留心听。他喝了水，把杯子放下，他问道："玛丽，是你不是？"

我答道："玛丽在厨房。"

他很快地伸出手来，但是他看不见我站在什么地方，摸不着我。他问道："你是谁？你是谁？你回答我，你再说一句！"

我说道："先生，你还要喝水吗？刚才那杯水，我洒了一半。"

他问道："你是谁？谁在说话？你是什么人？"

我答道："派拉认得我，约翰和玛丽都知道我在这里。我是今天晚上才到的。"

"你是谁？谁在说话？你是什么人？"

他喊道："上帝呀！我在做梦吗？着迷吗？我疯了吗？"

我答道："也不是着迷，也不是疯。先生，你的心是刚强的，你的身体是很健壮的，不会发疯发狂的。"

他问道："说话的人在哪里？只是有声音吗？唉！我不能拿眼看，必须拿手摸，不然我的心会停止跳动，我的脑要爆炸了，无论你是谁，你让我一摸，不然我是不能活的了！"

他挪步过来，伸手摸，我碰一下他的手，随即两手抓住他的手。

他喊道："是她的手指！是她的小手指！既是她的手指，她的全身呢？"

他丢开我的双手。他一只手把我的手臂、肩膀、颈脖、腰身，完全抱住，拖到他怀里。

他说道："这是简吗？这是她的身材，是她的体格。"

我说道："这是她的声音，她整个人都在这里，她的心也在这里。先生，上帝赐福你！我现在又在你左右，我很高兴。"

他只能说道："简·爱！简·爱！"

我答道："我的至爱主人。我是简·爱。我找到你了，我回来了！"

他问道："真的吗？是你的本人回来了吗？不是你的灵魂回来了吗？是我的简吗？"

我答道："先生，你摸的是我，你抱的是我，抱得我很紧。我并不是冰冷如僵尸，又不是虚空如空气。"

他答道："我的宝贝！这是她的四肢，这是她的面目。我受过许多愁苦之后，还能享这样的大福吗？这不过是一场梦，这同晚上做的梦一样，抱她在怀里亲吻她。我知道她爱我，我相信她不会离开我。"

我答道："先生，从今天起，我永远不离开你。"

他说道："梦中的简，也对我说永远不离开我。但是我惊醒之后，全是假的。只剩下我一个人，没有人关心我——我所过的，都是一片黑暗寂寞绝望的日子——我的灵魂很渴却没有一滴水可饮，我的心很饿却没有一点东西吃。这个梦影，正偎在我怀里，又是要远走高飞的。简，但是在你未走之前，吻我，抱着我。”

我说道：“先生。”

我于是把我的嘴唇紧靠在他的双眼，把他覆额的头发，捋好，吻他的额。他忽然振作起来，相信我是真回来了。

他说道：“简，是你吗？你回来我这里了吗？”

我答道：“我回来了。”

他问道：“你并未死在沟里吗？未死在山溪里吗？你不是流落异地无人收留，饿死了吗？”

我答道：“先生，并不是的。我现在是一个可以独立，不必依靠他人的女子了。”

他问道：“简，这句话，怎么讲？”

我答道：“我的叔叔死在马德拉，把五千镑的遗产给了我。”

他说道：“这是实在的，这是有实用的！我却梦想不到的。况且你的声音，令我听见欢喜，我已死的心复活过来。你现在不依靠人了？你是个有钱的人了？”

我答道：“先生，我是很有钱了。你若是不让我和你同住，我就自己盖很靠近你的一所房子，你若是晚上要人陪你，你可以到我那里，坐在我的小客厅。”

他说道：“简，你现在既然有了钱，自然就有许多亲友照应你，不能让你陪伴我这个瞎眼废人。”

我答道：“我不是告诉过你，我不依靠他人，我又有钱，凡事我自己可以做主。”

他问道：“你愿意与我同住吗？”

我答道：“那是一定的——除非你不要我。我愿意做你的邻居，照顾你，替你管理家务。我看你很寂寞，我愿意做你的同伴——读书给你听，陪你散步，陪你坐，服侍你，我做你的眼睛，做你的手。我的至爱主人呀，你不要露出愁容，只要我活一天，我不能让你过冷清日子。”

他不回答我，他此时是很着急，很用心，他叹气。他刚要开口说话，又闭住了。我倒觉得很不安。也许是我对他过于脱俗了，他也许同圣约翰一样，反以为我一番体贴是不合规则的行为。我所说的这一番话，原是以为他愿意娶我，要我嫁给他。我存了这种盼望，我虽未说出口，我以为他一定要我嫁给他的，故此我很高兴。但是他却并未露出这种意思，反露出满面愁容，我忽然想起来，我也许全想错了，当了个傻子。我就开始慢慢地从他怀里挣扎出来，但是他抱得我更紧。

他说道："简，你不要走。我触摸过你，我听过你说话，你在我面前，我觉得很心安。你这番安慰，我觉得很舒服，我不能把这些欢乐丢了。我现在没有什么了，我一定要你，世界上的人笑我我也不管。他们说我胡来、毫无道理，说我自私自利，我也不管。世人的批评，算不了什么。我的灵魂要你，我一定要我的灵魂满意，不然，是要毁了我的肉体。"

我答道："先生，好呀，我已经说过了，我愿意与你同住。"

他答道："同住的话，你有你的理解，我有我的理解。你这个人，又慈爱，又大度，你对你怜悯的人是肯牺牲的。也许你能打定主意，在我左右照顾我，做我的看护，我就应该心满意足。我猜，我以后对待你，只好是当父亲对待女儿。你看是不是？你来告诉我。"

我答道："先生，你喜欢我怎样想，我就怎样想，你若是以为我还是当你的看护好，我就愿意当你的看护。"

他说道："简，但是你不能永远做我的看护。你年纪很轻，有一天你总要出嫁呀。"

我答道："我不想嫁。"

他说道："简，你应该想到出嫁。假使我是从前那样的一个人，我一定设法使你出嫁——但是我现在不过是一块瞎眼的木头。"

他又露出满脸的愁闷。我却不然，我更加高兴，更加胆壮。他末后这两句话，让我窥见他的为难所在。但是我却不以为是为难，反破除了我刚才的不安。我和他说话的腔调更高兴起来。

我一面理顺他未剪的长头发，一面说道："现在时候到了，应该有一个人把你重新变过来，变作个人，因为我看见你现在变成了一只狮子，你的头发现在很像鹰的羽毛，你的指甲是否也变成了鸟爪，我却未看见。”

他把那只锯掉了手只剩下一段的手臂从怀里伸出来说道：“这一只是无指甲的，只剩了一段，是很难看的。简，你看是不是？”

我答道：“我看见你这只断臂，看见你两只眼和你头上的火烧伤瘢痕，真是可怜。现在最大的危险就是我因为你残废而爱你更加厉害，过于怜爱你，宝贝你。”

他说道：“我原以为你看见我的断手和我这样的可怕面貌，你会很害怕、很厌恶的。”

我答道：“你当真是这样想过吗？你不必再说了，不然我要批评你太无判断力，太不识人了。你先让我走开一会儿，我去把火弄旺了，把炉子打扫干净。炉火旺不旺，你能知道吗？”

他答道：“我能知道，我的右眼还能看见一点光亮。”

我问道：“你能看见烛光？”

他答道：“只能微微地看见，看见两朵光晕。”

我问道：“你能够看见我吗？”

他答道：“我的仙女，我看不见。但是我只要听见你的声音，摸得着你，我就很感恩了。”

我问道：“你几点吃晚饭？”

他答道：“我一向不吃晚饭。”

我说道：“但是今天晚上，你要吃点。我很饿，我看你也饿了，不过你是忘记了饿。”

我把玛丽喊来，把屋里收拾好些。我自己亲手预备菜给他吃。我的精神很受了振奋，我一面陪他吃晚饭，一面同他谈得很高兴，饭后还谈了许久。我知道我同他是很情投意合的。我所说的话，所做的事，都能安慰他，能提振他的精神，我又可以同他无拘束地相处，不必阻我的兴头。最妙的是彼此无猜。明明白白地相知相感。我觉得前路很光明，无处不是生机，我靠他生，他靠我活。他虽是瞎了眼，却满脸都是笑容，面目全是一片和蔼温柔。

吃过晚饭，他问了我许多话，问我一向在什么地方，做的什么事，我怎么样找到他的。我不过略微答他几句，当天晚上不必把详情都告诉他。况且，我此时不愿对他说过于激动他的事，我眼前专要那高兴。但他虽是高兴，不过是一阵一阵的，我偶然停了一会儿不响，他就觉得不安，摸摸我，喊我一声“简”。

他问道：“你当真知道你自己果然是个人？”

我答道：“罗切斯特先生，我从良心上相信我是个人。”

他说道：“但是这样寂寞无聊黑暗的晚上，你怎么会在我这里出现的？我只是伸手向女仆手上拿一杯水来喝，却是你把水递给我；我不过问一句话，原盼望约翰的女人答我的，却是你的声音在我耳边说话。”

我答道：“因为是我替玛丽送托盘进来的。”

他说道：“现在我同你说话，如同在神仙世界中。谁能知道，我这几个月以来过的是怎样绝望的日子？我不过是苟延残喘，天天没有事做，天天没有盼望；也不知什么叫日，什么叫夜；只觉得炉火灭了是冷的，忘记了吃饭，我就觉得饿。常常觉得是无穷的愁苦，有时候很想再见见我的简，想到发疯发狂。我盼望我两目复明，还不如我盼望简归来那样厉害。现在简来了，在我身边，她还说她爱我，这是绝无可能的事。但是忽然而来，她不会忽然而去吗？我恐怕明天她又走了。”

我很清楚他这时候的心思是非常激动混乱的，最好拿平常实在的话回答他。我用手指摸摸他的眉毛，告诉他头上很干枯，我要想法使他不皱眉，使他的眉毛变黑。

他说道：“你替我做这种事，也无甚益处。到了要紧的时候，你又抛弃我，从此以后，又不知道你到什么地方去了。”

我问道：“先生，你口袋里有小梳子吗？”

他问道：“简，要小梳子做什么？”

我答道：“我要把你的黑头发梳顺些。因为我细细地看看你，觉得可怕。你说我是个神仙，但是你却很像是个鬼。”

他问道：“简，我的样子令人厌恶吗？”

我答道：“是的，很令人厌恶，你向来是令人厌恶的。”

他说道：“呀！无论你这些时候住在什么地方，你好开玩笑的坏性情还未尽脱。”

我答道：“我同很好的人住了好些日子。他们比你好，比你好一百倍。他们的思想见解都是你所无的，他们都是极高雅的人。”

他问道：“你是同什么鬼住在一起的？”

我答道：“你不要歪缠，不然，恐怕我要拔了你的头发，你就不疑心我是人，抑或是鬼了。”

他又问道：“简，你同什么人同住？”

我答道：“先生，今晚我不能告诉你，你要等到明天。现在先告诉你一半，你就可以放我，明早一定同你吃早饭，再把那一半告诉你。但是我须记得，明早起来，不能只给你一杯清水喝，至少也要给你一个鸡蛋吃，咸肉是不必说的了。”

他说道：“你这个一时三变、好开玩笑的小东西，你是个神仙生的、平常人教养大的东西。我这十二个月以来，没有觉得哪天比今天晚上更欢乐的。”

我说道：“我把你的头发梳好了，这时候你像个人了，我却要离开你了。我一连走了三天的路，我觉得疲倦了，晚安。”

他说道：“简，我只要再问你一句话，你同住的人家是不是全是妇女？”

我大笑，跑了，我上楼的时候，还在大笑。我心里很高兴地说道：“这是个好主意！我知道我很有法子麻烦他，逗他，使他忘忧。”

翌日很早，我听见他起来，从这间屋子走到那间屋子。玛丽一下楼，我就听见他问道：“爱小姐在宅里吗？你收拾哪一间屋子给她睡？那间屋子干燥吗？她起来了吗？你去问她要什么，问她几时下楼。”

我以为早饭快预备好了，我就下楼，我脚步很轻地走进他的屋子，我先要看见他，才让他知道我在屋里。他坐在椅子上，虽不动，却是不安的，显然是有所盼望。他忧愁了许久，脸上有很深的忧愁皱纹。一看他的面貌神色，就知道他是已灭的明灯，要人重新点起来。但他自己是无能力的了，要另外一个人替他点着了。我走进来，原想做个无忧无愁，活泼快乐的人，但是一看见他这样有魄力的一个人，变成了一个毫无能力的人，我很伤心，但是我不能不尽力地用活泼来对付他。我说道："先生，今早天色很好，很晴朗，雨是过去了，日光很温和。再过一会儿，我同你去散步。"

他听了，脸上表现出开心的神情。

他说道："你是我的百灵鸟，你走过来。你并未走掉，并未走得无踪无影。我一个钟头前，听见同你一样的鸟在树林里唱得很欢，但是我听了是不成声调，如同日光到了我的眼不成为光。现在我只知道简的声音是我的音乐，她在我面前就是我的日光。"

我一听见他所享的欢乐全靠我一人，我满眼含泪，他好像是一只神鹰，专靠一只小麻雀给他吃，给他喝。但是我却不能对他哭，我擦了眼泪，忙着替他预备早饭。

当日午前，我们在宅外散步。我领他从潮湿树林走去干燥开朗的地方，我告诉他树叶是怎样的青绿，花朵是怎样的鲜艳，天色是怎样的晴明。我找到一棵干树墩，请他坐下，他坐下，要我坐在他膝上，我就坐在他膝上。我们既觉得相近比相远欢乐得多，我何必要躲开他呢？派拉卧在我们旁边，四围寂静无声。他忽然抱住我喊道："你这个暴虐残忍无情的人呀！简呀，你逃走之后，我哪里都找过却找你不着。我在你的屋里细看，你既未拿钱，又未拿可以换钱的东西！我给你的项链，你也不拿，仍然装在匣里，你自己的衣箱行李捆好了，仍然放在老地方。你想不到我那时候的感觉，我问我自己，我的小宝贝走了，身上一个钱也没有，她怎么过呢？我却要听听，你怎样过的。"

我把这一年来的历经告诉他，我流浪了三天，挨饿了三天的情形。我不过告诉他一个大略，我不愿叫他心里难过，我不过略微告诉他一点，他已经心痛如刀割了。

他说道："你不该一点东西都不带就走，你应该把你的意思告诉我。你应该相信我，告诉我，我绝不能强逼你做我的情妇。我虽然是因绝望变得横暴，但是我爱你太深，绝不以横暴待你的。我肯把我财产的一半奉送给你，连一次亲吻，我都不要你的。我绝不能让你孤零一身漂泊在世上的。我很清楚你不知受了多少困苦。不过你未全告诉我罢了。"

我答道："无论我所受的是什么痛苦，好在受的日子不久。"我就告诉他沼泽居一家人怎样收留我，我怎样当了慈善学校的教师，怎样得到遗产，怎样有了亲人。我说这话的时候，自然常常说起圣约翰的名字，我刚说完，他立刻就问我道："圣约翰是你的表哥？"

我答道："是的。"

他问道："你屡次提到他的名字，你喜欢他？"

我答道："先生，他是个很好的好人，我不能不喜欢他。"

他问道："他是一个好人？你的意思是说他是一个很规矩，年纪有五十岁的人？你是什么意思？"

我答道："先生，他不过二十九岁。"

他说道："总还算是个少年。大约他是个身材短小、面貌平常、冷落无情的人？这种人是无什么不好之处，却也无什么好处。"

我答道："他这个人，是很活泼，好动不好静的，有大志，要做大事的人。"

他问道："他的脑力怎么样呢？大约是没什么头脑的？他的意思是不错，不过你听见他说话是要耸耸肩的。"

我答道："先生，他说话却不多，但是不说就罢，若是说话则一针见血的。他的脑力是极好的，是头等脑力，我想是不甚能受什么影响，是很有力的。"

他问道："然则他是个很有本事的人？"

我答道："他真有本事。"

他问道："他受过教育？"

我答道："他很有才华，学问很深。"

他问道："你好像以为他的态度不甚合你的意思？是个牧师派头，很自大，好批评人的。"

我答道："我并未说过他的态度，除非是我的好恶不正，不然的话，我是很喜欢他的态度。他很有理，很淡定，是个上等人。"

他问道："他的面貌呢？我忘记了，你说他的面貌是什么样——我看不过是乡下里初出来的牧师，穿起教士衣服，连走都走不动的。"

我答道："圣约翰穿得很好。他是个美男子，身高，面白，蓝眼，希腊式的脸。"

他走开，对自己说道："我诅咒他！"随即对我说道，"简，你喜欢他吗？"

我答道："罗切斯特先生，我喜欢他，但是这句话，你刚才已经问过我了。"

我很明白，他这样详细追问圣约翰的学问面貌是什么意思，他这时候是在吃醋。他的醋意很厉害，这却对于他此时的心境很有益处，因为吃醋可以打散他的忧闷。我只好随他去，不立刻解救他。

他于是说一句我很料不到的话，说道："爱小姐，也许你不太愿意在我膝上坐得太久？"

我问道："罗切斯特先生，我为什么不愿坐？"

他说道："因为你刚才所说的话，描摹那个人，同我是相反的。你刚才所描摹的简直是世上的一个绝美的男子。在你的印象中，他是个身长玉立、面白、眼蓝、希腊式面貌的美男子。现实在你眼中的，不过是一个粗大黄黑的打铁匠，况且又盲又跛。"

我答道："我并未想到这一层，但是你真像一个打铁匠。"

他说道："女士，你可以离开我。但是你未走开之前（他却把我抓住，抓得更紧），你须好好地答我一两句话。"他说到这里不语了。

我问道："罗切斯特先生，你问我什么话？"

他于是盘问我了。

他问我道："圣约翰叫你当慈善学校教师，是在未知道你们是表亲之前吗？"

"是的。"

"你常同他见面吗？他常来看慈善学校吗？"

"他天天来。"

"简，他很以你的办事为然吗？我知道你是很聪明的，你办事一定也是很聪明的。"

"是的，他很以为然。"

"他总看见有许多事，是出乎他意料之外的？因为你有些才艺，是很特别的。"

"我却不知道我自己有什么过人的才能。"

"你说你住在慈善学校旁边的一所小屋子，他常到屋子来看你吗？"

"他偶尔来看我。"

"晚上他也来看你吗？"

"他晚上来过一两次。"

他又停住不响。

他随后问道："自从你们知道是表亲之后，你同他的姐妹同住有多久？"

"同住有五个月。"

"里弗斯先生同家里的小姐们，常在一起吗？"

"是的，后排的客厅就是他的书房，也是我们的书房。他坐在窗口，我们坐在桌旁。"

"他很喜欢看书吗？"

"他常用功。"

"他用什么功？"

"他学印度文。"

"那时候你做什么呢？"

"起初我是学德文。"

"是他教你德文吗？"

"他不懂德文。"

"他没教你什么吗？"

"他教我一点印度文。"

"里弗斯教你印度文吗？"

"先生，是的。"

"他也教他的妹妹读印度文吗？"

"不是的。"

"他只教你一个人吗？"

"他只教我一个人。"

"是你请他教你的吗？"

"不是的。"

"是他愿意教你的吗？"

"是的。"

他又不作声了。

过了一会，他又问道："他为什么要教你学印度文？你学了印度文，有什么用处？"

"他很想我跟随他到印度。"

"呀！我寻根问底，居然寻着了。他要你嫁给他，是不是？"

"他问过我，要我嫁给他。"

"这是你造出来的话，是你特地造出来激恼我的。"

"你不要怪我反驳你，我告诉你的话，字字是实。他要我嫁他，不止一次，他逼我逼得很凶，也不亚于你。"

"爱小姐，我重新再说一遍，你可以离开我了。你还要我说多少遍？你为什么老坐在我双膝上，我已经说过，请你走开了。"

"我坐在你膝上，觉得很舒服。"

"简，你坐在我膝上，是不会舒服的，因为你的心并不同我在一起，你的心在你的表亲身上——在那圣约翰的身上。我还以为我的简，是我的了！这时候我才知道不是我的。我以为她抛弃我，原为的是爱我，这是苦海中一滴甘露。我们分手了许久，我不知道我自己流过多少热泪，我却不知道，我一面哀怜她，她却爱恋了别人！但是悲伤也无益。简，你走吧，你去嫁给里弗斯吧。”

“先生，你只好推开我，我自己是不离开你的。”

“简，我喜欢你说话的腔调。你说话的腔调，全是一片真诚，很能令我重新抱有希望。你的声音，令我回忆起一年前的情景。我却忘记了你已经缔结了新瓜葛。但是我不是个傻子——你走吧——”

在这幅年代稍远的图画中，表达的是夏洛蒂·勃朗特正在等待自己失明的父亲。

我问道：“先生，我往哪里走呢？”

他答道：“你走你的路，你走回去你新选好的夫婿那里吧。”

我问道：“谁是我的夫婿？”

他答道：“你知道的——圣约翰·里弗斯是你的夫婿。”

我答道：“他不是我的丈夫，永远不能做我的丈夫。他并不爱我，我也并不爱他。他爱的——他的爱恋与你的爱恋不同——是一位美貌小姐，叫罗莎蒙德。他要我嫁他，不过是要我当一个教士的妻室，可以帮他做事，罗莎蒙德小姐是不肯干的。圣约翰是个好人，是个伟人，不过太苛刻。他对待我，其冷如冰，毫不亲爱。他与你不同，我在他身边，同他在一起是不快乐的。他不能纵容我，他不爱恋我。他看我并无可以打动他的地方，我年纪虽轻，也不能打动他——他只喜欢我的脑力——先生，你一定要我离开你去嫁他吗？”

我不由自主地浑身打战，紧紧地抱住他。他微笑着说道：“简，这是真情吗？你同里弗斯两个人的关系，不过如此吗？”

我答道：“先生，绝对不过如此。你不必吃醋！我不过激恼你，要你忘记了你的愁闷，我以为发怒比发愁好。但是倘若你要我爱你，你只要能够看得出来，我爱你爱到什么程度，你就可以很得意，很知足的了。先生，我整个心都是你的，永远都是你的，假使发生了不幸的事，令我永远同你分离，我的心仍然是你的。”

他一面吻我，一面脸上又是愁容。

他喃喃地说道：“我的眼是瞎了！我有力也不能走动了！”

我搂抱他，抚慰他。我知道他心里要说什么，我原想替他说出来，却又不敢。当他掉转脸的时候，我看见他的瞎眼滴下泪来，我心里十分难受。

随后他说道：“我现在不过像桑菲尔德大宅被雷击的野栗子树。那棵枯朽的老树，为什么还要一棵鲜艳的金银花，生在这树上呢？”

我答道：“先生，你不是一棵枯朽老树，你不是被雷击过的树，你是一棵很茂盛青绿的树。无论你喜欢不喜欢，总是有一棵小树长在你这棵大树之下的，托庇于你的余荫。小树一面长，一面缠绕你，靠你扶持。”

我这几句话，很能安他的心，他又微笑。

他问道：“简，你说的是朋友？”

我有点迟疑地答道：“是的，我说的是朋友。”我的意思原要说比朋友亲切得多，不过找不出另外一个贴切的字，他却帮我说了。

“简呀！我要的是妻子。”

“先生，你要妻子吗？”

“是的。你当我这句话是新闻吗？”

“自然，你以前未说过。”

“你不欢迎这件新闻吗？”

“这是要看情形的，要看你挑选的是什么人。”

“简，我要你替我挑选，你挑选好了，我照办。”

“先生，你该挑选那最爱你的人。”

“我自然挑我所最爱的。简，你愿意嫁给我吗？”

“先生，我愿意。”

“你愿意嫁给一个残废吗？这个人又比你大二十岁，这个人还要你事事照顾他。”

“先生，是的。”

“简，是当真的吗？”

“先生，是极认真的。”

“我的小宝贝！上帝赐你福，上帝赏赐你！”

“若是上帝赏赐我，因为我平生想过一个好思想——或是因为我真诚祈祷过，或是因为做过一件好事，或是因为我存过宗教的想望——我现时就是受赏赐。我做了你的妻子，就是世上极欢乐的事。”

他说道：“你喜欢牺牲。”

我答道：“我牺牲什么？我不过牺牲饥寒换饱暖，牺牲绝望换满意。我得到拥抱你的利益，得到同你亲吻的利益，得到依靠一个可依靠的人的利益。这是牺牲吗？若是把这些利益都算作牺牲，我真是喜欢牺牲。”

他说道：“简，你能忍受我的残废？”

我答道：“先生，在我不算作残废。我现在很有用于你，从前你骄傲独立的时候，只有你替我做事，保护我，现在不同了，我更爱你。”

他答道：“我从前是不要人帮助我的，我讨厌人帮助，讨厌人领导我，从此以后，我不讨厌了。从前我不愿意放我的手在仆人手里，现在我喜欢简的小手指抓住我的手。从前我宁愿一个人忍受寂寞，不愿意仆人在我左右照顾我，现在有简照顾我，我永享欢乐。简是很合我意的，我却要知道我合简的意吗？”

我答道：“先生，你很合我的天性，没有任何不合。”

他说道：“既是这样，我们不必再等什么，我们立刻就要结婚。”

这时候他的神色很着急，他的横厉无前的老脾气，又发作了，说道：“我们立刻结婚，不必耽搁。只要取到结婚证，我们就举行婚礼。”

我说道：“罗切斯特先生，我才知道日已过午有许久了，派拉已经回家去吃饭了，让我看看你的表。”

他说道：“你把我的表挂在你的腰带上，我用不着表。”

我说道：“先生，快到四点钟了。你不觉得饿吗？”

他说道：“简，从今天算到了第三天，我们就结婚。不必要什么华美衣服首饰，这都算不了什么。”

我说道：“先生，太阳把雨点都晒干了，风也静了，天气很热。”

他说道：“我身上还带着那挂珠链，自从我失了我的宝贝儿之后，我就带在身上，作了纪念。”

我说道：“我们不如从林里回家，阴凉些。”

他只管想他的，不理我。

他说道：“简！我看你难免不以为我是个不奉教的人，但是此时我满腔的热诚，感谢上帝。上帝看事与我们常人不同，上帝断事也与常人不同，比我们的智慧好得多。我从前是做错了，我几乎玷辱了一朵清洁无比、一尘不染的鲜花，幸而上帝从我手中夺去。那时候，我一味地蛮横无理，几乎要诅天。我原早该躬身忍受的，我却反抗，上帝行罚，灾祸相继，使我几乎丧命。天罚是极重的，我受了这一次打击，才老实下来，不敢蛮横反抗。你知道的，我觉得我自己有魄力，是很得意的，我的魄力现在到了什么地方了？简，我新近才追悔我从前种种的不该，甘认上帝罚得我不错。我慢慢地追悔，慢慢地痛改。有时候我祈祷上帝，话语虽然不多，却是出于至诚的。

“我还记得数天之前——我记得是四天前，上个星期一的晚上，我觉得有点怪异的感觉。我久已存想，以为既找不到你，你一定是死了。当天晚上，大约在十一二点之间，我未上床之前祈祷上帝，上帝若是以为我不如死了的话，我求上帝赐我一死，让我回到另一个世界，可以同你相见。

“这时候我在屋里，打开窗户，让凉风进屋，我坐在窗口，看见朦胧的光，我知道是月光。我坐在那里想你！我就问上帝，我应受的罪，是否受够了。我承认，我是该受罪的，上帝罚我，罚得很公道，不过我再忍受不下去了。我很真诚地祈祷，不知不觉地，大喊道：‘简！简！简！’一连大喊三声。”

我问道：“你是很大声地喊吗？”

他答道：“简，我是很大声地喊。假使有人听见我喊，一定以为我是个疯子。我是用尽气力地大喊。”

我问道：“是上星期一，半夜左右吗？”

他说道：“时刻是不相干的。随后的事更奇异了。你也许以为我迷信——我的血液里头是带些迷信的，但是我快要告诉你的话是真事。

“我一连喊过三声，就听见声音回答我，我却不知道声音是从哪里来的，我听见答我的声音说道：‘我来了。你等我！’再过一会儿，风送声音来说道：‘你在哪里？’

“我听了答话之后，心里的景象很难说得出来，我姑且试说给你听。你是知道的，芳丁庄园是在深林里的，无论有什么声音都不会产生回响。‘你在哪里’这句话，好像是从山间来的，因为我听见远处有回响，那时候我觉得头额很凉爽，很精神。我以为我同你在一个旷野地方相会，我相信我们两个人的精神相会。那时候，简，你也许是睡得很酣，也许是你的灵魂出窍，飘飘荡荡地来安慰我的灵魂，因为回答我的声音的确是你的声音，是你的腔调。”

读者还记得，星期一晚上大约半夜的时候，我听见有声音喊我，我所答的话，就是刚才罗切斯特先生所述的话，一字也不差。我很留心听罗切斯特先生所说的这件事，我却并没告诉他当时我也听见他喊我。我以为这种凑巧偶合的事，是很令人惊愕，是不能解释得通的，只好不告诉他，不同他讨厌。他的心境刚经过一番大扰乱之后，开始慢慢地安静下来，不必再把迷信的话告诉他，我只好不说。

他又说道："故此昨天晚上，你忽然出现，我很难相信是你的肉身来了。我只以为不过是声音，不过是影子。现在我知道的确是你本人来了！我很清楚了，我感谢上帝！"

他轻轻地把我从他膝上放下来，自己站起来，很虔诚地脱了帽子，低头垂了两只瞎眼，看地上默默地祷告。我只听他最后的祷告话。

他说道："感谢造物主，严罚之中，不忘矜怜。我哀求上帝，赐我力量，引导我行好，痛改前非。"

他祷告完了，伸出手来要我领他。我抓住他的手，先亲吻，再让他的手搂住我的脖子。我身材比他矮，我扶着他走入树林，找路回家。

第三十八章　团　圆

读者呀，我果然嫁给了他。我们的婚礼并未惊动什么亲友。只有他同我，还有牧师、执事在场。我们从教堂回家之后，我走入厨房，看见玛丽正在弄饭，约翰擦洗刀叉，我说道："玛丽，我今早嫁给罗切斯特先生了。"玛丽和她丈夫两个都是同样的冷静人，听了什么新奇事，都不会觉得惊怪的。玛丽听了我这句话，抬头瞪眼看我，她手上原拿了一把勺，大约有三分钟不动；约翰大约也停了三分钟不磨刀。玛丽随即低头弄菜，说道："小姐，你嫁给了他？"

过了一会儿，她又说道："我看见你和主人同出门去，我却不知道你们是进教堂举行婚礼。"说完了，又低头弄菜。我掉过脸来看看约翰，约翰却是笑。

他说道："我告诉过玛丽，我知道爱德华要做什么。我又知道他不能久等的，他办得很好。小姐，我向你贺喜。"

我说道："约翰，我谢谢你。罗切斯特先生吩咐我把这个给你们。"我就把一张五镑的钞票，放在他手里。我不等他们说什么话就走出厨房。过后我从厨房走过，我听见有声音说道："主人与其娶阔小姐不如娶她的好。她的面貌虽然不美，性情却是很好的。在主人看过去，当她是极美貌的，无论什么人，都可以看得出来的。"

我随后寄信到莫顿，寄信到剑桥，把结婚的事告诉她们，又把我的用意解释给她们听。黛安娜和玛丽都很高兴，黛安娜还说等我过了蜜月之后来探望我。

我读信给罗切斯特先生听，他说道：“简，你写信告诉她，不要等蜜月过后，她若是要等到那个时候就太迟了，因为我们从此以后，天天都是蜜月，要等到你死或我死之后，才算是把蜜月过完。”

圣约翰得到我的信之后是怎么样，我却不知道，因为他并没回我的信。过了六个月之后，他却有信给我，信里并未提及罗切斯特先生，也不提及我们结婚的事。他信里的话很镇静的。随后他却按期有信给我，来信虽然不多，说的都是盼望我快乐，不要只记得这个世界上的事，忘了上帝。

读者并未忘记阿黛拉吧？我不久就跟罗切斯特先生说到学校去看阿黛拉。她看见我，欢喜到像发狂一样。她脸色发白，又瘦了好些，她告诉我在校里不快乐。我打听出来，校规太严，功课太多，我把她带回家。我本来还要当她的家庭教师，自己教她，不久，我才知道办不到，因为我所有的时间都要照顾我的丈夫。随后我找到一处稍近的学校，校规松些，我可以常常去看她，带她回家。我又留心，诸事都给她安排好，使她舒服，不久她就习惯了，很快乐，学问很有进步。她稍为长大些，我就全用英国法子教她，补救她所受的法国教育缺点。后来她离开学校，变成一个很令人喜欢的人，很肯帮忙的一个好同伴，她变得很听话，性情平和，很有道德。她感谢我们夫妇两人的好意，常照顾我们，足可以报答我们的好意了。

我这篇故事快要说完了。我要说几句嫁后的经历，简单说说书中所常说的各人的命运。

现在已结婚有十年了，我知道一门心思同我所最爱的人同过日子的乐处。我自己以为我很享受人间的欢乐，我所享受的欢乐是笔墨所不能形容的。

我不觉得丝毫有厌倦我丈夫的意思，我的丈夫也不觉得丝毫有厌倦我的意思，故此我们夫妇常在一起。很有独自一个人那样的自由，很有两人形影不离的快乐。我们是整天对谈，我们谈话就是有声响的思想。我是完全地信服他，他也完全地信服我，我们是无一不相投契的——故此我们是无一事不是一致的。

我们结婚后两年间，他两眼完全看不见，也许因为这个缘故，我们终日都是很亲近的，是形影不离的！因为我是他的眼睛，我是他的右手。他用我的眼睛看自然的风景，用我的眼睛读书。我告诉他天色怎么样，风景怎么样，向来不会厌倦。我读书给他听，他要我领他到什么地方我就领他到什么地方。他要我替他做什么我就做什么，我都是不厌倦的。我替他做这许多事，我反觉得快乐，因为我替他做事，并无一点觉得屈辱。他爱我是真爱，并不觉得他不应该叫我替他做事，我知道我是极爱他，我甘心情愿地替他做事。

他用我的眼睛看自然的风景，用我的眼睛读书。

我们结婚两年之后，有一天，他口述，我替他写信，他走过来低着头说道："简，你的脖颈上有一个什么发亮的东西？"

我弄了一弄表链，答道："有的。"

他又问道："你身上穿的是浅蓝色衣服吗？"

我原是穿了浅蓝色的衣服。他随即告诉我说："近日我觉得有一只眼睛的障碍，好像是减轻好多，我现在相信的确是减轻的了。"

我于是同他去伦敦请教一位眼科专家，居然把那一只眼治好了，盲而复明。现在他还是不能看得十分清楚，不能多看书，不能多写字，但是他自己能够走路不必人领，抬头能够看见天，低头能够看见地了。我头胎生下一个儿子，他抱在手上，能够看见这孩子的眼睛，是他的眼睛——黑，大，有光。他得到这个儿子，又是满腔热诚地感谢上帝，于惩罚之中，仍示矜怜。

爱德华同我是极快乐的，又因为我们所最爱的人也快乐，故此我们更觉得快乐。黛安娜和玛丽都出嫁了。她们每年轮流来探望我们一次，我们也每年探望她们一次。黛安娜嫁的是一位海军上校，是一位好军官，是个好人。玛丽嫁的是一位教士。是她兄弟的同学，这个人有学问，有道德，他们两个人相处得很好。他们这两对夫妇，都是相亲相爱的。

圣约翰离开英国，到了印度，他是自己定的前程，至今仍然是照着他的原意做他的事。他还是毅然决然，不避劳苦，不避危险地做事。他用尽精神才力，替他的同类做事，他开辟许多道路，使他们有进步。他诚然是严峻、诚然是苛刻，但全是大伟人的举动，他的苛刻是圣徒的苛刻，只知有上帝。

圣约翰还是未娶亲，他是永远不会娶亲的了。他受尽了辛苦，他没有多少时候受辛苦的了。我读他最后给我的信，我禁不住眼中流泪，但是我的心里却替他欢喜，他预知他快受天赐了。我知道将来有个我不认得的人，写信告诉我，上帝把这个好人，这个诚实的仆人，喊回去了。对于这件事，何必落泪呢？圣约翰临死的时候，是绝不会怕死的，临死的时候，他的心还是很清楚的，什么都不怕的，有希望到底，相信到底的。他信里的话就是凭据。他的信写道：

我的主已经预先警告我了。上帝天天都很清楚地说道：“我一定来得很快！”我时时刻刻地答道：“主，耶稣，来吧！”